戦国太平記

真田幸村

人物文庫

学陽書房

目次

戦国太平記
真田幸村

一　書状

真田昌幸《さなだまさゆき》のもとへ、大谷吉継《よしつぐ》から、全く不意にその書状が届いたのは、慶長《けいちょう》三年三月初旬のことである。

――かねがね約束のあった貴殿の御次男左衛門佐《さえもんのすけ》幸村どのと、自分の娘浪江との縁組を、今春、改めて成立させたいと思う。ついては近々のうちに娘をそちらへ輿《こし》入れさせるから、よしなにお取り計らい願いたい。

吉継の使者が越前敦賀《つるが》から、はるばる信州上田城へもたらした書状は、そういう簡単なものであったが、しかし昌幸にとっては、かなり複雑重大な問題を含んでいた。

昌幸は短い文面をていねいに一読、再読すると、銀色に光る剛毛《こわげ》の白髪頭をちょっとかしげた。殆んど忘れかけていた厄介なことをいきなり催促されたという感じに、戸惑いとためらいとわずらわしさがあった。

「いかが致しましょうや？」

書状を取次いだ老臣、高梨内記《たかなしないき》が、昌幸の気むずかしい沈黙を、やんわりと押し分けるように訊《き》いた。

「使者は？」

昌幸は細く鋭い視線をゆっくり老臣へ当てた。

「別室に控えております」

「ゆるりともてなしてやれ」

「お目通りを乞うておりますが？」

「いずれ後刻《ごこく》」

昌幸は言って老臣をさがらせた。それから封書を注意深く手文庫に納めると、やおら立って広縁へでた。侍童《じどう》がいそいで履物をそろえた。

本丸の一角に、あらゆる建物から独立した三層の天守櫓《やぐら》があった。望楼ともよべそうな小さな天守だが、構造は見るからに堅牢にできていた。

昌幸は居城にいる限り、日に一度は必ず天守櫓に登ることを日課にしていた。四季を通じてそうだったが、時間は一定していなかった。朝起き抜けに櫓上に立つこともあれば、午後のいっときをそこですごすこともあり、夕方になって登ることもあった。

昌幸のこの気まぐれな日課の供をする侍童は、ひどくせわしい思いをしなければならなかった。まず天守櫓の出入口の鍵をはずし、扉を明け、昌幸を内へ入れてから、こんどは先に梯子《はしご》ともよべる狭く急な階段を駈け登り、昌幸が上に来るまでに四方の窓を開いておくのである。櫓の窓の戸は、ことごとく薄鉄《うすがね》を張った厚い杉戸である。年少の侍童にとって、この重い戸を開く仕事は容易ではなかった。昌幸が登って来るまでに間に合わないこともあった。そんな場合、昌幸は侍童を叱りはしないが、また手を貸そうともしなかった。侍童の仕事がすむのをじっと待っていた。そして侍童も窓を開き終ってから詫びることはないし、昌幸の方も息を切らし汗をかいている侍童にねぎらいの言葉をかけるというような例はなかった。昌幸の寡黙な日常が、側近の者にもそうした習慣を作らせていた。

侍童が窓を明け放すと、薄暗い櫓の内部に、陽光と風が舞い込んで来た。信濃は春の訪れが遅い。三月初旬はまだ冬景色である。空は晴れていても午後の日差は弱々しく、風は寒く荒々しかった。

昌幸は天守櫓から眺める上田の景観を愛していた。長年にわたって見馴れている風光だが、見飽きるということはなかった。寒風に吹かれながら、四方の窓をゆっくりと巡りあいた。

東には残雪に覆われた野づらのかなたを、神川の激流が横切っていた。北には東太郎山、太郎山、虚空蔵《こくぞう》山のつらなりが雪を纏《まと》ってそびえていた。南は眼下の千曲《ちくま》川が、まだら雪の広い河原に幾筋かの細い流れを走らせていた。西をさえぎる岩鼻の険も雪に白くかがやいていた。このように山と川に囲まれた盆地の要害を、真田の居城は占めていた。

上田城は昌幸の誇りであり、昌幸が興した真田家の武名の象徴であった。

昌幸は武田の臣、真田幸隆《ゆきたか》の第三子であった。

幸隆は信濃真田庄《しょう》の小城主で、はじめ北信の豪族村上義清に属していたが、武田晴信が信濃へ進出するに及んでこれに従ったのである。晴信が剃髪《ていはつ》して信玄と号した時、幸隆も頭をまるめて一徳斎と号した。

こうした関係があって、昌幸は若くから信玄に仕え、のちに足軽大将まで勤めた。

信玄は、この恐ろしく無口で、しかも、うかと人を寄せ付けぬような、冷厳なものを身に備えた若侍を、愛顧した。実際、昌幸は信玄の側近にいても、普段は孤独で余り目だたぬ存在だった。自分から発言したことはなかった。しかし物を問われると、周囲の者が驚く程、適確な答え方をした。同じように進んで役目を買ってでることはないが、命じられたことは毫《ごう》も手ぬかりなくやってのけた。合戦の場合もそうだった。先陣を願いでたり、華々しい働きを求めるようなことはなかった。与えられた任務のみを遂行した。それも完全に果した。こんなぐあいだから、殊勲をあげた戦歴はなかったが、真田の倅《せがれ》は物の用に立つという評判は、誰しもが認めるところになった。そして昌幸は、信玄の命によって、武田の支族武藤氏を嗣ぐことになった。彼は武藤喜《き》兵衛尉《ひょうえのじょう》と名のり、京都より公家の菊亭（今出川）晴季《はるすえ》の女《むすめ》を室に迎えた。

天正《てんしょう》元年に信玄が歿《ぼっ》し、武田は勝頼の代になった。翌二年には一徳斎幸隆が亡くなった。

天正三年、武田勝頼は長篠《ながしの》合戦において織田・徳川の連合軍に敗北した。この時、昌幸の長兄次兄が共に戦死した。昌幸は旧姓に還り、はじめて信州上田城主となった。二十九歳であった。

勝頼が長篠敗戦後の形勢挽回に焦って、家康と小ぜり合いをくり返すうちに、五年の歳月がすぎて天正八年になった。昌幸は上野《こうずけ》沼田城主を攻略して付近の地を近領に併せた。主家武田の威信が急速に衰えつつある時、昌幸は真田六文銭の旗じるしを上州へ押し進めたのである。

天正十年春、ついに武田勝頼が滅亡した。昌幸は織田に属した。それから数カ月たつと信長が本能寺の変に滅亡するという不測の事態が起こった。昌幸は徳川に属し、嫡男信幸を家康のいる浜松へ人質として送った。そしてこの機会に上田城の改築をいそいだ。

真田は一徳斎幸隆の代から、村上、武田、織田、徳川と主家を変えた。

「小城主とはあわれなものぞ」

昌幸は、父の幸隆が村上義清のもとを離れて、甲斐の武田に属することになった日、ふと漏らした感慨を、胸に刻み込んでいた。

「右へなびき左へなびき、あなどりを受けそしられながら、家名を保たねばならぬ」

一徳斎幸隆はそうも言った。小城主は雄家を頼らなければ存続できない時世であった。父の一徳斎が信玄と共に剃髪したことすら、武田という巨大な権勢によって、真田のささやかな家名を安堵して貰うための媚態であったことを、昌幸は知っていた。

昌幸は真田家を相続したが、父から屈辱と自嘲の教訓を受け嗣ぐつもりはなかった。たとえ小城主なりといえども、昌幸は武門としての矜持《きんじ》があった。自負心もあった。権勢に屈辱的な安堵を乞うのではなく、畏怖されて雄家より迎えられるようになりたかった。自嘲ではなく、自尊の柱に六文銭の旗じるしを掲げたかった。必ずやそのような日が来ると信じていた。そのために昌幸は上田城の防備強化を計ったのであった。

天正十三年になった。当時、豊臣秀吉と敵対していた家康が、北条氏と同盟した。この際、真田の上野沼田城を北条氏へゆずり渡すという条件が交されて、家康はそれを昌幸に命じた。

昌幸は拒否して徳川と絶った。家康は真田討伐のために大軍を動員して、信州上田城を攻囲した。昌幸は二千の兵をもって籠城し、びくともしなかった。それどころか隙を窺って城外へ奇襲、逆襲しては徳川軍をひどく悩ませた。その間に昌幸は次男幸村を人質として越後へやり、上杉景勝へ提携を申し入れることを計った。一方では豊臣秀吉もまた景勝へ、真田との協力をしきりに指嗾《しそう》した。秀吉の関白叙任を朝議で斡旋した今出川晴季の女が、昌幸の室であったことも、こうした裏面工作に効を奏した。そして上杉軍が上田城の後援に進軍して来る情勢に、家康は止むを得ず全軍を撤退しなければならなかった。昌幸は秀吉に属することになった。

翌年の夏、家康は再度、真田討伐の軍を動員しようとした。この時家康はすでに秀吉と和睦していたので、秀吉より、上田城は豊臣に服している城だから攻めないでほしいと取りなしがあって、家康は討伐を断念した。結果において、信州という半歳は雪に埋もれている草深い山国の一小城主が、豊臣を動かし上杉を操り、徳川と互角に渡り合って、地位を確保したのである。その頃から昌幸の声望は頓《とみ》に高くなった。

天正十七年、秀吉が北条氏と和した際、北条氏はふたたび上野沼田城を要求した。こんどは昌幸も秀吉の説得があって沼田城をゆずり渡した。昌幸にはひそかに期するところがあった。そして彼の予想通り、年改まって天正十八年になると、秀吉は北条氏討滅の軍令を諸国へ発した。昌幸はたちまち沼田城を奪還すると、豊臣軍の先鋒となって上野、武蔵に転戦し、北条方の諸城を抜いた。

文禄元年に秀吉が朝鮮へ出兵すると、昌幸は嫡男信幸次男幸村をつれて肥前名護屋《なごや》に在陣したが、異国の戦場へは従軍せずにすんだ。その代り文禄三年、秀吉が伏見の築城を開始するや、真田父子は工事を分担した。そして同年九月、嫡男信幸は従五位下伊豆守に、十一月には次男幸村が従五位下左衛門佐にそれぞれ叙任された。

昌幸は一徳斎幸隆より伝えられた真田の家名を、上田城主になってから二十余年の間に、今や宿願通り武勇の誉で飾ったのである。

階下の出入口の扉が明いて、誰かが天守櫓へ登って来た。侍童がいそいで立つと、階段を覗いてから、

「高梨内記さまにございます」

昌幸に告げた。長い時間、北風の吹きさらす冷たい板床に控えていた侍童は、可愛気な頬を寒さに白くし、声も微《かす》かに震えているようだった。

昌幸は南の窓辺にたたずんでいた。髪こそ白いが、背丈の高い肩の怒った後ろ姿には、五十三歳とは思えぬくらい精悍でエネルギッシュな印象があった。

高梨内記は几帳面な足音を響かせながら、櫓上にあらわれた。

「いやはや、困りました。大谷の使者は、殿にご挨拶せぬうちはくつろがぬと申しております」

昌幸の後ろ姿は毛筋程も動かなかった。しばらくたって、

「刑部少輔《ぎようぶしようゆう》さまが律義なお方とは存じあげておりましたが、家中の面々も律義と申すのか、強情と申すのか、いくら休息をすすめても諾《き》きませぬ。湯茶にも手をつけず坐り込んでいる有様、全く恐れ入りました」

内記は言葉をつづけたが、それ程困っても、恐れ入ってもいない語調だった。

昌幸はやはりふり向きもしなかった。内記のほうも、それ以上、昌幸の指示をうながすことはしなかった。この温厚な老臣は、昌幸のそういう態度に馴れていた。

嫁か！

昌幸は窓外の景色を眺めるともなく見渡しながら、何度目かのその言葉を、心に渋く嚙みしめた。結婚には政略が付き纏っているからわずらわしかった。伜の嫁を貰うことが一つのかけひきなので厄介だった。嫡男信幸の結婚がそうだった。

家康が再度の真田討伐を断念した後、秀吉の意向があって、昌幸は浜松を訪問した。秀吉にすれば自分の取りなしで家康が上田城攻撃を止めたのであるから、昌幸にも一応浜松へ挨

拶に行かせたかったのだろう。昌幸と家康はこの時、初対面であった。

席上、家康は、信幸の縁組を任せてほしいと言った。信幸は真田が一時的に徳川に属した期間、浜松にいたことがある。それで昌幸は、家康の申し出を儀礼的な言辞と解釈し、軽い気持で承知した。もし実際に家康から縁談が持ち込まれたら、辞退する口実はいくらもあると算段していた。

ところが家康は、本多平八郎忠勝の娘、稲姫を自分の養女として、信幸の室に迎えてほしいと言って来た。

——家康に過ぎたるものが二つある、唐《から》の頭《かしら》に本多平八。

忠勝はそう謳われているような徳川の忠臣であった。三方が原、長篠などの合戦にも赫々《かくかく》たる戦功があった。それ程の重要人物の娘を、しかも家康自身の養女として押し付けられたのでは、断りたいにも断り切れない。昌幸は迷い、ためらって、信幸に相談した。

「これは徳川が、真田家に敬意を払っての縁組でしょう」

信幸は言った。なる程、見方によってはそうも考えられることだったので、昌幸は縁組を承諾した。

稲姫は心優しく聡明な女だった。現在は信幸と共に上野沼田城にいて、二人の子供もある。若い夫妻はうまくいっているようだし、孫は可愛くないこともないが、しかし昌幸は今なお、この結婚にひそかな負担を覚える。本多の娘を嫡男の嫁にしたばかりに、徳川との絆を引きずるようになったという鬱陶《うっとう》しさである。家康の眼に見えない鎖を感じるのである。

幸村には大谷の娘か！

昌幸は、数年前にただ一度、仮りそめに口約束した縁組を、吉継がなぜ急に実現したいと希望して来たのか、相手の真意を探りかねた。

大谷刑部少輔吉継はたしかに律義な武人であるが、ずば抜けた智謀家でもあることを、昌幸はよく知っていた。政治に見識があり、殊に行政的手腕は秀吉からも高く評価されている。癩《らい》を病んで越前敦賀に隠退するまでは、石田三成らと並んで豊臣の奉行を勤めていたくらいである。理由なくして娘を真田家へよこす訳がない。昌幸にすれば、ゆだんも隙もならないという気持である。

「だいぶ寒うなりました」

高梨内記がひとりごとのように言った。昌幸に大谷の使者に対する指示をうながす代りの言葉であった。内記はおっとり構えているようで、じつは昌幸と一番うまが合う老臣だった。剛直で気むずかしい昌幸の気性を知り尽し、心の動きを察することにも敏感であった。

しかしこの時、昌幸が鋭い眼差を、ほう⁉ というふうに光らせたことは、背後にいる内記には判らなかった。

昌幸の眺めている景色の中へ、城下のほうから、いきなり二頭の騎馬が出現したのであった。馬上はいずれも粗服の武士であった。二騎はまだら雪の千曲河原を横切り、幾筋かの細流を渡ると、対岸の道を駈け去って行った。そして昌幸は、二騎の先を行く武士が、次男の幸村であることを直感的に悟った。

幸村は独特な馬の乗り方をした。よそ目にはひどく乱暴のようだが、実際は用心深くていたわりのある馬の扱いである。たとえば鞍の上で絶えず鞭をふり廻しているが、その鞭を馬の尻に当てることは滅多になかった。手綱さばきは荒々しいが、それは乗馬を完全に自己の分身として、蹄《ひずめ》の踏み方一つにも慎重を期しているためであった。

「ふーむ」

昌幸は豆粒程に遠ざかった二騎を睨んで唸った。先行したのが幸村ならば、後ろは望月《もちづき》六郎にちがいなかった。

六郎は幼少から幸村に近侍し、今は幸村の唯一の家臣である。幸村が左衛門佐に任官した機会に、昌幸は上田城の中から幸村付きの従者を分けてやろうとしたが、幸村は六郎だけを択《えら》んで他を断ったのである。望月六郎は真田左衛門佐幸村の家老であり、右筆《ゆうひつ》であり、奏者《そうじゃ》であり、近習《きんじゅう》であり、馬廻りである。

そしてこの主従は、上田城内に住むことを嫌い、城下はずれの屋敷に二人で起居していた。昌幸も普段は彼らの生活に干渉したことがなかった。

横着者め！

昌幸は二騎が視界から消え去ると、ひそかに舌打ちした。

そちの身に天から降って湧いたように縁談が持ち込まれているという時、のんびりと野駈けにでるとは何ごとか！

そう思いながら、しかし、ふしぎと昌幸の気持はらくになった。

「ふーむ」

また唸ってから、

「なんどきになろうか?」

昌幸はゆっくりと窓辺を離れた。

「やがて申《さる》の刻かと存じます」

高梨内記が昌幸に従って階段を降りながら答えた。浅春午後四時の西日はかがやきが一層弱々しくなり、風は一層ひどくなったようだ。侍童が寒さに追い立てられながら窓の戸を閉める音が、櫓内にせわしく響いた。天守櫓をでてから、

「使者に会おう」

昌幸は言った。

敦賀から来た使者は二人だった。内記にみちびかれて中広間へ通されると、片隅に平伏した。

「寄れ」

昌幸は短く声をかけた。二人は膝で上座へ近づくと、ふたたび両手をついた。それから、

「大谷刑部少輔の臣、杉大十郎にございます」

正使が先に顔をあげた。体軀も貧弱なら容貌も貧相な中年の侍だった。

「同じく木宮《きのみや》新蔵」

副使は見るからに逞しい武骨な感じの若侍で、ぽつんとそう名のった。二人とも極度に緊

張していているらしく、中年の正使は頰を硬張らせ、副使の若侍は眦《まなじり》をつりあげていた。

正使はすぐに姿勢を改めて何か言おうとした。

「挨拶は伜が来てから受ける」

咄嗟に昌幸は申し渡した。

「は⁈」

正使は出鼻をくじかれて奇妙な声をあげた。内記がおもむろに二人へ向き直った。

「左衛門佐さまは城外のおやかたにお住まいです。殿がおよびになりましたから、お越しになるまでお待ちの程を」

内記は莫迦《ばか》ていねいな言葉で説明した。正使は口をもぐもぐさせてうなずき、副使の若侍は怒ったように口をへの字に結んだ。

昌幸は無表情に二人を観察した。

使者が旅装も解かず自分に対面を強要して坐り込んでいたのは、主君から特別の伝言を命じられているためと考えられる。吉継は書面を簡単にして、使者に口上で縁組に関する細目を告げさせようとしたのだろう。大名間の婚姻にはやかましい規制がある。交渉は内密に進めたほうが無難である。

昌幸はそう推測して、できることなら使者の口上を聞かずにすませたい肚であった。吉継の意向に押されて面倒なことに捲き込まれるのはごめんである。そのためには、この際、相手側の事情に余り深入りしないほうがいい。

室内に夕の翳《かげ》りがひろがった。内記が侍童に灯を運ばせた。使者の脂《あぶら》の浮いた顔が、淡い明りに照らされて鈍く光った。貧相な中年の侍は身を固くし、武骨な若侍はやたらと眼を沸《たぎ》らせて、それぞれ昌幸の前で沈黙の時間に耐えていた。

――正使は左程の身分ではあるまいが、吉継が内意の伝言を命じたくらいであるから無類の正直者。副使の若侍は腕の立つことだけが取り柄で、道中、正使の護衛を命じられた者であろう。

昌幸は大谷の使者をそんなふうに判断した。

近習が腰をかがめながら小走りに中広間へはいって来て、内記へ報告した。

「左衛門佐さまは、ご不在にございます」

「ご不在? どちらへおでましか?」

「判りませぬ」

そして、

「しばらく留守にすると小者に申し置かれ、望月六郎どのをお供に、つい先刻、馬でおでかけになったそうでございます」

「これは困った!」

内記は反射的に昌幸を見向いた。昌幸の横顔は相変らず無表情に口を噤《つぐ》んだままだった。

瞬時その顔色を読んで、内記はまたもや、おもむろに二人の使者へ向き直った。

「左衛門佐さまは世道人心に触れるため、しばしば遠出をなさり、お気軽に在所を泊り廻っておいでになる。只今もお聞きの通りだ」

二人の使者は顔を見合わせた。

「夕餉《ゆうげ》を相伴《しようばん》致せ」

すかさず昌幸が言った。内記の指図で、すぐに侍童が膳を捧げて来た。

昌幸は手ずから使者に盃を与えた。それから自分はさっさと食事を始めた。平生《へいぜい》と同じ湯《ゆ》漬《づけ》めしに焼味噌と塩菜だけの質素な夕食だった。使者の膳部には鯉のナマス、山菜の胡麻アエ、山魚の塩焼が添えてあった。使者は昌幸の食事に比べて、この饗応《きようおう》に恐縮したようだった。

「遠慮なく箸をとられよ」

内記が傍からすすめた。中年の正使は小刻みに震える手でナマスを突つき、副使の若侍は額に汗を滲ませながら山女《やまめ》の頭を骨ごと噛み砕こうと焦った。そして昌幸が湯漬めしを食べ終ると、二人もそそくさに箸を措《お》いた。

「今宵はくつろいで、道中の疲れを癒せ」

昌幸は淡々と慰労の言葉を与えて、席を立った。

内記もすぐに奥へはいって来た。

「使者はおとなしく寝所へ引きさがりました」

それから、

「おみごとに烟《けむ》に巻きましたな」

内記は笑った。

「正使が刑部の伝言を持っているやもしれぬ。その方が聞いてやれ」

「かしこまりました」

「いずれ早く発ちたがろう。時候の見舞いなど返書にしたためて置くから、大事に持たせて帰せ」

「それでよろしゅうございますかな」

「ふむ」

昌幸はうなずいた。こちらは一応彼らを引見し盃を与え、大谷の使者としての面目を保ってやっている。敦賀へ帰ってから、役目不充分という咎《とが》で、まさか吉継に切腹を命じられるようなこともあるまい。

「しかし殿も、幸村さまのお留守をご承知になっていながら、内記にまで黙っておいでとはお人が悪い。あらかじめ一と言お教えくだされば、もっとうまく取りつくろいましたものを、あの時はいささかあわてました」

老臣はまた笑った。

「世道人心に触れるため、在所を廻っているとは、横着者の不行跡《ぎょうせき》を褒めすぎたような」

そして、

「今夜はどこへでかけたものやら」

昌幸は突き放すように言ったが、その言い方には珍らしく情感があった。

二　鴉

長窪《ながくぼ》村は真田領の小県郡《ちいさがたごおり》といっても、隣接する仙石《せんごく》領の佐久《さく》郡との境界にある古い里であった。村内に三つ辻という部落があった。下諏訪《すわ》から和田峠を越えて来る山間の裏街道が、ここで上田城下へ行く一本道と、仙石氏の居住である小諸《こもろ》城下へ抜ける道筋との三方面に分れているからで、真田領の領辺の要所でもあった。長窪の郷主《ごうしゅ》、長窪丑右衛門《うしえもん》の屋敷は、三つ辻部落にあった。

郷主屋敷の裏庭に黒い羽毛が散らばっていた。鴉《からす》の羽毛であった。長いクチバシのある頭や、大きな翼も、幾つかころがっていた。傍の網の中には、まだ七、八羽の鴉が押し籠《こ》められていて、窮屈そうに羽ばたき、わめいていた。

若い男が一人、あたりへ水を撒《ま》いて、おびただしい羽毛が夕風に舞うのを防ぎながら、せっせと掃き集めていた。

「鴉料理とは、さすがのおれも驚いた」

男は呟《つぶや》いて、ふと冷笑した。

蛙、蛇、トカゲ、ゲジゲジ、毛虫——鴉も食った経験はあるが、美味《うま》いと思ったことはない。こいつは味を試してみなければならぬし、調理法も覚えなければならぬな！

そんなことを考える時、男の表情には冴えた閃《ひらめ》きが走った。

「佐助さん、据《す》え風呂の支度はできている？」

炊事場の土間の戸口から、郷主屋敷の奉公女が裏庭を覗《のぞ》いた。

「ちょうどの湯加減に沸いています」

佐助とよばれた若い男は、すぐ柔和な顔に戻って、愛想よく答えた。

「今夜はいそがしい。そこが片付いたら土間へ来てね」

「鴉は足りましたか？　もっと締めましょうか？」

奉公女はいらないと言うように首をふった。

「あれはどうします？」

佐助は網の中で騒いでいる鴉を指さした。

「やかましいったらありゃあしない」

「たくさん捕りすぎたようなら、逃がしてやりましょうか」

「あとで旦那さまに訊いてみる」

「すみません」

「あんたは本当になんでもできるのね。鴉をつかまえることまで、じょうずなんだから、びっくりしちゃう」

奉公女は感心した。

「だが鴉料理とは信州でも珍らしい」

「この辺ではご馳走よ。それも味付けに添える物も品数が多いし、手もかかるし、滅多《めった》に作れないご馳走！」

奉公女はそういう料理をこしらえていることが自慢のようだった。

「お屋敷でそれ程のご馳走を支度するとは、今夜、上田から来るお客さまは余程のご身分の方でしょう。一体どなたです？」

佐助は如才なく質問した。すると、

「他国者はそんなことを訊くものじゃない」

女の口調が変った。

「掃除に水を撒きすぎると、明日の朝凍って滑るから困る。気を付けなさい」

きめつけて炊事場へ消えた。

相変らず口が固いな！　佐助は苦笑した。

どこでも他国者には警戒するものだが、ここの奉公人は特に用心深い。馴れて冗談を交すようになっても、かんじんのことに触れると、ぴしゃりとお喋《しゃべ》りを止めてしまう。主人のしつけだろうが、そうするとこの郷主屋敷には、やはり何か秘事があるに違いない。

匿《かく》されると、探らずにはいられないのがおれの性分だ！

佐助は箒《ほうき》を動かしながら、ちょっと眼を光らせた。冷たく研《と》がれた錐《きり》のような視線には尋常の者にはない敏捷な動きがあった。

上方《かみがた》から来た旅の鏡磨《と》ぎと自称するこの佐助が、鏡をきれいにする代りに一夜の宿を貸してくれと郷主屋敷へ立ち寄ったのは、かれこれ十日程も前のことであった。丑右衛門は彼を納屋《なや》に泊め食事を与えたが、農家には他人に磨《みが》いて貰う程の鏡はないからと、翌朝そのまま発たせようとした。礼は礼だからと佐助は諾《き》かなかった。丑右衛門は仕方なく娘に鏡を持って来させた。佐助が半日がかりで磨いた鏡は、娘の顔を眩《まぶ》しい程きれいに写した。それを見て丑右衛門の妻女も仕事を頼んだ。また一泊した佐助は、次の日から屋敷中の鏡を磨いた。それがすむと、調度や仏壇の金具という金具をピカピカにした。その間、奉公人と一緒に薪《まき》割《わ》り水汲み掃除もすれば、暇な時は女たちの鋳針を磨きながら、上方訛《なま》りのなめらかな言葉で、諸国の珍らしい話しを聞かせたりした。こんなふうにして佐助は居候を決め込んでいたが、何をやらせても器用だし、小まめに働くので、誰からも重宝がられていた。

「来たな」

ふと、佐助が聞き耳を立てた。しばらくしてから、

「二人づれか」

佐助は呟いたが、夕闇の裏庭には炊事場の灯明りと、そこに働いている奉公人たちの声や物音が漏《も》れているだけである。

そして、それからまたしばらくたってから、郷主屋敷の暗い門へ、二人の粗服を纏《まと》った武士が馬を乗りつけた。

幸村と望月六郎は、風呂を浴びてから、囲炉裏端《いろりばた》にくつろいだ。ここに来るといつもそうだった。郷主屋敷のことだから、奥に畳座敷や客用の部屋が幾つもあったが、幸村はこの囲炉裏端が好きであった。

いかにも旧家の団欒《だんらん》の場所らしい広々とした板床の部屋である。大きな土間をへだてて炊事場や風呂場、物置部屋、奉公人の部屋などが雑然と見え、絶えず誰かが出入りしているが、幸村は少しもうるさく感じなかった。むしろ武家屋敷の日常にはない人懐《なつ》こい雰囲気《ふんいき》に、解放感とたのしさを覚え、落着いた気持を味わえた。

郷主屋敷の者も、幸村のそういう態度に慣れて、彼が囲炉裏端に陣取っていても、ことさら固苦しくなる気配《けはい》はなかった。

丑右衛門夫妻が奉公女を指図して、膳をそろえた。

「鴉の蠟燭《ろうそく》焼きか！」

「お越しの知らせを受けて、さっそくお気に入りの物をこしらえました。たくさんお召しください」

丑右衛門が皿をすすめた。

「腹が空いたぞ」

幸村は無雑作《むぞうさ》に一と串《くし》つかんで食らい付いた。鴉の皮をむき、粘《ねば》り気がでるまで丹念にたたき潰し、豆腐、卯の花、山椒《さんしょう》、味噌、小麦粉などをまぜて一緒によくこね合わせ、竹串に握り付け、とろ火で焼き、タレをかけた物である。タレはすり味噌、醤油、山椒などで作ってある。竹串に握り付けた型が蠟燭に似ているので、蠟燭焼きとよばれている。

「お盃を――」

丑右衛門の娘が酒を捧げて囁《ささや》いた。

「会うたびに美しくなる。そろそろ上田へ掻っ攫《さら》って嫁にしようか⁉」

幸村は真顔でからかった。娘が赧《あか》くなって、酌を父に任せると、奥へ逃げ去った。

「茂作のところの跛《び》っこ馬が、仔馬を産みました」

丑右衛門が言った。名の如く丑年生まれの四十半ばで、肩筋の盛りあがった頑健そうな体軀や、むっつりした顔付き、もそっとした口の利き方も、なんとなく牛を偲《しの》ばせるものがある。年中、里を巡りあるいて村民を差配し、その傍《かたわ》ら、奉公人と共に自家の田畑も耕せば、持ち山で山仕事もするという勤勉な働き牛だ。

「どんな仔馬か？」

幸村は盃をチビと舐《な》めて、四本目の蠟燭焼きに手をだした。酒は余りたしなまないが、健啖《けんたん》である。

「種馬が長窪一といわれる木曽駒でございます。みごとな鹿毛《かげ》の仔馬ができました」

「仰せの通りでございましたな」

望月六郎が二本目の串を皿へ返して、口の囲りについたタレを拭《ふ》いた。

「左様、茂作も仰せを守って、あの時、脛に怪我した母馬を処分しないでよかったと、大層よろこんでおります」

丑右衛門は六郎にも酌《しやく》をした。

「野良《のら》働きや荷運びに役立たなくとも、あれ程の毛並の牝馬なら使いようがある。飼い方によっては、これからもいい仔馬を産むぞ」

幸村は四本目の竹串を食べ終ると、また盃をチビと舐めてから、すぐ五本目の蠟燭焼きをとりあげた。

「牝馬も殺されるいのちをお救いくださったご恩に、さぞかしよろこんでいましょう」

丑右衛門は言いながら、囲炉裏の火を直した。枯粗朶《そだ》が小さく炎をあげて、囲炉裏の幸村を赤々と映しだした。

父昌幸に似て背丈の高い骨太の体格であった。夏の日焼け冬の雪焼けが沁《し》み込んだ色黒の顔には、ようやく三十代にはいろうとする一とかどの武人らしい闘志の漲《みなぎ》りと貫禄《かんろく》が感じられた。昌幸の老成した威厳と鋭角的な精悍さに比べて、幸村には素朴と図太さが表裏一体となっている不敵な印象があった。そういう闊達《かったつ》で飾り気のない幸村は、領内ばかりでなく、どこへ行っても土着の住民に不思議と親近感を持たれ、信頼された。

「そうそう、北藪の百姓が墓場荒しの野狐を退治いたしましてな」

丑右衛門の如きは幸村の心酔者といえる。彼の健啖ぶりをたのしそうに眺めながら話した。

「北藪では冬以来、新仏《にいぼとけ》を埋葬するたびに墓を掘り起こされるという奇怪なできごとがつづきました。たまたま二月に孫を亡くした年寄夫婦が墓詣りにでかけたところ、狐が孫の墓に穴を掘っていたそうです。じじいは怒って自分は張り番に残り、婆《ばば》アを知らせに走らせました。村の者が集った時、狐はもう墓の下へもぐっていたらしい。そこで一同は棒や鋤《すき》を持って墓を取り巻き、穴の口で松葉を焚いた訳です」

「燻《いぶ》りだしか」

「何しろ年老いて兎や野鼠を獲《と》るよりも、墓の屍を食う方がらくと覚えた程の悪賢い狐でございますからな。だいぶ長らく土中に潜《ひそ》んでいたようですが、とうとう堪《こら》え切れずにフラフラと這《は》いだして来た。それっ！　と一同が身構えたとたん、狐め、煙に酔ってか、食ったばかりの屍肉を胃袋からさらけだした――」

望月六郎が眉をしかめたのを見て、

「お膳の最中に！」

丑右衛門の妻女が脇から夫を小突いたが、

「面白い。先をつづけろ」

幸村はいっこうに無頓着《むとんちやく》だった。

「村の者は気味悪さにたじろいだそうですが、孫の墓を食い荒されたじじいがいきり立って、仏の仇討ちとばかり狐の頭を打ち砕いたといいます」

「狐が老いて怪異をする風説はよく耳にするが、飢《う》えて仏を瀆《けが》すとはけしからん」

「飢えた狐の悪さは退治できますが、飢えた人間が多くなるのは困ります。三つ辻のような山路の裏街道の辺鄙《へんぴ》な里にさえ、流民の物乞いや旅の牢人者《ろうにん》が頻繁《ひんぱん》に通ります。ご当家の領分にはまだ被害がないようですが、食い詰め者が徒党を組んで、追《お》い剝《は》ぎ、押し込み、強盗と悪事を働く例が多くなったそうです」

領境の村の郷主は、近隣の噂に詳しく、また旅の者から拾った話題も豊富である。そして、彼は、それらの情報を収集して幸村に報告することを、さながら自己の職務の一つであるかのように自認していた。

「太閤《たいこう》さまのご治世になり、国内の合戦はやっとなくなりましたが、こんどは明国《みんこく》征伐でございます。すぐる永禄の役《えき》にはご当家の軍勢も九州へ参陣のため、領民は貢租《こうそ》のお取り立てが増し、賦役《ぶやく》に駆りだされて難儀いたしました。幸いご当家は高麗《こうらい》へ出陣の軍役は免《まぬ》かれたものの、伏見城で普請《ふしん》役を仰せ付けられ、領民はさらに貢租が嵩《かさ》んで苦労しました。その窮状が直らぬうちに、またもや去年から、太閤さまは明国再征をお始めになりました。領民は、ご当家にふたたび出陣のお達しが下されはせぬかと、恐れおののいています。もはや年貢と賦役に応じる力がないからでございます。これはご当家の領民だけではなく、諸国の百姓すべて同じかと思われます。事実、年貢を納められず、苦役を逃れるため家郷を捨てた流民の多いことが、その証拠でございましょう」

丑右衛門は述べた。もそっとした口調が、一たん喋りだすと、能弁になった。語ることに見識もあった。

真田家の領内統治法は、取り高の二割に当る直接支配の他、すべて家臣の知行《ちぎょう》地に分け与えてあった。そして一門の支配地にも家臣の知行地にも、歴代に及ぶ在地の土豪や郷主がいて百姓を掌握《しょうあく》していた。一朝《ちょう》有事の際、彼ら土豪や郷主が、たちまち百姓を武装させてゲリラ隊を編成し、生まれた土地を堅守するという体制であった。かつて家康が上田城を攻囲した時、神出鬼没の遊撃作戦で徳川勢を悩ましたのは彼らであった。

長窪丑右衛門も上田合戦に働いたゲリラ隊の戦士であり、指揮者であった。そのような武士に准《じゅん》じる自覚と、村政の体験が、彼に時勢を洞察する眼を養わさせていた。

「太閤さまはこの春も醍醐《だいご》で園遊をなさるそうでございますな。去年も明国再征のいくさを始めながら、醍醐でお花見をなさいましたが、それに勝《まさ》る盛大な催しのようで、諸国に不《ふ》祥《しょう》の噂《うわさ》がひろがっているとか」

「不祥の噂?」

「百姓は怨嗟《えんさ》を口には申しませぬ。何ごともお天下さまのなさることよと表面では畏《おそ》れ敬《うやま》っておりますが、内心は白い眼を向けております。おのれの暮しが日増しに乞《とぼ》しくなるから、そねみ、恨み、不満を抱くのでございます。明国再征のお触れがあって以来、畿内では早くから諸価の高騰《こうとう》が住民を悩ませていると聞いておりましたが、その余波が昨今どうやらこの辺にまで響いて来たようでございます」

「物の値が上ったか?」

「百姓は銭を持ちませぬから、譬《たと》えば一と握りの塩を買い求めるにも苦しい算段をしなければなりませぬ。今年は味噌、醤油を作るのはもとより、漬物を漬けることも控え目にする者があるくらいでございます」

「ふーむ」

丑右衛門の理屈と譬喩《ひゆ》には、領民の実生活が反映しているから、幸村には教えられることが多い。

「明日は三都和《みつわ》の赤不動で市がたちます。試しに行ってごらんなさいませ」

丑右衛門は幸村が蠟燭焼きを平らげ、盃を手放したのを見て、話しを打ち切った。

幸村は近隣の他領を微行で廻る時、長窪の郷主屋敷で服装を変えることにしていた。ここは幸村のアジトであった。

幸村は囲炉裏端に立ちあがると、

「やすむぞ」

と言って、大きく腕をひろげ背伸びをした。それから望月六郎が捧げる刀をつかんで廊下へでた。丑右衛門の妻女が手燭《てしょく》をつけて、幸村を奥へみちびいた。寝室の前で、

「るいさん」

「はい」

その低く細い応答を確めてから、妻女は幸村に黙礼していそぎ足に去った。

すぐに襖《ふすま》が滑《すべ》って、ひとりの女が平伏しながら、幸村を寝室へ迎え入れた。広い畳座敷の中央に屏風《びょうぶ》を巡《めぐ》らして、褥《しとね》が延べてあった。片隅に火桶が置いてあって、女はそこに坐っていたらしかった。室内が薄暗くて寒いせいか、火桶に盛ってある真っ赤な炭火まで

が、ひどくいじけて見えた。

幸村は女に刀を渡すと、先に屏風の中へ踏み込んだ。脇差を枕元へ置き、衣服をかなぐり棄てるようにして、褥にはいった。寒中でも裸で寝る癖《くせ》があった。寝間着を纏っていると肩が凝《こ》るような気がして熟睡できなかった。だから公的な場所に泊る以外は、上田の私生活でも、下帯だけの野放図《のほうず》な恰好で寝た。

女が幸村の刀を、床の間の刀掛に直して、ひっそりと屏風の中へはいって来た。

「るいはいつからこの部屋にいたのか?」

幸村は褥から声をかけた。

「先程より」

女は幸村が脱ぎ棄てた衣服をていねいにたたみながら答えた。

「少しも姿を見かけなかったが、それまでどこにいたのか?」

「ご門へお迎えにでてから、しばらくお膳を手伝い、それからお風呂を戴《いただ》いて、お寝屋の支度にはいっていました」

女は言った。相変らず低く細い忍び声であるが、訊かれたことは全部正確に答えなければならないとでも思い込んでいるような答え方だった。

るいは丑右衛門の遠縁の女で、幸村より一歳年上のはずである。近在の豪農へ三回とついで三回とも離縁された。子供ができないためであった。石女《うまずめ》という片輪者にも等しい烙印《らくいん》を押されて、実家へも戻れず、丑右衛門のもとに身を寄せていた不幸な女を、幸村は四年前から自分の褥に侍《はべ》らせていた。幸村が囲っている只《ただ》ひとりの女であった。るいが郷主屋敷に同居していることも都合がよかった。

るいが石女であることが、幸村は気に入っていた。みだりな者に真田の血筋を伝えてはならないという家名に対する潔癖《けっぺき》感と、自戒があるからであった。武将の家の子らが、相続を巡って争う、血で血を洗うような現実も、飽《あ》きる程、見聞していた。だから幸村は、自分の中の男が必要とする女に、絶対子供を産まないるいを択んだ。

るいは幸村の衣服を片付けると、

「お風呂で髪を濡らしました。火桶で乾かして参ります」

眸《ひとみ》を伏せて言った。

「かまわぬ」

幸村はよんだ。るいは枕辺の小さな灯を一層小さくしてから、屏風に向かって坐ったまま帯を解き、慎《つつ》ましく幸村の横へ滑り込んだ。添寝《そいね》をしてから、褥の中で、着ている物の袖から腕を抜いて裸になった。最初に同衾《どうきん》した夜、幸村が自分と同じ姿になれと命じたことを、以来るいは必ず実行していた。るいのそういう極めて従順な点も、幸村は気に入っていた。

そしてるいはいつもと同じく、これから何か重大な役目でも果すかのように裸身を引きしめ、瞼《まぶた》を閉じた。四年という歳月の間、くり返して素肌を触れていれば、たいていの男女には馴れが生じるものだが、るいには全くそれがなかった。毎回、恭々《うやうや》しかった。寝屋でそのくらいだから、他の席では、よばなければ姿も見せなかった。るいのそうしたところも、幸村はまた気に入っていた。

幸村はるいに愛情を求めている訳ではなかった。幸村にしても、愛情がないといえば嘘になるが、確実に愛しているのはるいの体だけかもしれなかった。

るいの小がらな体は、石女のせいか、年齢に比較して崩れていなかった。なぜ子供が産まれないのか訝《おか》しいくらい健康そうな、弾力のある裸身であった。

幸村もがむしゃらに男を発散させれば気のすむ年ではない。るいの体を面白く愉《たの》しみ、満足するまで味わい尽くす。

この女の肌には野の風の匂いがある！　幸村はるいの口唇から、乳房から、腹から、野の風の匂いを胸一ぱいに吸い取る。やがてるいの裸身が顫《ふる》え、うねり、汗ばむ。野の風に春の匂いが満ちて来る。るいの肌に花の香りと蜜《みつ》の甘さがあふれる。いいものだ！　女の体とはいいものだ！

突然、幸村の陶酔《とうすい》感を冷たく掠めたものがあった。幸村は左腕にるいを抱いたまま、反射的に枕辺へ右手を伸ばし、耳目を澄ました。室内に異状はなかった。郷主屋敷は濃い夜の時間につつまれていた。

幸村の腕の中で、るいが、どうしたのですか？　と訊くように眸をあげた。

「どこかで鴉が鳴いている」

幸村は枕刀から手を放すと、褥の中で寝返りを打った。

「あれは裏庭です。捕った鴉を網に入れてあるのです」

「蠟燭焼きを食いすぎたので、腹の中で鴉が鳴きだしたのかと、びっくりしたぞ」

幸村の冗談に、るいはほつれ毛を指で掻きながら、くすっと珍らしく笑った。そして幸村が行為を中断したので、どうしたらよいかと迷うように、これまた珍らしく表情のある眸をあげた。

「眠るとしよう」

幸村は曖昧《あいまい》に言って、るいの丸い肩を抱き寄せてやったが、心は武装していた。あの時の違和感は、殺気といえないまでも、何者かに隙を窺い、狙われているような気配であったと思う。郷主屋敷に敵はいないはずだが、用心に越したことはない。

裏庭の方で、また鴉が無気味に悲鳴をあげた。

三　不動

古い昔、天台の寺があった。かなり大きな寺であったが、火災で廃墟《はいきよ》と化した。それから久しい歳月がすぎた頃、付近の郷村に厄病《やくびよう》が流行した。一日、修験者《しゆげんじや》が訪れて、寺の廃墟から石の不動尊を掘り起こした。我れは長らく土に埋もれているが、再度、世に現われて諸人の難儀を救わんと、修験者の旅枕に霊夢のお告げがあったという。さっそく修験者が護摩《ごま》法を行なうと、たちどころに疔病が治《おさ》まった。村民は寺の廃墟に堂を建て、不動尊を祀《まつ》った。三都和の不動尊のいわれである。刻《きざ》んである石が、いかにも炎にさらされたような赤く爛《ただ》れた色をしているので、赤不動さまとよばれている。

縁日に門前市が立ち、その市が農民の間に必要品の交換、売買の場所として盛んに利用されるようになったのは、さらに後世のことであった。月の五日、十五日、二十五日に開かれる三都和の赤不動さまの市は、佐久郡でも有名な市の一つとされていた。

朝からの日和《ひより》に道を往く者が、この分では畑の残雪がだいぶ解けると語り合っていた。三都和へ近づくにつれて、今日は赤不動さまに、羽黒山のえらいご先達《せんだつ》が来るという噂もたびたび耳にした。そして幸村と望月六郎は三都和の里へ到着した。

「混《こ》んでいますな」

六郎が囁いた。

「ふーむ」

幸村はそぞろあるきに、不動尊の境内へはいっていった。主従とも襤褸《ぼろ》に等しい衣服に膝までの汚れた袴を穿き、腰には大刀のみを帯びた姿で、古菅笠を被っていた。どう見ても、うらぶれた流浪の牢人者である。そうした身なりが不自然でないばかりか、似合うから奇妙である。

「これ程の賑わいを見ると、丑右衛門の昨夜の話しが嘘のように思えます」

六郎がまた囁《ささや》いた。

「ふーむ」

幸村は曖昧《あいまい》に言って、不動尊の堂の前で古菅笠を脱ぐと、まず参詣をした。堂宇の前庭に注連縄《しめなわ》を張り巡らし、薪を井桁《いげた》にうず高く積みあげて、護摩を焚く支度がしてあった。

幸村はすぐに堂の前を離れて、古菅笠を被り直した。歩を停めて、周囲を見廻した。

不動尊の堂宇は古びて小さいが、往昔の住民が古寺の廃墟をそっくり寄進したといわれる境内はかなり広く、樹木も多い。その空地一面に市の棚が立ち並び、境内からあふれてあたりの枯草の原にまでひろがっていた。

白布売り、笠売り、油売り、煎《せん》じ薬売り、火桶火箸売り、針磨ぎ針売り、「一服一銭」と小さなのぼりをあげている飴湯《あめゆ》売りなどの行商人が露店を張っている。

「ふーむ」

幸村は唸って、またそぞろあるき、それらの市の喧噪《けんそう》と雑沓の間を縫ってあるいた。色とりどりの糸を棚にそろえて、しきりに客をよんでいる行商の前にしばらく佇《たたず》んでから、

「ふーむ」

ふたたび唸って、境内をでた。

原の方では、露店の間に、鋳掛《いか》け屋や鍛冶《かじ》屋などの職人が、炭火を起こして、鍋釜や農器具のささやかな修理場を開いていた。近在から来たらしい百姓の男女が、僅ばかりの麹《こうじ》や干柿、干杏《あんず》、川魚などを笊《ざる》に並べて売っていた。仔牛を杭につないで、ぼんやりと買手を待っている者もいた。

「嘘ではないな」

幸村がふと呟《つぶや》いた。

「はっ？」

望月六郎は笠をあげて幸村を見た。

「昨夜、長窪で聞いた話しは本当だ」

「そうでございましょうか？」

「なるほど市は人出で賑わっている。しかし、物売りが声をあげているだけで、買う客は少ない。百姓たちの諦《あきら》め顔に棚を覗いて廻るだけだ。糸売りの前に集っていた女たちさえ、物欲しそうにしながら、一人として糸を買う者がいなかった。銭がないのだ」

「ふーむ」

こんどは望月六郎が唸った。

「それに流民の成れの果と見える乞食も、人出の中にしばしば見かける。不動尊の堂の囲りに、勧進元の村の若者が、常になく多勢、気負《きお》って立っていたのは、供物《くもつ》や奉納品を盗む者がいるせいだろう」

「飢えは、神仏の罰の恐ろしさをも忘れさせるものでしょうか」

「われわれも、不動尊に参詣している間中、ずい分と胡散《うさん》臭い眼で睨まれていた」

「それで早々に笠をお被りになったのですな」

「われわれ同様、怪しまれても致し方ないような身なりの牢人者も散見した」

そして、

「見ろ、あそこにも一人――」

幸村は低く言いながら、古菅笠の蔭で苦笑した。

百姓のおやじが黍餅《きびもち》を売っていた。その前に仁王立ちになった牢人者が台に並べてある黍餅を手づかみにして頬張っていた。かつては然るべき身分の勇士だったかもしれない。厳しい兜髭《かぶとひげ》をたくわえた初老の牢人者であった。彼は百姓のおやじが何か話しかけるのにも答えず、骨張った大兵《だいひょう》の体をかがめて台の黍餅をつかんでは、せわしく口に運んだ。垢染《あかじ》みた衣服、つぎはぎだらけの袴、刀の鞘《さや》はところどころ塗りが剝げ落ち、腰に燧《ひうち》袋と履き替えの草鞋《わらじ》を下げている他は、荷物らしい物も持っていなかった。

牢人者はたてつづけに十個程も黍餅を食べると、百姓のおやじがさしだす白湯《さゆ》をがぶ飲みして、それから無言で立ち去ろうとした。

「ああ、もし、ご牢人さま！」

百姓のおやじがあわてて後ろに追いすがり、牢人者の袂《たもと》を抑えて言った。

「餅のお代をいただきます」

牢人者はふり返りざまに、いきなり袴から毛脛をむきだして、百姓のおやじの脛を払った。

「無法もんだっ！　只食いだっ！」

百姓のおやじが転がりながら叫んだ。

「黙れっ！　只食いはせぬ。餅の代金は出世払いだ」

　牢人者が眼をむいて怒鳴った。

「何ぬかす！　みんな来てくれ、無法牢人が、おらの黍餅を只食いして逃げるぞ！」

　百姓のおやじが立ちあがってわめくと、付近にいる者も口々に非難の声をあげた。

「鎮まれっ、えい黙れ！」

　牢人者は周囲をねめ廻してから、

「わしは偽りを申さぬ。越後春日山城主、上杉中納言どのが、会津へ転封になったことなど、うぬら土百姓は存じおるまい。上杉家はな、これまでの五十五万石から、いちやく百三十一万石の大々名になったのだ。禄高が倍になれば、家臣も倍にせねばならぬ。よって上杉家では、新規の家臣お召抱えのため、諸国より武勇の士を招き募《つの》っているところだ。わしは事情あって浪々の辛酸《しんさん》を舐めていたが、このたび上杉家のさるお方に内々召されて、会津へ向かう途中だ。いずれ上杉家に仕《つか》えてから、おやじには褒美《ほうび》をとらす。それまで待て」

　きめつけるような語気の弁舌に、しんと鳴りをひそめていた周囲の者は、牢人者の言葉が終ったとたん、たぶらかしだ！　とか、大嘘つきめ！　とか再度、やかましく騒ぎだした。

「無礼を申すと、此奴ら！」

　牢人者は居丈高に怒鳴ると、傍にいた物売りの棚を二つ三つ、土足で蹴散らした。怒っての乱暴というより、諸人を嚇《おど》すための狼藉で、そうした無頼《ぶらい》の小悪党ぶりに馴れているようだ。

周囲の者が逃げ惑った。その混雑を掻き分けて進みでた者がいた。幸村であった。古菅笠を被ったまま黙って無頼の牢人者にあゆみ寄った。

相手は、なんだ⁉　というふうに幸村へ開き直ると、指の爪が黒く伸びている大きな手で、兜髭をしごいた。脅かしているつもりの態度だろうが、その髭に只食いした黍餅の黄粉《きなこ》が散っているのはご愛嬌だった。

幸村はおだやかに囁いた。

「詫《わ》びた方がいい」

「何っ⁉」

牢人者は嚙み付くように髭づらを突きだした。

「銭は払ってやるから、餅売りに詫びを入れ、また囲りの物売りにも詫びて蹴散らした棚を片付けてやれ」

幸村は諭《さと》したが、牢人者は諾かなかった。

「おのれ！」

吠えながら、兜髭をしごいていた手を拳《こぶし》に握って幸村を殴《なぐ》ろうとした。次の瞬間、牢人者の姿が宙に一転して、地面に落ちた。大きな図体が鈍《にぶ》い音をたててから、牢人者は不分明な唸り声を短く発し、そして動かなくなった。

周囲がどよめいた。無法もんが眼を廻した！　とか、天狗《てんぐ》の速技《はやわざ》だ！　とかいう驚嘆の言葉が交された。

幸村はさっさと黍餅売りの百姓おやじへ近づいた。

「災難だったな」

声をかけると、百姓おやじはあとずさりした。

「このような牢人者が、よく姿をあらわすのか?」

訊くと、

「お前さまも仲間ではねえのか?」

百姓おやじは白い眼で反問した。幸村は巾着《きんちゃく》から銭を取りだして台に置くと、

「貰うぞ」

黍餅を三つ四つ手にして、その場を離れた。人垣の中から望月六郎がでて来て、幸村に肩を並べた。

「おみごとでした」

六郎は言った。

「食わぬか」

幸村はあるきながら黍餅を六郎へさしだした。

「お買いになったのですか?」

「餅売りのおやじに、お髭どのの同類かと疑われたので、そうでない証拠に巾着を持っていることを教えてやった」

幸村は自分もあるきながら黍餅を口に入れて、

「少し固くなっているな」

言ってから、急に歩を停めて背後をふり返った。百姓の子らしい少年が一人、試し透かすような視線で幸村を見あげながら突っ立っていた。

幸村は左手に残った最後の一つの黍餅を、黙って少年へさしだした。少年は首をふった。

「ひもじいのではないのか？」

訊くと、少年は幸村を見あげたまま、やはり首をふった。

「先程から、あとを尾《つ》けて来たな？」

少年はうなずいた。

「用か？」

またうなずいてから、少年はあたりへ警戒の眼を走らせて、

「おいでよ」

小声で言うと先になってあるきだした。幸村と六郎はちょっと眼差を交したが、少年に手招きされて、あるきだした。

少年は市の人通りを足速にすり抜けながら、時々、後ろをふり向いては、こっち！と言うふうに幸村へ手招きした。野原のはずれに竹藪があった。少年はその奥へ幸村と六郎をみちびくと、足を停めて二人へ向き直った。

「さっきの喧嘩《けんか》、見ていた」

少年は言った。野良育ちにしては利発《りはつ》そうな顔が、しきりと何か計算していることを、幸

村は即座に読み取った。

「何歳になる?」

幸村は訊いた。

「十四」

「十四歳にしてはチビだな」

「お侍さんは、でかくて強い!」

言葉のうちに、少年の視線が幾度か自分の懐中へそそがれていることに気付いて、幸村は言った。

「褒めてくれても、銭はやらぬぞ」

少年の顔を困惑とも狼狽《ろうばい》とも受け取れる表情が掠《かす》めた。

「巾着を目当てに、このような所へつれて来たのか?」

幸村は被り物を手であげて、わざと強い眼をした。

「只で銭を貰うんじゃねえ」

少年は悪びれずに幸村を見返った。この竹藪は市に集る者が用便の場に使うものらしく汚臭が漂《ただよ》っている。少年は短く沈黙してから、探るように言葉をつづけた。

「お侍さんは腕が立つし、金は持っているし、けらいもいる」

「けらい?」

「こっちの人は、けらいだろう」

少年は望月六郎を指さして、

「だから、お侍さんは名のある人かと思ったんだ」

「名のある侍ならどうする？」

「刀が欲しくねえか？」

「ほう」

「おれにはよく判らないが、由緒《ゆいしょ》のあるとてもいい刀だそうだ。お侍さんが差しても、きっとおかしくねえと思うな」

「その刀はどこにある？」

少年は口を閉じると、百姓が武士に対して示す独特の警戒と猜疑《さいぎ》に満ちた眼差をした。

「お前が持っているなら、見せてみろ」

うながすと、

「買うか買わねえか聞かないうちは見せられねえ」

「なぜか？」

「お侍は物騒《ぶっそう》だもん。うっかり見せて、刀だけ取りあげられて、金が貰えなかったら大変だ」

「無礼だぞ！」

「よい」

望月六郎が憤《いか》るのを、軽く抑えて、

「お前が騙《だま》されたら大変のように、こちらもニセ物は困る。見て本当にいい刀なら買おうと思ったが、これでは取り引きができぬな」

幸村はおだやかに笑った。そのこだわりない態度に釣られてか、少年は懐中から一と振りの短刀を取りだした。鮫《さめ》皮の柄《つか》に黒鞘の作りの鎧通《よろいどおし》である。

そして短刀を手にした幸村が、唐突《とうとつ》に表情を硬くした。鮫皮の柄に、真田家の旗印、六文銭を刻んだ銀の飾りが打ってあったのだ。望月六郎も傍からそれを覗いて、

「これはご当家の――」

思わず口走ったが、みだりな発言はできないと悟ってか、語尾をツバキと共にのみこんだ。

幸村は性急にその場へかがみ込んで、短刀の鞘を払った。長らく手入れはしていないらしいが、刀身には一点の曇りもない。目釘を抜いて調べると、銘《めい》はなかったが、たしかに由緒ある相州物のようである。

「いい刀だ」

幸村は短刀を元の通りに直して、

「どこから持って来たのだ？」

「拾ったんだ」

「この刀はその辺に落ちているような刀ではないぞ」

「ほんとだよ！」

「お前はどこの村の者だ？」

「大門――」

少年は言いかけて口を噤《つぐ》んだ。

「大門？　では真田領から来たのか？」

少年は曖昧にうなずいたが、幸村を見る眼は一層警戒と猜疑の色を濃くした。

「なんという名だ？」

幸村は努めて平静に訊いたが、

「そんなこと、どうだっていいじゃねえか」

それから、

「刀は買うのか買わねえのか、どっちだ？」

少年は撥《は》ね返すように反問した。

「控えろ！」

望月六郎が憤ったのがいけなかったようだ。

「それではお前の名は訊かぬ。この刀の持ち主は誰だ？　同村の者か？」

幸村が優しく尋ねても、もはや少年は口を開こうとはしなかった。

「本当にお前の物ならば、どこで、どうして手に入れたか教えてくれぬか？」

幸村がかがみ込んだ姿勢のまま重ねて優しく尋ねた瞬間、上眼使いに体を固くしていた少年は、やにわに幸村の手から短刀を引ったくると、

「もう売らねえや」

捨台詞《すてぜりふ》を残して身を翻《ひるが》えした。幸村はまさか少年がそんな行動にでるとは考えていなかったし、望月六郎にもゆだんがあったようだ。

「逃げるな」

「これ待て！」

交互によびながら追い駈けたが、少年は意外と軽捷《けいしょう》な逃げ足で竹藪をくぐり抜け、市の広場へ走った。

「姿を見失うなよ」

「すばしこいやつです」

幸村主従も真剣であった。そして少年は明らかに混雑へまぎれ込もうとして、人の多い方へ、市の棚の多い方へと背中を丸めて遁走《とんそう》する。

この時、法螺貝《ほらがい》の音が鳴り響いた。修験道山伏の一行が到着したのである。護摩が始まる！　とか、えらいご先達のご祈禱が拝めるぞ！　とか叫び合いながら、市に集っていた老若男女がいっせいに不動堂へ殺到しだした。逃げる少年は人の渦《うず》に巻き込まれた。

「境内へかくれたのではありませぬか」

「手を分けて捜そう」

幸村は望月六郎と示し合って、人群《むれ》れに押され、揉《も》まれながら不動尊へ近づいた。

また法螺貝が鳴って、その人群れが自然に左右へ道を開いた。十五、六人の修験者が、ちょうど境内へはいるところであった。

押すな押すな！　ご先達のお通りだ！　勧進元《かんじんもと》の世話人が群衆の整理に声をからし、痛いっ！　とか、足を踏むな！　とか男女がののしり合い、子供が泣き、犬が吠《ほ》えたてた。

——のうまく、さんまんだー、ばーさらだー、せんだん、まーかろ、しゃーな、そわたや、うんたか、たーかんまん。

修験道の一団が高らかに不動尊の御真言《ごしんごん》を唱和しながらやって来た。

人垣の前へ押しだされて、それを見ていた幸村の耳元へ、突然、小さな声が飛び込んだ。

「山伏にご用心！」

咄嗟《とっさ》に左右を見廻したが、その辺に揉み合っていた群衆は、羽黒山の先達を迎えてことごとく善男善女と化し、のうまく、さんまんだ、ばーさらだ、と合掌《がっしょう》しながら経文を口ずさんでいるだけだ。そして無意識に正面を見た幸村の眼に、前を通りすぎる修験道の一団の中から、一人の山伏の視線が絡《から》み付くように迫った。幸村は理由もなくその視線に毒を感じて、古菅笠を目深《まぶか》にさげた。

修験道の一団はそのまま不動尊の境内へはいり、善男善女があとにつづいたが、幸村は人波に逆らってその場を離れた。

山伏にご用心と自分の耳に注意したのは誰か？　あの山伏は何者か？

幸村はこうして微行する自分の身辺に、得体の知れない監視が付き纏《まと》っていることを初めて経験した。

望月六郎が人波の間からせかせかと姿をあらわした。

「残念ながら、あいつ、姿をくらましてしまった」

六郎は古笠を脱いで汗を拭いた。

「大門村から来たと申していたな」

「小ざかしいやつです」

「日を改めて探してみよう」

「しかし、ご領分の百姓の小倅が、なぜあのような刀を所持しているのでしょうかな？」

「事実が明白になるまで口外すなよ」

それから、

「ここは他領だ、笠を被っていた方がよいぞ」

幸村は多くは語らず、今日の疑問を胸にしまい込んで、三都和の里をでた。

四 野 盗

この月十五日、秀吉が木食《もくじき》上人に命じて寺塔を改築し山水を造園した醍醐《だいご》三宝院において主催した観桜会の模様は、たちまち巷間にひろがり、十日もすると信州一円にまで伝わって来た。

お天下さまは五挺《ちょう》の輿《こし》に五人の妻妾を乗せて三宝院へでかけたそうな。諸大名が苑内に百の数寄屋《すきや》や茶亭を設けて、お天下さまの饗応《もう》を競ったそうな。お天下さまは百回も衣を改め百回も席を変えて酒宴を張ったそうな。お天下さまは幼ない秀頼さまを慰めようと、百人の美しい侍女を集めて鬼ゴッコをなさったそうな——。

人々はこの行事を「醍醐の花見」とよんで、さながら別世界の出来事のように語り合った。

その頃、幸村は領内の大門村をあるき廻っていた。長窪に隣接しているが、さらに山深い村であった。長窪から宮ノ上、入大門、小茂ガ谷、追分の部落を経て、大門峠を越え、諏訪茅野《ちの》へ抜ける山街道があった。大門村で道らしい道はこの一と筋だけであり、部落らしい部落は道筋にそったこの四部落だけだった。

幸村は五日がかりで山街道ぞいの四つの部落を尋ねてあるいたが、三都和の不動市で遭遇《そうぐう》した少年を発見することはできなかった。

幸村は諦めなかった。一と目で真田家よりでたと判る名刀を、巷間に放置しておくことは家名にもかかわる。あの少年がみだりな者に刀を売り渡す前に取り戻したかった。刀の出所や由来に関する疑念を晴らすのは二の次である。

幸村は長窪の郷主屋敷で山巡りの支度をととのえると、またしても大門村へでかけた。丑右衛門には刀のことを打ち明けてなかったので、彼は幸村がいつもの通り、領内の辺地へ軍事行政的な探訪へ行くものと思っているらしく、

「大門には名もない山里がどれ程あるか、村の者も知らないくらいです。猟師や樵夫《きこり》も迷子になると申しますから、お気を付けください」

そんなことを注意した。

実際、峠越えの道筋から一歩脇へ踏み込むと、山路は険しく谷は深かった。

幸村と望月六郎は一つの山里へ辿り着くと、次の里の所在を訊いて尾根を登り谷を渡った。二人とも獣皮の頭巾に綿入れの胴着、腰には鹿の敷皮をさげ鉈《なた》を帯び、脚絆の足ごしらえという山住みの者の恰好で、笈子《おいこ》に古毛氈《ふるもうせん》と筵《むしろ》、小鍋、味噌に塩に粟《あわ》をくくり付けて背負っていた。脇差と非常食の干飯《ほしい》は里人に身分を怪しまれぬように毛氈にくるんで匿《かく》していた。

こうして辿《たど》り着いた先の里で野宿同様に仮泊しながら、三日間すぎたが、まだ少年を探し当てることはできなかった。

「あの腕白《わんぱく》は問い詰められてデタラメを申したのではありませぬかな」

望月六郎は首をひねったが、

「たまには山暮しもいいではないか」

幸村は少年が嘘をついたとは思えなかった。

五日目に一たん街道筋の小茂ガ谷部落へ戻るため、早朝から近道の高所越えをした。落葉松や山毛欅《ぶな》や白樺の山森には根雪が残り、小動物の足跡が無数に走っていた。昼下り、ようやく山森を抜けて斜面の小径へでると、急に視界が展《ひら》けた。眼下の山峡《やまあい》に畑が見えた。しばらく進んで小径を曲ると、畑つづきに七、八戸の農家の聚落《しゅうらく》が見えた。

「思いがけぬ所で、また小さな里にでましたな」

望月六郎は言ったが、そこはいかにも南面した日当りの良い土地らしく畑中に梅の花が満開に咲き、桃の蕾《つぼみ》がふくらみ、そして農家の庭先には水仙と思われる黄色い花が色どりを添えていた。

「のどかな眺めだ」

幸村は信州の山里に訪《おとず》れた遅い春景色を遠目に見おろしながら呟いて、ふと歩を停めると眼を凝らした。

のどかな春景色の中で人影が右往左往していた。かなり遠いのと風向きのせいで、声や物音は届かないが、それらの人影は踊っているような動作で駈け廻り、もつれ合っていた。鋤や鍬《くわ》をふり廻して逃げ惑う百姓を、白刃をひっさげた者が追っているのであった。農家から略奪した品物を担《かつ》いで、背戸の坂道を走り去る者もいた。のどかに見えた山里は、白昼、野盗の群に襲われているのであった。領内の住民が賊に蹂躙《じゅうりん》されているのを、見すごしにすることはできない。望月六郎もそれと気付いて、殿！　と言うふうに幸村をふり向いた。

「いそげ！」

幸村は背中の笈子を小径へ投げおろすと、毛氈を解く手ももどかしく脇差を取りだして、山腹の崖を滑り、雑木《ぞうき》の茂みを掻き分けて走った。

畑中の道に一匹の白犬が数本の矢に射倒されて死んでいた。農家の飼い犬が乱入者へ吠えかかって殺されたものだろう。薄眼をあき歯をむきだし舌を垂らして死んでいる犬の傷口に、小憎らしい程よく肥えた虻《あぶ》が一匹たかっていた。

「無益な殺生《せっしょう》はするな！　土百姓を刀にかけたところで一文の得にもならねえ。それより早く目ぼしい物を運びだせ。風の如く来たって風の如く去るのが、由利鎌之助《ゆりかま》のやり方だ！」

何者かが叫んでいるのを耳にしながら、幸村と望月六郎は聚落の一番はずれの農家へ忍び寄った。土間口の戸が閉めてあり、その軒下に左の手首を切り落とされた百姓が転ろがって呻《うめ》いていた。この家のあるじのようであった。望月六郎が百姓を物蔭へ引きずり込み、素速く傷口をしばりにかかった。

幸村は瞬時、片眼をつぶって様子を窺っていたが、いきなり土間の戸を押し明けた。片眼をつぶったのは白昼の戸外から、土間の暗がりへはいっても、すぐ物が見えるように眼を馴らしておくためだ。そして幸村の眼には、戸を明けたとたん、土間口を見張るように突っ立っていた半裸の男の姿が映った。

男の狂暴な面相が何か言おうとしたのと、幸村が脇差を抜き討ちに鞘走ったのと同時であった。

ふわーっ！　というような声をあげて転倒した男をまたぐと、幸村は土間へ躍り込んだ。

薄暗い家の中には濃い臭気が充満していた。厭な匂《にお》いだ！　そう思いながら、幸村は眼の前に立ちふさがった人影をまた切った。

酸《す》え臭い食物の匂いと、囲炉裏火のくすぶりと、その囲炉裏火に脂《あぶら》をしたたらしている獣肉を焼く薄烟りと、変に熱っぽい人いきれの入れ混った澱《よど》みの奥から、

「誰だ！　なんだ⁉」

さらに人影が立ちあがった。厭な声だ！　そう思いながら、幸村は不快なものを払い退けるようにその人影へ刀を浴びせた。

乱雑に器物の散らばっている板敷の狭い室内に、衣服を剝ぎ取られてうずくまっている女の姿が見えた。側にまだ二人の男がいた。むさ苦しく毛脛をむきだした一人の男が何かわめいた。

みにくい！　咄嗟に幸村は室内へ踏み込んで刀をふるった。骨を断つ鈍い音におびえ、血の香に噎《む》せたように、他の一人が悲鳴をあげて逃げだそうとした。幸村の刀は躊躇《ちゅうちょ》なくその男の裸の肩を切りさげた。

「ひーッ」

女が細く声を発した。ふり返ると、別に泣いている訳ではなかった。むしろ放心したかのような表情で白い体を投げだしたままだった。

「これっ」

幸村がよぶと、女はたるんだ眼差で見返って黙って顔をふった。幸村があゆみ寄ると、白い体を這《は》うようにして少し動かした。それから不意にぼんやりした表情をゆがめた。幸村は女の視線が自分の刀に釘付けになっていることを知った。幸村がその刀をちょっと持ち直す

と、

「ひーっ」

女はふたたび声にならない声を発して、緩慢な動作で、その白い体を仰向けた。膝を曲げて開いた両脛が、生命と交換するための媚態《びたい》を示していることに気付いて、幸村は自分が女に野盗の一味と誤解されていることを悟った。哀れさと共に怒りに駆《か》られて、幸村は女の臀《しり》を軽く足蹴にした。

女の虚《うつ》ろな眸《ひとみ》が驚いて幸村の厳しい表情を仰いだ。それから唐突にはね起きると、幸村に背を向けて白い裸身を縮め、両掌で顔を覆った。

幸村は踵《きびす》を返して土間へ降りた。いつの間にか土間の片すみに七歳ぐらいの女の児と、四、五歳かと思われる男の児が、腕と腕を絡み合うようにして立ちすくんでいた。こんどは哀れさのみを感じた。

「殿！」

望月六郎が土間口を覗いてから、

「ひどい」

顔をしかめた。

「表は？」

幸村は性急に訊いた。

「まだ賊が狼藉《ろうぜき》を働いています」

「ふむ」

幸村は戸外へでて木蔭にひそんだ。

聚落の背戸のゆるやかな坂道に立って、叫んでいる者がいた。

「そろそろ引きあげだ。土百姓がお宝を持っている訳はねえ、食い物と着る物を攫《さら》えばいいんだ。これからまたしばらく山暮しをする間のてめえの食い扶持《ぶち》と、てめえのねぐらの道具だけは探しだせ！」

つら魂から察するに野盗の首領らしく、身成り不相応のりっぱなこしらえの太刀を腰にしていた。

どこから掠めて来たのか濁酒《どぶろく》の瓶《かめ》を担いだやつが、のろくさと坂道を登り、けたたましく鳴き騒ぐ数羽の鶏の足を両手につかんだやつが後につづいた。

そして一軒の農家の納屋《なや》から、突然、二、三人の賊が飛びだした。

「何をぐずぐずしていやあがる」

坂の上で首領が叱った。

「いいものがあったんだ。隠れていたのを見付けたんだ」

賊が叫び返した。一人が肩に年若い百姓娘を担いでいた。

「つれて来い」

首領は言い置いて、さっさと坂道を登りだした。そして娘を奪い去ろうとする賊の背後へ、傍の家の蔭から一人の百姓が鎌をふりかざして襲いかかった。賊の一人が無雑作に白刃をきらめかした。百姓は鎌をふりかざしたまま、物に躓《つまず》いたように倒れた。

「お父ーっ！」

そんな声をあげながら、同じ家の蔭から少年が飛びだして来た。少年は地に伏している百姓の手から、鎌をもぎ取ると、賊に追いすがった。賊の一人が踏みとどまって、少年に向き直った。

「こん畜生！　こん畜生！」

少年は鎌をふり廻した。賊が何か怒鳴って刀をあげた。

危い！　幸村は木蔭から飛びだすと、走りながら刀を左手に持ち変え、右手で腰の鉈《なた》を抜きざまに賊へ投げた。鉈は真っすぐに賊の顔面へ飛んだ。賊が尻餅をついた。幸村は駈けつけて賊の胸板へ刀を突き刺した。

一瞬、気をのまれていた少年が、眦《まなじり》をつりあげて幸村へ身構えた。

「まちがえるな。味方だ」

幸村は言ってから、あっ！　と眼をみはった。三都和の不動市で真田家よりでたと思われる刀を売ろうとしていた少年であった。少年の方は気が顚倒《てんとう》しているのか、幸村に気付かない様子だった。すぐに鎌を握りしめて駈けだそうとした。

「待て」

幸村は少年の肩を抑えた。

「放せ！　お父うが切られた。姉ちゃんを助けるんだ」

「賊に攫われたのは、お前の姉か？」

「お母アと納屋に隠れていたのに、畜生！」

少年は身悶《もだ》えした。

娘を拉致《らち》した賊は、すでに背戸の坂道のかなたへ去っていた。娘は失神しているのか、体をくの字に折って賊の肩に担がれたまま、両手を垂れていた。

「姉はきっと取り返してやる。お前は父の介抱《かいほう》をしろ」

それから、

「まだ賊が残っているかもしれぬ。騒ぎ立てるな、いいか！」

幸村は強く念を押して少年の傍を離れた。


逃げ遅れた賊が、干柿の束を抱えて畑を横切って来た。

「手を貸そう」

幸村が声をかけると、賊はぎくりとして歩を停めた。その背後から、望月六郎が刀をふり降ろした。幸村は干柿の束を抱えると、

「あとを片付けて来い」

六郎に命じて坂道を登った。

退散する野盗の姿を追って尾根を越え、北面したゆるやかな山腹の残雪を渡り、森林をくぐり、また尾根を越えると、大きな沢にでた。方角から推測するに大門峠へ抜ける山街道に

近い沢で、磧《かわら》には時たま里の者が粗朶《そだ》拾いにでも往来するらしい小径が通っている。その沢の日溜りで、野盗の一味は焚火を囲んでいた。

あたりの岩蔭に、木の枝を屋根にして枯草を敷いた寝場所がこしらえてあり、雑多な略奪品が積み重ねてあった。そして周辺の磧に人糞が散らかっているところを見ると、彼らは不敵にも、街道筋に近いこの沢で、幾晩か夜露をしのいでいたようである。

幸村は干柿の束を抱えて落着いた足どりで焚火へ近づいた。その服装と態度から、野盗は幸村を仲間と思い込み、注意を払う者はいなかった。幸村は彼らの車座に割り込むと、干柿を嚙《か》じりながら様子を窺った。

――全部で十七人のうち腕の立ちそうな者は四人。半弓が一と張りあるのには用心しなければならぬ！

彼らは掠《かす》めて来たばかりの濁酒を柄杓《ひしやく》で飲み廻したり、食い物を頰張ったりしながら、騒がしく雑談を交していた。

「ちっぽけな里なので、押しかけてもろくな物はなかった」

「濁酒だけが見付け物さな」

「そうでもねえ、きれいな娘っ子を担いで来たべえ」

その娘は意識を取り戻して、手足を縄でくくられ、首領の傍に引きすえられていた。蒼褪《あおざ》めた顔のいく分おでこで広い額と大きな眼差に、どこか弟の少年と似た利発そうな印象があった。野盗の鄙猥《ひわい》な視線を睨み返している表情は、恐怖に打ちひしがれた者のそれではなく、忿怒《ふんぬ》に燃えている感じである。

「あの娘っ子はお頭《かしら》のものさな」

「初物を一人占《じ》めたア不本意だ」

「訊いてみべえ」

そして、

「お頭、その娘っ子のことだが、一番クジはお頭のおたのしみにするとして、あとの順番は任せて貰えめえか？」

濁酒に髭づらを真っ赤にしたやつが発言した。

「やかましい！」

首領はきめつけてから、

「てめえら、いい機嫌に浮かれているが、まだ帰って来ねえやつがいるんじゃねえか。人数が足りねえぞ」

野盗ながら上に立つ者はさすがに眼が鋭い。

「そういえば十八人しかいねえな」

「六人足りねえ」

「誰と誰だべ？」

配下の者は互に顔を見合わせてから、急にしんとなった。すると沢の奥で鶯の鳴いているのが聞こえた。

幸村は野盗の注目を一身に受けていることを知って顔をあげた。その眼が首領の不審の視線にぶつかった。幸村が軽く頭をさげると、首領も釣られたように軽く頭をさげてから、

「てめえは誰だ⁉」

「おぬしは見かけぬ顔だな」

「なんだと！　そりゃおれのいうことだ。てめえは一体どこの何者だ！」

「おぬしらと同じ類《たぐい》の者だ」

「野武士か？」

「野武士、野盗、盗賊、山賊、盗っ人——いろいろとよばれる」

「仲間になりてえつもりなら、入れてやらねえでもねえが、なんという名だ？」

「雲の下馬五郎といえば、この辺では知らぬ者はないはず」

それから、

「おぬしは？」

「由利鎌之助だ」

「いつからこの沢を棲家《すみか》にしている？」

「二日前に大門峠を越えて来たが、文句があるか」

「無断で領分に押し入っては困るな」

幸村の落着き払った言動にいきりたって、

「ほざくな！」

力自慢らしい配下の髭づらがやにわにつかみかかったが、次の瞬間、幸村の拳に鼻バシを一撃されてその場へしゃがみ込んだ。髭づらを覆った指の間から血が噴《ふ》きこぼれた。

「やい待て！」

やった！　と、顔色を変えて総立ちになった。

由利鎌之助と名のる首領は配下を押しとどめると、

「いい度胸だ」

「褒められて恐縮」

「しかし天下を横行して憚《はばか》らねえのが野武士の本領だ。てめえは尻の穴が小さいぞ」

「わしは天下を横行しても力弱い者はいじめぬ質《たち》でな。ましてや領分の民、百姓を侵《おか》されることは好まぬ」

「民、百姓？　あんなものは塵芥《ちりあくた》も同然だ」

「ほう――」

「豊太閤でさえ、検地を拒《こば》んだ百姓を一村皆殺しにしたではないか。お天下さまは力ずくでお天下さまになった！　強い者がしたいことをしている世の中だ」

「理屈だな」

「そのお天下さまもすっかり老《お》いぼれて、昨日は明国を征伐するとて大軍を渡海させると思えば、今日は花見にうつつを抜かしてござる呆《ぼ》け方だ。豊太閤とて人間、老い呆けは寿命が短くなった証拠だ。お天下さまが死ねば天下はふたたび乱れる」

「そう思うか⁉」

「この由利鎌之助、今は僅の徒党で甲・信・越から上州・武蔵を荒らし廻る野武士だが、明日の乱世には力で運を開いてみせる。豊太閤が土百姓の小倅からお天下さまにのしあがった例《ためし》もあるんだ」

「ふーむ」

「感心したか？」

「驚いた」

「それじゃ、てめえも素直に配下になるか？」

うふっと笑って、幸村はやおら立ちあがると、

「面白い話しだ」

野盗の一人の側にたてかけてある半弓を取りあげて、

「せっかくだが、おぬしらの仲間入りはできぬ」

「なんだと⁉」

「ここはやはりわしの領分、おぬしらが素直に退散した方がいい」

その半弓を焚火の炎へ投げ込んだ。あっ！　と野盗の一味が身構えた時、幸村はもう強そうなやつを一人、袈裟《けさ》がけにしていた。

怒号と白刃が磧にひしめいた。幸村はたちどころに腕の立ちそうなやつ四人を斃《たお》した。ことごとく一刀のもとに切り棄てた。野盗の刀は弱い者には兇暴だが、武士が実戦的に培《つちか》っ

た闘志の前には臆病であり、たわいなかった。幸村が突撃するたびに白刃の輪は崩れ、怒号が悲鳴に代った。いつ駈けつけたのか、望月六郎が娘を庇《かば》って刀を構えていた。

「逃げる者は追わぬ！　手向かえば切る！」

幸村は叫んでから、また何人かを斃した。何人かは一目散《もくさん》に遁走《とんそう》した。そして由利鎌之助の憤怒の形相《ぎょうそう》が、みごとな太刀づくりの大刀をふりかざして、幸村に迫って来た。いのち知らずの乱暴者らしい凄まじい自己流の刀法だった。数回、刃を交してから、幸村は相手の脛を脚で払った。鎌之助がよろめく隙に体当りして倒し、組み敷いて大刀を取りあげた。

「殺せ！」

鎌之助がわめいた。

「六郎、縄を打て」

幸村は命じた。望月六郎は娘がしばられていた縄で、由利鎌之助をがんじがらめにして磧に転ろがした。

娘は縄を解かれても居すくんだまま、蒼い顔を一層引きつらせていた。

「痛い目に逢ったな」

幸村が言葉をかけると、

「切り合いが、とても怖《こわ》くて――」

それで恐怖にさらされてか、歯の根も合わない有様である。

「怖ければ眼をつぶっていればよかったのだ」

「はい」

うなずいてから、

「お助けくださいまして、ありがとうございます」

娘は思いだしたように、震え声で礼を述べた。

「名はなんという？」

「くみです」

「くみか。くみには弟がいるな」

「小太郎ですか」

「くみと弟は幾つ違いだ？」

「わたしが十七、小太郎が十四です」

「小太郎が里で心配している。送ってやろう」

「はい」

「まだ手足がしびれているのか？」

「いえ――切り合いが始まったら、脚がすくんでしまったのですけど」

くみは岩角につかまって、ゆっくり立ちあがってから、

「もう大丈夫です」

やっと人心地が付いたようだ。

幸村と望月六郎は焚火に水を撒《ま》いて炎を消した。磧に転ろがされている由利鎌之助が、首

をねじ曲げて、

「おれをどうするんだ⁉」

幸村へわめいた。

幸村は焚火の跡から燃えさしの枝を拾うと、板切れに何ごとかしたためて、鎌之助の傍に立てた。それから娘をいたわりながら、沢を去った。

落着かなきゃいけねえ！　と由利鎌之助は思った。まず自由になることだ。がんじがらめにされた五体を屈伸し、よじり、転輾《てんてん》した。縄目は解けるどころか、ゆるみもせず、身を締め付けるばかりであった。せめて一カ所ぐらい口が届けば、歯で嚙み切ってやるのだが、いくら首をねじ曲げても無駄であった。癪にさわる程うまくしばっていやがる！

鎌之助は思いだして、遁走した配下をよんでみた。

「おおいっ、逃げたやつは叱らねえからでて来い。誰かその辺に、隠れているやつはいねえのかあっ」

いねえのかあぁ、ねえのかぁ、のかぁ。こだまは返って来たが、配下は一人として姿をあらわさなかった。

腰抜けめ！　見付けたら勘弁しねえ！　鎌之助は逃げた配下に腹を立てた。それからまた長い時間、くり返して、手足の縄をふりほどき、すり切ろうと身をもがいた。焦《あせ》って磧にのた打ち廻ったが、縄目は一層膚《はだ》に食い込むばかりであった。

「ふーっ」

鎌之助は疲れて、息をついた。

谷は日暮れが早い。いつか西日が山へ沈んで、沢には夕の翳《かげ》りが訪れていた。どこかでねぐらへ帰る頰白が囀《さえず》り、磧の細い流れが厭に清冽《せいれつ》な水音をたてていた。鎌之助は静かさの底に只一人、取り残されたという不安に囚《とら》われた。数年来の山暮しに、これ程、心細さを感じたことはなかった。

「もっと暴れないのか⁉」

突然、声をかけられた。鎌之助は窮屈な姿勢で上体を撥ね起こした。磧に一人の男が立って笑っていた。彼は傍に置いてある板切を取りあげると、

「この者、極悪人なり、飢えて死すか、狼に食われるか、そのいずれかを望むものなり。なに人たりとも手を貸すべからず」

消し炭で書いた字を読んでから、

「そうか、手を貸してはいけないのか」

鎌之助を見おろして、また笑った。

「縄を解いてくれ。礼はする」

鎌之助はあわてて上体をゆさぶった。

「しかし極悪人ではな」

男は言った。

「銭一貫文をやる！」

「さて——」

「三貫文、いや、五貫文やる」

「どうしようか？」

「小判だ。小判三枚をやるから、早く縄を解いてくれ！」

「よく考えてみよう」

男は言うと、身軽にその場を離れて、あたりに倒れている鎌之助の配下の屍《かばね》を見渡した。

「凄《すさ》まじい手練だ。どいつもこいつも、たった一と太刀でやられている」

それから男は、全く音をたてずに磧石の上を飛び廻っては、敏捷な動作で、それらの屍をことごとく沢の細い流れへ引きずり込んだ。

「なむあみだぶつ、なむあみだぶつ——こうしておけば、やがて山の雪解け水が、うす汚い仏さまをきれいに洗って、あと形なく葬ってくれる」

そして焚火の跡に眼を向けると、

「美味《うま》そうな物が残っているな。精進《しようじん》落としに頂戴しようか」

言って、坐り込んだ。

「おれの方をどうする気だ？」

鎌之助は眼をむいて怒鳴った。

「威張るな。悪運強くいのちだけは助かったのだ。縄目の辛抱ぐらい、もうしばらく我慢しろ」

男は野盗の饗宴の跡で、鶏の焙《あぶ》り肉を齧じりながら、濁酒をすすった。鎌之助はようやく相手が只者でないことを悟った。短い脇差を帯びた軽装からは、一体いかなる身分か判然としないが、冴えた視線や隙のない態度にゆだんのならぬものを感じた。

「頼む！　おれの懐中にある小判は全部やるから、縄を解いてくれ」

鎌之助は語調を変えた。

「極悪人も一度懲《こ》りると、そんなに怖気《おじけ》づいて早く姿をくらましたいものかな」

男は皮肉な眼を向けた。

「逃げて堪《たま》るか！　草の根分けてもあいつを探しだすんだ」

「あいつ？」

「雲の下馬五郎だ。おめえも曲者《くせもの》なら言わずとも判るだろう、この恨みを晴らさでか！」

鎌之助が怒りに激昂《げきこう》すると、男は噴きだした。

「何がおかしい⁉　一度、二度しくじっても、三度は襲って、狙ったものは必ず仕止めて来た由利鎌之助だぜ。あいつはこの辺が領分だとぬかしていた。きっと尋ね当てて、素っ首刎《は》ねてやる！」

「尋ね当てるのは手易《たやす》かろうが、首をあげるのは無理だな」

「たかが山里住まいの痩野武士だ。不意を食らってぶざまな目に遭ったが、こんどは仕返しをしないではおかねえ」

「よせよせ、相手が悪い」

「おれを見くびるのか?」

「由利鎌之助も名高い野盗の頭目だが、相手は雲の下馬五郎とは仮りの名、あれは真田幸村だぞ」

「真田⁉　上田城主の真田か?」

「安房守昌幸の次男、左衛門佐だ」

「それじゃなおさらやめられねえ!　おれも代官役人や知行所《ちぎようしよ》の地侍と渡り合ったことはあるが、大名と刀を交すのは初めてだ」

それから、

「おい、金は懐中にある他、そこの岩蔭にも匿してある。縄を解いてくれ」

鎌之助は男にせがんだ。

「本気で幸村を狙う気か?」

男は呆《あき》れたようだ。

「天下人《びと》にもなろうという大望ある身だ、ここで運を試してみる!」

男はしばらく考えていたが、ふと立ちあがると、そこに転ろがっていた鎌之助の太刀づくりの刀を拾いあげた。

「分にすぎたいい刀だ」

「ほしければ、その刀もくれてやる」

「縄から脱けだすためには慾も捨てるか」

「何をいいやがる！　いまにそんな太刀など、お粗末すぎて腰にできなくなる程に立身出世する由利鎌之助だ」

「本気か？」

男の怜悧な視線を、

「嘘だと思うか！」

鎌之助は沸《たぎ》る眼で受け止めた。

「よし、やってみろ」

言葉と共に、男の手が刀を颯《さつ》とふりおろした。鎌之助が思わず身を固くして眼をつぶった瞬間、五体をがんじがらめにしていた縄が切れてゆるんだ。脚腰がしびれていて、すぐには立ちあがれなかった。それでも這うようにして磧石に坐り込むと、男の姿は数間離れたところに立っていた。

「恩に着る」

鎌之助はぺこりと頭をさげた。そういう点は兇暴な野盗の首領らしからず素朴で無邪気な感じだった。

「お前の悪運を、幸村の一風《ぷう》変った気性が再度どうさばくか、見ものだ」

「名前を明かしてくれ」

「おれか？　おれは猿飛佐助」

それから、

「近頃は幸村の身辺にしきりに付き纏《まと》っている者が他にもいるから注意しろ」

「誰だ？」

「服部《はっとり》半蔵」

「知らねえ名だな」

「徳川に仕える忍者で、羽黒の山伏に化け、諸国を廻って諸大名の動静を調べているやつだ」

「徳川の忍者が、なぜ幸村に付き纏っているんだ？」

「よくは判らないが、上田城の真田昌幸といえば、徳川にとっては小づら憎い煮ても焼いても食えない武将だ。その伜の幸村があの通り身分を匿し、成りふり構わぬ恰好で領内はもとより近隣をあるき廻っているのを見れば、徳川の忍者ならたいてい不審を抱くだろう」

猿飛佐助は鎌之助の刀を足もとへ置くと、身を翻がえして、山路を駈け去った。

「あいつも、忍びの術を修めていやがるな」

鎌之助は腕をさすりながら呟いた。

五　幽鬼

幸村と望月六郎が、くみをともなって、里へ帰り着いたのは夕刻のことであった。野盗に襲われた里人たちは、まだ恐怖の悪夢から醒《さ》めやらぬように、只うろうろしていた。

「悪人は残らず成敗《せいばい》したから安心致せ、奪われた物は、明日、奥の沢へ取り戻しに行けばよいぞ。気をしかと持ち直して、後始末にかかれ」

幸村は彼らを慰め励《はげ》ました。

「姉ちゃん、お父うが死んだ！」

小太郎が血の引いた顔で訴えた。

「お母あはどうしてるの？」

「どこにいるか判んねえ」

くみが物も言わず納屋へ駈けだしたあとを、小太郎もあたふたと追い駈けた。そして姉弟はけたたましい声をあげた。二人の母親は、納屋の奥の物蔭で、首筋を切られて絶命していた。恐らく娘が野盗に攫われそうになった際、一緒に潜《ひそ》んでいた母親は庇おうとして切られたのだろう。くみは発見された時、抵抗して当身《あてみ》を食らい、気絶していたので知らなかったと言う。

　幸村は望月六郎に姉弟の手伝いを命じると、自分は鍬をとって六個の盗賊の屍を埋め、一匹の犬を葬った。鍬を借りた家へ返しに寄ったついでに、井戸端で双肌脱《もろはだぬ》ぎになって汗を拭いていると、一人の百姓女がおずおずと水を汲んでくれた。その卑屈なくらいかしこまっている横顔とぎごちない態度から、幸村は生ま生ましい記憶を突かれて、眉を曇らせた。

「お前の家を、盗賊の血ですっかり汚してしまったな」

　低く声をかけると、

「かまわねえです」

　女は顔を伏せて細く答えた。

「亭主はどうした？」

「家で休んでます」

「手首を切り落とされたようだったな」

「血止めをしていただいたんで、いのちに別条ねえです」

「お前がひどい目に遭ったことは知らないのだな？」

「うすうす感付いてるかも知らねえが、何も言わねえです」

　女は一層うなだれて、消え入るように言った。打ちひしがれた姿が痛ましかった。

「お前の災難は山犬に噛み付かれたようなものだ。忘れてしまえ」

「はい」

「もし亭主に知られても、お前の罪ではないのだ。自分を責めてまちがった了簡《りようけん》など起こすでないぞ」

すると女は初めて顔をあげて、幸村を仰いだ。夕闇の中で、その硬い表情をヒクとゆがめながら言った。

「子供さえいなかったら、おらは殺されたって、あんなことはされねえ。死んでいいなら、今だってすぐに首をくくりてえ。でも、おらには子供が二人いるもん、どんな目に遭ったたって死ぬことはできねえです——どんなことされたって、生きなきゃなんねえです」

幸村の胸に伝わるものがあった。

「もうよい、何も申すな。わしもあの時のことは、もう何も彼《か》もすっかり忘れてしまった」

それから、

「泪《なみだ》を拭いて早く家へ戻れ」

幸村は百姓女を去らせると、胸に滲《にじ》むものを嚙みしめた。あの女房が自分のいのち惜しさのみで野盗の無理無態《むたい》に屈していたとばかり考えることは、酷《こく》にすぎるようだ。獣じみた兇漢の危害から子を守るために、わが身をいけにえにした母親を、蔑《さげす》むことはできないと、幸村は思った。

くみの家では、望月六郎が手伝いの者を指図して、形ばかりの通夜《つや》の準備をしていた。

「くみと小太郎は両親の遺体を清めるのに、他人の手を借りたくないと申して、二人してやりました。あれ程の傷口を見れば、肉親の者としてたいてい眼をそむけたくなるところでしょうが、なかなか気丈な姉弟です」

六郎が報告した。

そして程なく、他家の者がそれぞれ若干《じゃっかん》の品物を携《たずさ》えて、通夜に集って来た。女たちが眩《まぶ》しいような白米の飯を炊き、椀に盛り箸を立て、遺体の枕辺に二つそろえて供え、同じように米の子団子を二皿並べて飾った。それから幸村と望月六郎にも、炊きたて飯にズイキの茎を入れた味噌汁をもてなした。

「盗賊に荒されたあとで、よくこのような米が残っていたな」

幸村は微かな驚きを不審の言葉にして訊いた。

「本家のじいさまは知恵者ですもんなア、庭の明神さんの祠《ほこら》の下に、籾《もみ》五升を匿していたです」

それから女は遺体の方へ合掌すると泪ぐんだ。

「おかげで仏さんもしっかり腹ごしらえして十万億土へ旅立てる。めおとして気の毒によう」

すると本家のじいさまが、口をもぐもぐさせながら発言した。

「昔はこの里じゃ、刈り入れが終ったその日のうちに、どこの家でも籾五升分はどこかへ仕舞い込んで置いたもんだ。他領の軍勢が米を奪いに押し寄せて来るのは、その頃に決まっていた。合戦がなければ、今日みてえに悪党が押しかけて来た。俺が餓鬼《がき》の時分には、それ山ダチが来たと嚇《おど》かされると、どんなに泣いてる児もぴたりと泣き止んだもんだ」

そして、

「百姓も負けちゃいねえ。こっちの米を分捕られたら、ご領主さまのお触れで仕返しだ。おらなんか十三の年で、軍勢の槍束を担いで越後へまで合戦に行ったもんだ」

「ほら、本家のじいさまの自慢話しが始まった」

女たちが眼配せし合った。

「土台、ここが里の男たちも昔は腕節が強かったもんだ。あれはおらが十五の時だ。春先のちょうど今時分、山に食う物がなくなったもんで、山ダチが空き腹抱え血眼《ちまなこ》になって、里を取り巻いた。そうさな三十人近い人数だった！　おらのおやじさまはちっともあわてねえで、降参したふりをすると、山ダチを庭へ入れて、濁酒をふるまった。そしてよう、山ダチが酔っぱらった頃合を計って、里の男が総出でやつらを皆殺しにした。槍や刀を持ったって屁でもねえ、おらも鉈で四人ばかり頭をぶち割ってくれたが、あとで庭一面に三寸も血のりが溜っていた」

「お通夜に殺生の話しはよくねえ」

一人の男がぼそぼそと遮《さえぎ》った。

「おらは殺生の自慢をしているんじゃねえ。真田の領分になってから、里の者がすっかり安穏な暮しに馴れて、無用心になったことがいけねえと戒《いまし》めてるんだ。今日だってゆだんもいいとこだ！」

「不意を食らったもん仕方ねえ」

一人の男が両手でこめかみを揉んだ。

「そんな時は家も何も放っぽりだして、みんな逃げだしゃいいんだ。あわてて隠れたり、なまじ手向かいするからいけねえ」

「逃げる暇もねえ有様だった」

「普段《ふだん》の心掛けが悪いんだ。おらが匿し籾だけは忘れず仕舞っておけと、口を酸っぱくして毎年言ってるのにしてねえ！　どこの家でもご先祖さまが目だたねえ場所を択んで、灰で固めた穴を遺してくださってるのに、籾を匿さねえで、山芋や青菜なんかの入れ場に使っているじゃねえか」

里の男女は一言もない様子だ。

「よそ者をむやみに引き留めるのもいけねえ」

老いた百姓はしわだらけの顔を、幸村へ向けた。

「おめえさま方は、お侍と見たがちがうかね？」

「その通りだ」

幸村は偽《いつわ》らずにうなずいた。

「里の難儀を助けてくださったことは有難えが、今晩泊ったら、明日はどうか黙って発ってくだせえ。その代り、おらたち里の者も、おめえさま方がどこのどんなご身分の方か知らねえが、ここに立ち寄りなすったことは誰にも話しゃしねえ」

どうやら本家のじいさまは、幸村主従を変装して真田領に侵入した曲者と解釈しているらしかった。

「じいさま！　おらのいのちの恩人に悪いじゃないか！」

くみが憤然とした口吻《こうふん》で抗議した。

「娘っこは黙っていろ」

本家のじいさまは頑固だった。

「わしは事情あって山巡りをしているが、他国の者ではない」

「ほう、すると上田城のお人かね？」

「決して怪しい者ではないから、安心しろ」

「怪しい者に限って、怪しい者じゃねえと言うもんだ」

「じいさま――」

くみがまた何か言いかけるのを抑えて、

「怪しい者ではないが、明朝は早々に立ち去るから心配するな」

幸村は答えた。老いた百姓はしばし一徹な警戒の眼を幸村に向けていたが、やがて、

「夜が明けたら、仏さまの野辺送りをすませて、奥の沢へ家財道具を取り返しに行かねばなんねえぞ。お通夜に詰めるのは交替にして、少しでも体を休めておけや」

皆に注意を与えると、遺体へ手を合わせてから、腰をあげた。

山里に春の夜風が吹きだした。背戸から吹き降ろす風は、百姓家の荒壁の隙間をくぐって

通夜の席を淡く照らしている灯火をゆらめかせた。そのたびに荒壁に写る黒い人影が右に左にゆれ動いた。

両親の遺体の足もとに姉と並んで、黙然と坐っていた小太郎が、ふと立って戸外へ去った。

「あとを頼む」

幸村は望月六郎に耳打ちして、さり気なく戸外へでた。

小太郎は庭のはずれで立小便をしていた。幸村が隣りへ立つと、小太郎はびっくりして小便を中断した。

「この風で梅も桃も花が散ってしまうな」

幸村が放尿をすると、小太郎もまた足下に音を立てだした。星月夜の畑に白い花びらが点々と風に舞っていた。

「わしのことを覚えているか？」

幸村は小太郎の肩に手をかけて訊いた。

「覚えてる」

小太郎はあっさり答えた。

「あの刀を買いたくて、探していたぞ」

「あれはもう持っていねえ」

「どうした？」

「おばばに返した」

「この里のお婆《ば》アか」

「よそ者の気狂いババアだ」

「気狂い⁉」

「牛が背山へ兎のワナを仕掛けに行ったら、尾花沢の里へ抜ける山道にへたばり込んでいたんだ。銭をやるから水をくれと頼まれたんで、元清水の炭焼き小屋の跡へ連れて行って水を飲ませてやったんだ。そしたらまた銭をだして、半分はやるから食い物を買って来てくれと頼むんだ。気狂いのくせに、銭は持ってた」

「そのことを両親や姉も知っているのか」

「話したら叱られるから黙っていた。よそ者とかかわりがあるとうるさいもん、小茂ガ谷や宮ノ上の里まで食い物を買いに行っては、運んでやっていたんだ」

「そのお婆アが刀を持っていたのか？」

「鍋釜や、布団がほしいと言うので、三都和の市に行けばあるかもしれねえと教えてやったら、あの刀を売った金で、買って来てくれとせがまれたんだけど、うまくやれそうもないんで返したんだ」

「わしが買おうと言ったではないか」

「刀を見せたら怖い顔をしたんで、悪い牢人かと思った。おばばが大切にしてる刀を只で巻きあげられちゃすまねえから逃げたんだ」

「お婆アは今も炭焼き小屋にいるのだな」

「何しろひどくモウロクしている上に、病気にかかってとても弱っているから、どこへも行けやしねえ。二、三日見舞ってみねえけど、たぶん生きてるだろう」

「牛が背山は遠いか」

「半里ぐらいかな」

「わしを案内してくれ」

「これからかい⁉」

「わしは本家のじいさまと、明朝早々にここを発つ約束をしている」

温和な言辞に籠められた幸村の真摯《しんし》な希望は、小太郎の気持に伝わったようだ。

「姉ちゃんを助けてくれたお礼をすらア」

言ってから、

「けど、おれがよそ者と付き合っていたことは内証だよ。可哀そうだから、こっそり面倒をみてやっていたんだもんな」

「約束する」

幸村が言うと、小太郎はすぐに先に立って背戸の坂へ駈けだした。達者な足どりで夜道をいそぎながら、ここに岩角があるよ、とか、木の根に躓くな、とか後ろにつづく幸村へ注意した。かよい馴れた山路のようであった。山林で夜鳥の声がした。

「フクロウが鳴いているな」

幸村が言うと、

「ミミズクだよ」

「フクロウとミミズクは鳴き方がちがうか？」

「フクロウは五郎助奉公、ミミズクはポーポーポーだ」

小太郎は息を切らしながらも、得意そうに説明したりした。そして山林を抜けてしばらくすると、小太郎が告げた。

「この道は尾花沢の里へ行く方角なんだが、ここでおばばが坐り込んでいたのさ」

「一人でか」

「うん。汚ねえ旅支度だった」

またしばらく山路を辿ってから、

「あ、おばばのやつ火を燃やしてる。身動きも満足にできねえくせして、危ねえな」

小太郎が舌打ちをした。暗いかなたに小さな火が点滅していた。

小太郎は山襞《ひだ》の木立の中に、幸村をみちびいた。

「足場が濡れてるから気を付けなよ」

「湧き水でもあるのか」

「泉があるから元清水っていうんだ。昔、この辺には炭にするいい木がいっぱいあったんだってさ」

そして二人は、半分崩れかかった草葺《くさぶき》屋根の小屋の前に立った。朽ちた板壁の大きな割れ目や入口に荒莚《むしろ》が下げてあり、それらの莚が風に煽《あお》られると、内部に燃えている小さな炎の赤い光りが外へ漏《も》れた。

「おばば」

小太郎が入口の莚を明けたとたん、幽鬼⁉　幸村は息をのんだ。

「小太郎かい」

幽鬼が口をきいた。

「眼も見えねえくせに、なんで夜中に焚火なんかするんだ。まちがって寝藁にでも燃え移ったら小屋が火事になって、焼け死んじゃうぞ」

「苦しいんだよ。苦しくて堪らねえんだよ」

「また腹がいてえのか」

「冷えると、じっとしていられねえ」

襤褸《ぼろ》を幾重にも身に纏った老婆は、手探りで藁を焚火にくべながら、呻いた。藁が炎をあげて、老婆の白髪をふり乱した形相を赤々と映しだしたところは、正に幽鬼であった。

「おれが焼石をこしらえてやるから寝てなよ」

「小太郎は親切だ」

老婆は寝藁の中へ這い込むと、下腹を抑えて体を折り曲げた。しわがれ声と一緒に荒い呼吸音がゼイゼイと聞こえた。

「おばばにお客を連れて来たんだ。いつか三都和の市へ刀を売りに行ったら、変な牢人につかまりそうになったと言ったろう！　あの人はいいお侍だったんだ。刀がほしくておれを探していたんで、案内して来た」

「侍だと！　どんな侍だ？」

老婆は弾《はじ》かれたように上体を起こした。

「はいんなよ」

小太郎によばれて、小屋へ一歩踏み込むと、幸村は耐え難い悪臭に顔をしかめた。焚火の囲りや寝藁の中にまで、血のまじった汚物が散らかっていた。

「おばばはハラワタが腐る病気なんだから、我慢してやんなよ」

小太郎は平気で石を焼いていた。

「お婆ア」

幸村が声をかけた瞬間、

「ひ、樋口四角兵衛か⁉」

老婆の口からそんな姓名が飛びだした。

「待って——待ってくだされ。御刀を売ろうとしたことはご勘弁くだされ。どうせもうじきおらは死にまするだ。二度と真田の御領内へは戻らねえとお誓いしたが、おらは生まれ故郷で死にたかった。尾花沢にはおらの実家があった。人は死に絶え家も跡形なくなってるが、ご祖先さま代々の墓があるんで、この体で人目を忍びながら、ようやく這い戻って来たけど、あのことは口が裂けても喋りはしねえ。金輪際《こんりんざい》、他言はしねえ」

老婆は寝藁にひれ伏し、身悶《もだ》えた。

「わしは樋口四角兵衛とか申す者ではない」

幸村があゆみ寄ると、

「じゃ誰だ？　何しに来た！」

老婆は蠢《うごめ》くようにして、寝藁の奥へ身をずらせた。

「お婆アが持っている刀は、真田家に伝わった由緒ある宝刀と見て取ったが、お婆アは何か真田家にゆかりのある者か？」

幸村は嚙んで含める言い方で訊いた。

「真田家にゆかりの者かと！」

老婆は寝藁の奥で急に顔をあげた。

「真田は仇《あだ》よ、敵《かたき》よ——おのれ安房守昌幸！　おらが死ぬる時はきっと一緒に呪《のろ》い殺して、地獄へ道づれにしてやる」

しわがれ声をふりしぼって絶叫する形相に、幸村はまた幽鬼を感じた。そして老婆はすぐに、

「痛い、ああ痛い——ハラワタが千切《ちぎ》れるよう」

妖怪じみた呻き声を発しながら、今にも悶絶せんばかりに苦しみだした。

幸村はいそいで手を伸ばそうとして、得体の知れないためらいを覚えた。いたわってやろうという気持と、立ち去りたい気持が相半ばしていた。それは刀の謎に惹かれながら、謎の

解明に躊躇する気持と通じていた。なぜこの場に及んで躊躇を覚えるのか、自分でも理由は判らなかった。

「だから言ったろう、気狂いだって。おばばは時々頭がヘンになって、ご領主さまの悪口を言うんだ」

小太郎はそれから、

「おばば、さア石が焼けた。腹を温めてみな」

焼き石を襤褸切れに包むと老婆へあてがった。

老婆は体が温まると、幾らか苦痛が遠のいたのか、らくな息使いになった。

小太郎が小さな焚火の火明りで、小屋の内に転ろがっている雑多な器物を片付け、三本の太い竹筒を持って、水を汲んで来た。それからまた小屋をでて行くと、しばらくして、枯れ枝を抱えて戻って来た。

「暗くてたくさんは拾えねえや」

言って両手や着物を、幸村の鼻先で遠慮なくはたいた。その気配に感応したかのように、

「おとわよ、帰って来たかや」

おとなしくしていた老婆が、誰かへよびかけるように呟いた。

小太郎が寝藁の中を覗いてから、自分の頭を指して、その指先をくるくる廻して見せながら、

「とわっていうのは、おばばの娘の名前らしいんだ。よく口にするよ」

幸村に説明した。

「おめえはまア、お殿さまのお情をこうむって、お子を妊《みごも》ったと聞いていたが、こんなに痩せちまって——きつい顔立ちになったから、きっと男のお子が産まれるにちがいねえ。おとわに若さまができるとはよう」

寝藁の中から零《こぼ》れ落ちるかすれた呟きに、幸村は耳を澄ましたが、

「気狂いのうわ言《ごと》なんだから、なんのことだかさっぱり判らねえだろう」

小太郎はそして、

「もう帰らねえか？　それともまだここにいたけりゃ、おれだけ先に帰っていいかい？」

幸村の顔色を窺った。幸村は小太郎を両親の通夜から連れだして来たことを思いだした。

「一人で夜道が怖くないか？」

「馴れてるから平気だ」

「では先に帰れ。わしは今しばらくお婆アの側にいて、話しがききたい」

それから、

「案内ご苦労だった。気を付けて行けよ」

幸村がねぎらうと、

「おれ、明日の朝、迎えに来てやるよ」

小太郎は言って、小屋を去った。

幸村は一人になると、焚火に枯れ枝をくべて、炎の明りで寝藁の中を見た。

老婆が身動きして、骨と皮ばかりの細い手を弱々しく宙に泳がせた。

「お子はお返しした方がいい。おめえはお城へ戻りたくねえなら、家にいてもいいだが、お子はお殿さまにさしあげろ――お城に源三郎さまがいなさるとて、なんでおめえの産んだお子がいじめられるもんか――なアおとわ、お子はお返ししろや」

老婆が幻に語りかける呟きを耳に拾い集めていた幸村は、またしても心に礫《つぶて》を投げ込まれた。源三郎――その名が疑惑の波紋をたてた。幸村の兄、真田信幸の幼少からの通称が源三郎であった。

「痛えよう――ああ、苦しいよう」

老婆が呻きだした。幸村はいそいで竹筒の水を欠け茶碗に移すと、寝藁を踏んで老婆に近寄った。

「お婆ア、水をのむか?」

口唇に水をしたたらせてやると、老婆はピチャピチャと舌を微かに鳴らしてから、ふと我れに返ったかのように訊いた。

「小太郎かい?」

「小太郎ではない。わしだ。小太郎の案内で、お婆アに真田家に由緒ある刀のことを尋ねに来た者だ」

するとと老婆は、突然、意外に強い力で幸村の手から欠け茶碗を払いのけ、蠢くようにして身を起こした。

「おのれ樋口四角兵衛！　おとわを――おとわをなぜ切った――父っつァまや、おとわの兄弟まで――よくも殺したな！」

「お婆ア、わしは樋口四角兵衛ではないぞ。先程も申したであろう！」

「いいや騙されねえ――真田の殿さまは鬼だ、蛇だ――おとわを妊《みご》もらせておきながら、殺害するとは！」

老婆は這いつくばり、身悶えて、かすれた声でののしりながら、懐の中を手探りした。その手が一とふりの短刀をつかみだした。鮫皮の柄に真田家六文銭の旗じるしを刻んだ金の飾りを打ち込んである黒鞘の鎧どおしであった。老婆はその短刀を抜こうとした。

「待たぬか」

幸村は老婆の手を右手で抑え、

「この刀だ。この刀のいわれを、わしに教えてくれ」

左手で努めて優しく肩を抱いた。老婆は不明瞭な唸声をあげて力なく抵抗するうちに、急に突っ伏して、もがいた。

「おお、おう――苦しい」

「しっかりしろ」

幸村は襤褸の上から、老婆の腹をさすってやった。

「小太郎は――親切だ――なア」

老婆は今にも絶息するかのように咽喉《のど》をゼイゼイさせながら呟いた。

「そうだ、わしは親切者だ」

幸村は逆らわずに、小太郎になり代って言った。

「おらが死んだら、おめえに、いいもんやる――刀だよう、ほれ、樋口四角兵衛が狙ってる刀だ」

「樋口四角兵衛とは一体、誰だ？」

「真田のけらいだよう」

「なぜ、その刀を狙う」

「耳――貸しな」

幸村は老婆の口へ耳を寄せた。

「内証だぞ、小太郎にだけ教えてやる。その刀はな、おとわが真田の殿さまの子を妊って、実家へお産に帰って来た時、証拠に貰った宝物だ――何しろ、おとわは――源二郎さまを産んだんだからな」

「源二郎⁉　真田源二郎のことか⁉」

「鬼の子でも――おらの、孫――」

老婆の呟きが絶えた。

「お婆ア、おばばっ！」

幸村は耳元でよび、体をゆさぶった。それから欠け茶碗を拾うと、水を汲んで来て、口にしたたらせた。水は老婆の口からあふれて、しわだらけのくぼんだ頬や細い首筋に流れた。

老婆は盲《めし》いた両眼を薄く見開いたまま、こと切れていた。

「ようやく、らくになったか」

幸村は老婆の傍に坐り込んだ。鎧どおしを取りあげて、その柄に打ち込んである金の真田家六文銭の旗じるしに見入った。そうしながら、老婆の錯乱《さくらん》した言葉を、綴《つづ》り合わせた。

この汚物にまみれて死んでいる老婆の娘、とわという名の百姓娘は、真田の城に仕えて、源二郎という男の子を産んだという。真田源二郎とは、幸村の幼少からの通称に他ならない。

焚火の炎が消えた。幸村は疑問と感情を胸底に仕舞い込むように、鎧どおしを懐中に入れると、火を焚きに立った。夜風が小屋の内に吹き通って、火にくべた枯枝の煙を、たちまち燃え上らせた。

幸村は炎を大きくしてから、ふたたび老婆の傍へ戻り、干からびた屍の両掌を胸の上に組ませてやり、さんばらの白髪をゆっくり撫でそろえていたが、唐突にその手で藁の間に転がっていた欠け茶碗を握りしめた。同時に、小屋の入口に下げてある蓆が、外からバサと切り落とされた。

「見つけたぞ！」

由利鎌之助であった。

「勝負っ」

叫んで、大刀を真っすぐに構えながら突進しようとする顔へ、幸村の手から欠け茶碗が飛んだ。

「糞《くそ》っ」

鎌之助の大刀が茶碗を音高く砕くと一緒に、幸村は、小屋の天井に渡してある低い梁《はり》を切った。朽《く》ちた板屋根がゆれて傾き、崩れかかった。

鎌之助が出鼻をくじかれてたじろぐ隙に、幸村が焚火を飛び越えて脇差をきらめかした。

鎌之助は何かわめきながら、危うく幸村の抜き討ちを交して、小屋の外へ飛びだした。

二つの影が闇にもつれ、白刃が二度、三度とぶつかり、弾き合った。

「手裏剣《しゅりけん》にご用心！」

その声と共に、幸村の耳を掠《かす》めて手裏剣が飛来した。幸村は咄嗟に小屋の内へ身を翻しながら、第二、第三の手裏剣が夜気を貫《つらぬ》いて体の近くに飛ぶのを感じた。危険は幸村にのみ迫ったのではないようだった。

「畜生！　卑怯——危ねえ！」

鎌之助がわめきながら、あわてふためいて逃げ去る足音がした。

「もはやご安心」

こんどはそんな声がした。

「何やつか！」

幸村は小屋の内でゆだんなく身構えながら、板壁の隙間から暗闇を窺った。

「敵ではございませぬからこそ、野盗の頭と曲者を追い払いました」

姿は見えないが、声は近いようである。

「では、ここにあらわれて参れ」

「いずれ」

そして、

「あ、只今の手裏剣は、服部半蔵にございます」

「服部半蔵⁉　徳川の伊賀者総横目《そうよこめ》か！」

「気まぐれなご日常を怪しんでの悪戯《いたずら》でございましょう。ご用心ご用心」

その言い方で幸村の記憶に閃《ひらめ》くものがあった。

「何やつかは知らぬが、三都和の不動市で、山伏に用心せよとわしに教えたのは、その方だな」

微かな笑い声がして、木立の間を黒い影が音もなく走り抜けて行ったようであった。

「おかしなやつめ――」

幸村はそして、三都和の不動尊で眼差を交した羽黒の修験者の一人を思いだし、面識はないがあれが徳川家康の陰の耳目《じもく》と称される服部半蔵かもしれないと考えた。

同じ頃、由利鎌之助は牛が背山の裏山のなだらかな傾斜で、一人の黒い影と向かい合っていた。

「幸村を切るならば、手伝ってやる」

影が抑揚《よくよう》のない声で低く言った。

「いらねえ世話を焼くな。今だって、てめえが横から邪魔しなけりゃ、うまくいったんだ」

鎌之助は怒っていた。

「邪魔をしたのはおれではない」

「頼みもしねえのに勝負の仲に割ってはいりゃ邪魔じゃねえか！　おれは誰の手も借りずに幸村と決着をつける」

「知恵のないやつ——」

言いかけて、影は不意に鎌之助の前から、ふわりと姿をくらました。その闇の中で手裏剣の飛び交す鋭い音がした。

「野郎ッ」

鎌之助は冷やりとしたが、手裏剣は自分の方へは飛来しなかった。

「鎌之助」

不意に横からよばれて、

「あっ」

思わず及び腰に向き直ると、

「猿飛佐助だ」

「てめえまでこんな所に来ていたのか」

「よくあの忍者の助太刀を断ったな」

「聞いてたのか?」

「幸村と勝負をするというから、面白いのであとをつけていたが、二度目もみごとに失敗だった」

「邪魔がはいったからだ」

「邪魔がはいらなければ、お前が首を刎ねられたぞ」

「やかましい。へらず口をたたかずにトットと消え失《う》せろ!」

「まだ幸村をやる気か」

「当りめえだ」

「諦めた方が身のためではないのか」

「おれは忍者が大嫌いなんだ。消え失せねえと叩っ切るぞ」

鎌之助は見えない姿に眼をむいた。夜風が山腹を吹きあげた。その風に乗って、どこからか微《かす》かに佐助の笑う声が聞こえ、じきに消えた。

六　輿

四月中旬、遅い桜が咲いて散ると、上田盆地は一足飛びに春たけなわの陽気になった。つい先日まで寒風にさらされて、紫色に凍《い》てついて見えた太郎山の眺めが、山裾から急速に萠《もえ》黄《ぎ》色に変り、そして頂上が萠黄色になる頃には、裾野を覆う山林は若緑につつまれるのであった。

真田昌幸が本丸の天守櫓に登る日課は、朝になることが多くなった。早朝から囀《さえず》り交す小鳥の声に誘われて、足が自然に天守櫓に向かった。うぐいす、頬白、ひがら、うそ、四十雀、ひわ、さまざまな小鳥が太郎山から飛んで来て、城内の樹林の若緑を鳴音の糸で刺繡《ぬいとり》する朝の一ときは、老将の胸中に清々《すがすが》しい充実感を与えてくれる。

その朝も昌幸は九時すぎから、三時間近く櫓の上にいた。階下で出入口の扉が明いた。うしろに控えていた侍童がいそいで立とうとするのを抑えるように、

「内記であろう」

昌幸は言った。普段は滅多に口をきかない昌幸からそんなふうに声をかけられた侍童は、自分が何か悪いことをして叱られたかのように胆を潰《つぶ》して、あわてて坐り直した。

しかし老臣の高梨内記が、几帳面な足音で階段を登って来て、

「ごめんつかまつります」

挨拶しても、昌幸は窓辺に立ったままふり向こうともしなかった。内記もまた黙って坐っていた。しばらくたってから、

「ふむ?」

昌幸は窓の外を眺めやりながら、用かと言うように訊いた。

そして、

「いやはや、今朝程あわてたことはございませぬ」

「殿にもあわてていただかねばなりませぬ」

内記は言葉とは反対に、落着き払った態度であったが、

「ふむ?」

昌幸は気心の通じた老臣の語調に急を察してか、改めてふり返った。

「大谷刑部少輔さまより、再度のご書状が届きました」

内記は文函《ふばこ》の紐《ひも》を解いて、昌幸へさしだした。昌幸は大谷家の家紋入りの黒塗りの蓋をはずして、仰々《ぎようぎよう》しいことよ!　と思いながら、奇妙な予感に駆られた。

——過日は当家の使者に丁重《ていちよう》なるお見舞いを托されて感謝に耐えない。自分の病状は一進一退の小康《しようこう》を保っているが、ご承知のように難病である。ついては足腰立ち眼も見えるうちに、娘の輿入れを見送りたい存念である。貴殿の御次男左衛門佐どのと当家娘の婚姻

は、豊家《ほうけ》の斡旋《あっせん》により約束を交してからすでに久しい。自分としては豊家の旨《むね》を受けてお預りしていた娘を、貴家にお返しする気持である。到着しだい婚礼をあげるも、或いは後日に吉日を択んでいただくも結構である。これで自分は豊家に対する責任を果したのであるから、あとは貴殿にお任せする。

刑部少輔吉継は、そういう意味の文面を手書していた。

「ふーむ」

昌幸は銀色の毛筋が光る太い眉毛を寄せた。

「いかなるご書状にございます？」

内記が訊いた。昌幸は黙って老臣へ書状を渡した。

「いやはや――」

内記の口癖がでた。そして、

「大谷の家臣、杉大十郎という侍をご記憶でございますか？」

「先月、使いに来た者か」

「あの者が、先刻、この文函を持参して馬を乗りつけ、浪姫さまが昨夜より、塩尻においでになっていることを伝えてございます」

「ふむ」

うなずいてから、

「何っ⁉」

昌幸は訊き直した。

「大谷家ご息女、浪姫さまが昨夜、塩尻にご一泊、お許しがありしだい城へお越しになりたいそうでございます」

昌幸は短く息を止めた。それから深々と嘆息《たんそく》した。厭な予感が的中《てきちゅう》したと思った。

「内記もこれ程あわてたことはございませぬが、殿も――」

老臣は頬に笑いを匿して、昌幸を直視した。いかが取り計らいましょうや？　そう訊いている眼であった。

「とにかく、迎えをやらねばなるまい」

「は」

「そちが行け」

「かしこまりました」

「待て、城内に大谷の娘を迎える手配をしてから行け」

昌幸が珍らしく性急な言い方で命じると、内記は眼で笑いながら、すぐに階段を降りて行った。やはり殿もおあわてになりましたな。そんなふうに頰笑《ほおえ》んだらしかった。

昌幸は本丸館の居室にはいると、侍童をしりぞけて坐り込んだ。

「吉継め！」

気むずかしい顔で呟いた。まさにしてやられたという感じであった。

昌幸は天正十三年に徳川家康と断った時、上田籠城に後援を求めるため、幸村を上杉家へ人質として送ったが、その後、豊臣家に帰属するに及んで、幸村をよび戻し、改めて秀吉に近侍させたことがあった。この場合も幸村は人質として豊臣家へやられたのであるが、秀吉の馬廻りを勤めていた。そして幸村と大谷吉継の娘が、秀吉の斡旋で婚約したのは天正十五年のことであった。

しかし秀吉からこの話しが持ちだされた時、大谷吉継は恐縮《きようしゆく》しながら、娘がまだ幼少であると答えた。

——小娘も成人して、やがては幸村の花嫁になれる。

秀吉は笑いながら言ったものだが、昌幸はこの婚約を、秀吉独特の気まぐれな思い付きとしか考えていなかった。だから過日、吉継から突然、縁組の実現をうながされた際も、返事を濁して、体《てい》よく逃げるつもりであった。

しかるに吉継は、飽《あ》くまで秀吉の斡旋を守って、娘を押し付けて来たのである。難病を盾《たて》にとって、達者なうちに約束を履行《りこう》したいと迫って来たのである。

カッタイ掻きの一徹《てつ》者が！

昌幸は癩《らい》を病む律義な武将のその律義さをののしった。秀吉の斡旋という絶対条件を持ちだすところに、律義さの陰にある計略を感じるから、無性《むしよう》に腹が立つのである。いや今になって縁組をいそぐところを見ると、他にも何か秘策が隠されているかもしれない。業病《ごうびよう》で顔の崩れたあのカッタイ掻きは、異相の謀将と評判高い知恵者でもあるのだ。

いずれにせよ困る！　大谷の娘が塩尻まで来てしまったのでは困る！

昌幸は近習をよんだ。

「大谷家の者を迎える支度は？」

「ご家老のお指図で、二の丸の館《やかた》と、侍屋敷に宿舎をこしらえております」

「幸村をよんで参れ」

「はっ」

「待て、沼田へ速馬をやって、信幸に早々《そうそう》参向を命じろ。幸村には浪姫が来たことを伝え、信幸が参着《さんちゃく》したら共に登城せよと命じて置け」

言ってから、

「幸村が屋敷にいなんだら、必ずや探しだして、信幸と共に登城するように命じ置けよ」

昌幸はつけ加えた。幸村めうろちょろ外出していたら承知せぬぞと思った。

昼下りになると、昌幸はいよいよ落着かない気持に駆られた。ふたたび天守櫓にあがった。

そして午後二時近く、浪姫の一行が高梨内記の案内で、ゆっくりと城下へはいって来た。四挺の輿を五騎の騎馬武者と二十余の徒士《かち》が槍をたてて護衛するあとから、十余頭の荷駄がつづいていた。輿入れとしてはもとより、大名家の女の行列としても、簡略すぎるくらい質素なものであった。その小人数の行列が城に近づいて見えなくなると、昌幸は櫓を降りて居室へ戻った。

しばらくすると高梨内記が報告にあらわれた。

「浪姫さま、只今、二の丸館にお着きになりました」

「ふむ」

「藤乃と申される老女と侍女二名が、つき添いとして大谷家よりさしつかわされて参りました。当家よりもいずれ侍女房《さむらいにょうぼう》を人選することになりましょうが、とりあえず接待役として、僭越《せんえつ》ながら愚妻と奥仕えの女五名を、二の丸に詰めるよう手配いたしました」

昌幸の夫人が歿してから、上田城の奥には少数の侍女しかいない。それで老女役の代りに、内記は自分の妻を二の丸へ入れたのであろう。

「他の者は侍屋敷に泊るようにいたしてございます」

「ゆるりとくつろぐように申し伝えろ」

「姫さまがさっそくお目通りを願っておりますが」

「明日にでも会おう」

昌幸は、沼田城にいる信幸が来てから、幸村と共に今後のことを相談した上で、父子三人そろって浪姫に対面するつもりであった。それまでに不意に転ろがり込んだ厄介な荷物をどう扱うか、自分の考えを纏めようと努めたが、名案は浮かばなかった。

やがて昌幸は城内に微妙な雰囲気が漂っていることに気付いた。日頃は城主の性格そのままに厳しい静粛を守っている上田城が、どことなくざわめいている感じであった。廊下を往来する侍童たちの足音や、忍びやかな囁きも、そわそわと浮き立っているようであった。

春の日永が暮れると、その変化は一層顕著《けんちょ》になった。常々は暗い二の丸の建物に明々と灯がともり、人が絶えず出入りしている気配だけでも、華やかであり、賑やかであった。昌幸は招かざる客のもたらした雰囲気に、自分の城が攪乱《かくらん》されていることに、我慢のならないものを覚えて、その夜はいつまでも眠られなかった。

翌朝、真田信幸が僅の供と沼田から馬で駈けつけた。

「急のお召しに何ごとかと夜通し馬を走らせて参りましたが、幸村の許婚者がご到来とは！」

親想いの信幸は、昌幸の身に異変でもあったかと心配して来たらしく、ほっと笑いながら、

「幸村もかんじんな時に、運よく上田にいたものだ」

放浪癖のある弟をかえり見た。

「この頃はおとなしく屋敷に引き籠《こも》って、古い家事録などを調べています」

幸村は父から言い付けられたので、神妙《しんみよう》に正装していた。そして父子三人は、本丸館の広間で、浪姫と対面することになった。

浪姫は高梨内記の妻にみちびかれ、老女藤乃と二人の侍女、大谷家の武士を従えて、廊下を渡って来た。侍女は廊下に控え、五人の武士は広間の片隅に並んだ。その中に杉大十郎の貧相な顔と、木宮新蔵の気負った姿があった。

浪姫と藤乃だけが内記の妻につき添われて、真田父子の前へすすんだ。浪姫は華車《きゃしゃ》な容姿を薄紫の衣裳につつんでいた。藤乃は老女といっても四十前の中年婦人で、大柄な幾らか肥満した体軀に水色の衣服を纏っていた。二人の女は真田父子に低頭し、内記の妻は脇へしりぞいた。

「大谷の姫だな」

昌幸が言葉をかけると、浪姫はおっとりと顔をあげた。色が抜ける程白いという形容がぴたりの色白の顔であった。

「安房守さまでございますか」

透徹《すきとお》るような声に、鈴の鳴る音の印象があったが、藤乃はその答え方に周章《しゅうしょう》したようである。

「姫さま――」

藤乃にたしなめられて、

「申し遅れました。浪でございます」

白い顔は、また低頭した。

「浪姫は何歳になったかな?」

「姫さまは十七歳におなりでございます」

藤乃が代って答えた。

「姫に、尋ねておる」

昌幸はもう一度、鈴の音を聞きたいと思った。浪姫は物怖《お》じしない態度で背筋を伸ばすと、

「十七歳でございます」

こだわりなく藤乃の言葉をくり返した。

「痩《や》せているが、体は丈夫かな」

「病気をしたことはございません」

「遠路、大変ではなかったか」

「なぜでございますか」

「なぜ？　長旅で疲れたであろう？」

「少しも」

「ほう」

「初めて旅をして、方々でいろいろなものを見ました。とてもたのしゅうございました」

昌幸は今まで、これ程こころよく耳に響く美しい声を聞いたことがなかった。浪姫の口唇から、さらに鈴の音を引きだしたいと思った。

「敦賀を発つのが、つらくはなかったか」

「なぜでございますか？」

無垢《むく》な眸にまた反問されて、

「父上と別れる時、名ごり惜しかったであろう？」

昌幸は無意識に身を乗りだした。

「父は、豊家ご安泰のうちに、りっぱなお家柄へ輿入れできることは幸せと申しました」

「豊家ご安泰のうちに――と申されたか⁉」

「わたくしが上田へ参ることは、真田という磐石《ばんじやく》を、豊家万代の礎《いしずえ》の一つにすえることになるとも申しました」

「ふーむ」

昌幸はうかと鈴の音に聞き惚《ほ》れていられなくなった。浪姫の言葉は一々もっともであるが、聞き方によっては一々気になることでもあった。

豊家ご安泰とは、秀吉の存命中にという意味にも解釈できる。真田という磐石を豊家万代の礎の一つにするとは、この縁組によって、たとえ秀吉が亡くなっても、重臣である大谷吉継同様に、真田も豊臣家に結びつけておこうという解釈もできる。

昌幸が気むずかしく沈黙したのを見て、

「わたしが沼田にいる信幸だ」

自己紹介してから、

「敦賀の城と、この上田城と、どちらが大きい？」

信幸が年少の女をいたわる語調で質問した。

「よく判りませんが、同じくらいかと思います」

浪姫は信幸の方へ顔を向けて答えた。

「どうして同じくらいと思うか？」

「お天下さまは、左衛門佐さまとわたくしの縁組をお取り持ちくださった時、真田と大谷ならば釣り合いがとれると仰せられたと伺っています。ですから、たぶんお城も、同じくらいでしょう」

信幸は短く笑って、先刻から浪姫を見守っている弟へ眼配せした。

「左衛門佐幸村」

幸村がぽつんと名のると、浪姫はこんどは幸村へ真っすぐに向き直った。黙って試し透《すか》すような眼差を注《そそ》いだ。

幸村も視線を逸《そら》さなかったが、心の中ではひそかに迷っていた。この全く汚れを知らぬ澄んだ眸を、自分はどう受け止めてやればいいのか？

藤乃がぶしつけをたしなめるように、

「姫さま――」

また傍から囁いた。すると浪姫が眸を瞬《また》いて会釈《えしやく》した。その顔に一抹の表情が走るのを見て、幸村は会釈を返しながら、ほろ苦い哀感を嚙みしめた。浪姫が素直に委《ゆだ》ねようとするものを、自分が素直に受け止めてやれなかったことに、ほろ苦さがあった。浪姫の無言の訴えに戸惑いした自分の心の隙間風とでもいうものに、哀感があった。

対面を終ってから、真田父子は一室に会合した。昌幸が侍童に酒を運ばせたのは、沼田か

ら駈けつけた嫡男を歓迎する気持の現われであろう。一とわたり盃を廻してから、

「さて、どう致したものか」

昌幸は二人の子息のどちらへともなく訊いた。

「浪姫の言葉にもあった通り、真田家と大谷家ならば釣り合いもよし、幸村と浪姫は似合いの夫婦《みようと》になれそうに思います」

信幸が言った。父昌幸に似て長身であるが、白皙で気品のある容貌は、公家の女である昌幸夫人ゆずりのものであった。性格も円満鷹揚《おうよう》であった。実際、信幸には逆境とか苦労とかを受けつけない天性があるようだった。たとえば徳川家へ人質にやられても、家康をはじめ家臣団から一様に好意を持たれ、優遇された。辛酸とか不運とかいうものが、信幸の置かれた立場を避けて通るかのようだった。

そして信幸は、弟の顔へ温和な視線を走らせてから付言した。

「幸村も三十歳、嫁を迎えるに遅すぎた感もあります。妻帯すれば腰をすえて父上をお助けし、上田の城代《じようだい》ぐらい勤める気になりましょう」

上野《こうずけ》利根郡《とねごおり》二万三千石、沼田城主である篤実な兄の眼には、父の城をでて勝手気儘に暮している弟の生活態度が、放埒《ほうらつ》無頼にも見えるのだろう。

「幸村、早々に浪姫と祝言《しゆうげん》をあげてはどうか」

信幸は三十二歳、幸村とは二歳違いの兄弟である。

「こともなげに申すが、吉継は肚《はら》に一物も二物もある切れ者だ」

昌幸がよく光る細い眼を信幸に向けた。

「かつて豊家の奉行職にあげられた程ですから、たしかに凡庸《ぼんよう》の器《うつわ》ではありますまい。しかし切れ者でも刑部少輔どのには人望があります。同じ切れ者でも石田治部《じぶ》などと違って、悪い噂を聞いたことがありません」

「石田治部が人を計る尺《さし》になるか」

真田家では事情があって、石田治部少輔《しょうゆう》三成の評判は悪かった。昌幸は嫌い、信幸は憎んでいた。

「刑部どのは豊家の古い諸将にも好意を寄せる向きが多いようです」

それから、

「内府さまも、大谷刑部にもし病《やまい》なくば、と惜しまれたことがあります」

信幸は、内府さまも、という言い方に尊敬の念を籠めて述べたが、

「徳川内府が、のう」

昌幸は、信幸が徳川家康の言葉を引用したことも気に入らないようだった。

「仮《か》りに刑部どのが肚に一物《もつ》あるにせよ、まさか浪姫に父上や幸村の寝首を掻けと命じて、送って来た訳ではありますまい」

「浪姫を疑ってはおらぬ」

昌幸の瞼に、色の抜けるように白い顔が浮かんだ。

「では、何をお疑いなさるのです」

昌幸の耳の底に、なぜでございますか？　白い顔の口唇から零れる鈴の音が聞こえた。

「ふーむ」

昌幸は、浪姫の澄んだ眸に問い詰められたかのように、当惑の表情を渋面に匿した。

「父上程のお方が、ゆだんならぬとお考えになるような将器の血筋を、真田家に入れてこそ、武勇の家名を伝えるにふさわしいのではありませぬか」

信幸は昌幸に説得してから、

「そう思わぬか」

幸村へ言った。

幸村は黙って、兄の顔を見返した。

――源三郎さまはお方さまそっくり！　源二郎さまはお殿さまそっくり！

理由もなくそんな言葉が念頭を掠めた。幼少の頃、しばしば侍女たちが口にした言葉であった。それから急に、湿《しめ》った藁と汚物と焚火の燻《ふす》ぶりの入れ交った匂いを鼻の奥に感じた。

――真田源二郎はおとわの産《う》んだ子よ。

牛が背山の炭焼き小屋で死んだ老婆の言葉であった。

幸村は先刻、浪姫の視線をどう受け止めるべきか戸惑ったと同じように、兄が勧める浪姫との結婚に戸惑《とまど》いを覚えた。兄が口にする血筋とか、真田の家名を伝えるとかいうことに、ためらいがあった。

「父上に懸念《けねん》もあることです。この縁組については、猶予《ゆうよ》を置いて、なお深く考えた方がよいと思います」

「浪姫をどうする？」

信幸が訊いた。

「父上のお知恵で、なんとか敦賀へ送り返すことはできませぬか」

「ふーむ」

昌幸は一層渋面を作り、

「莫迦《ばか》な！」

信幸が呆れたように叱った。

「それでは当分、城中にお預りください」

幸村は言った。

幸村が城外の屋敷を退出して来ると、望月六郎が喜色《きしょく》を浮かべながら迎えにあらわれて、報告した。

「樋口四角兵衛なる者の名を、ようやく見付けました」

「あったか！」

幸村はそそくさに居室へはいっていった。部屋一面に、城中から持ちだしたおびただしい書類が散乱していた。

「これをごらんください」

六郎は机にひろげてあった古い真田家分限帳《ぶげんちょう》を、幸村へ手渡した。真田家に仕える者の氏名、身分役職、禄高などが書いてある家臣録のようなものである。

「樋口四角兵衛、近習《きんじゅう》——か」

「その前の分限帳は書類の中に見当りませんし、その後の分限帳はことごとく眼を通しましたが、四角兵衛の名は消えています」

「するとこの年限りで真田家を致仕《ちし》したのか、ゆえあって退散したのか？」

「或いは罪あって、罰せられたのか、追放されたのかもしれませぬ」

「この記録を頼りにして、樋口四角兵衛に関することを、なるたけ詳しく調べてくれ。古老に尋ねるもよし、知行地へ行ってみるもよし。四角兵衛がいかなる侍で、なぜ真田家の分限帳から姓名を削《けず》られたのか。生死、消息、家族や親類縁者など、探れるだけ探ってくれ」

そして、

「もとより内密にだぞ」

「心得ています」

「三十年も昔のことだ、骨が折れようが頼む」

幸村の命令に、六郎は無言でうなずいた。

幸村自身はその日のうちに、単騎で長窪村へ向かった。上田にいては、浪姫のことで、何かと父や兄から干渉されそうであった。

ちょうどの折りに樋口四角兵衛の名を見付けたものぞ！

幸村は半月余も屋敷に籠り、憑《つ》かれたように文書をひっくり返した努力の仕甲斐があったと思った。

大谷の血筋を真田家に入れるかどうか考える前に、わしはまず自分の血筋をしかと確めて置かねばならぬ！

幸村は西日が明るい野の道に馬をいそがせながら、ふと遠ざかった記憶を手繰《たぐ》り寄せた。

あの頃、上田城の奥館はいつもひっそりとして、ほの暗い感じだった。山之手殿とよばれた城主夫人が病身で、足音さえはばかるような静謐《せいひつ》を強制されていたせいであった。年中、薬湯の匂いの漂っている広廊下を、侍女たちが息を殺すようにしながら、医師や見舞客をみちびいて行き来していた。

兄の信幸も、幸村も、母である女性を「お方《かた》さま」とよぶように習慣づけられていた。幸村はお方さまに甘えた経験も叱られた覚えもなかった。それどころか傅育《ふいく》の者にともなわれて朝夕、挨拶に行く時以外は、お方さまの顔を見る日も少なかった。少年時代の幸村は、お方さまを、極めて脆弱《ぜいじゃく》でなんとなく大切な存在というふうにしか眺めたことがなかった。そしてお方さまが病歿した時、父昌幸の眸に涙が光っているのを見て、幸村はひどく驚いたものだった。幸村にはお方さまをお気の毒にと思う気持はあったが、悲しみは感じなかったのである。

「お方さまは幸村の母上でございましたが、生みの親ではなかったのでございましょうか」

幸村は少年の心に還って、夕焼の西空へ問いかけてみた。幸村がこんなふうに山之手殿の追憶を辿るのは絶えて久しいことだった。昔、兄と共に薄暗い病室に伺候するたびに、山之手殿は二人に等しく優しい頬笑みを与えてくれたことを、今でもはっきり覚えている。気分のよい日には兄弟を側へ招いて、分けへだてなく二人の頬を両掌で挾み、或いは手をとって語りかけてくれたが、その掌の冷たく繊細《せんさい》な触感を今でも忘れはしない。

「お方さまの血が幸村の体内にないこと、何やら歯痒うございます」

幸村は今さらのように山之手殿を慕いながら、それと等分の気持で、自分の出生の秘密を確認したい欲求に駆られていた。

農事の多忙な時期であった。幸村は長窪村の郷主屋敷へ泊りながら、連日、里の男女と一緒に野良へでて働いた。早朝から鍬をふるって田を耕《たがや》した。泥にまみれ汗にまみれている時、幸村には充たされた安堵感があった。

そして夜は、例外なくるいを寝室へよんだ。昼の間、馴れぬ労働に酷使した体が、ふしぎとるいを求めて止まなかった。るいの肌は、幸村の五体に鬱積《うっせき》した一日の疲れを、たちまち甘美に溶解してくれた。幸村はるいの裸身を抱きながら、陶酔境からそのまま眠りにいざなわれた。時たま夢うつつに気付くと、胸に抱き寄せていたはずのるいが褥《しとね》に身を起こして、幸村の脚腰を揉んでいた。夜毎そうしているらしかった。るいは農繁期に男をそのように慰めることを自分の務めと教えられている里の女であった。

村ですごす日々に、自分の本然の姿があるのではないか！　幸村はそんな想いに囚われたりした。

望月六郎が報告に来た午後、幸村は山畑で稗《ひえ》、粟《あわ》、黍《きび》の種子を撒いていた。

「お手伝いに参りました」

幸村の忠実な家臣は、郷主屋敷でさっそく野良着に着替えてやって来たのだが、

「不馴れな者が撒いた種子は、山の鳥の餌《え》になるだけだ」

幸村は一緒に畑にいる百姓たちを笑わせて、六郎を山腹の木蔭へつれて行った。

「聞こう」

草を敷いて坐りながら性急に言った。

「皆目判《かいもく》らぬことばかりですが、噂を二つ三つ――」

六郎も並んで腰を下ろしてから、

「樋口四角兵衛は殿の勘気をこうむって追放されたことになっていますが、一説には殿のお手元金とかお家の宝とかをひそかに持ちだしたことが露見しそうになって逐電《ちくてん》したといわれ、また発狂して武石村の在で百姓家に押し入り、故なく一家を斬殺した廉《かど》により家名断絶したという噂もあったそうです。その後、出家して京都の寺にはいったという風聞もあったようですが、消息不詳、生死も不明です」

そして、

「樋口の家族はもとより、親戚も離散したものかご領内には残っておらず、松尾の旧家に遠

縁の者が婿入りしていることをようやく探り当て、その隠居から、やっと以上のことを聞きだして参りました」

六郎は報告した。幸村は沈黙した。樋口四角兵衛は盗みが発覚しそうになって逃亡したのでも、気が狂って家名を削られたのでもあるまいと思った。幸村の頭脳は眼まぐるしく廻転し、やがて一つの物語を組み立てた。

昔、武石村の在《ざい》にとわという百姓娘がいた。真田の居館に仕えるうちに、若い昌幸の眼に止まり、寵愛《ちようあい》されるようになった。とわは妊って出産のため実家へ戻ることになった。昌幸は後日の証拠に家宝の短刀を与えた。六文銭の旗じるしを金具に打ってある鎧どおしだ。さらに近習の樋口四角兵衛に内命して、とわとの連絡に当らせた。四角兵衛は内密の役目を守ってひそかに実家を見舞ったり、昌幸の手元金をとわに届けたりしていた。とわが男児を出産した。昌幸はその子を源二郎と名付け、母子を居館へよび戻そうとした。とわは昌幸の側へ戻ることを厭がり、生んだ子を手放したがらなかった。昌幸の再三の催促にもかかわらず、とわは諾かなかった。仲介に立っていた四角兵衛はついに子供を無理やりに取りあげようとして、とわとその父、兄弟を殺害した。そして源二郎を昌幸に渡し、罪を一身に負って姿をくらました。

「源二郎は何も知らずに成人した」

幸村は呟いた。これで自分がとわの生んだ子であることは判明したと思った。

いつの間にか望月六郎が側を去って、畑で百姓たちと仕事をしていた。六郎が何か冗談でも言ったのだろう。女たちがはずかしそうに笑っていた。

「おふくろ様」

幸村は口にしてみた。生みの親の面影を偲《しの》ぶ術《すべ》すらないことを、急に侘びしく感じた。

その夜、幸村は郷主屋敷の囲炉裏端で、いつものように望月六郎と酒を酌《く》んだ。珍らしく遅くまで盃を放さなかった。山之手殿を追憶しながら血のつながりのないことを歯痒く思ったように、とわという百姓娘の名が生母の実感に昇華《しょうか》されないことをもどかしく思った。

ふと六郎が言った。

「明日は武石村へ行って参ります」

「ふむ？」

「四角兵衛が百姓一家を斬殺したという噂を調べて来ます」

幸村は盃を置いた。閃くことがあった。四角兵衛がとわを切ったのは父昌幸の内命によってではないのか？　いかに忠臣でも独断でとわを殺して子を取りあげるまでの忠義立てはすまい！

——真田のお殿さまは鬼だ、蛇《じゃ》だ。

幸村の耳の奥に老婆のしわがれた呪詛《じゅそ》の声が甦《よみがえ》った。

「四角兵衛の発狂説を探れば、また何かつかめるかもしれませぬ」

六郎が言った。

「それには及ばぬ」

そして、

「用を思い付いた。明朝早々に上田へ帰る。馬の支度を致しておけ」

幸村は六郎に命じた。

昼近く、幸村は上田へ着くと、衣服も改めずに城へはいった。昌幸は本丸にいなかった。侍童に所在を問うと、二の丸館へ行っているという。幸村は二の丸の門をくぐると、庭木戸から郭《くるわ》の内苑にはいろうとして、足を停めた。

木立の間に昌幸と浪姫の姿が見えた。二人が僅の供を従えて、そぞろあるきに小径を近づいて来る様子に、幸村はいそいで木蔭へ身を寄せた。なぜ隠れたか理由は自分でも判然としなかったが、反射的にそうした。

「城の匂いがどう違うのかな?」

昌幸が訊いていた。

「敦賀のお城は汐の匂いがしますが、このお城には花や草木の匂いがあります」

「ほう」

「敦賀のお城の天守からは海が見えますが、ここは山しか見えません」

「山は嫌いかな?」

「いいえ」

「では、そのうちにこの城の天守へ案内して、上田の眺めを見せようか」

「おお、うれしいこと！」

浪姫は童女のような声をあげた。実際、長身の昌幸と並ぶと、浪姫の小さい姿は一層小さく見えて、ひどく幼ない感じだった。二人は桐の花房が散っている小径を辿って、ゆっくりと幸村の前を通りすぎた。幸村は父の気むずかしい横顔が滅多になく微笑しているのを認めて、眼を疑った。それから足音を忍ばせて本丸へ引き返した。

昌幸は一時間程して、本丸へ戻って来た。

「どこに行っていた」

幸村へ向ける言葉は、先刻とは打って変っていた。

「長窪村の郷主屋敷で野良仕事を手伝っておりました」

「浪姫をどうする気だ」

「敦賀へお引取り願いましょう。幸村が送り返しに参ってよろしゅうございます」

「送り返すことより考え付かぬか」

「父上も大谷刑部どのにご懸念があるのではございませぬか？」

幸村のいんぎんな反問を、

「刑部の肚が読めぬから、浪姫は上田に留めて置くことにした」

昌幸は突き放すように言った。幸村が不審の顔をすると、

「刑部が含むところあって浪姫を寄越《よこ》したならば、こちらもそのつもりで受け取った方が得策だ。万一の際は、そちの嫁が、大谷刑部という切れ者を真田のために引き廻してくれる」

昌幸は言った。そんなことが判らぬかというふうな口吻だった。

「幸村は不承知です」

「刑部が憎いか？　嫁に引かれて刑部に振り廻されそうか？」

昌幸は、浪姫を人質として幸村の嫁に迎えることを断定したかのように、揶揄《やゆ》の言葉で訊いた。

「大谷の息女に限らず、幸村は生涯、妻を迎えませぬ」

短い沈黙がぽつんと父子の間に投げだされた。それから、

「家名はどうする」

昌幸は細く鋭い眼を幸村に突き付けた。

「真田の家名は兄上がしかと受け嗣いでくれましょう」

「そちの血筋はどうする」

「残したくございませぬ」

ふたたび短い沈黙が父子の間に投げだされた。幸村は突き付けられている父の鋭く細い視線を見返すうちに、胸底からこみあげるものを感じた。

「兄上には誇り高い真田の家名を伝えるにふさわしく、父上の武勇と亡きお方さまの高貴の血筋を引いております。しかも、これまた誉ある本多家の出の嫂上《あねうえ》との間に生まれた仙千代丸、百助の二子がございます。いずれは成人して上田城と沼田城をそれぞれに受け嗣ぎ、真田の家名を守ることでしょう。幸村は仰せとあれば、それまで上田の城代をうけたまわるこ

とにやぶさかではございませぬが、血筋を残す気持は毛頭《もうとう》ございませぬ」

「野良呆《のらぼ》けしたか」

「幸村は野良を恋しがる血があるのではございませぬか？」

それから、

「とわと申す百姓娘のこと、父上もお忘れにはなりますまい！」

幸村は自分が昂奮していることを意識した。

「とわは父上の子を生みながら、なぜ父上の家臣に殺害されたのでしょうか？　幸村は今日まで匿されていた出生の真実を知りとうございます！」

昌幸は無表情に幸村を見詰めていたが、しばらくして、

「知って、どうする」

ふと訊いた。幸村は即答できなかった。そして昌幸の訊き方は、たとえ幸村が返答を用意していたとしても、その発言をためらう程冷厳な語気であった。幸村にはそう感じられた。

「人はおのれの意のままに生まれることができるとでも思うか」

昌幸は重ねて質問した。幸村はやはり返答に窮した。

「たわけ者が」

昌幸は低く言った。叱る語気ではなく、嘆かわしいとでもいう言い方だったが、幸村はぴしゃりとやられた感じで、思わず顔を伏せた。承服した訳ではなかった。むしろ反撥を覚えながら、どうすることもできないのであった。

「浪姫を見舞ってやれ」

昌幸はさがれと言うように、そう命じた。

幸村は父の居室を退出してから、やたらと腹を立てた。父の前で手も足もでなかったことが、無性に腹立たしかった。広廊下ですれ違った侍童が、幸村を見て、おびえるように頭をさげた。

幸村は本丸をでると、大股に二の郭の門をくぐった。道に濃い猛々《たけだけ》しい影を落として二の丸館へはいった。ここでも浪姫の侍女たちが出迎えにあらわれて、おびえるような眸をした。幸村は案内を待たずに奥へ通った。

浪姫は広座敷で机に向かっていた。老女の藤乃は幸村の不意の訪問に驚いた様子だったが、浪姫は持ち前のおっとりした態度で筆を措《お》くと、居ずまいを正して、

「供の者が長らくお世話になっていましたが、近日敦賀へ帰ることになりましたので、父にことづける手紙を認めていました」

それが挨拶であるかのように、自分のしていたことを報告した。

「供の者は、女たちも一人残らずお帰しになるがよい」

幸村は言った。

「藤乃や、侍女たちもですか?」

浪姫は無垢の眸で、幸村の険しく硬い表情を仰いだ。

「幸村は城に住んでおらぬ。侍屋敷の暮しに多くの女手は無用だ。浪姫を女房に迎えたら家

政万端は一人でやっていただく。それも他家の風によらず、幸村流のやり方でしていただく。従って大谷家より付けて寄越した女たちはお帰しいただきたい。もしお厭なら、浪姫も敦賀へお引取りくださってよろしい！」

「それでは、そのように致します」

浪姫には幸村の剣幕《けんまく》が通じないようだった。

「お一人になるのだぞ！」

強く念を押すと、

「さっそく侍屋敷に移って、一人で何ごともできるよう、早くご家風を覚えることに致します」

素直に答えた。

七　動く

幸村は望月六郎に屋敷の留守を命じると、その夜のうちに長窪村へ取って返した。郷主屋敷は寝静まって、るい一人が風呂と囲炉裏の火の番をしていた。

「よもや今晩はお戻りになるまいと皆でお噂しましたところ、るいだけはきっとお越しになると申していましたが、当りましたな」

郷主の丑右衛門がそそくさと起きて来て、るいに家族をよばせようとした。

「構うな。わしは一人で酒を酌《く》みたい」

幸村は実際、一人になりたかった。そのために望月六郎も上田にとどめて来たのであった。丑右衛門を寝屋へ追いやって、風呂を浴び、るいの酌で酒を飲んだ。夜半の酒は舌ざわりが重たるかった。

わしは今、父を憎んでいる。わしの中にあるおふくろ様の心が、真田昌幸という武将を憎悪している！

昌幸にとって女は子を産む道具であり、子は家名を維持する道具にすぎないのではないか。昌幸は百姓娘に産ませた幸村を取りあげて、上杉家へ人質にやり、また秀吉のもとへ送った。同じように山之手殿の産んだ信幸も徳川家に預けられたことがあった。

お方さまもおふくろさまも、兄上もわしも、等しく父の道具だったと、幸村は思った。そうしなければ真田昌幸が家名の誇りを築《きず》けなかったことは、幸村も理解している。山国の小城主が武勇の旗を世に矜持《きょうじ》するまでになるのは、生易《なまやさ》しいことではあるまい。

しかし、わしを産んだおふくろ様を、父が樋口四角兵衛に切らせたことは許し難い！

幸村の血が騒いだ。五体を流れる父の血と母の血の相剋《そうこく》であった。

「休むぞ」

幸村は酔わぬ酒の盃を置くと、るいの手をとって立ちあがった。るいの体に耽溺《たんでき》することで、何も彼も忘れたかった。眠りが欲しかった。だが相争う血が二つに裂いた心は、いつまでも治まらなかった。幸村は混沌《こんとん》と入り乱れる気持を鎮めようと焦《あせ》って、狂暴な衝動に煽られ、るいの肌に歯形をつけ、るいの乳房をわしづかみにした。るいの黒髪を手に絡んで上体を引き起こしたり、また裸身を褥に這わせたりして、さまざまに冒《おか》した。

るいは何をしても全く逆らわなかった。そして幸村は荒々しい津浪が急速に去った時、窮屈な姿勢で凌辱に耐えていたるいを見て、唐突《とうとつ》に悟った。

とわという百姓娘も、真田の居館でこのようにされて妊《みごも》ったのではないか。昌幸の寵愛は、とわにすれば汚辱を捺されること以外の何ものでもなかったのではないか。逆らわず耐えていたが！　だからとわは産後、昌幸の側へ戻りたがらなかったのだ。百姓の本能で武士の酷薄さに感づき、産んだ子も手放そうとしなかったのだ。

おふくろ様は、わしを土の子に育てたかったのかもしれない！

幸村はるいの体をこんどはいたわるように腕の中へ入れた。

「明日はどこで働く？」

「一の宮田圃《たんぼ》の苗代《なわしろ》を見に——」

「田植が近いな」

「はい」

「土か」

幸村は面影すら知らないおふくろ様を土に偲《しの》ぼうと思った。すると初めて、とわという百姓娘の名に母を感じた。そして遠近の苗代で鳴く蛙の声を耳にしながら、ようやく眠りに溶け入った。

翌日から雨になった。村中が総出で田植を始めた。幸村は五月雨に濡れながら、郷主屋敷の男女と泥田で働いた。村人が唄う鄙《ひな》びた田植唄に亡き生母への鎮魂歌を感じた。

丑右衛門が畦道《あぜみち》に立って、幸村をよんだのは、そんな或日の午後のことであった。

「大門村の百姓の子が姉弟して、こちらに上田のお侍さまがいるだろうと尋ねて参りました。お心当りがありますか」

「どこにいる？」

丑右衛門が背後の村道へ手招きした。くみと小太郎であった。姉弟は畔道を走って来て、笠を脱いだ。

「二人とも達者だったか」

幸村は泥田の中から訊いた。

「お侍さまに会えてよかった！」

くみは声をあげてから、

「本家のじいさまが、わたしに婿を取れというのです。わたしは厭なんだけど、そうしないと田植もできないって怒るんです」

思い詰めた語気で訴えた。

「おれ、仙八は嫌いだ。ほんとは怠け者のくせに、本家のじいさまにはぺこぺこしている。

あんなやつ大嫌いだ」

　小太郎が言った。

「わたしは弟と相談して、家も田畑も本家へ返すことにして里をでて来たんです」

「里にいれば、本家のじいさまの言い付け通りにしなければならないんだ」

「お侍さま！　わたしはなんでもします。弟もどんな仕事もやります。一所懸命に働きますから、どうかお側に置いてください」

　くみはすがるように頼んだ。

　幸村はこの春、突風のように野盗に襲われた山里で一度に両親を失なった姉弟に、困ったことがあれば、長窪村の郷主屋敷へ尋ねて来いと約束したことを思いだした。

「お願いです」

　くみの眸には一途《ず》なものがあった。

「おれ、牛が背山のおばばの墓詣り、忘れないでやってきた」

　小太郎が姉の願いに言葉を添えるかのように口ごもった。幸村は山奥の炭焼き小屋で汚物にまみれながら死んだ老婆を自分の手で埋葬し、小太郎に時たま墓詣りをしてやれと言い置いて来たのである。あれが血のつながる祖母であったとは、奇《く》しき因縁《いんねん》である。

「丑右衛門、二人の世話をしばらく頼む」

　そして、

「くみ、小太郎、田植を手伝え」

幸村は言った。

「ああ、よかった！」

くみは歓喜に眸をかがやかせて、すぐに身支度をしながら、気が付いたように言った。

「お侍さまの名前を教えてくださいい」

「上田のご城主、真田安房守さまのご次男、左衛門佐幸村さまとおっしゃる」

丑右衛門が教えた。くみは弾《はじ》かれたように身を硬くし、小太郎は眼を円くして、共に幸村を見詰めた。

「何をぐずぐずしている。早く田圃にはいれ」

幸村は笑った。

「しっかりお手伝いすることだ」

丑右衛門が微笑した。くみは大きくうなずき、小太郎は鼻の下をこすってから、二人は緊張した顔つきで田に降りた。

望月六郎が上田から駈けつけて来た。浪姫が老女藤乃と二名の侍女に暇をだし、大谷家の武士と共に敦賀へ旅発たせて、一人で幸村の屋敷へ移って来たという。藤乃は上田にとどまることを泣いて嘆願し、昌幸の口添えもあったそうだが、幸村さまのお指図であるからと、浪姫は諾《き》かなかったということである。

「じきに心細くなって逃げだすだろう。放って置け」

幸村は言った。

数日してから六郎がまた報告に来た。浪姫は淋しがるどころか、持参の調度類を、日がないそいそと部屋に飾ったり、そろえたりしているというのだ。

「そのうちに飽《あ》きて城中へ引きあげる。構うな」

幸村は言った。

さらに四、五日すると六郎がやって来た。昌幸が心配して、浪姫に召使を付けるように命じたということである。

「浪姫はどうしている?」

「相変らずおっとりとお部屋を片付けておいでになります」

「困っている様子はないか」

「困るのはわたくしです。姫さま一人をお屋敷に残して置いては、ゆっくり外出もできません。やはり相手の女を召し抱えることに致しましょう」

六郎は言った。今まで屋敷には夫婦者の老僕と老婢《ろうひ》がいるだけであるから、六郎は一人で浪姫の世話をするのに骨を折っているらしい。

「それではくみと小太郎を上田へつれて参れ」

幸村は突発的に思い付いて言った。

「里の小娘に、姫さまのお相手が勤まりますかな」

六郎は首をひねったが、

「里の小娘で用が足りぬとあれば、わしの屋敷で暮すことはできぬ」

幸村はこの思い付きが気に入った。郷主夫妻がくみと小太郎の衣服を着替えさせて、大事なご奉公に励《はげ》むように諭《さと》した。

「殿はいつ頃、上田へお帰りになります」

六郎が訊いた。

「田植がすんでからだ」

幸村は言って、六郎に姉弟を任せた。

しかし五月雨の明けぬうちに、幸村は父昌幸の命令で、上田城に召喚される事件が起こった。敦賀の大谷吉継から、真田家へ火急の密報が届いたのであった。

太閤がご不例！　次には、ご重態！

大谷家は秀吉の直参《じきさん》であるから伏見に屋敷があって留守居役が常駐している。その大谷家留守居役が敦賀へもたらした情報を、真田家へ連絡して来たのは、吉継の好意であろう。

幸村は上田へ駈け戻ると、こんどの場合もまっすぐに城内へはいった。兄の信幸も、すでに沼田城から駈けつけていた。

「太閤は老来多病とはうけたまわっていましたが、急に重態とはゆゆしきこと」

信幸が顔を曇らせた。

「ふーむ」

昌幸は細い眼を光らせて、何か考え込んでいた。

「信幸が見舞いに参向致しましょうか」

「公表のないうちに見舞いに伺候することは、どうかと思われます」

　幸村は兄に反対した。

「しかし大谷刑部どのがわざわざ内報を寄せて来たのは、早々に伏見へ参向した方が、真田家のためによいという含みがあるからではないのか」

「いそいで伺候して太閤側近の意を取り結ぶよりも、見舞いは見舞いらしく、公表のあってから致した方が、真田家にふさわしいやり方と思います」

　信幸と幸村の論議を聞いていた昌幸が、

「お天下さまの重病が公表されると思うか」

　幸村へ細く鋭い視線を当てた。昌幸の冷厳な表情に、一瞬、笑いが掠めるのを認めて、幸村は卒然と自得した。

「わたくしが非公式に上京致しましょう」

　お天下さまあっての天下泰平である。秀吉に万一のことがあれば、時勢はどう変動するか見究《きわ》め難い。

「伏見の情況で、早く見舞った方がよいと判断すれば、すぐに父上の名代《みようだい》として参向します。あるいは必要とあれば上田にも、沼田へも急報致します」

「なるほど！　信幸も、幸村の考えに賛成です」

　兄弟が言うと、

「そう思うなら、そう致せ」

昌幸は、お前たちのしたいようにやれとでもいう態度であった。

幸村は半月ぶりに侍屋敷のわが家の門に乗馬を乗りつけた。蹄の音を聞いてか、小太郎が飛びだして来て、

「殿さまのお帰り！」

よばわってから、

「おれ、馬の世話をします」

手綱を受け取った。玄関に浪姫がくみと望月六郎を従えて迎えにあらわれた。

「まあ、お濡れになって！」

浪姫が言うと、くみが黙礼してすぐに幸村の衣服から小雨のしずくを払った。幸村は六郎に刀を渡して、家の中へはいると、ちょっと戸惑いした。部屋という部屋に道具がきちんと並び、大小の器《うつわ》に花が挿してあった。廊下は滑る程よく磨いてあるし、明り障子はことごとく新しく紙が張り変えてあった、縁側から見える庭には雑草が一本もなくなり、軒下に鉢植えの草花が並んでいた。

「いかがでございますか」

六郎が側へ来て囁《ささや》いた。

「見違えるようだ」

「見違えるだけでございますか」

「匂いまで違う！」

「わたくしも驚いています」

それから、

「今までずいぶん殺風景な暮しをしていたものです」

六郎はくすりと笑った。

「お着替えください」

くみが衣裳の箱を捧げて来た。

「馴れたか？」

訊くと、

「浪姫さまは優しくてごりっぱな方です、いろいろなことを、教えてくださいます」

くみはハキハキした口調で答えた。幸村が衣服を着替えて居間に入ると、浪姫が茶を運んで来た。

「花がお好きか？」

訊くと、

「花は心をゆたかにしてくれます。今朝はくみがどこからか鉄仙《てっせん》の花をたくさん集めて来てくれましたので、お部屋に飾りました」

そして、

「お留守中にこちらへ移って参りましたので、まだお屋敷のしきたりや作法をうかがっておりません。教えていただきとうございます」

浪姫は言った。

「家風は口で教えられるものではなく、日々の暮しの中で習うものだ」

幸村は言いながらくすぐったくなった。勝手気ままに暮したくて城をでたのであるから、元々この屋敷にはしきたりとか作法とかよべる家風らしきものはないのである。

「わしは明朝、六郎をつれて伏見へ旅発つことになった」

幸村は話題を変えて、

「また当分は屋敷を留守にするが、浪姫はお一人で大丈夫か？」

試すように訊くと、

「くみと小太郎がいますから、お留守番は大丈夫でございます」

浪姫はもはや当家の住人であるかのような口吻《こうふん》である。女とはふしぎなものだと幸村は思った。どこへ来ても住むところにじき馴染み、住み易いような環境を作ってしまうらしい。そして大名家の物ごとに動じない息女と、山里育ちの利発な娘はウマが合うようである。

翌日の朝まだき、幸村と望月六郎は乗馬で侍屋敷を出発した。浪姫がくみと小太郎と老僕夫妻を従えて、門へ見送りにでて来た。

「道中おすこやかに」

浪姫の澄んだ眸に仰がれて、

「留守を頼む」

幸村は言ってから、しまったと思った。これでは浪姫が屋敷に居すわっていることを認めるようなものではないか！

しばらくしてから、背後で望月六郎がくすりと笑った。

「何がおかしい？」

ふり返ると、

「押しかけ女房という言葉を思いだしました」

六郎は幸村の忸怩《じくじ》たる気持を感付いていたようだ。

「莫迦《ばか》を申すな！」

幸村は小さな狼狽を匿《かく》すように馬の脚を速めた。

「お待ちください。そうおいそぎになっては困ります」

六郎は馬上に幸村の槍を携えている上、一頭の荷駄の引き綱を自分の乗馬の鞍にくくりつけている。一人で供侍と槍持と荷駄の口取りの三役を兼ねているのだから、いそげないのである。

長窪村の郷主屋敷で早昼をすますうちに、雨雲が切れた。それから山街道を諏訪へ向かっていそぐうちに、薄日がさして来た。和田峠へ近づいた頃には、西日が山路を照らしだした。

幸村は槍を自分で持ち、六郎には荷駄の引き綱だけを任せて先をいそいだ。明るいうちに峠を越えてしまいたかった。

峠路にさしかかると、路傍に一人の行商人《ぎようしようにん》風の若い男がたたずんでいた。男は幸村を待っていたかのように、つと馬側へあゆみ寄って来た。

「しばらくご乗馬の口を取らせていただきます」

男の声と語調から、咄嗟《とつさ》に思い当る節があって、幸村は馬を停めた。

「とうとう姿をあらわしたな」

「覚えておいでになりましたか」

「最初は三都和の不動堂で声を聞いた。二度目は牛が背山の炭焼き小屋で危急を知らせてくれたな」

「さすがでございます」

男は人懐こい態度で馬上を仰いだ。その冴えた視線を短く見詰めてから、

「許す」

幸村は言った。男は馴れた手つきで乗馬の口を取ってあるきだした。雨あがりの山路をかなり速く登りながら、呼吸も乱さず、泥のはね一つあげない軽捷機敏なあるき方だった。

「名は？」

幸村は馬上から訊いた。

「猿飛佐助——只今は旅の鏡磨ぎの佐助と称しています」

「伊賀者か？」

「甲賀の生まれですが、女に追われて諸国を逃げ廻っております」

近江国甲賀郡は忍者発生の地で、後に同郡から伊賀へ移住した一部の郷士が、伊賀者とよばれるようになったのである。

「逃げ廻る身とは、敵持ちか？」

佐助はとんでもないというふうに口をすぼめてから、

「殿と似たようなものです」

「何？」

「女房になりたがっている娘から逃げ廻っているのでございます」

そして、

「押しかけ女房は扱いかねますな」

ぬけしゃあしゃあとそんなことを言ってのけた。後ろの馬上で不意の出現者に眼を光らせていた望月六郎が、くすりと笑った。

「浪姫が上田の侍屋敷にいることも知っているのか」

「忍者にございますれば――」

「それ程、わしの身辺に纏《まと》い付いているのは、誰のさしがねだ？」

顔はおだやかだが、幸村の語気は厳しいものがあった。

「誰から言い付けられたのでもありません。この春、鏡磨ぎの佐助は長窪の郷主屋敷にあきないがてら十日余も居すわっておりましたが、その際、真田左衛門佐幸村さまの風変りなお人柄を垣間《かいま》見て心惹《ひ》かれ、離れ難くなりました」

幸村の沈黙にこだわりなく、佐助は滑り易い山路をたくみに辿りながら言葉をつづけた。

「左様、城主のお子でありながら城をでて家臣並の屋敷にお住まいのことも、身なりを変えて領内領外へせっせとおでかけのことも、ご身分からすればいかなる美女もお側へ召しだせるものを、出戻りで年上の里の女を村に囲っておいでのことも、ことごとく一風変っている。変ったものにぶつかると、つい探ってみたくなるのが忍者の性《さが》というもの」

「探って何が判った」

幸村は質問した。

「探れば探る程、判らなくなるから、離れ難いのです」

佐助は真顔で答えてから、

「真田左衛門佐さまのそういう得体《えたい》の知れないところは、良かれ悪しかれ人を惹きつけます。ご身辺に付き纏うのはこの佐助ばかりではありません」

「服部半蔵か？」

「あれは徳川の走狗《そうく》となって諸国の動静を調べている者、たまたま殿の異なる行状を怪しんでしばらくご領内をうろつき、あわよくば闇に葬ろうとしたのでしょう。何しろ沼田の伊豆守信幸さまは別として、上田城の真田ご父子は徳川にとって眼の上のタン瘤《こぶ》のようなものです。これから徳川では、半蔵の調べにより、真田左衛門佐は本性の知れぬ大名らしからぬ大名と、一層疑い深く注視することにはなりそうです」

　それから、

「殿に惹かれ、殿を窺うのは、忍者ばかりではありません」

「誰であろう？」

「由利鎌之助という名を覚えておいでになりましょう」

「野盗の頭目か？」

「あれは野卑で愚かで手の付けられない荒くれですが、反面、案外と生一本《きいっぽん》で血の気の多い面白いやつです。どうしても殿に三度目の勝負を挑もうと、和田峠で待ち構えています」

「和田峠に⁉　わしの上京を知っていたのか」

「鎌之助の涙ぐましくもいじらしい覚悟にほだされて、わたしが教えてやりました」

　そして、

「まア行ってごらんになれば判ります」

　佐助は冴えた表情で幸村に会釈《えしやく》すると、馬の口を手放して、山路の片側に切り立っている崖に取り付き、風のごとく姿をくらました。望月六郎が崖を見あげて言った。

「あの者、放置しておいてよろしゅうございますか」

「構わぬ」

　幸村は平然と乗馬の手綱を取り直した。

　山路を登り切ると和田峠であった。東の空はすっかり雲が晴れて、八ガ岳の連峯をはじめ佐久の山々が遠く西日に照り映えていた。西空は雲が赤く爛れて視界を遮っていたが、夕焼の下に諏訪盆地がひろがっているのであった。この峠は真田領の小県郡と諏訪郡の境界でもあった。

由利鎌之助は峠の頂きの狭い草地にたたずんでいた。鉢巻にたすき掛けの物々しい支度であった。腰には相変らず身分不相応のりっぱな太刀を佩《は》いていた。

「待ちかねたぞ！」

鎌之助は血走った眼をむいて吠えたが、無精髭の伸びた顔がひどく憔悴《しょうすい》しているようだった。

「一度狙ったら三度は襲って、必ずや目的を達するのがおれの信条だ。これまで一度ならず二度までも引けをとったは、真田の領分で勝負して、気持の上でおれの分が悪かったせいだ。ここはもう諏訪郡の内、五分五分だ！　いざ来い幸村！」

鎌之助は腰の太刀をたたいてわめいた。幸村は馬を停めると、無言で鎌之助を凝視《ぎょうし》したままだった。

「おれはこの勝負の決着に運を賭けているんだ。早く槍の鞘を払え！」

鎌之助は気負い込んで挑戦するが、幸村はいっこうに反応を示さなかった。そして幸村の乗馬までが、鎌之助の存在を無視するかのように尾をふり首を垂れて、ゆっくりと雨に濡れた草を嚙んだ。

「糞っ！　おれを野武士と蔑《さげす》み侮《あなど》ってか！」

鎌之助は太刀の柄に手をかけて叫んだが、その言葉はみずからの劣等感を暴露しているようなものだった。

幸村の片頰に微かな笑いが浮かび、幸村の乗馬が首を垂れて草を探しながら勝手にゆっくりと前へすすみでた。

とたんに鎌之助は二、三歩後ろへ飛び退《すさ》った。そうしてから闘志を掻きたてるように、また絶叫した。

「あれ以来、おれは悪事を働かずにきょうの日を待っていた！　銭が無くなってからは山芋を掘り山菜を摘んで飢《う》えをしのぎながら、三度目の勝負に備えていたぞ！」

幸村の乗馬が無頓着《むとんちゃく》に鎌之助の前へ近寄り、幸村の姿が大きく鎌之助に迫った。

鎌之助はさらに後ろへ飛び退ろうとしたらしいが、幸村の視線に射すくめられたかのように体を硬直させた。柄に手をかけながら太刀を抜くこともできない様子だった。

幸村が馬上で、また片頰に微かな笑いを浮かべた。そして幸村の微笑は、鎌之助の虚勢にとどめを刺したようであった。

鎌之助は太刀の柄に手をかけたまま、幸村の馬前にがっくりと膝まずいた。髭づらをゆがめて号泣した。うおーっ！　というような泣き声だった。

幸村は小脇の槍を持ち変えて、石突《いしづき》の方を鎌之助へさしだすと、おだやかに命じた。

「これを持って、伏見へ供を致せ」

「はい」

鎌之助は槍を押し戴いて立ちあがった。

「早く峠を降りぬと諏訪に着くのが夜になるぞ」

幸村がさっさと馬をすすめた。つづく馬上から、

「おれは左衛門佐さま唯一の家臣、望月六郎だ」

「唯一ではない。たった今から由利鎌之助も真田左衛門佐さま家臣だ」

「では鎌之助、ついでに荷駄馬の引き綱も任せる」

「何をいいやがる……」

「新参者《しんざん》は新参者らしくするものだ」

望月六郎は要領がいい。鎌之助は仏頂《ぶっちょう》づらで片手に槍を担ぎ、片手で荷駄馬を引きながら後ろについてあるきだした。

そして先頭の幸村が、降りの山路をしばらく辿った頃、道端から猿飛佐助が身軽に姿をあらわした。

「たぶんこうなるだろうと思っていました」

それから、

「佐助もご乗馬の口を取って伏見へお供させていただきます」

「お前を供につれてあるいては、わしが押しかけ女房どのに恨まれそうだな」

幸村がからかうと、

「何の、あの女の匂いがしたら、たちまち姿を消してごまかしますから、ご迷惑はおかけし

ません」

佐助はすぐに幸村の馬の口を取ってあるきだしながら、

「後ろのおふた方、以後よろしくお願いします」

とぼけた口調で望月六郎と由利鎌之助へ挨拶した。

「やい忍者、たとえ同じ日に同じ場所で左衛門佐さまにお仕えしたとはいえ、僅ながらおれの方が古参で、お前は新参者だということを忘れるなよ！」

鎌之助が真剣な語気で宣告した。

八　畜生塚

中仙道は草津の宿駅で東海道と合一する。そして両道は共に大津の先、近江国と山城国の境界にある追分で、京都本道と伏見大坂道に分れる。幸村の一行四人は中仙道を上って大津に一泊し、翌朝、その追分にさしかかった。

幸村は街道の辻でちょっと乗馬を停めた。道標が立っていた。「右、京都へ三里卅丁。左、伏見へ四里二丁」と認《したた》めてあった。

「京都か」

幸村は呟いた。樋口四角兵衛の名が念頭を掠《かす》めた。自分の出生の秘密を知る者が京都にいるかもしれないという漠然たる気持が、絶えず心の片隅にあったせいであろうか。そして四角兵衛と実母とわとの因縁を考える時、幸村は必ず反射的に、これまで母と信じていた山之手殿のことを想起した。この時もそうであった。京のみやこはお方さまのふるさと。幸村はそんなことを考えながら、ふと山之手殿につながる一人の不幸な女性について思い浮かべた。それからゆっくりと乗馬を京都本道へ向けた。

「そちらでございますか？」

後ろの馬上で望月六郎が不審の言葉を漏《も》らした。幸村は答えなかったが、

「そうだな、今日はみやこで一日ゆるりと旅の疲れを休めて、明日、堂々と伏見入りをした方が縁起がいいかもしれねえ」

六郎の後ろで由利鎌之助が言った。

「どんな縁起だ？」

鎌之助の後ろから猿飛佐助が訊いた。

「忍者のくせに判らねえのか？」

鎌之助は蓬髪《ほうはつ》に垢《あか》染みた衣服の恰好を、小ざっぱりした侍姿に変えて、相変らず幸村の槍持ちである。自慢の太刀づくりの愛刀は袋に入れて背中に負い、腰には脇差だけを帯びていた。

「判らぬから教えてくれ」

佐助は行商人姿のままだが、こうして一行の最後に荷駄を引いて従っていると、どう見ても武家の小者風態《こものふうてい》に感じられるから、忍者というものは不思議である。

「じゃ、教えてやろう」

それから、

「今日は五月晦日《みそか》で、明日は六月朔日《ついたち》じゃねえか。晦日の末より、朔日の初めの方が、何ごとを始めるにも吉日で縁起がいいに決まっている」

「なるほど」

「感心したか」

「悪知恵の働くやつと思っていたが、悪いにせよ良いにせよ知恵はその程度か」

「何っ」

「賞めているんだ。晦日は京都泊りにして、朔日の伏見入りが吉とは、りっぱな考えだ」

佐助が白ばっくれておだてた。

「そうだろう！」

元野盗の首領は得意そうに槍をゆすりあげた。

「道中、退屈をしなかった」

望月六郎がふり返って笑った。

一行は午前中に粟田口から洛中にはいった。幸村は三条大橋を渡ると、馬を加茂河原へ乗り入れた。加茂川は梅雨《つゆ》明けで水嵩《みずかさ》を増し、いくぶん流れが濁っていた。磧路《かわらみち》は歩きにくかった。三条から五条の辺へかけてこの川の中に、男たちが腰まで水に漬って網を投げていた。鮎を獲《と》っているのであった。河原には半裸の女や子供たちが群がって、男たちが網にかけた鮎を笊《ざる》や小桶に集めたり、竹串に刺して焚火で焙《あぶ》ったりしていた。彼らは幸村の一行を見ると駈けよって来て、魚は要らんか！　とか、鮎を買わんか！　とかやかましく騒ぎ立てた。幸村が首をふっても諾かず、しまいには馬の前に立ちふさがる有様だった。堪《たま》りかねて由利鎌之助が先頭にでた。

「うぬら、退《の》けい！」

こういう場合、鎌之助の凄まじい形相と怒号は効果があった。それからは鎌之助が先頭をあるいた。

この辺から川下へかけての加茂河原には、蓆《むしろ》や板切れをつなぎ合わせた掘立小屋が密集していた。貧民流民の部落であった。応仁文明の乱以来、京都を支配する者が交替で幾十度か焼き払い、何十回か取り毀《こわ》しても、いつの間にかまた現出する最下層の街であった。戦火に家を失ない郷里を追われた者が相寄って、どれ程迫害されようとも、湿地に自然群生する名もなく醜い茸《きのこ》のように、花のみやこの片隅に作った棲家なのであった。

「道を変えてはいかがですか」

望月六郎が顔をしかめて訊ったが、

「いや」

幸村は、折りからの暑気に人いきれと汚臭が沈澱《ちんでん》し喧噪の渦巻く磧路へ馬をすすめた。三条河原に、小さな塚があった。知らぬ者ならば見すごしてしまうような、僅ばかりの礦石を積み重ねてある塚であった。

幸村は塚の前で馬を降りた。そして望月六郎も何ごとか気付いたように馬から飛び降りた。幸村は厳しい表情で塚に合掌した。

付近の小屋から、またしても老若男女があらわれて一行を囲んだ。腹ばかりふくれて痩せこけた子供たち。片腕のない男。瘡《かさ》を病んでか鼻の欠けた女もいれば、火傷でもしたのか頭髪もなくひどい痣《あざ》の中に眼と口だけがある性別不明の者もいた。彼らは由利鎌之助を恐れてか一行を遠巻きにしてがやがや言い合っていたが、やがて背の曲った老人が青竹の杖にすがりながら、幸村の側へ近づいた。老人は濁った眼で幸村を仰ぎ見ながら口を動かした。言葉は判然とせずにヒューというような音が聞こえた。老人の細く長い首には疵痕《きずあと》か、それとも病気の痕か、指がはいる程の孔があった。半裸の女が、できものだらけの赤子にたるんだ乳房を与えながら、老人の脇へでて来て言った。

「畜生塚にお詣りなさるとはお慈悲の方だと申しています」

そして、

「ねえ」

女が見返ると、老人はうなずいて手を合わせた。

「この塚に日頃、回向《えこう》をする者はないか」

幸村は訊いた。老人はさらにうなずいてから、また何か言った。咽喉仏が動いてヒューという音がした。

「この人だけがお詣りをしているそうだから、お宝を恵んでくれと申しています」

そして、

「ねえ」

女がふたたび見返ると、老人は手を合わせたままニタリと笑った。狡猾《こうかつ》そうな笑顔であった。

「この者は、その方の父親か」

幸村は女に訊いた。

「亭主ですよ」

女は厚い口唇を舐めた。すると老人が女の抱いている赤子を指さして手をふった。

「この餓児はお前の子だ！」

女がわめいた。老人はまたニタリと黄色い乱杭歯をむきだして、両手で物を抱く真似をし、猥褻《わいせつ》なしぐさで腰を動かすと、その腰を手でたたいて首をふって見せた。

「このモウロク！　人を孕《はら》ませといてなんだ」

女が老人を足蹴にした。老人は磧石に倒れた。周囲の者がどっと囃《はや》したてた。

「六郎」

幸村は顔をそむけて家臣をよんだ。望月六郎が銭を一と握り、あたりにばら撒《ま》いた。周囲の者がわっと叫んで、揉《も》み合い押し合い、口ぎたなくののしり合いながら争って銭を拾っ

た。幸村は地獄絵に見る亡者の姿を思いだした。それから、
「この塚を、畜生塚とは、よくぞ名付けたもの」
幸村は低く険しく言った。耳の奥に、畜生塚の下でさ迷う亡魂の悲嘆が聴こえるような気がした。その中には幸村にとって忘れ得ぬ女性もいるのであった。

幸村が山之手殿の実父すなわち自分には外祖父に当たる今出川晴季《はるすえ》に対面したのは、天正十五年のことであった。

晴季は当時、右大臣であり、その二年前の天正十三年に秀吉の関白叙任《かんぱく》を斡旋《あっせん》して豊臣氏との関係を深め、朝廷でも隠然たる権威を擁していた。そして幸村は秀吉の馬廻りに近仕することになって上京し、今出川邸を訪問したのであった。晴季は短い対面時間に、なめらかな言葉で、関白側近に仕えるための二、三の注意を幸村に与えてくれた。しかし、それは外祖父が孫に教えるというよりも、殿上人が田舎侍を戒めるような高飛車《たかびしゃ》な態度であった。この席上で幸村に菓子をすすめてくれたのが、晴季の末姫で山之手殿の妹である量子であった。量子は尾張の某家に嫁して一女があったが、事情あって不縁になり、この時は父のもとに身を寄せていたのであった。幸村は初対面の量子と言葉を交したかどうかは覚えていない。ただ自分より三歳年上の叔母の静かな容姿に接した瞬間、幼少の頃に死別した山之手殿の面影を鮮明に思いだしたことは記憶している。自分に注ぐ心優しい眼差に、なぜか母である「お方さま」を感じて、温いものが胸にふきこぼれた。

信州へ帰ってからこの話しをすると、父の昌幸は反応を示さなかったが、母想いの兄信幸はひどく量子に会いたがった。

程なく量子が、秀吉の甥、豊臣秀次に輿入れしたことを、真田兄弟は信州にいて知った。今出川晴季にすれば、それによって豊臣氏との縁故を一層深くするための婚姻政策であったことはいうまでもない。

天正十九年、秀次は秀吉の養子になり関白に叙任された。そして翌文禄元年、秀吉の朝鮮出兵に際して、九州名護屋に在陣していた真田父子は、文禄三年に伏見築城工事を分担することになった。この機会に、真田兄弟は父昌幸の名代として、関白秀次に挨拶のため、京都の聚楽第《じゅらくだい》に伺候したことがあった。

その頃、秀次は悪評高い暴君となっていた。比叡山に登って霊場の鳥獣を狩り、酒興に一山の僧を集めて肉食を強要したことから、殺生関白の悪名があった。或いは櫓《やぐら》の上から道往く者を銃撃して楽しみとしたことから、殺生関白と称されるようになったともいう噂であった。

秀次は挨拶に伺候した真田兄弟を、酒席に招いて、居並ぶ女たちを指さし、褒美にほしい女をやると、酔眼をすえた。荒淫にやつれた顔色にはすでに常軌《じょうき》を逸した者の印象があった。真田兄弟が唖然とするのを見て、おまんという秀次の侍妾が奇嬌《ききょう》な笑い声を弾ませたものであった。

真田兄弟は秀次の前を辞去してから、別室で量子に会った。秀次の室として一ノ台の局《つぼね》とよばれている彼女の部屋へも、挨拶に立ち寄ったのである。幸村はこの時も量子といかなる言葉を交したか、よく覚えていない。ただ彼女の静かな容姿が、数年前に今出川邸で会った時と見違えるくらい沈んで暗く翳《かげ》っているのに驚いた。しかし量子とは初対面の兄信幸は、聚楽第を退出してからも、まことに亡きお方さまそっくりだ！　と多年の希望が叶ったよろこびをくり返すので、幸村は自分の驚きを口にださずにいた。

そして幸村は伏見の築城工事に参加していながら、量子の苦悩の原因を知った。秀次は、量子がかつて尾張の某家に嫁してもうけた一女の美貌に眼を付け、その娘を閨中《けいちゆう》に召しているという。母を侍らせた褥に、娘をもよぶとは、正に狂気の沙汰である。

秀吉側近の間に、秀次廃嫡《はいちやく》の問題がひそかに提起されるようになった。秀吉の寵愛厚い側室茶々《ちやちや》が、先に亡くした鶴松のあとに、秀頼を産んだせいもあった。秀次自身も、秀頼が無事に成長するにつれて、自己の立場が不安定になっていくことを意識していたのであろう。だが生来、異常性格の青年関白は、自己の危惧《きぐ》感を冷静に分析し円満に解決する方法を知らなかった。秀吉が老後に得た実子秀頼を溺愛《できあい》すればする程、秀次は焦慮し、それが反抗であるかのように粗暴の度を加え、残酷な行為を重ねた。

或日は食事に砂粒がまじっていたことから、賄《まかな》い方を仕置した。

「主君に砂を食べさせる程なら、あの者は砂が好きなのでしょう、食べさせておやりなさいませ」

侍妾おまんに言われて、秀次は賄い方の口に小砂利を詰め、よく嚙んで喰らえと命じた。

賄い方は口から血を流しながら小砂利を嚙みくだいた。ついには歯の根がすべて折れ、蒼白になって平伏した。秀次はなお許さず、みずから刀をとって賄方の右腕を切り、左腕を落とし、両脚を次々に断った。

「鬼を主とたのんだのが間違いだった。おれも鬼になっていまに思い知らせてやる」

賄い方が無念の形相で叫びながら悶絶するのを、おまんは終始たのしそうに眺めていたという。

幸村はこの噂を耳にした時、聚楽第へ伺候した際、酒席で秀次に侍っていたおまんの奇嬌な笑い声を思いだして、あの女も変質者のようだと考えたものである。病的な女だから、異常性格の青年関白を惑溺させたのかもしれない。秀次はおまんの歓心を買うために、ますます狂っていった。

或日は秀次がおまんをともなって嵯峨野《さがの》へ狩にでたところ、百姓の妊婦が通りかかった。

「あの女がみぐるしく腹のふくれて！　きっと双児でしょう」

おまんの好奇心を充たすために、秀次は家臣に百姓女を捕らえて腹を裂けと命じた。益庵《えきあん》法印という側近の僧が、百姓女の側へ走って、その懐中に道辺の青草を押し入れ、自分も若葉を握りしめて、秀次の前へ駈け戻った。

「醜女《しこめ》は懐妊にては候わず、さまざまの若葉を摘みて懐中に入れ、洛中に売りに参る者にて候」

それでは試しに殺しても興ないと、この妊婦があやうく難を逃れたという噂は、法印の機転の言葉と共に、やがて世人の口から口へと伝わったものであった。

この年の秋、伏見城は竣工し、真田父子は信州へ帰ることになった。幸村と兄信幸は、離京の挨拶に聚楽第へ伺候したが、秀次は不快と称して姿を見せず、老臣木村常陸介《ひたちのすけ》に会って用をすませた。それから兄弟は関白夫人に対面を願いでた。量子は奥館《おくやかた》の内苑で二人と会った。

「この秋程、紅葉の色を美しく思ったことはありません。木の葉が一枚一枚、散る前にいのちを飾っているような——」

量子が池畔の紅葉を見入りながら述べた言葉を、幸村は今でも忘れはしない。

文禄《ぶんろく》四年七月、秀吉はついに秀次を高野山へ追放、次いで切腹を命じた。関白の賜死に世論はどよめいた。嵐はそれだけでは鎮まらなかった。秀次の側近は木村常陸介以下ことごとく切腹、さらに秀次の二子と妻妾三十余人が処分されることになった。

八月二日、山崎の寺に預けられていた秀次の二子と女たちは、数台の牛車にゆられて加茂河原に引きだされた。刑場には二十間四方の柵《さく》が巡らされていた。検使として石田三成と増田長盛が処刑に立ち合った。三成が女たちの名を一々改めた。まず軍兵がそれぞれの生母におびえてしがみ付く二子をむしり取り、首を落とした。それから三成が冷然として、上臈一ノ台の名をよんだ。量子はあるいて死の座についた。ながらえてありつる程の浮世とぞ思えば残ることのはもなし。量子はきれいな声で三度くり返してから合掌し、首を刎《は》ねられた。三成が小上臈《こじょうろう》おつまと指名した。三位中将の娘で十六歳になるおつまは、紫に柿色の薄絹のかさねに白袴を着て、ねりすきの絹打掛けを羽織り、黒髪をなかば切ったのが、はらはらと肩に散っていた。朝顔の日影を待つまの花に置く露よりもろき身をば惜しまじ。細く一度詠んだが、あとは泪にくれて崩折《くずお》れるのを、軍兵が引き起こして首を切った。三成は次に上臈おかめをよんだ。摂津小浜の寺の御坊の娘は、南無極楽世界の教主弥陀仏《みだぶつ》と観念を唱えた。たのみつる弥陀の教えのたがわずばみちびきたまえ愚なる身を。その辞世がとぎれた時、ばさと首を飛ばされた。

目録のはじめに名を連らねる程の女は、死にざまも、あわれに美しさをとどめたが、中には気を失なったまま首を刎ねられた女もあり、取り乱して逃げ惑うのを手どり足どりされて切られた女もあり、狂って叫びながら殺された女もいたという。こうして処刑は正午から午後四時に及び、三十余の女体が磧石を血に染めて転ろがった。屍は家族が引き取ることを許されなかった。軍兵が刑場に大穴を掘って体も首もひとまとめに投げ入れた。たまたま量子とその娘おみやの首が、穴に蹴落とされるのを見て、

「きたなし！　母娘して畜生道の女めが！」

三成がののしったことから、世人はここを畜生塚とよぶようになったのである。

そして量子の父、今出川晴季までが事件に連坐して越後へ流刑になったことが、はるばる信州へ報告された日、信幸が沼田城から速馬で上田に駈けつけて来た。

「今出川卿が京を追われたと聞きましたが」

信幸が心配すると、

「京の騒ぎは真田家に無縁のこと」

昌幸は、それがどうした？　とでもいう顔付きで天守櫓に登ってしまった。日頃は父に従順な信幸が、この時は珍らしく忿懣《ふんまん》の色をあらわにした。

「お方さまがご存命ならば」

そして、

「一ノ台の局が」

信幸が短く口走ったことから、幸村には兄の心情が判るような気がした。信幸が今出川晴季の流刑を憂うる心の底には、やはり母の山之手殿があったのだ。だから山之手殿につながる量子の処分にも、胸を痛めていたのだ。

秀次の賜死と一族の断罪については、その後さまざまに噂が伝わって来た。秀吉はむしろ後継の地位を秀次から円満に秀頼へ譲ることを望んでいたらしいが、側近の一部勢力が秀頼と生母茶々を中心に結束し、裏面で性急な解決を企《くわだ》てたということであった。

幸村は沼田城を訪問した際、在京の徳川家某士より兄に送られて来た手紙を読まされたことがある。

おまんの方と申すは植木屋三郎右衛門の娘にて、かねがね邪気のある女なるを、石田治部殿がひそかに謀って関白の侍妾に送りすすめたとの噂ありて候——そんな一説を幸村に示してから、

「治部が関白の悪業をつのらせて、破滅へ追いやったという評判は、全部が嘘とはいい切れないようだ」

信幸は言ったが、実際、事件の黒幕に石田三成の名をあげる流言飛語は多かった。そして真田家の人々は、石田三成を嫌った。噂に動かされた訳ではなく、三成には心許せないものを感じた。畜生塚の由来がそれに輪を掛けた。

幸村は畜生塚の前に立ちすくんで、今さらのように、あのこと、このことを思い浮かべながら、量子によびかけた。

――一ノ台さま、あれから三年の月日がすぎましたが、泉下にお在《わ》してなおも悲しく、おつらいことでございましょう。心よりおいたみ申しあげます。

幸村はここまで言った時、ふと量子のあの心優しい眼差を体に感じた。そして、これでよし！　と思った。何がよしなのか言葉では説明しかねるが、これで伏見へ乗り込む気構えができたようだった。

夏の日光が宙天から照りつけていた。幸村は額の汗を拭くと、徒歩で磧路をあるきだした。三人の供と三頭の馬が一列になって後ろにつづいた。

川岸で水遊びをしていた子供たちが、何かわめきながら、急に駈けだした。すると流れで洗濯をしていた女たちまでが、

「力持ちの坊さまが来た」

とか、

「また世潰しの説教が聞ける」

とか言い合って、走りだした。掘立小屋から飛びだして行く者もあった。

九条河原に群衆が集っているのを見て、幸村も人垣の中を覗いた。

破れ衣を纏《まと》った坊主が二人、立っていた。どちらも大坊主だが、殊に一人の方は文字通り見上げるような巨漢であった。

「物は試しの力試しだ。皆の衆、われら兄弟の説教を聞く前に、まずわが兄者《あにじや》、三好清海入道の力を試してくれ」

一と癖あり気なつら構えの大坊主が言うと、

「三好清海入道十人力を試してくれ」

巨漢の方が双肌脱《もろはだぬ》ぎになって、丸太棒を抱えた。

「遠慮は無用！　十人が十五人でもいいからやってみろ。弟の三好為三《いさん》入道が審判をうけたまわるぞ」

そして、

「さアかかった、かかった！　かかって試して力を知れ」

弟の方が弁舌は達者なようだ。貧民街の男たちがそそのかされて空き腹も忘れ、面白がって十二、三人も丸太棒の片方に取り付いた。

「そら押せ！　かかれっ！」

為三入道の合図で力比べが始まった。十二、三人がいっせいに、ヨイサエイサと丸太棒を押した。巨漢は足を踏んまえたままびくともしなかった。見物の人垣が男たちを声援した。

巨漢は姿勢を変えなかったが、足が礦石を踏み崩し少し後退した。人垣が騒いだ。

「勝負はこれからだ、いいか用心しろよ！」

為三入道が叫んだ。

「これからだ！　用心しろよ！」

清海入道はくり返してから、うおーッ！　と唸った。とたんに丸太棒に取り付いていた十二、三人が将棋倒しになった。

「兄者《あにじゃ》の力を見たか！」

為三入道が叫んだ。

「どうだ見たか！」

清海入道も言った。

「力を試して本当と知ったか、われらが説く教えも本当と信じて聞け。近頃の世の中はどうだ。朝に夕に伏見へと続く行列に荷駄の列、あれは太閤への貢《みつ》ぎ物、見舞品に献上物だ。大名小名、城主に領主がお上のご機嫌をとるために、民百姓からしぼり取り、巻きあげた血と膏《あぶら》と汗と涙だ。おかげで民百姓は骨と皮ばかり」

為三入道が拳をふりあげると、

「どうだ皆の衆」

清海入道が周囲をねめ廻した。人垣の間から、そうだ！　とか、その通り！　とか声が飛んだ。清海入道は大きくうなずくと、

「全く年々歳々、われらの暮しは苦しくなるばかり」

為三入道が言葉を受けて、

「お上ばかりが肥えふとり、花見だ茶の湯だ能狂言だと贅沢三昧《ざんまい》。これに不平はないか、不満はないか」

また拳をふりあげた。人垣から、あるある！　とか、大ありだ！　とか声が飛んだ。

「ところが不平不満を抱いても、うっかり楯を突こうものなら、民百姓はバッサリお手打ち、武士ならば切腹」

「無法無体とはお上のすること」

「だからといって黙っていればどうなる。われらは米麦はもとより、稗粟も食えなくなって来る日も来る日も水っ腹ではないか」

「末世だ。現世の地獄とはこのことだ」

「しからば、この地獄から這いだすにはどうするか」

「お上をぶっ倒せ！　世の中を一ぺん叩き潰し、ひっくり返せ！」

兄弟入道の過激な言辞に、群衆は恐れてか胆を冷やしてか、或いは感心共鳴してか、人垣にどよめきが起こった。為三入道はさらに声を張りあげた。

「百姓は一揆《いっき》、町人は打ち毀し、武士は謀叛反逆！　坊主も経文など読んでいてはラチがあ

かぬ。無益の殺生は好まぬが、この腐った世の中を建て直すには虫ケラの一匹や二匹、ひねり潰さねばならぬぞ」

「虫ケラとは誰のことか」

「まず第一番の穀潰《ごくつぶ》しは豊臣秀吉！」

「老いぼれて重病の床にありながら、まだお天下さまと称して権勢欲に取り憑かれている太閤猿だ！」

群衆がふたたびどよめいた。幸村の横で兄弟入道の熱弁を聞いていた由利鎌之助が、

「うまいことをぬかしやがる」

眼を光らせて呟いた。野性の荒らくれが煽動に刺戟されて、思わず呟いたらしい。


突然、人垣の背後から怒声がした。

「退け！　退け！」

手に手に六角棒を持った三十人程の僧兵であった。傍若無人《ぼうじやくぶじん》に群衆を突き退け押し分けて、兄弟入道を取り囲んだ。人垣が騒々しく崩れて、遠のいた。

「清海、為三、見付けたぞ」

一団の指揮者らしい荒法師が兄弟入道を睨みすえた。

「うぬら、播磨書写山《はりましよしやざん》の霊場で戒壇を毀し経文を破り、末世に仏法は無用とののしって行方をくらましてから一年余、畿内《きない》各所で邪説を唱えていると聞いていたが、ようやく探し当て

た。只ではすまさぬぞ！」

「待て」

清海入道がいつの間にか鉄杖を小脇にして、荒法師の前に開き直った。

「行方をくらましていたとは聞き捨てならぬ。われらは逃げも隠れもしていた訳ではない。また邪説とは何ごとだ？」

「洛中に潜入して民心の不安につけこみ、騒乱をそそのかすを邪説という！」

「われらが説くところ、糞坊主の空念仏より、余程ましだ」

「おのれ霊場蹂躙《じゅうりん》の罰を恐れず、罵詈雑言《ばりぞうごん》は不届千万」

そして、
荒法師が激怒して号令した。僧兵たちは口々に何かおらびながら、兄弟入道へ殺到した。

「それ成敗せい！」

清海入道の鉄杖が唸り、為三入道は丸太棒をふり廻した。鉄杖が棒を弾き、丸太が棒とぶつかり、白昼の加茂河原に怒号雄叫《おたけ》びが入り乱れた。

兄弟入道は奮闘しているが、なんといっても多勢に無勢である。それでも兄の清海は怪力をふるって迫る僧兵を薙《な》ぎ倒しているが、弟の為三の方はしだいに疲れて来たようだ。時間がたつにつれて二人の形勢が不利になることは明白だった。

幸村は猿飛佐助をふり返って言った。

「大入道両名を逃がしてやる方法はないか」

「助けておやりになるのですか？」

「ためになる説教を聞いたから寸志を喜捨して進ぜよう」

幸村が眼だけで笑うと、佐助は冴えた顔をちょっとかしげてから、

「ご乗馬を二頭お借りできますか」

「使え」

「では由利カマと二人してやってみましょう」

「面白い！」

鎌之助は腕が鳴っていたとでもいうふうに、鼻の孔をふくらませた。

「伏見で落ち合う場所は竹田の浄苔台院《じょうたいだいいん》。城普請の頃、真田家が宿舎にしていた寺だ。わしと六郎は別に行く」

幸村は告げてから、

「刀を抜いてはならぬぞ」

鎌之助へ注意した。

佐助は鎌之助に短く示し合わせると、それぞれ鞍置《くらおき》馬の手綱を長くして握りしめた。

「由利カマ行くぞ」

言って、どうよっ！　と馬を煽りながら走りだした。おうらっ！　と鎌之助も馬の尻をやたらに責めながら後ろにつづいた。

二頭の馬は二人にけしかけられてカンを昂ぶらせ、荒々しくたてがみをふり、いななき、

磧石を蹴散らして乱闘場へ駈け込んだ。そして殺気立った人の渦に一層昂奮し、手綱をとる者を引きずって暴れ廻った。乱闘場の敵味方は共に不意を喰らって驚いたようだ。

「暴れ馬なんだ、避けてくれ、それどうよっ」

「気狂い馬だ、危ねえぞ、おうらっ」

佐助と鎌之助の叫ぶ声がした。すると今まで人間どうし血を流していのちがけの争いをしていた者たちが、蹄の害を恐れて、危い！　とか、避けい！　とか右往左往、逃げだすからおかしなものである。そして僧兵があわてふためくうちに、世潰し説教の兄弟入道がいつとはなしに姿を消しているのを見届けて、幸村も河原を離れた。

九　落　日

浄苔台院は伏見といっても郊外の西竹田にあった。付近には白河帝の陵《りよう》、鳥羽帝の陵、少し離れて近衛帝の陵がある閑静な里辺で、孟宗竹の竹林に囲まれた小さな古寺である。

かつて伏見築城の際、真田家の侍が交替で宿泊していた関係があり、老住職と老下男は幸村主従と顔見知りの間だったから、よろこんで迎えてくれた。

「またしばらく宿を借りたい」

「さっそく離れ屋の方を掃除させます。何もお世話できませぬが、お心易くお使いください」

　幸村と老住職が挨拶をしていると、小坊主が三人して茶菓を運んで来た。これは三人共、幸村の知らない顔だった。

　幸村と望月六郎が離れ屋の座敷へ移り、一時間ばかり休息していると、蹄の音が山門に停まり、賑やかな人声が境内へはいって来た。そして可愛気な小坊主がびっくりした表情で、

「お供の方がお着きになりました」

　すぐ報告に来た。

「参りましたな」

　六郎が立って行って、これまたびっくりした表情で戻って来た。

「鎌之助のやつ、こともあろうに、あの大入道兄弟を連れて参りましたぞ」

「何っ⁉」

　こんどは幸村がびっくりする番だった。

　佐助を先頭に、鎌之助のあとから兄弟入道が、でかい図体を縮めるようにしながら座敷にあらわれた。為三入道は跛《び》っこを引いていた。四人は片隅に並んで膝をそろえた。

「寺を探すのに手間取って、参着が遅れました」

　佐助は言ってから、

「仰せのごとく世潰し説教へ寸志を喜捨する代りに、両者の危難を救いましたが、ごらんの

通りここへ同道した訳は、由利カマにお尋ねください」

おれは知らんぞという顔をした。鎌之助はそんな佐助へ憤りの眼をむいてから、肩で深く息をした。

「申し、あげます」

幸村へ改めて両手をついた。ひどく緊張した顔で口をもぐもぐさせた。何か発言しようとして、うまく切りだせない様子であった。

「その訳は、てまえが代って申しあげます」

三好為三入道がうやうやしく膝をすすめようとして、

「痛っ」

顔をしかめた。どうしたと幸村に訊かれたかったようだった。しかし、幸村が黙っているのを見ると、

「先刻、加茂河原で書写山の悪僧ばらと闘ううちに不覚にも足首をくじきました」

説明してから、

「われら兄弟、危難を脱してより、十条柳ノ辻に潜《ひそ》みながら、あの奔馬は偶然のことならずと語り合っておりました。そこへたまたま河原で見た馬を引いて、ご両者が通りかかったのでござりまする。これこそいのちの恩人とよび止め、委細をお尋ねしたところ、案の定、じつは真田左衛門佐さまのご助勢と知り、恐懼感激、ぜひともお礼を申しあげたいと願い入れてござりまする」

為三入道は畏《かしこま》った口調でよどみなく弁舌をつづけた。

「ご両者はわれらの願いをこころよくご承引《しょういん》くだされて、足を痛めているてまえは乗馬までお貸しいただいてござりまする。伏見へ参る道すがら、ご両者が殿にお仕えした詳細をうけたまわり、なるほどこの殿にして、このご両者ありと感じ入り、且つうらやましく存じてござりまする。恐れながら真田家と申せば東国に並びなき武勇のお家柄、殿を主と仰ぎ慕うご両者の話しをうけたまわるうちに、われら兄弟もけらいの端くれにお加えいただこうと決意を致し、由利どのに計ったところ、それならばと取り持をご承知してくだされ、只今かくのごとく参上のしだいにござりまする」

そして、

「何とぞ何とぞ、われらの誠心をお汲みあげいただきとうござりまする」

為三入道が低頭すると、清海入道も平伏した。

幸村は無言だった。いつまでも黙っていた。

「殿っ」

鎌之助がまた膝を乗りだして鼻の孔をふくらませた。兄弟入道は顔をあげて幸村を窺った。幸村は清海入道を直視して、

「そうか？」

ぽつんと訊いた。厳しい態度の眼だけがおだやかであった。三好清海は幸村のそのおだやかな視線に誘われたかのように、

「鎌之助どのは、殿に二度殺されたと申しました。悪事を働いて一度殺され、意趣を返そうとしてまた殺され、二度殺されて生きている今の由利鎌之助は、おれの物ではなくて殿の物だと語ってござりました。懸命のご奉公とは、正にこれと悟りました。われらも、加茂河原に殺されかけて救われた身命を殿にお拾い願いとうござります」

訥々《とつとつ》と申し述べる傍から、

「清海坊主の覚悟にウソはねえし、為三坊主は正真正銘、殿に惚れてる。この大坊主たちをお供の人数に入れてやってください」

鎌之助がそんな口添えをした。

くすっ、と猿飛佐助が笑った。鎌之助は我慢できないというふうに膝立ちになって佐助を指さした。

「殿！　こいつはゆだんがならねえ忍者です。澄ましたつらでお供をしているが、心底から殿にお仕えしているんじゃねえ――」

鎌之助はいきりたって絶句した。

「由利どの」

為三入道が取りなすように鎌之助の袂を引いた。佐助は知らん顔でそっぽを向いたままだ。座が白けて、瞬時、しんとなった。

「そうか？」

幸村がまた三好清海へおだやかな視線を注いだ。

「はっ」

ちょっとためらってから、

「佐助どのは、殿を称して、暁天の星か、暗闇の牛か、おれには判らぬと申します。正体が判らぬところに、心惹かれて、殿のお側にくっついていると、われらには語りました」

三好清海は佐助から聞いた言葉をそのまま口から引きだすように、文句を考えながら申し述べた。

幸村が佐助へ顔を向けた。佐助は冷たく冴えた表情で幸村を見返した。幸村の眼が微かに笑った。佐助は幸村の視線を鋭く見返した。それから困ったように瞬《また》いた眼を、ふと伏せた。

幸村はその眼を三好清海へ転じた。大入道の馬鹿っ正直ともよべそうな髭づらを見詰めて、うふっ、と笑った。すると三好清海も釣られたように笑った。顔中で笑うという笑い方だった。

「六郎、庫裏《くり》へ行って、夕食の支度と夜具を二人分増すように、住職に頼んでおけ」

幸村は家臣に命じた。

翌日から幸村は活動を開始した。六郎、鎌之助、佐助、三好清海が連日、四方へ飛んだ。彼らは伏見市中はもちろん、京大坂、堺へまで太閤の発病前後に関する情報収集にでかけた。幸村自身は動かずにいた。寺の離れに籠ったまま足をくじいている三好為三入道を相手にヘボ碁を打ちながら、皆が拾って帰る耳よりな土産話しを待った。

秀吉は五月五日の端午の節句に、内府徳川家康をはじめ諸大名の礼を受けた後、不意に発病したのであった。

伏見に在住している当代ずい一の名医安養院曲直瀬《まなせ》正琳《しょうりん》は、秀吉を診察して、京都からも医家をよび寄せるように豊家中老へ進言した。安養院程の名医が自分のみの診断によらず、諸医の招集を求めたのは、それだけ秀吉の病状が重大だったからであろう。その夜のうちに京都から施薬院全宗、竹田法院らのそうそうたる医家が駈けつけた。

秀吉は一種の痢病であった。諸医は伏見城中に詰め切りで看病に努めているが、容態は依然として思わしくないらしかった。日増しに食欲は減じ、衰弱しているということであった。

極秘にされているはずの太閤の容態が、かくも広く、かくも詳しく一般に知れ渡っているのは興味深いことである。そして幸村は自分の目で秀吉の病状を確認するため、腰をあげることにした。しかし従五位下、左衛門佐などという幸村の身分では、見舞いに参向しても、せいぜい中老に会える程度で、普通にはとても秀吉の病室にはいることはできない。

その夕刻、幸村は礼服で石田三成の邸宅を訪問した。佐助が馬の口を取り、六郎は徒歩で音物《いんもつ》を捧げ、鎌之助が槍をたてて従った。供の者も礼服に威儀を正していた。

佐助が門をたたくと、番士があらわれて、

「何者じゃ」

横柄《おうへい》に訊いた。三成は江州佐和山の城主で二十万三千二百石。豊家五奉行の筆頭という要職を占めている。ご機嫌伺いに出入りする田舎武士も多いことだから、番士は幸村をその例と見て侮《あなど》ったのだろう。

「真田左衛門佐、石田治部少輔どのに用談あって参上、早々に取次げ」

幸村は最初から高飛車《たかびしや》であった。番士は周章の視線を素速く幸村の礼服の紋へ走らせてから、

「しばらくお待ちを」

態度と共に語調も変えて、奥へ消えた。待つまでもなく迎えの者がでて来た。幸村は佐助に乗馬を預け、鎌之助と門内に待たせて置いて、六郎と二人で玄関にはいった。そこからまた別の侍にみちびかれて、奥へ通された。

三成は平服で応対にあらわれた。

「先刻、二日ぶりに屋敷へ戻ったところである」

秀吉の寵臣は挨拶抜きで、そんなことを言った。いかにも用務多忙という口吻であった。

そして、

「安房守どの、お達者かな?」

紋切り型に訊いた。

「達者にすごしております」

幸村はいんぎんに答えた。

「何より」

　それから、

「して、用談とは？」

　三成はやはり事務的な訊き方をした。

「お天下さま、ご不例とうけたまわり、父昌幸は達者ながら老齢のため、わたくしが名代として上京致しました。それについて城中へ伺候する前に、治部少輔どのよりご助言を賜りたく、まかり越したしだい」

「それならば治部が助言するまでもなく、城中の慣例に従い、奏者《そうじゃ》を通じてお伺いするがよろしかろう」

「もとより明日にも掛りへ、お目通りを願いでる所存ですが、真田家は前《さきの》関白の一件以来、晴れて御前へでたことがありませぬ」

「何？」

「お忘れになったかもしれぬが、安房守昌幸の亡き妻——わたしの母は、今出川晴季卿の娘、前関白の室一ノ台の局の実姉です。前関白の罪により一族ご成敗の際、それにつながる縁者はことごとく罰を受けた。真田家も今出川卿、及び一ノ台の局に近い縁があり、お沙汰こそなかったが、深く謹慎しています。このたびも伏見へ参向の道すがら、京都加茂河原の畜生塚へ立ち寄って、この磧石の下にわが叔母なる女従兄妹《いとこ》なる女が埋められた仕儀さえなかりせばと、恨みに存じた程」

幸村はぴたりと三成を見すえた。そして三成の眼に表情が掠めるのを認めながら、飽くまでいんぎんに言葉をつづけた。

「かくのごとく御前を憚《はばか》る身ながら、しかし、お天下さまご不例とうかがって憂慮に耐えず参向したからには、せめて一と目なりとご尊顔を拝したく、治部少輔どのよりご助言を賜らばやと、まかり越した」

そして、

「これへ」

幸村は望月六郎をふり返った。六郎が三成の前へ膝行して音物を捧げると、三宝に掛けてある袱紗《ふくさ》を取り、一礼してさがった。三宝の上には、白紙に一文銭が六個列べてあった。音物は真田家の旗じるしのように列べてある六個の一文銭だけであった。三成の眼にふたたび表情が掠めた。それから、

「明朝、登城したら、中老生駒雅楽頭《いこまうたのかみ》どのをお尋ねになるがよい」

三成は言った。

翌日、幸村は四人の供連れで、堂々と伏見城の大手門をくぐった。生駒雅楽頭親正にはすぐ会えた。切れ者の三成にすっかり丸め込まれているような高齢の中老である。昨夜のうちに三成から連絡が届いていたらしく、親正は破格のお許しがあったからと称して、幸村を秀吉の病室へ案内した。見舞いといっても、遠くから挨拶するだけである。枕頭の侍医が幸村

の伺候を取次ぐと、秀吉は僅にこちらへ首を動かした。

幸村は低頭しながら、ほんの一瞬その顔色を遠目に窺っただけだが、これはと思った。常々は離れて控えていても、ひしひしと肚に迫るような秀吉の覇気《はき》が、まるで感じられなかった。精力的な煌々《こうこう》たる眼光は、すっかり曇り、ようやく生気を持ちこたえているという弱々しい瞬きである。秀吉の病状は幸村の想像していた以上に悪いようだ。

幸村は病室を辞して、中広間へ行った。大老たちが詰めていた。大納言前田利家は四角張った老軀の背筋を伸ばして、黙然と端坐していた。不機嫌そうな渋面をしているが、別に機嫌が悪い訳ではなく、少壮から幾多の大合戦に生き抜いて来たこの頑固な老将は、いつもそういう取り付きにくい顔なのであった。

中納言毛利輝元と、同じく宇喜多秀家は向かい合って坐っていたが、別に話しをしているのではないらしく、輝元は軽く目を閉じ、秀家は広廊下越しに内苑の方を眺めていた。

この三人に離れて、中納言上杉景勝の名代、直江山城守兼続《かねつぐ》が控えていた。上杉家は会津へ転封して間がなく、景勝が新領国の政務に忙殺されているため、家老の直江兼続が上京しているということであった。兼続は故不識院謙信の侍童から累進《るいしん》した上杉家出頭人《しゅつとうにん》で、陪臣ながら米沢三十万石の大身である。この三十九歳という働き盛りの武将には、主君景勝の名代として、大老たちと同席していても、少しも見劣りしない器量が感じられた。幸村は越後へ人質に預けられていた頃から、兼続に或種の親近感と尊敬の念を抱いていた。そして幸村が他の三大老へ順次に挨拶してから、兼続へ会釈すると、兼続もまた微かに笑いを含んだ視線で会釈を返してよこした。

徳川家康の姿は中広間になかった。

幸村が大老の前からさがって、渡り廊下まで来ると、用部屋の方から石田三成がでて来た。三成は軽い足どりで幸村へ近づくと、

「ご病室へ伺候なさったか」

低く言った。

「只今、お見舞い致した」

幸村が会釈すると、

「それはよかった」

三成は色白の顔に柔和な微笑を浮かべた。昨夕の事務的な応対とはがらりと違った態度である。そして公用に追われているのか、いそぎ足に奥へ通りすぎた。

幸村は廊下を渡りながら、用部屋で人声がするのを聞いた。誰かがはきはきした口調で何かを読みあげ、他の者が質問していた。秀吉の重病で鳴りを鎮めている伏見城中で、五人の奉行が支配する用部屋にだけは活気があった。石田三成、浅野長政、増田長盛が一般政務、長束《ながつか》正家が財政、前田玄以が朝廷寺社掛りを分担して、ここだけは秀吉の病気と関係なく、普段の通り公務をつづけているようだ。生《き》っ粋《すい》の武人である大老たちの重苦しい沈黙と、いわば有能な官吏ともいうべき奉行以下の活動的な雰囲気とは、対照的であった。

幸村はそれから秀吉の正室、北政所《まんどころ》へ挨拶に伺候した。たまたま北政所は奉行の浅野長

政と何か面談していたが、その席へ幸村をよんで、見舞いの言葉を受けた。秀吉の糟糠《そうこう》の妻はかなり気性の烈しい婦人という評判であるが、幸村の感じでは、地味で少しばかりかたくなな印象の老女である。

次に秀吉の寵愛厚い側室、淀君とよばれている茶々の部屋を訪問した。中臈《ちゅうろう》があらわれて、拾君《ひろいぎみ》（秀頼）とくつろいでおいでになるからと、にべもなく面会を拒絶された。幸村が仕方なく戻りかけると、ちょうど奉行の一人、増田長盛が来合わせた。長盛は幸村の来意を聞くと、待たせて置いて奥へはいった。しばらくして、迎えにでて来たのは、意外にも石田三成だった。

「淀さまにお取次ぎした」

それから、

「北政所は弾正《だんじょう》（浅野長政）とお話し中の席へ貴殿をお招き入れになったそうな。侍女たちは口さがない、すぐに城中の出来事を触れあるく」

三成は曖昧《あいまい》に笑った。幸村は茶々を訪問して、中臈に面会を拒絶された理由を直解した。秀吉の閨中《けいちゅう》は対立し、お互に双方の身辺を監視しているのだ。それで幸村が先に北政所へ挨拶したことを知り、茶々の中臈はつむじを曲げたのである。女たちばかりでなく、五奉行も、北政所とは義理の姉弟関係にある浅野長政を除いて、他は茶々派というぐあいに閨中の対立を反映して分かれているらしい。うるさいことである。

茶々は若々しい美貌の女性だ。気品高く驕慢《きょうまん》という噂もあるが、幸村はむしろ才気煥発というふうに感じた。茶々の周囲がなんとなく明るく華やかなのは、側に秀頼という、太閤の唯一の実子がいるせいだろう。その点、北政所を取り巻くひっそりした雰囲気とまた対照的である。

そして幸村は最後に、生駒《いこま》親正へ礼を述べるため、中老の部屋を尋ねた。親正と中村一氏、堀尾吉晴の三人がそろっていた。中老は大老の諮問《しもん》に答え、奉行の執行を補佐し、両者の意見を調停することになっているが、決まった職務はない。そう思って眺めるせいか、ひどく畏まって控えている三中老の姿が、手持ちぶさたを匿す擬態に見えて、幸村にはなんとなく滑稽に思えた。

幸村は昼すぎに伏見城を退出した。市中を抜けてから、馬側をあるいていた望月六郎が、

「いかがでございましたか」

待ちかねたように幸村を見あげた。

「首尾よく名代を勤めた」

それから、

「石田治部がいろいろと労をとってくれた」

「昨夕の音物が利き目をあらわしたのでしょう」

「銭で只の六文とは安い賄賂《まいない》だ」

幸村は笑った。

「お天下さまは――？」

六郎が語調を改めて短く訊いた。

「噂の通り」

幸村も短く答えた。すると、

「そいつは清海坊主がよろこぶだろう」

鎌之助が肩の槍をゆすりあげた。

「一と足先に寺へ駈け戻って、早く教えてやったらどうだ」

佐助が鎌之助をふり返った。

「これ以上、汗を掻いて堪るか！」

鎌之助は眼をむいた。実際、炎天の道は暑かった。馬上の幸村さえ礼服の襟に汗が滲むくらいだった。佐助だけは涼しい顔であるいていた。忍者は汗を掻かないように、特殊な修業を積んでいるのかもしれない。

そして一行はようやく西竹田の里へはいった。竹林の道にそよぐ風が、肌に爽やかだった。浄苔台院の寺門が近くなった。

「やれやれ」

鎌之助が声をあげた。その時、佐助が不意に歩を停めた。

「匂いがする！」

愕然とした様子だった。

「匂いだと？」

鎌之助が鼻の孔をふくらませて訊いた。それには答えず、佐助は幸村の乗馬の口縄を、六郎の手に押し付けるようにして握らせた。

「しばらく姿を消します」

そう馬上の幸村へ会釈するやいなや、孟宗《もうそう》の竹林へ走り込み、たちまち行方をくらましてしまった。

「変なやつだ」

六郎が呆れた。

「これだから忍者のすることは判らねえ」

鎌之助は舌打ちした。

幸村は寺門で馬を降りると、蟬時雨《せみしぐれ》の境内を横切った。離れ屋の玄関に三好兄弟が迎えに飛びだして来た。

「客人が待ってござりまする」

「女客であろう」

為三が告げた。

「一人は女、一人は男にござりまする」

言ってから、

「ご存知でしたか？」

為三はびっくりしたように口をすぼめた。

「匂いで判る」

幸村は庭に面した座敷にはいって礼服を脱いだ。清海が縁側の廊下へ無器用な手つきで小盥に水を汲んで来た。幸村が汗を拭き、衣服を着替えると、清海はまた無器用な手つきで冷たい麦湯を捧げて来た。

「美味《うま》い」

幸村が目を向けると、

「寺の小坊主に麦を買わせて煎りました。たくさんこしらえて井戸に冷やしてあります」

清海はモソモソと言った。口ベタだが情のある誠実な大入道である。馬や槍を片付けてから座敷にやって来た六郎と鎌之助へも、

「お供ご苦労」

とか、

「咽喉をうるおしてくれ」

清海は労をねぎらい、麦湯をすすめた。

「殿、客人が待ちくたびれてござりますれば」

為三の方はそればかり気にしているようだ。

「これへ連れてまいれ」

幸村は命じた。

為三が年若い娘と、若侍をみちびいて来た。若侍は礼儀正しく座敷にはいって低頭したが、娘は会釈もせずに強い眸を幸村へ当てた。

「猿飛佐助の妻、あやです」

「あや？」

「亜矢と書きます」

まっすぐ顔をあげたまま、その字を指で大きく宙に書き示してから、

「佐助がここにいると聞いて尋ねて来ました。会わせてください」

こんどは媚《こ》びるように妖しく眸を細めた。

「佐助はいない」

「嘘！」

「いない」

幸村がくり返したとたん、亜矢はすっと立ちあがった。

「匿したって駄目！」

言って、いきなり身を飜えすと、亜矢の姿は畳をすべり廊下を伝わり、音もたてず襖や障子を次々にあけて、家探しを始めた。さながら一陣の突風が寺内を吹き抜けたかのようであった。そして瞬く間に離れ屋から庫裏、本堂と一巡した亜矢は、ふたたび幸村の前に来て、ふわりと坐り込んだ。

「佐助はどこへ行ったんです？」

あの強い眸だ。

「先程、寺の近くまでわしの供をしていたが、匂いがするといって行方をくらました」

この女は雌豹《めひょう》だと幸村は思った。

「そう、逃げちゃったの」

亜矢は思案顔で口唇をきゅっと結んだ。強い眸を激しく燃やし、また妖しく細めた。

「佐助がここにいることが、なぜ判ったのか」

幸村は美しい野獣をあやすように訊いた。

「この人が教えてくれたの」

亜矢は連れの若侍を指さした手で、額に散る黒髪を梳《す》きあげた。

「猿飛の旧知、霧隠《きりがくれ》才蔵にございます」

若侍が挨拶した。

「佐助と同郷か？」

才蔵を忍者と見て、幸村は訊いた。

「猿飛は甲賀の生まれですが、幼少より伊賀の里へ来てしのびの術を修めました。その頃、長らく起居を共にした仲でございます」

そういえば佐助と同年配のようである。

「いずれかに仕える身か？」

「猿飛同様、主家を持つことは好みませぬが、近頃さる筋に頼まれて、さる大名の伏見屋敷に出入りしているため、このように窮屈な恰好をしております」

才蔵は自分の侍姿を見やって短く苦笑してから、

「わたしはその筋より内密の用命を受けて石田治部の身辺を見張っています。昨夕、左衛門佐さまが石田邸へお越しになった際、お供の中に猿飛がいるのを見かけ、お帰りのあとをつけてここの所在を探り当て、伊賀へ一と走りして、この女を連れて来てやりました」

「亜矢は伊賀から来たのか⁉」

幸村はその健脚に一驚したが、

「この人は佐助を見付けたら、あたしに教えてくれることになっているの」

亜矢はなんでもないという口吻で、それから、

「こんどこそ佐助に会って、ほんとの夫婦になれるはずだったのに！」

きゅっと口唇を結んだ。

「亜矢は、佐助の本当の妻ではないのか？」

幸村が訝《いぶか》ると、

「この女が一人で勝手にそう思っているだけです」

才蔵が言葉を挟んだ。

「お黙り！」

亜矢は屹《きっ》と才蔵に向き直って、

「あたしの気持が、あんたなんかに判るかい！」

「おれには判るが、佐助には判りっこない。それが証拠に、あいつはお前の匂いがしただけで、また姿を消したじゃないか。嫌って逃げ廻る男を、いつまで追いかけたって仕方がない。もう夫婦になることは諦めろ」

　とたんに、

「言ったね！」

　亜矢が片膝立ちになって右手をふりあげた。間髪を容れず才蔵は坐ったままの姿勢で後ろへしりぞいた。亜矢は力まかせにふり降ろした手で、才蔵をひっぱたきそこね、勢余って畳に転ろがった。着物から派手にはみだした四肢が、見るからに柔軟強靭《きょうじん》そうであった。

「畜生！」

　叫んで跳ね起き、さらに才蔵へ襲いかかろうとするところは、やはり雌豹である。

「こらっ！」

　清海が叱った。

「殿の前で喧嘩はならん。わしが困る」

　為三が仲に割ってはいった。

「もっとやらせりゃいいじゃねえか」

　鎌之助だけはニヤニヤした。

「なんだって！」

雌豹がくるりと鎌之助へ向き直った。

「これ止めんかい」

為三はなだめながら、亜矢のあらわな姿態へ舐めるように眼を這わせていた。

「御前をお騒がせして申し訳ありません」

そして、

「亜矢、帰ろう」

才蔵がうながした。

「あ、待て」

為三である。

「佐助は必ずや、ここに立ち戻ると思う。いや姿を消していても、きっと殿のお側から遠く離れることはない。そなたはしばらく伏見に滞在して、様子をみたらどうじゃ」

親切顔で亜矢へ助言した。

「そうかしら」

亜矢は眸を細めた。

「そうとも！　宿さえ聞いて置けば、佐助が立ち戻りしだい、さっそくわしが一報してやるから、そう致せ」

為三は亜矢の妖しく光る眸に見入りながら、すこぶる熱心である。すると亜矢が急に幸村へ居ずまいを正した。

「あたしをここに泊めてください。ご用はなんでも手伝います」

「亜矢――」

才蔵が何か言おうとするのを遮《さえぎ》って、

「それは名案！　殿、お宿に女手があれば何かと役に立ちます。いかがなものでござりましょうか」

為三が膝を乗りだした。

「おれは厭だ。忍者は女でも大嫌いだ」

鎌之助が反対した。

「言ったね！」

雌豹が眸を燃やした。それを抑えて、

「よいではないか由利カマ、女がいれば、われらは拭き掃除やすすぎ物をしなくてすむ。万事につけ助かるぞ」

それから、

「のう兄者！　望月どのもそうでござろう？」

為三は力説した。

「あたし決めた」

そして、

「あんたは一人でお帰り」

亜矢が才蔵へ言った。才蔵は黙って幸村の顔色を窺っていたが、やがて、

「邪魔者をお預り願うお礼に、一と言申しあげて置きます。さる筋の眼は石田治部のみならず、伏見在番の諸大名すべてに注がれています。殊に左衛門佐さまは睨まれている様子、これからはご身辺にうるさいことがあるやもしれません。ご用心の程を」

聞き棄てならぬことを、いんぎんに放言して、すいと立ちあがった。そして才蔵が座敷を去ってから、鎌之助が気付いたように廊下へ飛びだして行ったが、じきに戻って来て、

「あの野郎、もう姿をくらましやがった。さる筋とはなんだか、ふんづかまえてドロを吐かせるんだった」

口惜しそうに鼻の孔をふくらませた。


幸村は次の日も、六郎と鎌之助に礼装して外出する支度を命じた。

「佐助の代りに、ご乗馬の口取をします」

清海が申しでた。

「坊主が公用のお供はまずい」

六郎が言った。

「しかし寺に籠ってばかりいては、体がナマクラになります。われら兄弟にも、お役に立つことはありませせぬか」

清海は無聊《ぶりよう》をかこつ口吻だったが、

「あいや兄者、てまえはまだ足首が痛むから、お留守をしよう」

為三は亜矢の側を離れたくないらしい。全く朝から、亜矢が掃除をすれば雑巾をしぼり、亜矢が食膳を運べば共に茶を運び、亜矢が食器を洗いに立てばそれを拭きに行き、亜矢がすすぎ物をすればそれを干すのを手伝うというぐあいである。

「清海には頼みがある。三十年昔、真田家を出奔《しゅっぽん》した樋口四角兵衛なる侍が、出家して京にいるという噂だ。洛中洛外に寺は数多い上、今なお生きているかどうかも判らぬが、その者の消息を探してくれぬか」

幸村は言った。雲をつかむような話しだが、

「樋口四角兵衛――でござりまするな」

清海は真剣にその名を復誦した。幸村は六郎に言い付けて若干《じゃっかん》の金を与えてから、

「書写山の悪僧どもと出逢っても乱暴致すな」

清海へ注意した。大入道は張り切って、幸村の一行と寺をでると、京都へでかけた。

幸村はこの日も堂々と石田三成の屋敷へ馬を乗りつけた。三成は登城して留守であった。

幸村は応対にあらわれた老臣へ、秀吉の病室へ伺候斡旋の礼を述べ、爾後の引き廻しを依頼した。こんども三宝に銭を六文並べて賄賂とした。一ぺんや二へん便利を計ったくらいでは、畜生塚に関する真田家の遺恨は消えぬぞと、念を押したのである。

それから増田長盛の屋敷へ廻った。長盛も登城していた。幸村は留守居の老臣に会い、茶々との対面斡旋の礼を述べ、ここにも六文銭の賄賂をした。長盛も三成と共に、秀次の妻

妾が処刑された際の検使である。そして幸村の訪問と皮肉な賄賂については、すでに三成から知らされていたらしく、増田家の老臣は望月六郎が三宝に乗せた六文銭をすすめても、左程驚かず、それをうやうやしく受け取った。

――これで城中の仕儀は、二奉行から必ず通知があるだろう。

幸村の計算である。

帰途は相変らず暑かった。幸村は市中を避けて、大亀谷から郊外へでた。遠廻りだが、道が木蔭になっていて、いくらか涼しい。

その道が、墨染という里へさしかかった頃、路傍の木立の間から、身軽に飛びだして来た者があった。

「しばらくお馬の口を取ります」

猿飛佐助であった。

「待っていたのか」

六郎が驚くと、

「殿の後をつける者がいるので、なかなかお側にでられなかった」

「畜生！　さる筋の野郎どもだな」

鎌之助が怒った。

「今さら眼玉をむいてふり向いたって、誰もいねえよ」

「なんだと！」

「由利カマと口喧嘩をしている暇はねえ」

佐助はそして、幸村へ報告した。

「本多佐渡守の密命により、服部半蔵が伊賀甲賀の里から働き手を狩り集めて、伏見に配っています。霧隠才蔵も雇われ組の一人です」

本多佐渡守正信は、徳川の黒幕の宰相といわれる策謀の将である。

「佐渡守は半蔵を通じて、その連中に、太閤病中の伏見取締りを、徳川家が陰ながら助勢強化するためと触れているようです」

それから、

「伏見向島の徳川屋敷ばかりでなく、藤森の宿舎には井伊兵部少輔直政、榊原式部大輔康政、本多中務大輔忠勝、石川長門守康道、平岩主計頭《かずえのかみ》親吉ら徳川の諸将が、かなりの手勢を引きつれて来ています」

佐助はつけ加えた。徳川方が伏見の治安確保を口実に、市中に密偵を放し、市外に兵力を駐屯させているのは、秀吉歿後の非常事態に備えるためであろう。すなわち秀吉の死によってもたらされる騒乱を予測し、秀吉に代って伏見を収め国内を制しようとする意図は明白である。

「霧隠才蔵に見付かったのはゆだんでした。あいつお節介にも亜矢を引っぱって来やがって、友達甲斐のないやつだ」

「才蔵が亜矢をつれて来たことを知っているか?」

幸村が呆れると、

「蛇《じゃ》の道はヘビで、徳川の雇われ組の伊賀者から事情を聞きました」

佐助は頰をゆがめた。

「わしは特に睨まれているそうな?」

「そのようです」

「なぜか?」

「沼田の伊豆守さまは別として、上田の真田家は徳川に憎まれている上、服部半蔵は殿に私怨を含んでいます」

「恨まれる覚えはないぞ」

「半蔵は信州で殿に眼を付け、身辺を窺って追い払われたことがあります。忍者はそういう失敗をひどく根に持つものです」

「常人には判らぬ恨みだ」

「公然とおでましの時は後をつけても手だしはしないと思いますが、ご身分を匿して外出なさる時は危のうございます」

「迷惑なことよ」

「忍者の恨みつらみは執念《しゅうねん》深いですからな」

「亜矢も佐助にだいぶ執念深いようだ」

「あの女には叶いません」

言ってから、道が竹田の里にはいったことに気付くと、

「女が居すわっている間は寺には行けませんが、近くにいますから、ご用があれば由利カマでも使いにだしてください」

「どこへ行けばいいんだ」

鎌之助が訊くと、

「亜矢のいない所へでて来て、猿飛さまーっ！　とよべば、すぐに姿をあらわしてやる」

佐助はにやりとして、路傍の竹藪へ駈け去った。

十　毒酒

六月十六日は「喜祥の祝い」といって、少彦名神《すくなひこなのかみ》と園韓神に餅と菓子をそれぞれ十六ずつ供え、疫病を払う祭りである。この日、秀吉が小康を得たので、伏見城では恒例の祝儀が催された。城内各広間、座敷部屋ことごとくに餅と菓子を置き、その場に詰める者が頂戴するのである。

幸村は石田三成の連絡で登城し、在番の大名並に大広間において行事に参加した。

秀吉は奥広間にでて、秀頼と祭りを祝ったそうである。まだ六歳の秀頼が長袴を着用して

席につくと、かさね畳の上に布団を敷いて坐っていた秀吉は、幼少のわが子に菓子をすすめながら、

「お拾《ひろい》どの（秀頼）が十五歳になれば天下のことを任せるつもりであったが——」

そう言って落涙したという。

奥の行事に列席した者が、貰い泣きに瞼を抑えながら退出して来て、この話しを大広間に伝えた。

「それこそ親心と申すもの」

或いは、

「お気弱になられた」

大広間に囁きが交された。懐紙で眼を拭き鼻をかむ者もいた。

幸村は秀吉の涙に老廃者の愚痴を感じた。老太閤は天下人の地位をぜひ秀頼にゆずりたいのだ。生涯かけて築きあげた権力の座に執着が深ければ深い程、他の何者にでもなく自己の分身に嗣がせたいのだ。その秀頼はまだ物心も付かぬ幼童にすぎない。思えば晩年の秀吉が茶会や能楽や観桜園遊の歓楽を次々と催したのは、そうした老境の弱りと淋しさをまぎらすためだったのかもしれない。

その夜、幸村は伏見へ参向してから見聞した詳細を、父昌幸に報告するため、寝床の延べてある一室で九時すぎまで筆を執っていた。他の部屋でふと短く低い人声がした。誰かが寝言でもいっているのかと思った時、唐紙が音もなくあいて、亜矢の姿がふわりと机の傍に

坐った。

「どうした？」

幸村は筆を休めた。

「ふん」

亜矢は雌豹の顔で頬に散る黒髪を両手で梳きあげてから、

「蚊いぶしを焚いてあげようか」

首をかしげた。媚びる眸が細く妖しかった。幸村は首をふった。

「じゃ、扇であおいであげようか」

亜矢はしどけなく横坐りに膝を崩した。

「やすんでいたのではないのか？」

幸村は亜矢の寝間着の裾にこぼれる脚から眼をそらしながら訊いた。

「ふん」

また鼻を鳴らしてから、

「あらっ、誰か来るよ」

亜矢は言った。離れ屋の戸をあわただしくたたいたのは浄苔台院の老住職であった。六郎、鎌之助、為三入道が起きだして幸村の部屋に集った。

「伏見のお城下で大騒動が持ちあがったそうです。町の親戚筋に泊っていた里の者が、逃げ戻って、教えに来ました」

老住職が憂え顔で告げた。

亜矢が立って縁側の雨戸をあけると、夜気に耳を澄ましてから、

「ほんとに何か騒いでいる」

そして、

「行ってみよう！」

無雑作に庭へ飛び降り、裸足《はだし》のまま雌豹のように跳ねて暗がりへ消えた。

「殿！」

六郎がよんだ。

「見てまいれ」

幸村は命じた。

「おれも一緒に行く」

鎌之助が気負い込んだ。

「わしもまいろう」

為三も腰を浮かした。

「足は痛まぬか」

幸村は為三をふり向いて、その顔に眼を止めた。額から両頬へかけて、生ま生ましい爪の跡が数本ずつ、みみず腫れに血をにじませていた。

「足はもう大丈夫にござりまする」

為三は照れ臭そうに幸村の前から逃げだした。

幸村は笑いを嚙み殺して縁側に立った。夜空は市中の方面も常と変らず暗いが、はるかに速馬の駈け去る音がした。そして幸村は突然、屹と庭先へ身構えた。

「むし暑い晩です」

声がしてから、その庭先に人影が立った。猿飛佐助だった。

「騒動をお知らせに伺いました」

「亜矢も見に行ったぞ」

「あの女がいないから、姿をあらわしました」

佐助はくすっと笑った。

「あがれ」

「足が汚れています」

「構わぬ」

幸村が机の前へ戻ると、佐助は膝でじょうずに畳を滑ってついて来た。

「器用なことをする」

「忍者ですから」

佐助はまたくすっと笑ってから姿勢を改めた。

「今日は喜祥の祝いに登城した方々が、城中で眼を泣き腫らし、涙を拭いていたという話しから、市中にお天下さまご他界の噂が広まり、さらにお天下さま歿後に大合戦が始まるという流言飛語が急に広まって、町家は戸を閉ざし、或いは家財道具を纏めて避難する者さえでる有様になりました。すると武家方までがあわてだし、大名屋敷は兵具をそろえたり、市中に物見をやったり、気の早い者は城内へ駈け込む有様です」

佐助は報告した。

「ふーむ」

秀吉の落涙がとんだ騒ぎを巻き起こしたものだと、幸村は思った。

「一犬虚を吠《ほ》えて万犬実を伝える――の譬《たと》えがありますが、まことに不届な噂を流すやつがいるものです」

「火付け者がいそうか？」

「判りませぬ」

そして、

「城下の徳川屋敷などは、藤森から馳せ参じた井伊、榊原、本多ら諸将の兵で物々しく警固されていますが、ここでも騒ぎの原因が判ってから、こんどはあらぬ噂の出所を探すために、服部半蔵の手の者を四方へ潜行させているそうです」

佐助が言った。

「ふーむ」

噂の出所はとにかくとして、この騒動は、伏見の市民もまた秀吉の死を予想し、その後の情勢に不安を覚え、動揺している証拠だと、幸村は思った。これも父昌幸への報告に書き加えなければならない。

「明朝、鎌之助を近衛《このえ》帝のご陵へ使いにだす。そこで待て」

「ご用ですか？」

「手書をおやじ殿へ届けて貰いたい」

「ご書状を安房守さまへ⁉」

「家老の高梨内記に手渡せば取次いでくれる」

佐助は短く沈黙してから、

「そのように大事なご書状を、わたし如き家臣でもない一介の忍者にお任せになってよいのですか？」

冴えた怜悧《れいり》な眼で幸村を直視した。幸村はおだやかにうなずいた。お前がわしをどう思っていようと、わしはお前を信用している。そんな眼差だった。佐助は軽く頭をさげた。

「往復四日で、ご用を果たします」

「路銀はあるか」

「忍者の道中に金は不要です」

言ってから、

「いけねえ！」

急に舌打ちして、

佐助はまた膝で真っすぐに二つの座敷を横切ると、庭の暗がりへ消えた。裏で水音がした。しばらくすると亜矢が着物の裾をからげたまま、ふわりと部屋にはいって来た。

「合戦なんて嘘っ八よ。つまらないったらありゃしない」

亜矢は幸村の前で平然と足首や脛を拭き、帯をしめ直した。

「あちらへ行って、早くやすめ」

幸村は墨をすり、筆をとった。

「厭っ」

亜矢が言った。

「なぜ？」

「助平坊主が夜這《よば》いに来るから」

「宿を移すことだな」

「それも厭っ」

「男ばかりの所に女一人がいることはよくない」

「あたし、ここで寝る」

「何⁉」

「お殿さまの側なら安心して眠れるもの」

亜矢は畳に腹這いになって、あくびをした。

「それでは明朝」

「ここに寝てはならぬ」

叱ったが、返事をしない。

幸村は机越しに亜矢の横顔を覗いて唖然とした。雌豹は着のみ着のまま俯伏せの恰好で、もう寝息をたてていた。甘い吐息をくり返すような寝息であった。

「これ――」

幸村が石田三成から茶席の招待を受けたのは、それから五日後のことであった。

茶の湯はただ風雅な趣味というばかりではなく、当時では武家公家を問わず上流階層の社交に必要な教養とされていた。室町幕府は茶の湯を愛好し保護奨励した。織田信長は茶趣味に偏執《へんしつ》して、やたらにこれを習うことを禁じ、勲功ある将士にのみ許した。秀吉に至っては茶道が政道にまで結び付くようになり、茶席はしばしば政治的な社交場に使われる風潮さえあった。

幸村は自分を煙たがっているはずの石田三成から、そのような場所へ招かれたことに、いく分の警戒心と、同等分の好奇心を持った。そしてこの日は六郎と、三好為三に供を言い付けた。

「茶の湯は苦が手にござりまする」

為三が尻込みすると、

「亜矢と二人で留守番に残って、またツラをひっ掻かれてえのか」

鎌之助が冷やかした。

「何をぬかす！」

為三はあわてて、恨めしそうに支度をしながら、

「そういう由利カマこそ、留守の間にこの女と喧嘩してひっ掻かれるなよ」

やり返した。

「おれは別に用事のある身だ。こんな女の側にくっ付いている暇はねえ」

「言ったね！」

「言ったがどうした」

鎌之助は眼をむいて雌豹と睨み合った。どうもこの二人は仲が悪い。

「止めぬか」

そして、

「由利カマも早く支度をしろ」

六郎が制した。鎌之助は今日、信州上田から帰って乗る予定の猿飛佐助と、墨染の里の辻で落ち合うことを、幸村に内命されているのだ。

午後三時になると、石田家から品のよい小姓が駕籠を用意して迎えに来た。幸村は乗物を断って、徒歩で浄苔台院をでた。竹田の里をでてしばらくしてから、幸村はふと足を停めて、迎えの小姓へ声をかけた。

「この道は遠廻りではないか？」

石田邸は伏見城下の大名小路にあるのだが、

「お茶席は他所にもうけてあります」

小姓は言って、幸村の歩をうながすように会釈した。

「行く先を告げず客を案内することを、無礼と思わぬか？」

幸村は小姓と並んであるきながら、おだやかに訊いた。

「無礼でございます」

小姓は真っすぐ前を向いたまま答えた。十五、六歳かと思われる美童の横顔には、無礼は承知だが厭でも引っぱって行くぞ！　とでもいう不敵な表情があった。

「そちの名を、まだ聞いていなかったな」

「黒川七五兵衛の嫡男、同姓冬也《ふゆや》」

「冬也――」

「冬に生まれましたから」

そんな答え方には少年らしい素直さが感じられたが、これは大変な案内人だと、幸村は思った。黒川七五兵衛といえば、石田家にその者ありと知られた三成腹心の辣腕家《らつわんか》である。子が迎えに来たからには、行く先には親が待ち構えているにちがいあるまい。

冬也は幸村を伏見のはずれ、谷口の里へみちびいた。松林の奥に、豪農風の大構えな家があった。門をはいると、前庭は茶畑になっていて、二、三の男が茶の木の間に散らばっていた。農家の下僕の身なりをしているが、石田家の侍が変装して、見張りに立っていることは明らかである。

玄関から広い畳座敷にあがると、老女があらわれた。これも粗衣を着ているが、武家女であることは明らかだった。

「お供の方はこちらへ」

老女が低く言った。

どうしますか? 六郎がそんな顔をした。幸村は眼配せした。六郎が銭袋をさしだした。一文銭がずっしり重い程はいっている鹿のなめし皮製の大きな銭袋であった。幸村はそれを脇差の柄《つか》にぶら下げてから、老女へ言った。

「この出家は供の者ではない。真田家が宿にしている寺の客僧で、茶の湯にくわしいご坊だから、茶席に相伴《しょうばん》させるぞ」

老女は冬也と短く視線を交すと、六郎を案内して去った。

「沐浴をなさいますか?」

冬也が言った。客にむし風呂を接待することは、ご馳走の一つであるが、幸村は首をふった。冬也はしばらくお待ちくださいというふうに会釈《えしゃく》して、奥へ消えた。

「茶の湯にくわしいなどと、とんでもないことを……」

為三が囁《ささや》いた。

「何もさせはせぬから、おとなしく控えていればよいのだ」

幸村は囁き返した。

冬也が戻って来て、お茶席に案内しますというふうに、黙礼した。

中庭の杉木立の間に別棟の茶亭があった。冬也が先に飛び石を伝わって、くぐりをあけた。沓脱《くつぬぎ》に履物が二つ並んでいた。六畳の控えの間を通って、四畳小間の茶室にはいると、意外な先客がいた。直江山城守兼続《かねつぐ》であった。

「お招きをいただいて参上した」

幸村が坐ると、銭袋の中で一文銭が鳴った。

「ようこそ。浄苔台院のお客僧もよくお越しになった」

三成はこだわりなく二人を迎えたが、隙のない眼は、招かざる客である幸村の同伴者を素速く観察していた。

「為三と申す茶道熱心のご坊で、ぜひ治部どののお点前《てまえ》を拝見したいと頼まれて同道した」

幸村が紹介すると、為三は末席で眼を白黒させながら平伏した。

「この席は主客ともに固苦しい作法をはずして、しばしの閑話に暑気を忘れたい」

それから、

「山城どのと左衛門佐どのとは、共に越後の思い出もあるはず――」

三成がさり気なく話題を切りだす間に、冬也が水屋《みずや》から茶器をそろえて来た。風炉《ふろ》の茶釜が幽かに音をたてていた。冬也はあざやかな手さばきで、点茶にかかった。

「左衛門佐どのは越後に思い出があるか」

直江兼続が美童の手さばきを見やりながら訊いた。

「上杉家に預けられている間は、上田城が徳川勢に攻囲されている時でしたから、気もそぞろでした」

幸村は言った。兼続は冬也の捧げる茶碗を作法通り受けて一服してから、

「あの合戦が終るとすぐ、知行地へ移られたな」

「中納言さまがお留守の間に上杉家を逃げだしました」

幸村は人質として越後へ送られたのであるが、上杉景勝から信州川中島に領地を与えられていた。そして上田合戦の後、景勝が上京した隙に、川中島の領地へ行くと称して越後春日山城を離れ、ひそかに父の城へ逃げ帰ってしまったのである。

「それでは越後に思い出はあるまい」

兼続が廻した茶碗を、幸村は受けて一服してから、

「ありませぬ」

三成へ廻した。そして兼続と幸村は共に三成を見詰めた。われらをこの茶席へ招いた真の目的は奈辺にあるのか？　二人の視線に問い詰められながら、三成はゆっくり茶を喫《きっ》した。茶碗を冬也へ戻してから、幸村を見返した眼をちらと三好為三へ走らせた。同席者は困る！　そう言っているようであった。しかし幸村は三成のためらいを無視した。言いたくなければ言うな。そんな気持だった。聞いたあとで厄介なことになるのはごめんだという思いもあった。

「さる十六日夜の騒動に、向島の内府屋敷に集ったおびただしい徳川勢を見て、口さがない

町人どもが、伏見にはあるじが二人いると評判しているそうな。まことに恐れ多いことである」

三成は言って、兼続を見、幸村を見た。兼続は毛筋程も反応をあらわさず、

「恐れ多い——とは」

口さがない町人どもの噂のことか？　それとも、家康が太閤病中の伏見に徳川の将士を駐屯させていることか？　そう三成へたしかめるように、眼を当てた。

「秀頼さまはご幼少、頼みの前田大納言はご老体」

三成が、こんどは独白するように言った。それから、さらに低く、

「上杉中納言どのは、前田大納言と仲がお悪いと聞くが——？」

三成は試すような眼を兼続に注いだ。

幸村は上杉の謀臣直江兼続と、策士三成の肚の探り合いを冷静に観察していた。そして三成のなんら関連のない言葉から、彼の胸底にある意図を悟った。

三成は家康に対抗しようとしているのだ。家康が徳川勢をもって、ひそかに伏見の治安維持を自任していることは、とりも直さず病中の秀吉に代って天下の任に当たろうとする自負心のあらわれに他ならない。三成はそれを、恐れ多いこと！　となじった。しかし自力では家康の比ではないから、前田利家を引っぱりだそうとしているのだ。利家は家康と並ぶ豊家の両巨頭だからである。だが前田と徳川の勢力にも差がある。まず家康が七分、利家が三分と見ていい。そこで老体の前田利家に、上杉家の勢力を接近させたいのだ。幼少の秀頼を擁《よう》

し、前田と上杉の勢力を背景にして、三成は徳川家康と対抗する意図なのだ。

杉木立が風にざわめいた。湿気の多い風であった。いつの間にか西日が翳《かげ》っていた。宵に一と雨来るかもしれない。

「徳川にとって、中納言どのが前田と不和なるは、もっけのさいわい」

三成はそして、貴殿も知っているだろう？　というふうに幸村へ眼を向けた。秀吉が聚楽《じゅらく》第《だい》にいた頃、上杉景勝と前田利家が同時に伺候したことがあった。その際、奏者が前田を先に取次いだので、景勝は憤然となった。有名な話しである。以来、景勝の方は前田にわだかまりのあることも事実なのだろう。

「聚楽第が跡形なくなったように、昔のことは、水に流していただきたい」

三成は結論するようにつけ加えて、ふたたび兼続と幸村へ眼を配った。

今日の主賓《しゅひん》は直江兼続で、徳川に憎まれている真田の名代で且つ上杉家に縁故ある幸村を陪席させ、聚楽第を持ちだして、兼続には上杉と前田の和解を慫慂《しょうよう》し、幸村には畜生塚の由来を謝り、そして両者を反徳川派へ勧誘している。これが茶会の目的だったのかと幸村は思った。

「うけたまわり置く」

直江兼続が言った。幸村も黙ってうなずいた。おれも聞くだけは聞いて置いてやる。そんな気持だった。

「これは珍客を茶席に迎えながら、亭主ばかりが繰《く》り言《ごと》を申した」

三成は顔をほころばせた。冬也が酒を捧げて来た。三成は兼続に盃をすすめた。冬也が酌をした。兼続は盃を口に運んで、酒を含むと、急に顔をあげた。盃を畳に置いて立ちあがった。そして茶室の濡れ縁へでると、口に含んだ酒を吐き棄て、手洗鉢《ちょうずばち》の水で何度もうがいをしてから、席へ戻った。さり気ない動作で盃を押しやりながら、ぴたりと三成を見すえた。厳しい眼であった。

三成は不審の表情で盃をとりあげた。酒を口にして顔色を変えた。三成もやはり濡れ縁に立ってうがいをした。それから水屋へ冬也をよんで何か耳打ちした。

冬也がすぐ、別の酒を捧げて来た。こんどは三成がまず盃を干した。慎重な飲み方だった。そして、

「粗相《そそう》を致した」

ていねいに兼続へ頭をさげてから、その前へ盃をすすめた。冬也の酌をする手が緊張に震えていた。盃は兼続から幸村へ廻された。幸村が飲んだ酒は、上等の味がした。

庭の方で人声と足音がした。冬也が濡れ縁から覗いて、

「父が――」

三成をふり向いた。

中年の侍が茶室へ近づいて来た。黒川七五兵衛だなと、幸村は思った。名は知っているが、顔を見るのは初めてであった。

「曲者をせんぎ致し、さっそく捕えました」

七五兵衛が報告した。下僕の身なりをした屈強の男が二人、女を引きたてて来た。先刻、この家の玄関に幸村を出迎えた老女だった。

「みの⁉」

三成が低く驚愕《きようがく》した。

「石田治部少輔は礼儀知らずの無調法者よ。客に酒肴をもてなすには、おのれが先に毒味をするものぞ！　そうすれば今頃は七転八倒して地獄へ墜《お》ちていたろうに、惜しいことをした！」

みのとよばれた老女は、憎悪に眦《まなじり》をつりあげてののしった。

「治部のいのちを狙って、酒に毒を入れたと申すか」

三成が唸るように訊問した。

「豊太閤が大坂に築城のみぎり、普請《ふしん》奉行だったおのれの配下で、土木工事の指図役を勤めた根津甚右衛門の名を忘れはすまい！」

三成の顔がもう冷静に戻っているのは、その名に覚えがあったからであろう。

「わたしは甚右衛門の妻だ」

老女みのはそして、

「おのれは工事遅延の責《せめ》を夫甚右衛門に転嫁《てんか》しようと計り、甚右衛門が非を訴えると切り捨てた。そのために一家は離散し、どれ程、憂き目に遭ったことか！」

怒りに蒼褪《あおざ》めた顔で髪ふり乱しながら、

「おのれに復讐の誓いをたて、屋敷に仕えて数年の歳月を忍従の末、ようやく側に近づける身となり、今日こそ仇を晴らす日と思ったが、悪運強い治部少輔め！　口惜しや！」

三成につかみかかろうとして、屈強の男に左右から抑え付けられ、身悶《もだ》えした。

「ご処分は？」

黒川七五兵衛が三成へ訊いた。

「切れ！　殺せ！　どうせ本懐を遂《と》げた時は、わたしもこの場で自害する覚悟だった」

老女が歯ぎしりした。

「根も葉もない逆恨みは、とても正気の沙汰と思えぬ。それのみならば狂人として放してつかわすところだが、大事の茶会に無礼のあったことは許せぬ。二人のお客にまで危うく災難を及ぼしかけた罰として、両の腕を落とす」

三成は言った。老女に処分を宣告するというより、自分が毒殺を謀《はか》ったのではないことを、兼続と幸村へ弁明するかのような言い方だった。それから、

「冬也」

三成は美童をかえりみた。冬也は冷然と茶室の庭先へ降り立った。屈強の男が抑えている老女の右手首をつかみ腕をねじあげるようにすると、脇差を抜いた。そして声もたてず右腕を肘《ひじ》のあたりから断った。老女が絶叫した。冬也は眉も動かさなかった。

「これは直江山城守さまへお詫びのしるし」

言って、鮮血のしたたる老女の右腕を無雑作に濡れ縁の沓脱へ置いた。それからまた老女の左手首をつかんで、

「こんどは真田左衛門佐さまの分」

冬也は脇差をふりかぶった。

「待て！」

幸村は咄嗟《とっさ》に冬也へ声をかけた。

「わしの分は、腕を落とさずに置け」

冬也が刀をふりかぶったまま、指示を仰ぐように三成を見た。幸村は三成へ向き直って、畳に扇をひろげた。小脇差の柄にぶら吊げている大きな銭袋から一文銭をつかみだし、扇の上に六個並べ、その扇ごと三成の方へ押しやった。

「あの女を、買い受けたい」

「買って、どうなさる？」

三成があからさまに不機嫌な顔をした。

「貴殿のお仕置を見ているうちに、殺生関白のことが思いだされ、せっかく忘れかけた聚楽第の旧事やら、畜生塚《かく》のいわれやらが、またぞろ念頭に浮かんで来申した」

幸村も不快の色を匿さず、

「もうよい」

冬也へ言った。

「しかし、君命なれば――」

冬也が白々しい表情で反抗したとたん、

「童《わ》っぱ僭上《せんじよう》ぞ！　茶席ではな、客の頼みが亭主の申し条より優先すること、知らずば覚えて置け！」

幸村はきめ付けた。その語気に、美童はアッと老女の手首を放し、脇差の刃を背中へ隠して、その場へ膝まずいた。

「為三入道その女を介抱してやれ」

幸村は命じてから、おもむろに三成へ坐り直した。

「暑気払いの茶会はたのしく、梶津某の妻女とやら座興も面白うござったが、そろそろおいとま致す」

そして直江山城守へ向き直り、

「ご亭主より思わぬ土産物を頂戴致したので、先にごめんつかまつる」

丁重に一礼すると、席を立った。

十一　絆

まだ宵の口だったが、曇天のせいか、道はひどく暗かった。時折り遠雷が長く響き渡り、稲妻が宵空に低い黒雲のうねりを照らしだした。

「途中で降られては困る」

幸村は道をいそいだ。為三の背中で老女が呻きつづけていた。

「むごいことをする」

六郎が言った。

「あの黒川冬也とか申す小姓、類稀《たぐいまれ》なきりょうよしと思ったが、血を見ることを好む性《さが》の妖童らしい。さもうれし気に老女の腕を切り離しおった」

為三はあるきながら時々、首をふった。老女を背負っているので汗を拭くことができず、そうして払い落としているようだ。

谷口の里をでた頃から、雷鳴は一層近くなった。稲妻がくり返して、四囲の景色を束の間の明るみにさらしだした。

突然、幸村は歩を停めた。暗闇を裂く一瞬の光りに道を遮《さえぎ》る何者かの影が映ったのだ。

「六郎、為三、ゆだん致すな」

幸村が注意したのと、影が地に跳ねて迫ったのと、殆んど同時だった。幸村は影の白刃をかわしながら、大刀を鞘走るのがやっとであった。影は二人や三人ではないらしく、前後左右から間断なく跳躍して、襲いかかって来た。敵を忍者と直感して、

「逃げろ！」

幸村は六郎と為三へ叫ぶと、自分も大刀をふり廻しながら暗い道を突っ走った。影は執拗《しつよう》に追撃して来た。いつまでも幸村に付き纏い、全く無言で白刃をきらめかした。幸村がいくら切り払い、薙《な》ぎ倒したつもりでも、刀に手ごたえはなく、文字通り影を切る感じであった。どうしてくれようか⁉　幸村の耳を銭の弾《はじ》ける音が掠めた。こっちだ！　そんな言葉が聞こえたようだった。「うっ」とか「あ」とかいう声もしたような気がした。そして影の襲撃が乱れた。

気が付いた時、幸村は沛然《はいぜん》たる雨の中を走っていた。どこをどう走っているのかは皆目《かいもく》、判らなかった。稲妻が青白く光った。幽界に似た瞬間の風景の中に、大きな寺の山門がそびえていた。そして雷鳴の中から、

「左衛門佐さま」

幸村はよばれて、愕然《がくぜん》と刀をとり直した。

「あいや、心配ご無用――霧隠才蔵です」

名乗ってから、影がすいと幸村の前にあらわれた。幸村はゆだんなく影を透し見た。

「雨宿りに恰好の場所があります。ご案内しましょうか」

才蔵が頓着《とんちゃく》なく言った。幸村は短く考えて、

「頼む」

刀を鞘《さや》に収めた。警戒心を解いた訳ではなかった。とにかく此奴《こやつ》の言に乗ってみようという気持だった。その肚《はら》を読んだように、

「ご信用いただいて恐縮」

才蔵は低く笑って、あるきだした。山門を廻ると広い境内に伽藍《がらん》堂塔が建並んでいた。

「この寺は？」

幸村は訊いた。

「東福寺です」

「伏見を抜けて京都の内まで来ていたのか」

「ずい分とお逃げになりましたな」

「刺客は服部半蔵の手の者であろう」

「石田治部の谷口の隠れ家を見張っていると、直江山城のあとから、お越しになったので、さる筋へ報告しました」

「その方が知らせたのか⁉」

「一応は、さる筋にやとわれている者ですから」

「その方に雨宿りの場所を頼んだのはまちがっていたかな」

「途中で追手をまいてさしあげたのですから、さる筋へ知らせたことは帳消しです」

「どうやって刺客をまいたのか？」

「一文銭を拝借して眼潰《つぶ》しを喰らわせました」

なる程、腰の銭袋がなくなっている。

「やつらは左衛門佐さまに意外な神技ありと、びっくり仰天《ぎょうてん》したようです」

「こんどの待伏せがもっと手強くなりそうだ」

「そうお思いになったら、銭投げの術ぐらい、猿飛佐助についてお習いください」

「暇があれば心掛けてみよう」

「為三坊主が背負っていた婆《ばば》アは何者です？」

「石田治部を亡夫の敵《かたき》と付け狙っていた武家女だ」

「治部を狙うとは面白い。介抱してみるかな」

「為三が捨てて逃げたのか？」

「奪われたのです」

為三も自分の身を守るのに精一ぱいだったのであろう。

「そうそう、兄の大坊主が何をしているかご存知ですか」

「三好清海のことか？」

京都の寺巡りにでかけたまま、さっぱり戻って来ないので、不審に思っていたところである。

「先日、所用があって洛中へ行った際、二条富小路の酒屋で、大坊主が薪割りをしているのを見かけました。店の者に事情を訊くと、大坊主め大酒を喰らった揚句、勘定が足らなくなり、不足分の代りとして、酒屋で半年使う薪を割らされているのだそうです」

酒屋は富商でどこも土倉（質屋）を兼ねているから家族や使用人も多く、それだけの薪を割るとなると大変である。

「店の者の話しによると、何しろ海亀のように二日二た晩、底なしに酒を飲んだそうです」

才蔵は笑ってから、

「ここです」

歩を停めた。疎林の間に朽ちかけた僧房が幾棟か並んでいた。

「どこも空き家同然ですから、雨漏《も》りのしない所を探してください。朝までここにおいでになった方が無難かと思います」

そして、

「わたしは仲間に怪しまれぬうちに帰ります」

才蔵は顔にふりかかる雨滴を拭いた。

「さる筋に傭われているその方が、さる筋の仲間をあざむいてまでして、さる筋に襲われたわしを助けた理由は？」

幸村が語気を改めて訊いた。それを聞かぬうちは帰さぬぞという口吻であった。右手が大刀の柄にかかっていた。返答しだいによっては抜き討ちにする覚悟だった。

「亜矢がお世話になっているお礼です」

才蔵は静かな語調に情感をこめて答えた。その述懐《じゅっかい》から、ふと悟って、幸村は言った。

「その方、亜矢に惚れているな」

「これは恐れ入ったお言葉――」

そして、

「亜矢も莫迦な女です。どれ程、恋焦れても無駄と判っていながら、猿飛を諦め切れずにいる。その莫迦さ加減があわれです」

言うと、才蔵は影を飜えした。

幸村は土砂降りに瞬く閃光を頼りに、僧房の入口を探した。そして戸をあけると、次の閃光で内部を窺った。がらんとした土間の一部が見えた。幸村は房内にはいって戸をしめた。真っ暗であった。暗闇に自分自身が溶解した感じが、この場合は安堵感に通じていた。早く濡れた衣服をしぼりたかった。手探り足探りで土間に足を這わせた。

「どなたじゃな」

いきなり暗闇の奥でしわがれ声がした。反射的に幸村は身をかがめて刀の柄に手をかけた。燧石《ひうち》の音がした。火花が小さい灯になった。赤い短い炎の周囲に金色の光の輪ができた。その光の輪の中に五十年配のがっしりした僧の姿が浮かびあがった。

東福寺は鎌倉期の嘉禎《かてい》元年、時の摂政藤原道家が建立《こんりゅう》した寺だった。その規模を東大、興福の両寺に擬したところから、寺名を一字ずつ採り、東福寺とした臨済《りんざい》宗の禅寺である。

相手を修行僧の一人と見て、

「禅那《ぜんな》のお邪魔を致して相すまぬ」

いんぎんに会釈してから、

「曲者に追われて境内に隠れ、ここを無住の僧房と見て逃げ込んだが、決して怪しい者ではない」

幸村は言った。僧は淡い明りでしばらく幸村を凝視していた。ふと立って、壁に掛けてある頭陀《ずだ》袋から何か取りだすと、幸村へ投げてよこした。洗ってきちんとたたんである晒しの古布であった。手拭いに使えという意味らしかった。幸村はまず雨のかかった両刀の柄や鞘を拭き、髷《まげ》や顔のしずくを払い、濡れた衣服の袂や袴の裾をしぼった。それから手拭い代りに借りた晒《さら》し布をきちんとたたんで、

「かたじけない」

僧へ返した。僧は、ここへ来て休めと言うように、自分の傍を指さした。幸村は土間から一段高い板床にあがった。僧は細い灯を小さい経机の上に置くと、打坐《だざ》したまま半眼を閉じた。幸村は禅僧が会話を嫌いことを知っているので、自分も沈黙を守ることにした。たまには無言の行《ぎょう》に一夜をすごすのも、雑駁《ざっぱく》な日常を送る身には薬と考えた。

雷雨はまだ止んでいなかった。窓の板戸の隙間に、何度も青白い光が線を引いた。隙間風がはいって来るのか、経机の上で小さい灯火が細く長く炎をゆらめかした。そして幸村は、その同じ経机の上に、三つの位牌が並んでいることに気付いた。

(信州小県郡武石村百姓、俗名庄兵衛、永禄丁卯九月三日歿、行年四十八歳)

(信州小県郡武石村百姓、俗名庄作、永禄丁卯九月三日歿、行年十九歳)

(信州小県郡武石村百姓、俗名庄次郎、永禄丁卯九月三日歿、行年十六歳)

幸村はほのかな灯明りで、位牌の文字をくり返して辿った。真田領の同村の百姓が同日に死んでいる。俗名から察すると父子にちがいない。永禄丁卯九月といえば、幸村が生まれてから四カ月後のことだ。しかも武石村は、幸村の生母、とわという百姓女の実家《さと》があった村だ。

幸村は顔がこわばるのを意識した。血が引く程の昂奮というものを初めて体験した。息を殺して気持を鎮めてから、

「その位牌は、ご坊にゆかりの者か」

吐く息と共に訊いた。僧の横顔は半眼を閉じたままであった。

「ご坊はかつて、武士ではなかったのか」

やはり答はなかった。

「ご坊は三十年昔、名もない百姓娘とその父親、二人の兄弟を切ったことがあるはずだ。主君がその娘に生ませた子を取りあげるために!」

僧がカッと眼をみひらいた。

「樋口四角兵衛」

幸村は低くよんだ。

「おことは何者じゃ？」

僧の口からしわがれた声がこぼれた。

「わしはその方に会いたかった。自分の出生にまつわる秘密を、つぶさに知りたかった」

幸村の言葉に、僧もまた血が引く程の驚きに打たれたようであった。こわばった顔で幸村へ向き直ると、

「もしや、あなたさまは――」

「真田源二郎だ」

僧は不分明な声を発して、まじまじと幸村を見詰めた。

「源二郎さまが、このようにおみごとにご成人あそばしたか」

独白するような呟きであった。

「四角兵衛、わしのおふくろ様のことを教えてくれ」

「亡《な》きご生母、山之手さまについては――」

「ちがう」

幸村は鋭く遮って、懐中から、肌身離さず携えている短刀をとりだした。鮫皮の柄に六文銭の飾り金が打ってある鎧どおしである。

「とわの母親――わしには祖母に当るお婆アがな、ふびんにも人目を忍んで真田領へ死ににに戻り、安房守昌幸を呪い樋口四角兵衛を恨みながら、郷里に近い山の土に還ったぞ。お婆アの呪いと恨みは、とわというおふくろ様を殺されたわしにとっても同じこと！　わしは迷っ

た。苦しんだ。今でも迷い苦しんでいる。わしの五体に半分伝わるおふくろ様の血が、半分流れる父上の血を憎しみ、責めている」

「何を仰せられるか！　父君安房守さまを憎み責めるなど、まちがいにござります」

「まちがいであってほしいと念じているから、聞きたいのだ。四角兵衛、わしの出生について真実を教えてくれ！　なぜおふくろ様は殺されたのだ。その方はどうしてとわを切らねばならなかったのか？」

「それは――」

「父上が切れと命じたのか？」

「いえ――」

「ではなぜ、とわは、わしのおふくろ様は殺害されたのだ？　咎《とが》めはせぬ、教えてくれ」

　幸村に問い詰められて、

「憂き世のことは、すべて、忘れ去りました」

　僧は脂汗《あぶらあせ》のにじんだ顔を伏せた。

「とわが冥府《めいふ》で哭《な》いている」

　幸村は唸るように言ってから、唐突に気付いた。経机の上には、とわの父親と兄弟の位牌はあるが、とわの物がない。新しい疑惑にぶつかって、幸村は短く沈黙してから、

「その方はとわの親兄弟を供養しているが、とわの菩提《ぼだい》は弔っていないようだな」

　語気を変えて訊いた。僧が姿勢を硬くした。

「とわの追善を、なぜ営《いとな》んでやらぬ」

幸村の質問に、僧は狼狽して身を起こすと、居ざるようにして経机を背中へ庇った。

「匿すな！」

幸村は強くきめつけた。

「申しあげます」

僧が平伏した瞬間、紫電が窓の板戸の隙間に走り、天を割るような雷鳴が轟いた。地響きに僧房がゆれた。近くに落雷したようだ。そして僧が顔をあげると、

「とわと申す百姓娘は、わしが俗界に在る時たしかに殺害した。自分の一存で切った」

しわがれた声で言った。

「位牌のない訳は？」

幸村は再度きめつけた。

僧はやおら経机に向かうと、打坐《だざ》して半眼を閉じた。

「四角兵衛！」

幸村は膝をすすめたが、彼はもはや禅那《ぜんな》の境地に没入したかの如く、みじんも反応を示さなかった。

幸村は朝になって、浄苔台院へ帰った。六郎と為三が迎えに飛びだして来た。

「ご無事でしたか」

六郎は昨夜一睡もしなかったらしく、眼を充血させていた。

「お身の上を案じていました」

為三は左腕に繃帯を巻いていた。

「あんな刺客にわしが討たれると思うか」

そして、

「どうした」

幸村は為三の繃帯を指さした。

「知らぬ間に浅手を受けてござります」

言ってから、

「殿が石田家よりお引き取りになった老女を、乱闘場で不覚にも背中から奪われました。申し訳ござりませぬ」

為三が悲痛な表情で頭を垂れた。

「みのは確かな者に任せてある。気に致すな」

幸村はそして、二人の背後でもじもじしている鎌之助へ眼を止め、ちょっと口をすぼめた。鎌之助の顔には、生ま生ましいひっ搔き傷があった。

「あの阿女《あま》！」

鎌之助は幸村の視線に肩をすぼめた。

「亜矢と喧嘩をやらかしたそうです」

六郎が言うと、

「おれは為三みてえにチョッカイをだしたんじゃねえ。殿の内意で、猿飛佐助と会ったことを、あの阿女が嗅ぎ付けやがったんだ。どうのこうのとうるさいから、張り倒すぞと嚇《おど》したら、いきなり武者ぶり付いて来やがった」

鎌之助はあわてて弁解した。

「亜矢は？」

幸村は思いだして訊いた。

「由利カマをひっ掻いてから、佐助を探しに飛びだして行ったそうで、昨夜から戻りませぬ」

為三が説明した。

幸村はまた思いだしたことがあり、六郎を連れて居室にはいった。六郎に事情を話し、金を持たせて、京都三条富小路の酒屋で薪割りをしているという三好清海を迎えにやった。それから為三の給仕で朝粥《あさがゆ》を喫した。食後も居室に籠って、鎌之助が佐助より預って来た上田城からの封書を開いた。高梨内記の達筆な手書であった。

幸村の報告を、父昌幸は一々もっともと読んだという。さっそく万一の手配をするともしてあった。幸村が伏見で見聞した事実から、秀吉の余命は短いと判断し、その歿後に情勢は激動するという予測に、昌幸も同感して、乱世に対応する準備を始めるということである。

――徳川内府様いろいろのご用意これある由、ご当家はそちら様ご一人なれど、臨機応変ご存分にご用意あるよう、仰せこれあり候。

内記の筆跡を眼で辿りながら、よし！　と幸村は思った。徳川家康が伏見に将士を駐屯させ、市中に忍者を配置して、治安維持を口実にでしゃばっているそうだが、幸村も負けずにやれと、父昌幸は激励しているのだ。

それから内記の手書は、父昌幸が暇さえあれば城下の侍屋敷に、浪姫を訪問していると伝えていた。昌幸は浪姫が大層気に入っている様子で、こんど幸村が上田へ戻ったら、すぐ祝言をあげさせると漏らしているそうだ。

幸村は、あれ程大谷吉継を疑っていた父昌幸の心境の変化がおかしくもあり、また判るような気もした。昌幸は何事も疑ってかからなければ、たちまち滅ぼされる乱世を生き抜いた武将だ。そのような人物にとって、全く疑うということを知らない浪姫の存在は、荒野に咲く只一輪の可憐な花に見えるだろう。その無垢な美しい物を、いたわり保護し、そして可愛らしく想うことはよく判る。

「しかし、困る」

幸村は口にだして呟いた。自分は華々しい真田の家名を負いながら、じつは野生の子だ。雑草の花粉を、いかに純なる花の雌しべに配したところで、次代はやはり雑草しか芽ぶかないのだ。わしは真田の清冽な血統に濁りを遺《のこ》したくない！

夕方、六郎が三好清海を連れて帰って来た。清海は離れ屋にあがらず、庭へ坐り込んで、

「面目ございませぬ」

大きな図体を縮めた。

「何も申すな。わしも訊かぬ」

幸村はそして、

「これからも用を頼まれてくれるか？」

「なんなりと、いのちに代えても務めまする」

「樋口四角兵衛は東福寺の僧房にいた。わしが偶然、見付けた。清海は明日から、この短刀を四角兵衛の前に置いて坐り込め。四角兵衛が真実を語る気になるまでは動くなと、幸村から命じられて来たと言って控えていればよい」

真田家の旗じるしの飾り金が打ってある鎧どおしを、清海入道へ手渡した。

「皆の者も明日からは忙しくなる。また四方へ散って、あらゆることを探って貰いたい。太閤の噂、諸大名の動向、商売の景気、物の値の上り下り、世相の流行、なんでも役に立つことだ」

幸村は他の三人を見渡して、

「わしもそうだが、その方たちも徳川の手の者に睨まれている。邪魔されたら追い払え。もし手だしをされたら、遠慮なくやり返せ。負けるな！」

声を励ました。

十二　流　言

六月末、宮中に於いて秀吉の平癒を祈るため臨時神楽が奏された。

七月にはいると、秀吉に縁の深い醍醐三宝院に於いて、連日、加持祈禱が行なわれた。そして七日には北政所が黄金五枚を寄進して修法を願い、九日には伊達政宗が黄金十枚を寄進して行事を主催するというぐあいだった。

これに倣《なら》って、在京の諸大名が諸方の寺で、秀吉の回復を祈願する例が多くなった。

三好為三が二日置き、三日置きに浄苔台院へ戻って来ては、何家がどの寺へどれ程の寄進をして、どんな行事を催したかを、幸村に伝えた。彼の報告はそのことだけだった。

ある日、六郎が外出から戻ると、憤然として言った。

「為三が寺ばかり探っている理由が判りました。あいつは殿がお授けになる軍資金を、一夜のうちに柳町の遊女屋で使い果し、あとで寺へ廻る。坊主ですから、寺に行けば只で朝夕の食事が貰えて泊れます。そこで一つ二つ噂を拾って来ては、さらに金子を頂戴して遊女屋へでかけて行く。言語同断です」

幸村は思わず笑った。いかにも為三がやりそうなことを、やはり、やっていたという感じがおかしかった。

「放って置け」

言ってから、それにしても兄が酒、弟は女に目がないとは大変な兄弟坊主だと思うと、また笑いがこみあげた。そして幸村は、諸寺で秀吉の平癒祈禱がさかんに行なわれていることは、それだけ秀吉の病状が悪化しているものと判断した。

鎌之助も奇妙な噂ばかり持って来た。

「太閤の夢の中に織田信長があらわれて、藤吉郎参れ参れと、手招きしたそうな。太閤が肝をつぶして、おれは明智光秀を討って仇を晴らしてやったんだから、もう少し冥土《めいど》へよぶのはごめんにしてくれと頼んだ。すると信長が、いやいや、おめえはわしの子供らを粗末に扱っているから、勘弁できねえといって、太閤の襟首をふんづかまえて引きずった。太閤がワッ！　と叫んで、自分の声で眼が覚めてみると、ほんとに病床から一間程も引きだされていたということだ」

信長の嫡男信忠と五男勝長は本能寺の変で父と共に死んだ。次男信雄は織田の家督を相続しようとしたが、秀吉の横槍で希望が叶わず、のちに正二位内大臣にまで昇進しながら、これまた秀吉の怒りを買い、所領を没収され、剃髪して一時は佐竹氏に預けられていたこともある。今は秀吉のお咄衆《はなししゆう》として棄て扶持《ぶち》一万七千石を与えられているにすぎない。三男信孝は秀吉に反抗して柴田勝家と結び、賤が岳合戦の後に詰め腹を切らされた。四男秀勝は病歿。六男信秀も秀吉に仕えて一万石を与えられていたが病歿。七男信高は秀吉に近侍しているが禄高は僅に二千六十石。以下の八男信吉、十男信好、十一男長次たちは、いずれも禄高は千石程度である。

鎌之助の聞いて来た噂は、秀吉が織田の子らを不遇に置き、旧主に報いるところ少なかったことを諷刺した作り話しかもしれない。しかし、あの気丈な秀吉が悪夢におびえる程、病衰している事実を、世人が感付いていることは見逃せないと、幸村は思った。

秀吉自身、死期を悟ったのか、前田利家に命じて、諸大名に起請文を取り交わさせた。七月十五日の朝から、諸大名は前田屋敷へ交替で召喚された。幸村も午後になって出頭した。

「一、秀頼さまに対して太閤さまと同然に奉公すること。一、ご法度《はっと》には今まで通りそむかないこと。一、公儀のためを思って諸朋輩《ほうばい》に私の遺恨を企《くわだ》てないこと。一、朋輩の中に私党を組まず、訴訟や喧嘩口論があれば、親子兄弟、知己でも依故《えこ》ひいきしないで、法度の通り裁くことを覚悟すべきこと。一、正式に暇《いとま》を乞わず私事として帰国しないこと」

そういう意味の誓紙《せいし》を、幸村は真田家の名代として提出した。代りに前田利家から、秀吉の形見として、父安房守昌幸へ守家の刀、兄伊豆守信幸へ国俊の刀を受領した。

前田家には石田三成も詰めていた。幸村が廊下へ退出して来ると、三成がさり気なく立ってあゆみ寄った。

「お形見を拝領したお礼に安房どの、伊豆どのへ上京をすすめてはどうか」

三成は幸村が捧持している二た振りの刀へ視線を走らせながら囁いた。真田家に形見分けを斡旋《あっせん》したのは自分であるという口吻であった。そして三成は昌幸と信幸を上京させ、彼らに恩を着せて、真田家を一層緊密に反徳川派の勢力に結び付けて置きたいのだろう。

「お天下さまのご病中なればこそ、国内の平穏を大事に思い、父も兄も所領の統治に心を傾けています。このたびのご恩義を早々に伝えて、なおさらの努力をうながしたい」

幸村は言った。父と兄をわざわざよび寄せる必要などあるものかと思った。誓約の場には大老の一人である上杉中納言の名代として、直江山城守が陪席していたのを見ている。大老すら上京していないのだ。上杉家が会津百万石の大名ならば、信州上田三万八千石と上州沼田二万七千石の両真田家も大名ではないか！　父昌幸ゆずりの幸村の自尊心と反骨が叫んだ。三成が厭な顔をして元の席へ戻って行った。


翌十六日のことである。市中に勧進角力《かんじんずもう》の興行があった。角力場はひどく混雑した。見物人の財布を当込んであきんどが広場の周囲に市《いち》のように棚を並べ、そこへまた町々から買物に来る人が集るというぐあいだった。観衆は勝負のたびにどよめき、あきんどはやかましく叫んで客をよび、迷子を探す親がわめきながら走り廻り、子供は火の付いたように泣いて、あたりは喧噪に渦巻いていた。

雑沓の間を二人連れの牢人風態がそぞろあるきしていた。幸村と鎌之助であった。二人とも日除けに笠をかぶっていた。鎌之助は勝負が始まると歩を停めて、人垣の後ろで鼻の孔をふくらませながら背伸びした。幸村は角力見物は二の次で、民情の視察が主な目的だった。

不意に広場の一角で見物の人垣が崩れた。馬がいないたようであった。そして観衆の間に、喧嘩だ！　とか、切り合いだ！　とかいう声があがった。角力場がにわかに混乱した。幸村と鎌之助は逃げ惑う人の波に揉まれた。なんの火が原因か、あきんどの露店の棚がひっくり返って燃えだした。その薄烟を見て、群衆はますます恐怖心を掻き立てられたようだ。怒号、喚声、悲鳴にまじって、小ぜり合いだ！　合戦だ！　まことしやかにそんなことを絶叫する声が聞こえた。

角力場で勃発《ぼっぱつ》した騒ぎは、群衆によって、たちまち市中の各所へ運ばれ、武士にまで伝波したようだ。侍がおっとり刀で主家に駈けつけ、大名屋敷は武装兵をそろえ、甲冑《かっちゅう》を着た伝騎がせわしく諸家の間を往来しだした。そうしたあわただしさが、さらに市民へ反作用を及ぼした。商家は大戸を閉め、町の辻には、江戸から軍勢が上京したそうだ！　とか、内府さまが旗上げしたらしい！　などと不穏な流言飛語が真実性を帯びて広まった。

「ほんとに徳川勢が寄せて来たんですかな」

ついに鎌之助までが路傍に歩を停めた。

「莫迦《ばか》を申すな」

幸村は叱った。そして、もう少し市民の動揺を観察してやろうと思った。

「やっとつかまえた！」

いきなり幸村の脇へ、ふわりと寄り添った者がいた。亜矢であった。

「来てよ、佐助さんが待っているの」

「どこに待っているのか」

「たぶん堺」

「何？」

「いいから、ついて来てよ」

亜矢は幸村をせきたてた。そして人馬の往来あわただしい道を避け、小路づたいに伏見の市中を抜けながら語った。

「あたしは佐助さんと同じ所に住んでいるの。佐助さんが三年の間、一緒に暮らしてみて、もし気に入ったら、夫婦になるって約束したの。だからあたし、なんでも佐助さんのいうことを守っている。どんなこともおとなしく諾《き》いて、いいお嫁さんになるんだ！」

「そうと決まったら、二人して浄苔台院へ姿をあらわせばよいものを」

幸村は言った。

「佐助さんが羞ずかしいんですってさ」

「この頃はどこに住んでいる？」

「伏見よ。いつでも佐助さんは、お殿さまの蔭供《かげとも》をしてるわ。あたしも一緒に――」

「ふーむ」

「今日は佐助さんが、角力場でおかしなやつを見付けたの、あたしも一緒に途中まで追いかけたんだけど、佐助さんが、お殿さまをよんで来てくれっていうから、引き返したの」

亜矢は堺へ向かう脇街道へでると、時々、鋭い眸を四方へ走らせ、路傍へ身を翻《ひるがえ》しては、土をまさぐった。

「そいつはなんの真似だ」

鎌之助が訊いた。

「おまじないだよ」

「オマジナイ⁉」

「恋しい佐助さんに、いっときも早く追いつけるようにお願いしてるんだ」

「けっ、また佐助さんか」

「やきもち妬《や》くない」

亜矢がからかった。

「なんだと！」

鎌之助がいきり立った。

「よさぬか」

幸村は苦笑を嚙み殺した。

「ほんとはね、佐助さんが行った道の要所要所に目じるしを残しているの」

亜矢が掌をひらいて見せた。ツマ楊子のような細く小さい棒に糸くずが結んである。

「糸の色と結び方でいろんな合図があるの。夜でも判るんだ」

亜矢が説明した。忍者はこれを路傍に刺して道標と連絡に使うらしい。常人ではとても眼に付かぬ物だが、亜矢はいつの間にか十数本も拾っていた。

堺は摂津と和泉の国境にある古い商港であった。応仁の乱後は外国貿易の実権を握って急速に繁栄し、有力な富豪が自治の市政を執るようになった自由都市でもあった。武器や皮革製品などの軍事産業が盛んなところから、織田信長も秀吉も、天下を統一するためには、この都市の実力者と結び付かなければならなかった。堺の富豪たちは、そういう意味で政商でもあった。

幸村の一行は徹夜で道をいそいで、翌朝、堺に到着した。市街は西が海に面した港で、南、東、北は濠《ほり》に囲まれ、出入口に木戸があり、自衛体制がとれるようになっている。その北の木戸口をはいると、佐助が待ち構えていたように姿をあらわした。そして幸村へ目礼すると、幾つかの辻を曲がって、港のはずれにある掛け茶屋へ案内した。佐助が予約しておいたのだろう、茶屋のおやじは、幸村たちを、住居の裏へみちびいた。海が見える庭に古毛氈《ふるもうせん》が敷いてあった。おやじが茶を運び、それから握り飯と焼き魚を持って来た。ひどく無口で無愛相な老人だった。

「昔は船乗りだったそうです」

佐助が言った。

なる程、立ち去る後ろ姿には、いかにも荒浪に錬えられた男という感じが残っていた。

「まず腹ごしらえをしてください。わたしもご相伴します」

佐助が幸村へ握り飯をすすめた。

「お殿さまは足がのろいんだもの、引っぱって来るのに、じれったいったらありゃしない」

亜矢が鼻声で佐助に訴えた。実際、大の男二人は女忍者に急《せ》きたてられ通しだったのだが、

「無礼をぬかすな」

鎌之助が怒った。

「威張るない。由利カマなんか途中でへたばりそこねていたじゃないか」

「この阿女《あま》」

二人はまた角を突き合わせた。佐助が亜矢に何か囁いた。亜矢がコクンとうなずいて、すぐに腰をあげ、つと庭からでて行った。

「あいつ、佐助には厭に素直にしやがる」

鎌之助が鼻の孔をふくらませたが、佐助はとり合わず、幸村へ向き直った。

「角力場の騒動のことです」

「不審の者を見付けたそうだな」

「広場の片隅につないであった商人の駄馬の綱を切ったやつがいました。それを見て周囲が騒ぎだすと、喧嘩だ！　切り合いだ！　と方々で叫びだす者がおり、さらに見物の人群《ひとむれ》が混乱すると、合戦が始まった！　徳川勢が伏見へ攻め寄せた！　などとあらぬことを触れ廻っていました。いずれも洛中の加茂河原に屯する浮浪者かと思われるやつらでした。この連中の逃げるあとは、服部半蔵の手の者が追っていたようです。しかし火付け役は別にいました。そいつは角力場が蜂の巣を突いたようになったのを見届けると、浮浪者の頭目と思われ

る一人に銭を与え、皆に分けるようにいって、逃げだしました。怪しいと睨んで尾行して来ましたが、甚八という男で、堺では名の売れた遊芸人だそうです」

そして、

「証拠の品にと思って、これを掏《す》り取って置きましたが、ごらんください」

佐助は一管《かん》の笛をとりだした。見たところ遊芸の道具らしいなんの変哲もない笛だった。

佐助が笛の一端をくわえて、軽く吹いた。笛の筒先から、庭先の草むらへ、音もなく矢が走った。そして佐助は草むらから、雨蛙をつまみあげた。蛙は針程の小さい矢に当って死んでいた。笛は吹矢の筒であり、矢には毒が塗ってあるようだった。その筒には「じん八」というしゃれた書体の文字が彫ってあった。

「この者はどこにいるのか？」

幸村は笛を手にして訊いた。

「乳守《ちもり》の傾城《けいせい》屋にいます。亜矢を見張らせていますから、ごゆっくり腹ごしらえをしても大丈夫です」

佐助が言った。

堺は港町のことで幾つかの遊里があったが、乳守の傾城屋は局《つぼね》の暖簾《のれん》に紫の房を付ける特権を持っていた。ここの遊女たちは古くから住吉明神の田植えに早乙女の神事を勤める慣例があって、その縁故から、宮中の局《つぼね》の紫房を摸《も》したものと伝えられている。豪商たちが客の接待や饗応に使う高級娼家が建並んでいた。亜矢が小路の物蔭にたたずんでいた。佐助があゆみ寄ると、亜矢は黙ってうなずいた。そして佐助が、幸村へ眼配せした。

幸村は鎌之助を従えて「井ノ花」という娼家にはいった。店番をしていた中年の女が、胡散臭い表情で二人を迎えた。

「田舎侍のことで勝手を知らぬ。よしなと遊びの手引きをしてくれ」

幸村は気前よく銀五枚を女に手渡した。女が眼を丸くして奥へ消えた。主人が揉み手をしながらあらわれた。

「これはお早いお越しでございます」

言って、幸村と鎌之助を部屋へ通した。二十畳ばかりの座敷であった。すぐに着飾った女が二人、酒肴を運んで来た。

――誰が作りし恋の道
　いかなる人も踏み迷う
女たちは当世流行の隆達節《りゅうたつぶし》を口ずさみながら、幸村と鎌之助に酌をして、それから品定めを乞うように客の前に並んで坐った。

「お気に召しますかな？」

主人が訊いた。

「どちらも美しい！」

幸村は真顔で賛嘆した。

「それではさっそく、屏風の支度を致させましょうか」

主人が笑った。

客の数だけ座敷を屏風で仕切って、それぞれの褥に女が侍《はべ》る。傾城屋の遊び方である。

「いや、田舎侍には、このように美しい女たちは眩しすぎる。男をよんで貰いたい」

「は⁉」

「堺で高名な甚八とやら申す遊芸人が、この店に来ているはず。あの者をよんで貰いたい」

「せっかくでございますが、甚八は只今、よそさまのお席に招かれておりますから——」

主人に最後まで言わさず、

「ぜひ、頼む」

幸村はまた銀五枚を畳にそろえた。主人は当惑の顔に慾の色を浮かべて、短く考えてから、座敷をでて行った。そして幸村が女の酌で盃を一、二杯ゆっくり干した頃、若い男が小腰をかがめながら座敷へはいって来た。

「およびに預りました甚八めにございます」

遊芸人らしい如才《じょさい》ない態度のどこかに一本、筋の通ったところが感じられる男だった。幸村は女たちをしりぞけた。しばらく甚八を見詰めてから言った。

「伏見から眠らず休まず、あるきつづけたな」

「なんのことでございましょうか?」

口ではとぼけたが、甚八の眼に警戒の表情が掠《かす》めた。幸村は懐中から笛を取りだした。甚八が顔色を変えて膝立ちになった。

「返してつかわすが、毒矢は抜いてあるぞ」

幸村の厳しい視線に、甚八は笛を引ったくったものの、その場へ居すくんだ。

「角力場で騒動を煽《あお》りたてた目的は何か」

「存じませぬ」

「先月十六日の宵、伏見に騒動を謀ったのも、その方であろう」

「いえ、何も全く存じませぬ」

「痴《し》れ者が、真田左衛門佐を騙《だま》せると思うか」

そして、

「お天下さまご不例の時、人心を不安に踊らせ、お城下を攪乱《こうらん》した罪は重いぞ！」

幸村はとどめを刺すように叱咤した。

不意に唐紙があいた。

「そのお答えは、海野《うんの》屋六郎が致します」

恰幅《かっぷく》も風采もりっぱな商人であった。海野屋は堺で納屋《なや》十人衆に次ぐ新興の貿易商であることは、幸村も話しに聞いて知っていた。その当主の六郎は、幸村と同年配のようである。

海野屋は初対面の挨拶を抜きで、

「真田さまともあろうお方が、甚八ごとき遊芸人を余り声高にお叱りになるのは、どうかと思われますな」

おだやかに笑った。

「これは恐れ入った。甚八の背後に海野屋という大物が控えているとは知らなかった」

「ではなくて、この場で甚八を責めていれば、やがて張本人が助け舟に乗りだしてくるだろうと、お見越しになっていたのではありませぬか」

「そこまで見抜かれたか」

幸村もこだわりなく笑った。

「どうせ張本人の口を割らせるなら、張本人の拙家へおいでになりませぬか」

海野屋が誘った。さり気ない口吻だったが、こちらの肚が知りたければ、肚の中へ飛び込んで来る勇気があるかと挑《いど》んでいるような言い方だった。

「よろこんでお供しよう」

「お供の方はここでお待ちください。井ノ花の女を総揚げにしてお遊びになっても結構」

お前一人で来るのだぞ！　海野屋の顔がそんなふうに念を押していた。

「供の者にまで、その心使いは、さすが」

幸村はたじろがなかった。海野屋は甚八に乗物の支度を命じた。

豪奢な一室であった。厚い毛の敷物。黒檀製の大型円卓。天鵞絨《びろうど》を張った椅子。壁の飾り棚には明国から渡来したと思われる大皿や花瓶に並んで、呂宋《るそん》の壺も置いてあった。窓の玻《は》璃《り》の戸は明け放してあった。その軒下に、朱と緑の羽毛につつまれた大きな鳥が、脚を鎖で

つながれて止まり木に止まっていた。窓の外は砂地の庭で、すぐ向こうに堺津の海が見えた。海野屋が先に室内へはいって、

「さあ、お掛けください」

幸村に椅子をすすめると、軒下の止まり木の鳥が、

「オカケクダサイ。オカケクダサイ」

いきなり人語を喋った。

「鸚鵡《おうむ》でございますよ」

「バテレンの魔法で、一足飛びに南蛮国へつれられて来たようだな」

幸村にはすべてが物珍らしかった。

「ご安心ください。ここは堺の南浜にあるわたしどもの別室でございます」

海野屋は笑った。一人の女が茶を入れて来た。幸村は一と口すすって、その強い香りにちょっと戸惑った。

「タカサング（台湾）から来た花の匂いのする茶ですが、お口に合いませぬか」

「りん、お茶よりも、葡萄酒の方がよい」

海野屋はそして、

女へ言い付けた。

「リンサン、アーマウン！　リンサン、アーマウン！」

鸚鵡がまたけたたましく人語を喋った。

「オーム、オームと自分のことを申しているな」

幸村が言うと、海野屋は笑いかけてから、ふと女の顔へ素速く視線を走らせた。それから窓辺へ立って、

「うるさいやつだ」

鸚鵡を叱ってから、

「誰かいないか。鳥をあちらへ持って行け」

海野屋がよんだ。軒下に甚八があらわれた。

「アーマウン！　テリーヴェル！　テリーヴェル！」

鳥は甚八に運ばれながらそんな声をあげた。

「鸚鵡のやつめ、こわい、こわいと申しています。ポルトガル語でございますよ」

海野屋が椅子に戻って説明した。女が葡萄酒と玻璃の杯を運んで来た。

「これはポルトガル産の酒でございます」

海野屋が言ったが、葡萄酒は甲州でもさかんに醸造《じょうぞう》しているから、幸村も飲んだことがあった。そして海野屋は、女が二つの杯に赤い酒を注ぐのを見ながら、

「真田さまは太閤ご他界後の時勢をどうお考えになりますか」

唐突《とうとつ》に切りだした。幸村は女がすすめる杯に口をつけてから、

「言葉を憚らぬといけない」

軽くたしなめた。秀吉が重病の時、その死は禁句である。

「誰もが肚の中で考えていることを申したまでです」

海野屋は平然と受け流して、

「時勢は当然、大きく変ります」

「誰が変えるのか？」

「誰だとお考えになりますか？」

「判らぬ。教えてくれ」

「昨日、伏見に騒動が起こると、徳川屋敷には井伊、榊原、本多など内府さまの家臣はもとより、池田侍従（輝政）、森侍従（忠政）、新荘駿河守、金森法印らが警固に加勢を入れ、織田有楽、有馬法印が見舞いに駆けつけ、福島（正則）、黒田（如水）、藤堂（高虎）、堀（秀治）、中村（一氏）、堀尾（吉晴）からは使者が来たそうです」

海野屋は葡萄酒で口を濡らしてから、

「一方、前田大納言屋敷には石田治部、増田右衛門尉《うえもんのじょう》、立花左近将監（宗茂）が加勢を入れ、浅野（幸長）、長束（正家）、佐竹（義宣）らが見舞いに駆けつけたと申します」

「よく調べたものだ」

幸村は言った。

「おかげさまで、太閤ご他界後の天下が大きく二つに割れた際、どなたがどちら側に廻るか、およその見当がつきました」

「それを調べるために、一度ならず二度までも、伏見の城下に騒動を惹き起こしたのか」

「ただ調べるためばかりではございません。わたしどもは急に合戦が始まっては困ります。お武家方に、いろいろと合戦の準備をしていただきたい。ですから早くのうちに、太閤が歿すれば必ず世が乱れることをご承知願って、準備品のご調達を催促している訳です」

「海野屋で引受ける調達品は何かな？」

「お武家方に合戦があるように、商人にも合戦があります。海野屋は鉄砲に眼を付けて、かなり以前から、そろえています」

「どれ程そろっている？」

「異国から新式鳥銃の部品を買い入れて、こちらで約二千挺、製造しました」

「二千挺⁉」

「先月の伏見騒動があってから、諸方より内々に取り引きの話しが持ち込まれるようになり、こちらで製造していたのでは間に合いそうもございませんので、別にポルトガルの商人に千二百挺ばかり、同じ型の鳥銃を注文しました。こんど堺にはいる船から運んで来ることになっています」

「その鳥銃はどこへ売ることになったのか？」

「価格の点で折り合いがつかず、まだどちらさまとも契約しておりません」

「そうすると、こんどの騒動で一段と高く売れるようになるな」

「わたしどもとしては、なるたけ大口で高値の取り引きを望んでいます」

「ふーむ」

幸村は唸った。そして杯を卓上に置いた。

「人心に危機感を煽り、諸大名に合戦の備えをいそがせて、利を貪《むさぼ》ること、悪事に等しいしわざではないか」

言って、海野屋を直視した。

「これは異なことをおっしゃる」

海野屋も杯を卓上に置いた。

「わたしどもが煽る、煽らないにかかわらず、合戦は必ず起こるのだ。お武家方はそれを知っていながら、ひたすら泰平の世がつづくかの如く人心を欺《あざむ》いている。そのくせ蔭では、どちらさまも鉄砲をほしがっている。商人が手持ちの品物を高く売ろうと算盤《そろばん》を弾《はじ》くのは当然のことだ。わたしどもは商法として、世に合戦必至を警告したまでのことで、ずるいのはむしろお武家方だ」

「三千二百挺の新式鳥銃が、戦場でおびただしい将士を殺傷することは判り切っているのだぞ。人命を奪う恐ろしい武器で、金をもうけることが、正しい商法といえるか⁉」

「お間違えになっては困ります。鉄砲を合戦に用いて人を殺すのはお武家方ではありませんか。わたしどもは、それを商品としてお武家方へ調達するだけのこと。商人が客の求めに応じて商品を売り、利を得るのは、これまた当然でございますよ」

海野屋は不敵に言い放った。幸村は怒りに駆られた。しかし腹を立てながら、これは大した男だ！　とも思った。ここにも秀吉の死を待ち望んでいる者がいる。そして来るべき合戦に野心を賭けている。武家に合戦があるように商人にも合戦があると彼は言ったが、海野屋に限らず、堺の有力な商人は皆、そのような動乱の時勢を見通しているにちがいない。考え方によれば、武士は、彼ら商人たちに操られて合戦をいそぎ、彼ら商人たちを富ませるために敵味方に別れ、戦場で血を流すことになるのだ。

「いかがでございますかな？」

海野屋が挑むように笑った。幸村は沈黙した。いくら論じ合ったところで、武士の「義」は海野屋に判るはずがなく、また商人の「理」は自分に納得できるものではない。

甚八が小腰をかがめて室内にはいって来ると、海野屋は何ごとかうなずいた。

「真田さまに、新しい鉄砲をごらん願いましょうか」

「わしに見せてかまわぬのか？」

「商人は、商品の見本の披露《ひろう》を惜しみません」

海野屋は幸村を誘って立ちあがった。

庭の一隅に低い砂山があって、そこが射場になっていた。甚八が台に二挺の銃をそろえて待っていた。一挺は従来の型の鉄砲であった。一挺はこれまで幸村が見たことのない新品であった。

「まア比べてごらんください」

海野屋が言うと、甚八がまず従来の鉄砲をとりあげた。砂山を背にして大小の古具足《ぐそく》が並べてあった。甚八はその一つを射撃した。鉄製の胴具足が、弾丸に当って切れた。

「鉄砲の心得があるとは、ゆだんのならぬ遊芸人だ」

幸村が腕前を賞めると、

「それくらいのことができなくては、鉄砲商の宴席で客の取り持ちが勤まりません」

海野屋が甚八に代って答えた。そして幸村は甚八が、すぐに馴れた動作で新式の鉄砲をとりあげるのを見て、この男は武士の出だなと思った。甚八は同じ的を狙って射撃した。轟音と共に鉄製の胴具足が砂山へはじき倒れた。甚八が鉄砲を台へ置くと、砂山へ走って、的の具足を持って来た。鉄胴に人さし指がはいる程の孔が貫通していた。

「わしに試射をさせてくれぬか」

「どうぞなさいませ」

幸村は新式鳥銃を手にとった。甚八が射撃の準備を手伝った。従来の物に比べて、弾丸が大きく、したがって使用する火薬も多量だった。従来の鉄砲だと、これ程たくさんの火薬を充填《じゆうてん》して撃発したら、筒が裂けてしまうだろう。幸村はずっしり重い鉄砲をしっかり肩に付けて構え、砂山の前の古びた頭形兜《ずなりかぶと》を狙った。引き金を引いた。轟音と共に反動が肩にこたえた。そして南蛮鉄の兜が、みごとに砕かれて飛んだ。

「この鉄砲ですと、ポルトガル製の強力火薬が使えます。わたしどもでは、この前に入港したポルトガル船から、備砲用の火薬を一と樽買いまして、只今、調合のぐあいをしらべています」

海野屋の言葉を聞きながら、幸村はこんどは自分で火薬と弾丸を装塡して射撃した。熱心に試射をくり返した。

女が射場へやって来て、海野屋へ耳打ちした。海野屋はしばらく女と囁き合ってから、幸村へ言った。

「これから席を改めて、真田さまにかんじんなお話しをという時に、急用ができました。しばらく中座しますが、ごゆっくりなさってお待ちください」

「ふむ」

幸村が鉄砲に夢中で生返事をするのを見て、

「りん、ねんごろにお引き止めをたのむよ」

海野屋は女に言い付けると、射場からあゆみ去った。

幸村はなお数発、試射をしてから、新式鳥銃の細部を眺め廻し、撫でさすった。

「そろそろ、汗をお流しください」

甚八が言った。幸村は気が付いて、鉄砲を甚八に返した。それから女にみちびかれて砂地の庭を横切った。

蒸し風呂の支度がしてあったが、幸村は水を浴びただけで、風呂場をでた。女が待ち構えていて、幸村を廊下へみちびいた。

こんど通された部屋は、茶室風にこしらえた小座敷であった。女が幸村の大刀を預って、床の間の刀掛けへ置いた。そして控えの小間から、すぐに酒肴の膳を運んで来た。

幸村はこの時になって、りんというその女に初めて注目した。二十三、四歳かと思われた。女にしては背は高い方だが、華奢《きやしや》な体付きであった。淡い色彩の衣裳が彼女の容姿に上品な趣《おもむき》を伝えていた。化粧のない顔が美しかった。海野の妻女ならば彼が紹介したはずだが、家族の一人か、あるいは側女《そばめ》か、いずれにせよ先刻のように他言を憚る話しの席にいたくらいだから、何かの関係のある女であろう。

りんは淑やかな態度で幸村に酌をした。それから幸村の無躾な視線を物静かに見返した。いつまでも黙ってそうしていた。幸村は盃を干して、

「取らせる」

りんへ突き付けた。りんは幸村と眼差を交したまま、やはり黙って盃を受けた。

「口をきくことが嫌いのようだな」

「余り好みません」

癪にさわる程、落着いた答え方だ。

「わしは井ノ花へ戻って、海野屋の用がすむのを待とうか」

「お退屈でございますか」

「傾城屋ならば、面白く時をすごせよう」

「それでは、こちらで、もっと面白いお話しをお聞かせしましょう」

「どんな話しかな」

「只今、海野屋のお店にお越しになっているのは、徳川内府さまのお使い、本多佐渡守正信

「在庫の鉄砲を全部お引取りになりたいという交渉でしょう。これで三回目のお越しです」

幸村は思わず盃を置いた。徳川の黒幕の宰相が、いよいよ海野屋の新式銃を買占めに乗りだしたとは、聞き棄てならぬことである。

「まだ、お退屈でございますか」

りんが白い手を衣裳の胸に当て、幸村をからかうように首をかしげた。海野屋も大した男だが、この女も大へんな女だと、幸村は思った。

「りんは一体、海野屋の何者だ？」

「わたくしでございますか？　わたくしは、この別宅を預っている女です」

「ただの奉公人ではあるまい」

「そういえば、そうでございますね」

りんは短く語を切ってから、

「ここには海野屋の特別重要な取引き先や、極く大切なお客さましかおいでになりません。そういう方々を、ねんごろにお引止めするための女です。ねんごろに——」

「わしも、その一人か？」

幸村はりんの表情を読みながら訊いた。

「おのぞみならば」

「本多正信⁉」

さま——」

りんはふと眸をそらして、

「人真似鳥が、リンサン、アーマウン！　リンサン、アーマウン！　と申していたでしょう」

「鸚鵡か」

「アーマウンというのは、ポルトガル語で、いとしいという意味です。りんさんいとしい！　りんさんいとしい！　ペドロというポルトガルの商人がここに一と月余も滞在して、日がな夜がな所きらわず、わたくしを抱きすくめてくり返したものですから、鸚鵡がすっかり覚えてしまったのでございます」

「紅毛人に⁉」

「珍らしいことではございません。こんどもそうして海野屋は、ペドロから、新式鉄砲や火薬を一手に買付けたのでございます」

「それではまるで、生贄《いけにえ》ではないか！」

「海野屋は黄金さえ積めば人の生命だって買えると信じている男です。それを実行しています」

「たとえ金で買われた身でも、厭なことはなぜ拒《こば》まぬ！　逃げぬ！」

「なぜ死なぬ！　そうお考えでございましょうね」

「何っ」

「わたくしも初めは、紅毛人に体を任せるくらいなら、死んだ方がましだと思いました。けれど、わたくしがいなくなれば、また別の女がここで同じ目に遭うのです。生贄は一人でたくさん！　わたくしはこの別宅に住んで、もう八年になりましょうか」

「海野屋は、憎い男だ」

幸村は吐く息と共に思わず口走った。

甚八が控えの小間へ酒を運んで来て、りんをよんだ。

りんは小間でしばらく甚八と低い言葉を交していたが、座敷に戻って来ると、ふたたび淑やかに幸村と相対した。

「店から伝言がありました。せっかく徳川さまのお使いがお帰りになったら、またお客だそうでございます」

「こんどは何者かな?」

「石田治部さまとか」

「ほう」

三成もぬかりなく海野屋の鉄砲に眼を付けているらしい。

「真田さまが憎いとおっしゃるその男に、お武家方は入れ替り立ち替り、頭をさげていくさ道具を買いに来る」

りんが言った。幸村はりんの眸に小さく虚を突かれて、盃を干した。すると、りんが酌をしながら、細い声で唄った。

——おてんとさんは
東から
汐のみちひは
月しだい
田んぼのどじょうは
誰のもの
野辺のはこべは
風まかせ
海には海の
山には山の
幸あれど——

鄙《ひな》びた節曲しの童歌《わらべうた》であった。そして、りんが顔をあげたまま、眸を閉じて語った。

「山の麓の里は菜の花ざかりでした。ある日、里の者がご領主に盾突《たてつ》いたからといって、役人が手勢を従えて里を囲み、家を焼き、里人を追い散らしました。手向ったり、逃げ遅れたりした者は、老いも若きも、男も女も皆殺しです。一人の小娘が菜の花畑に居すくんでいて、役人に襲われました。幼馴染の若者が助けに来てくれましたが、大勢には叶いません。小娘はその場で、幼馴染が見ている前で、菜の花の間に押し倒され、何度も犯され、何度も失神し——気が付いた時は、見知らぬ所で、見知らぬ男に拾われていました。こともあろうに、その男は人買いでした」

語り終って、りんは眸をみひらいた。

「その方のことだな」

幸村は訊いた。

「ずっと昔みた悪い夢の話しです」

「その小娘の生国《しょうごく》はどこか」

「どこの国にもあるむごい話しですから、今でも夢にみるのです」

りんは幸村に盃をすすめながら、

「真田さまは、直江山城守さまと、ご昵懇《じっこん》だそうでございますね」

話題と共に語調も変えた。幸村は短く考えてから、

「海野屋が、そう申したか」

「はい」

「では、昵懇という程ではないが、存じあげてはいると、答えておこう」

「海野屋は、直江さまにお近づきを得たいそうです」

「上杉家からは、まだ鉄砲を買い求める相談が来ていないらしいな」

「伏見の騒動で、上杉家だけは出頭人直江山城守さまのご一存により、徳川屋敷へも前田屋敷へも、お使いすらやらず、固く門を閉ざしたままだったとか」

りんの口から、そんな言葉がすらすらとでた。これはやはり大へんな女だと幸村は思っ

た。りんは今、海野屋の代理として、自分に何かたくらんでいるようだ。

「真田さまも、新しい鉄砲がほしくはございませんか？」

「ほしいと答えたら？」

「海野屋を直江山城守さまにお取り持ちください。鉄砲五十挺をお礼としてさしあげます」

りんは言った。幸村はここで接待された理由を悟った。海野屋は、徳川派と反徳川派の他、上杉百万石を第三勢力とみて、これを加えた三者に鉄砲を競売しようとしている。そうすれば鉄砲は一層高値をよび、海野屋の利潤は増大するという訳だ。

「りんは生贄《いけにえ》にされながら、なぜ海野屋の商売を熱心に手伝う⁉」

幸村は語気を改めて訊いた。

「お武家方にたくさん鉄砲を売り、激しい合戦をしていただくためです」

「何っ」

「武士という武士が鉄砲を撃ち合い、殺し合って、死んでしまったらいいと思います。侍も役人も領主も、お互に傷つき、苦しみながら、みんな滅びたらいいと考えています」

りんが言った。その時だけ、感情のある言い方をした。りんの武士を憎悪する言葉には、嘆きと悲しみがひそんでいるようだった。幸村にはそう感じられた。

「もう帰ってもよいか」

「直江さまにお取り持ちの件は？」

「僅のエサに釣られて商人の意のまま動く真田と思うてか！　そう海野屋へ申し伝えてお

け」

幸村は厳しく言ってから、

「その方の悪い夢、鸚鵡にまで嗤《わら》われる身の上、ふびんに思うぞ」

暖かい眼差でりんを見た。りんの硬い表情が微かにゆらぐのを認めながら立ちあがった。

りんは引き止めなかった。

十三 日歴

秀吉の重病と、それに伴《ともな》う不安な時勢を観察するため、幸村が伏見に滞在するうちに慶長三年八月となった。竹田の里に茂る孟宗《もうそう》竹の竹林に寂《せき》たる秋風が立ち、真田家の宿舎である浄苔台院《じょうたいだいいん》の離れ屋の庭に、葉鶏頭《はげいとう》が色付き染めた。

八月になった。その三日、伏見城より伊勢神宮へ金子百枚を奉納する使者が発った。秀吉の病床に、白装束《しょうぞく》の者が夢枕に立ち、金を返せと迫ったそうである。秀吉が眼覚めてから気にするので、奉行が古帳を調べたところ、たしかに十年ばかり昔、伊勢の神宮に過失があり、罰金を取りあげたという事実が判った。それで同額の金子を返還することになったのである。

五日、秀吉の希望で徳川、前田、毛利、宇喜多の四大老、及び五奉行が、再度、起請文《きしょうもん》を交換した。

七日、秀吉はさらに五奉行をして、親類の縁を結ばしめた。

九日、秀吉は徳川家康と前田利家を病床に招いた。そして利家には一子秀頼の守り役を、家康には秀頼が成人するまでの天下の政務を、それぞれに托した。

十日、秀吉はまたしても伏見にいる四大老、五奉行に誓紙を交換させた。このように同じことを、大老奉行にくり返して要求するのは、秀吉の意識がすでに混沌《こんとん》としている証拠と、幸村は考えた。

十三日、佐助が亜矢を使いによこした。堺の市街をくまなく探し廻ったが、海野屋の鉄砲の隠匿場所は不明だという。

十七日、伏見城より京都の大仏殿に急使が派遣された。この大仏殿はすぐる慶長元年の大地震で壊《こわ》れ、本尊が破損したので、その代りに如来像が安置してあった。かつて武田信玄が信州善光寺から、甲州に移した如来を、秀吉がさらに京都へ迎えたものである。ところが秀吉はその頃昏迷《こんめい》状態のうちに、自分の病気が、善光寺如来をはるばる遠くまで持って来た祟《たた》りであると、しきりに恐れおののいた。このため使者が黄金三十両、銀子二十枚、鳥目《ちょうもく》二千疋《ぴき》を布施して、如来像を本国へ返還することになったのである。

翌十八日の払暁、浄苔台院の小坊主が、幸村の宿舎の戸をたたいた。石田三成の使いが訪れたということである。六郎が迎えにでて、使者を案内して来た。三成の小姓、黒川冬也であった。冬也は部屋に通ると、まず落着き払って幸村に依頼した。

「お人払いを」

六郎と鎌之助がいては、絶対に困るとでもいう口吻は、相変らず傲岸不遜《ごうがんふそん》な感じであったが、幸村は二人をしりぞけた。美童は会釈して、幸村に殆んど肘を接するくらいに近づくと、

「今暁、丑《うし》ノ刻《こく》（午前二時）みまかりました」

低く告げた。そして、用はこれだけであるとでもいうふうに、また会釈をした。

「治部どの、さぞかしご心痛のこと、そう申し伝えてくれ」

幸村は言って、六郎に寺門まで、冬也を見送らせた。六郎が離れ屋に戻って来て、

「全く生意気なやつです。こちらがていねいに頭をさげて送りだしているのに、眼もくれず帰って行きました」

憤慨《ふんがい》してから、

「一体なんの使いでございますか」

幸村に尋ねた。

「お天下さまが、亡くなられた」

幸村は教えた。六郎がアッという顔をし、鎌之助が鼻の孔《あな》をふくらませた。

秀吉の死は厳秘に付されたまま、遺骸は即日、儀典奉行の前田玄以と高野山の興山上人によって、京都の東南、阿弥陀《あみだ》ガ峯に密葬された。

幸村は堺から猿飛佐助をよび、訃《ふ》を上田へ急報させた。

廿日、久しぶりに三好為三が浄苔台院へ舞い戻って来た。

「大坂の市中で奇なる噂を耳にしました。去る十八日の夜明け前、伏見城の天守の上に無数の幽鬼が群がり、暗天の一角より巨大な箒星《ほうきぼし》が墜落するのを仰ぎながら、狂喜乱舞するのを見た者があるそうにござりまする」

そして、

「これは正しく太閤に不吉、いや凶の兆《きざし》かと存じまするが」

為三はしたり顔で告げた。六郎と鎌之助が笑いだした。

「何がおかしい！」

為三がとがめた。

「兆《きざし》じゃなくて、それはすんだことだ」

「さては⁉」

「やい為三坊主、てめえが殿より金子を頂戴しては遊里がよいをしていることは、万事、承知しているんだぞ。この頃は京女に飽《あ》きて、大坂がよいか？　色呆《ぼ》けして、ろくでもねえ噂を拾って来ても、手柄にはならねえ。少しはつつしめ！」

鎌之助がやっつけた。彼にしてみれば、幸村に三好兄弟を紹介した手前、為三入道の放埒《ほうらつ》に肚をすえかねていたのだろう。

しかし幸村は為三の話しから、秀吉の死が、早くも大坂あたりにまで知れ渡っていること

に注意を惹かれた。為政者の秘密は必ず庶人に洩れる！　そう思いながら、

「女とはいいものだ。わしも好きだ」

為三を取りなした。

「申し訳ござりませぬ！」

為三は平伏した。

幸村は望月六郎に為三を付けて信州上田城へ急行させた。秀吉の訃《ふ》を知らせ、秀吉より父昌幸と兄信幸に授けられた形見の刀二た振りを送り届けるためである。

九月朔日《ついたち》、堺で鉄砲商海野屋をひそかに監視している猿飛佐助が、亜矢を使いによこした。秀吉の死は堺にも知れ渡り、豪商たちはさまざまな思惑に動揺しているという。海野屋を訪れる客が列記してある中に、三成の腹で黒川七五兵衛の案内で、長束《ながつか》正家が微行していることが幸村の目を引いた。長束正家は豊家の財政奉行である。三成は豊家の莫大な財力を運用して、海野屋の新式銃を購入するつもりかもしれない。

この日、大老の上杉中納言景勝が、領国の会津から、急遽、上京して来た。

九月三日の夕刻、幸村は仮りにも一度は知行を与えられたことのある上杉景勝へ挨拶のため、その屋敷へおもむいた。そして上杉家の伏見留守居役、千坂景親の取次で、景勝に対面した。故謙信の甥で上杉家を嗣いだ眉濃《まゆこ》い武将は、股肱《ここう》の臣直江山城守に、右手の小指に細い紙を巻かせていた。そうしながら、

「上京早々、誓約の連署のと、小やかましいことじゃ！」

景勝は幸村を見るなり言った。叱るような語気がこの剛直の将の普段の口調であることを、幸村は知っていた。

「殿は初めてだからよろしい。他の四大老は、何度、小指を切ったことか」

直江山城守が主君の血判の疵《きず》を、ていねいに紙で巻きながら言った。

「太閤のご遺命を遵守するのに虚々実々《きよきよじつじつ》の起請文《きしようもん》など必要あるまい」

「虚々実々だから誓紙を交換するのです」

「ほざいたな！」

「余りお怒りなさるな」

景勝と山城守の会話を聞きながら、よき主従だ！　幸村はそう思った。幼少より同じ越後春日山城に育ち、謙信歿後の危機には共に苦闘して、名門上杉家を守り抜いた主従であった。

翌日、浄苔台院に意外な客が来訪した。秀吉のお伽衆《とぎしゆう》で茶頭《がしら》の一人、今井宗薫である。

「この里には茶道具を作るに適した良質の竹材がございます。毎年、今頃になると探しにまいりますので、農家にも知る辺《べ》が多く、こちらに真田さまのお宿があることをうかがいました」

そして、

「間もないのに、おん名に覚えのある方がおいでになると聞けば、ついお寄りしたくなる。

閑に馴れた茶人の癖でございますかな」

宗薫の自然な言い方には風格があった。

「貴殿の閑友に択《えら》ばれたとは光栄だ」

幸村は高名な茶人に一応、敬意を払った。

「光栄などと！」

それから、

「閑友と申せば、明日、宇治の川畔で、それこそ内輪の茶会がございますが、おいでになりませぬか」

「武骨者が出席できる茶会かな」

「お閑《ひま》さえあれば」

「閑はある」

「なれば閑友ではございませぬか」

宗薫は笑った。そんなところは如才ない感じであった。今井家は堺の豪商でもあった。そして幸村は宗薫の誘いに何か裏があると睨んだ。虚々実々！　上杉景勝と直江山城守が口にした言葉を思いだした。

次の日、今井家の使いが駕籠を用意して迎えに来た。伏見の南西、宇治川の岸にそった葭島という里に、宗薫の別宅があった。幸村が宗薫の案内で、その数寄《すきこ》を凝らした茶室へはいると間もなく、もう一人の客がやって来た。本多佐渡守正信であった。

「ほんの一と足違いでございましたな」

宗薫は言ったが、あるいは先に別宅に来ていて、幸村の到着を待っていたのかもしれなかった。

「茶会ですから、むずかしいご紹介はしません」

宗薫はにこやかに二人を並べて、点茶を披露した。茶碗は幸村から本多正信へ廻り、宗薫の手元に戻された。宗薫はそれを持って水屋へ去った。正信が幸村と面談する機会を、宗薫に依頼したのであろう。幸村は茶人宗薫が、政商として、徳川と結託していることを悟った。そして家康のふところ刀といわれる老臣を黙視した。正信のハゲあがった白髪頭や顴骨《かんこつ》の張ったシミの多い顔は、六十二歳という年齢より老けた感じだが、底光りのする眼には、さすがに権謀詐術《さじゅつ》に長じた千軍万馬の古つわものという印象があった。

「海野屋の新式鉄砲を試射なさったそうだな」

正信の眼が、調べてある！　と言っている。

幸村は、だからなんだ？　と正信を見た。

「あの鉄砲の性能を知る者は貴殿だけである。海野屋と格別の親交がおありのようだ」

正信は探るように言った。幸村は慎重に口を閉じていた。

「一昨日、上杉家へおでかけになったな」

正信はまた、知っているぞ！　と言うような口吻であった。幸村はうなずいた。どうせ服部半蔵の手の者が内報していたに違いない。

「上杉家でも、さぞかし貴殿に鉄砲のことを尋ねたであろうな」

正信の眼が光った。それを危惧《きぐ》しているのかと思いながら、

「徳川家では、まだ海野屋とうまく交渉が纏《まとま》っていないとか?」

幸村はとぼけて訊いた。

「海野屋はかけひきが多すぎる。二千挺の在庫品があるなどと申しているが、真偽の程はどんなものか」

正信も手の者を使って、海野屋の倉庫をひそかに調べてみたらしい。

「しかし、もし本当にあるとすれば、それ程の鉄砲がみだりな者の手に渡ることは好ましくない。これは故太閤のご遺命によって豊家安泰の世を守る徳川家へ納めるように、ぜひ海野屋へお諭《さと》し願いたい」

正信はそんなことを白々しく放言してから、

「内府さまには、一挺につき十石の思し召し」

低くつけ加えた。

「すると仲介の労をとって、二千挺の取引きが成れば、二万石くださるのか?」

幸村は真顔で念を押した。

「左様」

正信は、幸村が海野屋に特別深い縁故関係があると、すっかり思い込んでいるようだ。

「二万石で、真田左衛門佐と鉄砲二千挺を我がものになされようとは、一石二鳥の恐れ入っ

た思し召し」

それから、

「左衛門佐の方は諦めて、いっそ海野屋を大名にお取立てになれば、鉄砲だけはそっくり徳川家の手にはいるやもしれぬ」

幸村は笑った。


九月十日の夕方近い頃、秋雨のそぼ降るなかを、石田三成が美童冬也を供に浄苔台院へ微行して来た。

三成は冬也を従えて部屋へ通るなり、性急に幸村へ質《ただ》した。

「今井宗薫の茶会へおでかけになったとか」

「葭島の茶亭へ招かれてまいった」

「他に客は？」

「本多佐渡がまいったが――」

「本多正信⁉」

「しかし、茶会のこと、なぜご存知か」

「城中で宗薫から聞いた。きゃつめ、座談の折りに洩らした」

三成の言葉に、幸村は黙考した。

「宗薫は徳川の走狗《そうく》になっている」

そして、

「茶会の模様は？」

三成は難詰《なんきつ》する語気で訊いた。

「宗薫にお尋ねにならなかったのか」

「尋ねて真実を申す相手ではあるまい」

「本多佐渡より、海野屋の鉄砲について話しがあった」

「して⁉」

「して――とは？」

「よもや、お引受けにはなるまいな」

三成の疑惑の視線を、幸村は無言で見返した。

「海野屋の鉄砲は、豊家のために、治部が一手に買い取りたい」

幸村はやはり無言だった。

「左衛門佐どのが、堺で鉄砲の試射をしたことは、城中に知れ渡っている」

その口吻に、幸村はまたかと思った。呆れてから、怒りがこみあげた。

「鉄砲、鉄砲、鉄砲！ 誰も彼もが鉄砲をほしがって血眼《ちまなこ》だ。皆が競争で金を積んで見せるから、海野屋はますます付けあがり、一層のもうけをたくらむ。時がたつ程、交渉が延びる程、海野屋のもうけは大きくなる」

それから、

「徳川は、海野屋の鉄砲二千挺の買占めを取りなせば、わしに二万石くれるそうな。治部どのは何をくださるか」

幸村は努めて平静に言ったつもりだが、怒りを抑えた語気は険《けわ》しかった。そして、わしが商人の手助けをすると思うか！　と三成を直視した。

三成は絶句した。

ふと脇に控えていた冬也が、誰にともなく囁いた。

「雨が止んだようにございます」

美童は主君の困惑を敏感に察して、小ざかしくも助け舟をだしたのだろう。

「戻るとしよう」

三成が言った。

幸村は三成を見送りにでた。雨はあがっていた。たそがれの境内には公孫樹《いちょう》の落葉が黄色く点々と散らばり、独特の異臭をただよわせていた。寺門に塗り駕籠が待っていた。冬也が走って扉をあけた。三成が幸村へ会釈して、駕籠へあゆみ寄ろうとした。その時、門柱の蔭から菰《こも》をかぶった人影がふらりとあらわれた。しばしば寺門の軒下で野宿している乞食かと見て、望月六郎が、これっ！　と声をかけた。とたんに人影が菰を捨てると一直線に三成へ迫った。冬也が遮《さえぎ》って体当りし、意外に脆《もろ》く転倒したところを組み敷いた。

「放せ！　えい放さぬか！」

くせ者がしわがれた声でわめいた。その顔を覗いて、冬也は三成をよんでから、屹《きつ》と幸村を睨んだ。くせ者は老女であった。右腕がなかった。

幸村は思いだした。くせ者は三成を敵《かたき》と狙う根津甚右衛門の妻、みのであった。

「おのれ三成、またもならぬか！　口惜しや！」

みのが冬也の腕の下で悶《もだ》えた。その頬へ冬也の拳がたてつづけに飛んだ。

三成がゆっくり幸村を見返った。猜疑《さいぎ》と怒りを冷笑につつんだ顔だった。

「その女は――」

言いかけて、幸村は口をつぐんだ。みのが三成に復讐の念を抱いていることを知っていながら、徳川方に渡したまま放置していたと説明したところで、弁解にはならない。

「殺せ！　早く首を刎《は》ねるがよい！　七度生まれて、必ずや亡夫の仇を晴らしてやる！」

みのが絶叫した。

「性懲《しょうこ》りもなく殿を逆恨みするとは！」

冬也が憎く憎くし気に舌打ちして、

「成敗いたしましょうや」

三成へ計った。

「いや、みのは十六文で左衛門佐どのにおゆずりしてある」

それから、

「片腕を残したままお任せしたのがいけなかった。左腕を落とせ！」

三成は命じた。冬也は腕でみのを泥へ抑えつけて、左腕をねじあげ、脇差を抜いた。刀がきらめき、みのが悲鳴をあげた。美童はそうすることの快感に酔ってか、白い顔を、うっすらと妖《あや》しく紅潮させていた。

三成を乗せた駕籠は足速に去って行った。みのが泥にのたうち廻って呻《うめ》いていた。

「むごいことをしやがる」

「やはり、あの小姓は妖童だ」

鎌之助と為三入道が、みのを助けに近寄ろうとした。

「あいや、介抱《かいほう》はこちらでします」

突然、声がして、竹林からでて来た者があった。

「てめえは⁉」

鎌之助が鼻の孔《あな》をふくらませ、

「霧隠才蔵――」

為三が眼をみはった。

才蔵はさっさとみのの傷口をしばってから、

「これで役目がすみましたから、みのをつれて帰ります」

幸村へ軽く頭をさげた。

「役目とは？」

幸村は問いただした。

「石田さまは今井宗薫の話しを聞いて、やきもきしながらここに来る、そこへみのをけしかける」

「みのを操《あやつ》ったのは服部半蔵だな?」

「つれて来たのは、わたしです。何、その筋でも、みのが片手で石田さまを討てるとは考えていません。何しろ石田さまは、殿が宗薫の茶会にでただけでも面白くない。その上、ここでみのに襲われたら、なおさら腹を立てたり疑ったり——これで殿と石田さまの仲は冷たくなる」

才蔵はにこりともせずに告げた。徳川方は三成と幸村の裏反《りはん》工作を策したのだ。幸村は本多正信に報復されたことを悟った。

「この女はいのちがあったら、まだ役に立つかもしれないからつれて戻れと言い付けられています」

才蔵は両腕を失なった老女を背中に負うと、もう一度幸村に頭をさげて、竹林へ消えた。

十月から十一月へかけて、在鮮の軍勢十万余が続々と帰国した。そして加藤清正、小西行長ら外征の諸将が霜の道を踏んで次々に伏見に到着した。

清正は蔚《うる》山《さん》城方面軍の主将であり、行長は順天城方面軍の主将であった。在鮮軍は撤退時に、この二方面の作戦行動に行き違いがあった。

小西行長は、清正とその方面軍に属す黒田長政ら諸将を弾劾《だんがい》した。加藤清正らは逆に行長の不手際を非難、反駁《はんばく》した。

両者は永禄の朝鮮出兵にも論功について確執《かくしつ》があったが、清正はその頃のことまで持ちだして、行長を難詰した。すると当時の軍目付《いくさめつけ》であった福原直高、垣見一直、熊谷直盛らが、行長を擁護して清正の一派を非難した。

伏見城中は論争に巻き込まれて紛糾《ふんきゅう》した。元来が加藤清正や黒田如水、長政ら武人派は、小西行長や石田三成ら吏党派と仲が悪かった。両派の対立は秀吉の閨中《けいちゅう》の反目にも関係していた。武人派は北政所《まんどころ》派であり、吏党派は淀どの派であった。このように輻輳した不和軋轢《あつれき》が、秀吉という独裁者の死によって、急に表面化したかのごとき状態であった。

このどさくさにまぎれて、徳川家康が積極的に自己の勢力の拡張を計りだした。

十一月廿日、家康は島津義久を徳川邸へ招待した。

同廿五日、家康は増田長盛を訪問した。

同廿六日、家康は長曽我部《ちょうそかべ》盛親を訪問した。

十二月三日、家康は新荘駿河守直頼を訪問した。

同五日、家康は細川幽斎を訪問した。

同六日、家康は島津義久を訪問した。

大名が私に親交を結ぶことは「朋輩の間で徒党を組まない」という起請文の一項目にそむくことであった。

家康はまた私的な婚姻によって雄家と連繫《れんけい》することも企《くわだ》てた。六男忠輝の室に伊達政宗の娘を迎えた。姪に当る松平康成の娘を、自分の養女として、福島正則の嫡男正之にとつがせた。同じく外曽孫に当る小笠原秀政の娘を養女として、蜂須賀家政の嫡男至鎮《のりしげ》と婚約させた。いずれの場合も「大名の縁組は公許を得なければいけない」という秀吉の法度に違反することであった。

それらの日々、幸村は殆んど浄苔台院に籠ってすごしていた。望月六郎が小まめに諸家を廻って聞いて来る話しと、鎌之助と三好為三が巷間で拾って来る噂を併せれば、およその政局は居ながらにして判った。堺で海野屋を見張りながら、その秘密銃庫を探している猿飛佐助と亜矢も、交替でやって来た。亜矢は時折り霧隠才蔵に会うようだった。才蔵の方が悲しい慕情に誘われて、さも偶然に出くわしたというふうに、亜矢の身辺に姿をあらわすらしかった。そんな時、才蔵は決まって、徳川方の内情を一つ二つ亜矢に漏《も》らすそうだ。

「才蔵に聞いたけど、徳川と他家の縁組は、どれもこれも今井宗薫が仲人《なこうど》をしたんですってさ」

亜矢はこういう言い方で、才蔵から教えられたことを幸村に告げたりした。

年改まって慶長四年正月になった。伏見城は喪中のことで、年賀の儀はなかった。

一月三日、石田三成が島津義弘、忠恒をして一族の島津義久を詰問させ、誓紙を取りあげるという事件があった。義久が徳川と私的に公然と往来して懇親を通じたことを責めたのである。三成の島津問責は、とりも直さず家康に対する非難である。

治部め、いよいよ徳川へ挑戦するな！

幸村はそう睨んだ。

一月十日、秀吉の遺命によって、秀頼が大坂城へ移ることになった。傅育《ふいく》役の前田利家をはじめ大老奉行、諸大名がこれに供奉《ぐぶ》して伏見を発った。幸村は六郎と三好為三に命じて、秀頼の大坂移転の模様を観察させた。

十二日の夕刻、市中へ買物にでかけていた鎌之助が、浄苔台院へ飛んで帰って来た。家康が徳川の諸臣に護衛されて、急遽、帰館したということである。

何かあったな！　幸村は直感して、鎌之助にゆだんなく市中を見張らせた。

翌日になると池田輝政、黒田如水と長政父子、福島正則、藤堂高虎らの武将が、あわただしく大坂から引きあげて来た。

十三日、三好為三が大坂から駈けつけた。大坂において大老奉行が決議し、家康がこれまで犯した違法行為を、弾劾することになったらしいという。

「前田大納言は宇喜多、上杉、毛利、佐竹、立花、小西、長曽我部などの軍勢はもとより、秀頼さま旗本の大坂七組衆をひきつれて淀、橋本のあたりまで出陣するとかいう噂がたち、いやもう大騒ぎでござります」

為三の報告である。幸村の瞼を、石田三成の色白の顔が掠《かす》めた。三成が徳川排斥の主唱者であることは明白だった。あのおだやかな表情に匿されている徳川への強烈な対抗意識と敵愾心から思い合わせれば、秀頼の大坂移転を機会に、三成は彼の地で家康を誅殺する気ではなかったのか？　家康が急に伏見へ帰館した事態が、幸村にそんなことまで推測させた。

　伏見でも家康の屋敷に武装した部隊が集合し、徳川派の諸将が邸内に兵を待機させていた。形勢は日ましに不穏になった。そして福島、黒田らの武士が血気に逸《はや》って市中へ押しだし、反徳川派の大老奉行の留守屋敷を威嚇《いかく》するに及んで、危機感は絶頂に達した。この報告を受けて、

「上杉家へ見舞いにまいる。為三は馬の口を取れ。鎌之助は槍を持って従え」

　幸村は二人に命じた。幸村も家康は嫌いであった。しかし三成も好きではないし、また乞われてもいないから、たとえ両者が争っても、どちら側へも加担する気持はなかった。ただし秀吉に恩顧ある福島・黒田らがその歿後半歳もたたぬうちに、徳川に尾をふって伏見城下を騒がすことは、我慢がならなかった。これは家康や三成を嫌う気持とは別である。無節操なやつらに一矢報《むく》いなければ、肚の虫が治まらなかった。

　伏見の市中は町家がどこも戸を閉ざし、辻々を武装兵が巡廻していた。時折り甲《よろい》を着た伝騎がせわしげに道を駈け抜けた。武装兵も伝騎も、平服で馬を乗り入れて来た幸村へ、場違いのものでも眺めるような視線を向けた。

　そして城下の大名小路とよばれる武家屋敷の町筋には、甲を着た武士がやたらと練りあるいていた。えい、えい、おーっ！　と不意に鬨《とき》が聞こえた。やっているなと幸村は思った。ちょうど上杉家や佐竹家のある小路の辻に、七、八十人のよろい武者が集って、さかんに気勢をあげていた。そして幸村が乗馬で近づくと、数人の武士が道を遮った。

「待たっしゃれ！」

大兵の武士がすすみでて、

「ここは今、陣中も同然なれば、うかつな者は通されぬ。どこへ行かっしゃる？　名乗らっしゃれ！」

「真田左衛門佐幸村」

「真田⁉」

「おぬしらは？」

「われらは福島の家臣――」

言いかけたとたん、

「騙《かた》り者がっ！」

幸村は馬上から一喝した。

「福島と申せば豊家のご恩顧ひとしお厚いお家柄だ。太閤ご他界後に豊家安泰の時世を乱すがごとき不心得はないはず！　あまつさえ伏見城下では、諸士が兵具を帯びて参集することは禁じられていると申すに、法度を破り、この有様は何ごとか！　うぬらニセ武者が福島の黒田の池田のと諸家の名を詐称《さしょう》し、やれ合戦の、やれ陣中のと世を騒がすことは見すごせぬ」

そして、

「鎌之助！　槍！」

幸村は命じて、鎌之助がさしだす槍を受け取ると、一と振りして穂先の鞘《さや》を払った。

「うぬら！　一人残らず成敗してくれる！」

幸村の怒気を滾《たぎ》らせた眼にねめ付けられて、武士たちはアッと後ろへさがった。

「しばらく！」

中年の武士が仲間を掻き分けて前へでて来た。

「真田さまと知らずご無礼つかまつった。われらは日和に誘われて武具の虫干しを思い立ち、ごらんの通り外にでて甲冑《かっちゅう》に日光を当て、風を入れているが、別に他意はござらぬ。これなる者はいささか酩酊《めいてい》しているため、つい戯《ざ》れ言《ごと》を申しあげたが、お聞き流しいただきたい」

「酒の上のたわむれ、と申すのだな」

「されば日も翳《かげ》ったことゆえ、われらも虫干しを終えて、そろそろ屋敷にはいろうかと存じていたところでござる」

こやつ利口者であると思いながら、

「では真田左衛門佐、上杉家へ留守見舞いにまかり通るぞ」

「お構いなく」

武士は槍の鞘を拾って捧げた。

幸村は槍を鎌之助へ戻して、乗馬の手綱を持ち直した。よろい武者の一団は黙って道を開いた。翌日から徳川派の武士たちは、大老奉行の留守屋敷へいやがらせをしなくなった。

家康は反対派の問責に対して、諸家と縁組の件は媒酌人《ばいしゃくにん》より届けをだし、すでに公許を得ていたように了解していたと答えた。

諸家の方も、一切は媒酌人の裁量に任せていたと釈明した。

媒酌人の今井宗薫は、縁組の世話をしたが、自分は商人なので、武家の法度に関しては何も知らなかったと弁解した。

そして結局、違法の私婚について責任がうやむやのうちに、調停者があらわれた。生駒、中村、堀尾の三中老がいつまでも両派が争うことは、故太閤の遺志にそむくと諸将を説得したのである。

一月廿五日、大坂から望月六郎が駈けつけた。細川忠興の斡旋により、前田利家が、家康を訪問するため、伏見へ来ることになったという。

「大坂では、大納言さまが正月以来のご労苦で心身に衰えを覚え、秀頼さまの末長き先を考えて、石田治部さまの猛反対をしりぞけ、徳川と和することに踏み切ったという評判です」

六郎の報告を聞きながら、幸村はまたしても石田三成の顔を思い浮かべた。この場合は猜疑と怒りを冷笑につつんだ三成の表情が、瞼に甦《よみがえ》った。三成が腕を拱《こまね》いて前田と徳川の提携を黙視しているだろうか？　と思った。

幸村は鎌之助を堺へ急行させた。そして猿飛佐助に、前田利家の身辺を見守るように言い伝えた。

十四　狙撃

一月廿九日の朝九時頃、亜矢が浄苔台院に姿をあらわした。前田利家が予定通り、今暁、船で大坂を離れたということである。

「亜矢も大坂へ行っていたのか？」

六郎がからかうと、

「片時も佐助さんの傍を離れたくないもの！」

亜矢はうっとりした眸をしてみせてから、

「佐助さんは大納言の船にくっ付いて、あとで伏見へ来ますってさ」

そう告げた。幸村は自分も蔭ながら、途中まで前田利家を出迎えに行こうと思い立った。

そして皆をつれると、徒歩で寺をでた。

宇治川は山崎の辺で木津川と桂川に合流し、急に川幅をひろげて淀川となる。ゆたかな流れは浅春の陽光を水面に砕いて眩しい程だが、川風はまだ寒かった。

「鴨が泳いでいる」

亜矢が言った。

「あれは鳰《かいつぶり》だ」

鎌之助が言った。

「鴨に決まってるよ。あたしは遠眼が利くんだからね！」

「あんな小さい鴨がいるもんか！　あれは鳰だ。見ろ、水にもぐったじゃねえか」

「なんだって⁉」

亜矢が雌豹の眼をした。

「由利カマ、用心しろよ」

三好為三が自分の顔を自分の手でひっかく真似をしてみせた。鎌之助が鼻の孔をふくらませて口をつぐんだ。

「亜矢は佐助とも喧嘩をするのか」

六郎が訊いた。

「するもんか。あと二年半おとなしくしていれば、お嫁さんにして貰えるんだもの」

「嫁になったら、佐助をひっかくか」

「そんなこと、しないよ」

「喧嘩したら、どうするんだ？」

「かじり付いて、舐めてやる」

六郎が笑いだし、為三が奇声をあげ、鎌之助が唸った時、

「来たよ」

亜矢が言った。はるかな川下に帆影が見えた。ゆっくり流れを遡《さかのぼ》って来た。かなり大きな船である。舳先《へさき》に前田の家紋入りの旗と、利家の馬標《うまじるし》が並んで立っていた。

その頃、宇治川の河口からも、一艘の大船があらわれた。舷側に葵の紋入りの幕を張り巡らし、旗や幟が美々しく林立していた。徳川の船である。これも予定どおり家康が歓迎にでて来たのである。

やがて二艘の船は、淀の流れの中程に相対して停止した。きらびやかに飾った徳川の船と、簡素な前田の船は、それぞれ乗せている二人の武将の性格を象徴するかのように対照的であった。徳川の船から小舟が降ろされた。家康が前田の船へ挨拶に行くらしい。

「あれっ、おかしな匂いがする」

亜矢が突然、声をあげた。

「焦げ臭い。火縄の匂いじゃないかな」

「火縄⁉」

幸村は愕然とした。

亜矢はもう口をきかず、雌豹の眼で鼻をうごめかしながら道をあるきだした。しばらくして、

「あの辺だよ！」

亜矢が道から河原へ跳ね降りた。皆も駈けてあとにつづいた。河原には枯葦が密生していた。亜矢は敏捷に葦のしげみをくぐり抜けるが、他の者は歩行も困難であった。幸村は、刀

を抜いて、枯れ葦を薙《な》ぎながらすすんだ。

葦むらの奥は狭い入江になっていた。

そこからは葦の隙間から、淀の広い川面が眺め渡せて、意外に近い距離に徳川と前田の船が停止していた。そして、その入江の葦蔭に一艘の小舟を浮かべ、二人の男がひそんでいた。

幸村がバサと枯葦を薙いで入江の岸に飛びだすと、二人の男は驚いてふり返った。

幸村が誰何《すいか》しようとした刹那、男の一人が鉄砲を向けた。いかにも射撃に熟練している者らしい動作の無雑作な構え方だった。

亜矢が幸村の背後に匿れて、畜生！　と声を殺した。こっそり手裏剣をとりだしたようだが、投げても届きそうにない。遅れて葦むらから飛びだして来た六郎、鎌之助、為三も岸辺に立ちすくんだ。

余り気持のよいものではないな。幸村はそう思った。自分の胸をぴたりと狙っている銃口が厭《いや》に大きく感じられた。相手の視線を睨んでいる眼に、その鉄砲の火縄の細い薄煙が奇妙によく見えた。すると鼻の底に焦げ臭い匂いまでするような気がした。そういうことを張り詰めた神経が眼まぐるしく意識した。すべては束の間の出来事だった。

突然、小舟がぐらりと傾いて二人の男を水に投げだすと、完全に転覆して舟底を見せた。

「佐助さんよ！」

亜矢が声をあげた。

そして水面に漂う小舟の舟底の上に、猿飛佐助が下帯一本の恰好ですっと立ちあがった。濡れた髪や顔のしずくを手で払ってから、こいつらをどうしますか？　と言うように水に落ちた二人を指さした。

男たちは二人とも泳げないようである。一人は鉄砲ばかりを片手に高々とさしあげながら、水中にもがき、一人はやたらと手足をばたつかせて水しぶきを散らしていた。

「助けてやれ」

幸村は命じてから、気が付いて刀を鞘に収めた。亜矢も手裏剣を帯の間に仕舞った。

佐助がふたたび水にはいると、二人に近づいて何か言った。二人が暴れるのを止めた。なんのことはない、水は胸まで位の深さで、あわてなければ足が届いたのである。そして二人は観念したように、佐助に手を引かれて、岸へあゆみ寄って来た。

佐助は岸へあがるとすぐ、

「ここにいては怪しまれます」

そう注意して、幸村をみちびくと枯葦を掻き分けた。皆が二人の男を取り巻いて後につづいた。しばらく行くと、葦の間に狭い空地があって、佐助の着物が脱ぎ捨ててあった。

「前田の船につき従ってこの河原までまいりましたが、こいつらの舟が葦に隠れているので、不審に思い見張っていたところ、この始末です」

佐助が体を拭きながら報告した。

「あたしは火縄の焦げる匂いで判ったの」

亜矢が佐助に着物を着せてやりながら、彼へ言った。

幸村は二人の男を黙って観察した。鉄砲を持っている方が、

「拭く物を貸してくれ」

臆するふうもなく囲りの者を見廻した。六郎がさしだした手拭をひったくるようにして、その場にしゃがみ込むと、鉄砲の手入れをはじめた。銃口を逆さにして装塡《そうてん》してある弾丸と濡れた火薬を抜きだし、火蓋《ひぶた》にこびりついている水に溶けた火薬を丹念に拭き取った。年頃は二十四、五歳だろうか、刀を帯びているが武士ではなさそうである。

もう一人は二十前後の若者で浮浪者のような身なりをしている。鎌之助が手拭を貸してやると、不貞腐《ふてくさ》れた態度で顔を拭いた。

「なんて名だ？」

鎌之助が訊問した。

「小助」

若者は答えた。

「どこの小助だ？」

「穴山村」

「穴山村？　どこの穴山村だ？」

若者は答えなかった。

「言え」

鎌之助がうながした。

若者は強情に口を結んだまま、利かぬ気らしい眼で鎌之助に反撥した。

「この野郎！」

鎌之助が怒った。

「止せ鎌之助。世の中には家郷も氏素性も忘れたい者がたくさんいる」

幸村はおだやかに制した。すると熱心に鉄砲の手入れをしていた男が、ふと眼をあげて幸村を見た。立ちあがって、真っ黒に汚した手拭を六郎に返してから、

「もう一と息で家康を狙えたのに、惜しいことをした」

陰気に呟くと、凍《い》て付いた表情に暗い敵意を籠めて幸村を睨んだ。おれたちをどうする気だ。そう開き直っているようでもあった。

「剣呑《けんのん》なことを申しおる。誰にたのまれて狙っていたんだ？」

為三が傍から尋ねた。

「誰にたのまれた訳でもない。おれはどうしてもこの鉄砲で家康を撃ち殺さなけりゃならないんだ。どうしてもな」

男は幸村を睨みながら、その執念に憑《つ》かれているような言葉だけを為三に与えた。

「十蔵さんすまねえ。おれ、預っていた弾丸袋と煙硝《えんしよう》袋を水の中に落としてしまった」

小助がそんなことを男に詫びた。

「おめえ、十蔵って名か？」

鎌之助が訊いた。

「筧《かけい》十蔵だ」

それから、

「氏素性は、すっかり忘れた」

相変らず幸村を睨みながら、嘲るような言い方で鎌之助に答えた。

その時、いきなり猿飛佐助が葦むらへ突進した。そして枯葦を掻き分け、踏み折る音がしてから、

「おれだよ佐助」

「おぬしか」

「今、ご挨拶にでようと思っていたんだ」

霧隠才蔵が、佐助と一緒に姿をあらわした。

「さすがに才蔵です。近くに忍び寄って来るまで感付きませんでした」

佐助が苦笑した。

「これはご一同、おそろいで――」

才蔵は幸村に頭をさげてから、鋭い視線を筧十蔵と小助に注いだ。

「役目かな？」

幸村が声をかけると、

「ゆだんなく見張っていましたが、どうやら手柄をあげそこねた様子」

才蔵の眼は筧十蔵の鉄砲を凝視《ぎようし》していた。家康の乗船が航行する川筋を、徳川方が警戒していないはずはないのだ。

「この二人をどうなさるおつもりです?」

才蔵の質問に、

「どうしたものかと、考えている」

幸村はとぼけた。才蔵は短く考えてから、

「前田大納言が山崎で船から降り、陸路、伏見へ行くことになったので、徳川方はこの辺を厳しくせんぎしています」

告げて、

「多用なれば、ごめん」

急に踵《きびす》を返すと葦むらへ消えた。

「あいつ、徳川の忍者だな!」

筧十蔵が険しく呟いた。幸村はずぶ濡れの二人をしばらく見守ってから、

「着物をしぼって、同道いたせ」

おだやかに命じた。

河原から道へあがると、淀の川面を二艘の船が静かに遡って行くのが見えた。そして前田

の船は山崎の辺で帆をおろし、徳川の船はそのまま宇治の河口へはいって行った。

「殿！」

六郎が囁いた。

前方から一隊の武装兵が駈けて来る。徳川方の巡視隊であろう。幸村の念頭に閃くものがあった。筧十蔵をふり返って性急に言った。

「鉄砲をよこせ」

「何っ？」

「この場をごまかすためだ」

幸村は強引に鉄砲をとりあげると、それを担いであるきだした。巡視隊が接近した。指揮の武士が何か号令した。武装兵が道を塞《ふさ》いだ。幸村はかまわずにすすんだ。

「待たれい！」

指揮の武士がよび止めた。幸村は道を塞いでいる一隊を見廻した。その中に霧隠才蔵が、もう武装兵に変装してまじっていた。才蔵は試すような眼で、幸村を窺《うかが》っていた。

「真田左衛門佐さまとお見受けするが」

武士が気負った語気で言った。

「いかにも」

「されば先刻、この河原で不審の者をごらんになりませんでしたか？」

「いっこうに」

「淀の葦むらに狩りにまいったが、鴨も鳰《かいつぶり》も狙えばすぐ飛び立って一羽も捕れぬ。供の者二名は水に落ちるし、さんざんの不猟でな」

幸村が武士にとぼけると、武装兵の中で才蔵がくすりと笑った。

「いそいで帰らぬと、供の者が風邪をひく。通るぞ」

幸村は言ってあるきだした。武装兵は指揮者の命令を待たずに道を開いた。しばらくたってから、

「その鉄砲は？」

「才蔵が知らせたのよ」

亜矢が口惜しがった。

「あいつの役目だからな」

佐助はそして筧十蔵と小助に教えた。

「殿が放置なさっていたら、徳川方の忍者は、おまえたちを見逃しはせぬ。危いところだったんだぞ」

小助が歯の根も合わない程、震えだした。やっと我慢していた寒さに加えて、今さらのように極度の緊張感に襲われたらしい。

「霧隠はどうせ服部半蔵に報告するでしょうし、そうすれば本多正信も知ることになり、殿は一層、徳川方に憎まれますな」

六郎が心配した。

「わしもさることながら、この二人は、服部半蔵に眼を付けられたとなると、当分、用心せねばいのちにかかわる」

幸村はそして、

「わしの宿へ来るか？」

鉄砲を返しながら筧十蔵を誘った。

「来いというなら、行ってもいい」

十蔵は言った。持ち前の陰気な言い方が、この場合は、ひどく横柄《おうへい》な口調に聞こえた。

「この野郎、殿がお情をかけてくださるのに、その返答はなんだ！」

鎌之助がいきり立った。

幸村は微笑して鎌之助を抑えた。

浄苔台院の住職は、幸村が得体の知れない食客をつれて帰ると、眼を丸くした。

佐助と亜矢はその日のうちに堺へ戻った。

他の者は翌日から、徳川と前田の会見に関する情報を集めにかかった。

家康は正式の公卿待遇で前田大納言を歓迎し、饗応に意を尽したということであった。殊に前田家の料理人鯉塚某をあらかじめ招いて置いて、客の好みによる割烹《かっぽう》の膳をもてなしたことは、世人の評判になった。

そして前田と親和を約した家康は、二月になると、先の弾劾事件に対して、がぜん反撃にでた。彼は五奉行が徳川を五大老より除こうと謀った僭越《せんえつ》を責め、すでに法体である前田玄以の他四人に対して、薙髪《ちはつ》して謝罪することを要求した。

前田利家は家康と会見の直後から、大坂で病床に臥すようになった。

三月八日、家康が大坂へ利家の見舞いにでかけた。これは利家が伏見を訪問したことに対する返礼でもあった。幸村は望月六郎と三好為三をまた大坂へ派遣した。六郎の報告によると、前田利家は病軀を押して家康の饗応に努めたという。この日は大坂在番の武将も多く前田家に集って家康を歓待したが、そこに薙髪した石田三成が黒衣を着用して出席したので、急に座が白けたそうである。

家康は前田を懐柔《かいじゅう》し、三成ら奉行を威嚇《いかく》することで、一時は彼らを中心に結束した反対派の気勢をそいだのだ。

こうした政局の動きをとらえるため六郎、鎌之助、為三が連日、飛びあるいているから、浄苔台院の離れ屋には幸村が、筧十蔵と小助の三人で残ることが多かった。

小助が誰が命じた訳でもないのに、いつの間にか掃除や食事の支度、皆の洗濯物まで引き受けてするようになった。利《き》かぬ気で無口な若者は、また天性、働き者のようでもあった。この食客は皆に重宝《ちようほう》がられた。

筧十蔵の方は何もせずに、暇さえあれば昼寝をしていた。夜は誰よりも早く床にはいるようだった。陰気で無愛相で誰にも馴染《なじ》まないこの食客は、誰の眼にも横着者に映るせいか、余り好感を持たれなかった。

幸村は時折り、寺の境内へでて、ぽつねんと物想いに耽《ふけ》っている十蔵の姿を見かけることがあった。そんな時の十蔵には、救い難い程の孤独な印象があった。そして物想いから醒めると、十蔵は決まって憑かれたように熱心に鉄砲の手入れを始めるのだった。

ある午後、幸村が庫裏《くり》で住職としばらく用談してから離れ屋に戻ると、小助が庭を掃きながら、縁側の日向に寝そべっている十蔵へ話しかけていた。

「あんまり寝てばかりいると眼が腐るっていうがな」

「全くだ。われながら呆れているんだ。おれは十年この方、これ程よく眠ったことがない。ここはふしぎな所だ」

「ふしぎといえば、酒なしでは居られない十蔵さんが、ここへ来てからは一滴も飲まずに、よく我慢しているな」

「武士や侍はすべて不倶戴天《ふぐたいてん》の敵と憎んでいる小助が、ここへ来てから、その武士や侍の世話をしてやっているのと同じだ」

「そいつが違うんだ。おれは我慢してみんなの世話をしているのじゃない。ここの人たち——真田左衛門佐さまや望月さんは、おれが今まで知ってる武士や侍と、どうも別のような気がする」

「どう別なんだ?」

「由利カマさんは昔、野盗の頭《かしら》だったそうだ。為三坊さんは書写山荒しの暴れ法師だったそうだ。そういう人間を、左衛門佐さまは望月さんと分けへだてしない。望月さんも対等につき合っている。おれのことだってそうだ。皆と同じように扱ってくれる――うまく説明できないが、おれが敵と憎み嫌う外道《げどう》のような武士侍とは別だ」

そして、

「十蔵さんはそう思わないか?」

小助は掃除の手をちょっと止めた。十蔵はむっくり起きあがると、鉄砲を手にした。

「ここの人たちは、おれたちのことを何もせんさくしないで、徳川方からかくまってくれている。十蔵さんがよく眠られるのも、あの人たちが庇《かば》ってくれているから、安心できるせいじゃないのか? そうだろう?」

十蔵が屹《きっ》と鉄砲を構えた。庭先を狙ってカチッと引金を引いてから、

「弾丸、煙硝、火縄がほしい!」

唸るように言った。

幸村は翌日、望月六郎に命じて、上杉家から弾薬火縄を貰って来させた。そして夕食後、皆がそろったところで、十蔵と小助へ申し渡した。

「長らく引き留めていたが、もう徳川方の詮議もほとぼりの醒めた頃だ。二人とも、いつなと去りたい時に寺を発てるように、十蔵には弾丸五十発とその分の煙硝火縄、小助には銀一枚を餞別《せんべつ》に与えておく」

十蔵が訝《いぶか》るような眼をした。

小助は動揺して坐り直した。

「遠慮なく受け取るがよい」

幸村はおだやかに二人を見比べた。

十蔵がしばらく考えてから、黙って弾薬の皮袋と火縄の束を取りあげた。

「十蔵さん――」

小助が不安そうな顔をした。

「おまえは餞別を頂くより、ここで左衛門佐さまのけらいにして貰った方がいい」

「え⁉」

「お願いしてみろ」

「そんなこといったって――」

小助がためらうと、十蔵が幸村を見詰めた。

「こいつは一本気な男です。生まれ故郷の領主が朝鮮へ出陣する際、いいなずけの兄貴が賦《ぶ》役《やく》を拒《こば》んで、見せしめのため縛り首になった。こいつは義理の兄貴の仇討ちとばかり、その兄貴を柱にぶら下げた侍を鉈《なた》で叩き殺した。すると侍の仲間がこいつの留守に家へ押しかけて来てふた親をメッタ切りにしたそうです。それから村にいられなくなり、諸国を二年程うろついているうちに、半年前におれとめぐり逢い、おれが家康を撃ち殺すのを手伝うといって一緒にくっ付いていましたが、おれには足手纏《まと》いだし、こいつのためにもならなかった。何せおれは銭さえあれば酒びたりで、こいつは食うや食わずの毎日だった」

十蔵は自嘲するように頬をゆがめてから、

「こいつは武士や侍は外道と思っていたが、ここに厄介になってから、考えが変ったそうです。お側に置いて使ってやってください」

珍らしく情感のある言い方をした。

「ここに残って、めし炊きをするか」

幸村は小助に訊いた。小助は膝小僧に握りしめていた両手を、力一ぱい畳にそろえた。

十蔵は翌朝、黙々と浄苔台院を立ち去った。

その夜、宇治川の対岸の向島という所に完成したばかりの家康の新邸宅へ、鉄砲を一発暗《あん》射《しゃ》したくせ者があり、市中の噂になった。

この年は閏《うるう》三月があった。その閏月の三日、前田大納言利家が病歿した。

その晩、こんどは大坂に騒動が勃発した。加藤清正、黒田長政、細川忠興、福島正則、加藤嘉明、浅野幸長、池田輝政の七将が石田三成を襲撃しようと企てたのである。いずれも三成とはかねて不和の武将たちであった。加藤や黒田は特に朝鮮役の論功について三成が水をさしたものと恨んでいた。福島や池田は家康に近い筋で、反対派の主謀者三成を憎んでいた。

三成は諸将の遺恨や憎悪を承知していたから、大坂では、看病にかこつけて寸時も前田利家の枕元を離れなかった。諸将も利家がいるうちは手の下しようがなかった。その利家が逝去したので、七将は好機到来と三成膺懲《ようちょう》の挙にでたのである。

しかし大坂城に仕える侍で三成に恩顧を受けた者があり、クウデターの前に、急を三成に密告した。三成と懇意の佐竹義宣も危機を察知して、石田屋敷へ駈け着け、三成を婦女子用の乗物に匿して大老宇喜多秀家の屋敷へ避難させた。七将は三成の所在を探し廻った。三成は大坂にいては危いと悟り、佐竹義宣と謀って、ひそかに伏見へ急行し、徳川家康の邸宅にはいった。

この事件を知って、治部め死中に活を求めたなと幸村は思った。家康は三成を保護するに違いない。懐中に飛び込んだ窮鳥を殺したのでは、太閤の遺命によって天下の政道を預る徳川の名に傷がつくというものだ。

七将は伏見へ追いかけて来て、三成の引き渡しを、執拗に家康に迫った。家康は七将をなだめて、これに応じなかった。

六日の午後、亜矢が堺から鯨の肉を持って来た。

「紀州舟が今朝、沖で捕って、浜に引きあげた鯨よ。みんなが寺の精進《しようじん》料理に飽きてるだろうから、土産に届けるようにって佐助さんがいったの」

そして亜矢は、小助に手伝わせて、夕食に鯨鍋の支度をした。

「こりゃ美味《うま》い」

三好為三がよろこぶと、

「寺で坊主が肉鍋を突ついてホッペタ叩いてりゃ、仏さまも呆れて逃げだすわさ」

亜矢は笑った。

「よい匂いでございますな」

不意に夕闇の庭から声がした。

「才蔵だね。でておいでよ」

亜矢がよんだ。

霧隠才蔵が木蔭から姿をあらわした。あっ！　と小助が眼をみはったが、

「珍味を相伴《しょうばん》せい」

幸村は言った。

才蔵は人懐こい笑顔で部屋にあがって来ると、六郎と鎌之助の間に割りこんで鯨鍋を囲んだ。食事が終ると、

「ああ、久しぶりに亜矢の給仕でめしを食ったなァ」

才蔵はたのしそうに言ってから、

「明朝六つ、石田治部さまが徳川屋敷をでて、間道より佐和山城へ向かわれます。お見送りをなさるなら、山科《やましな》の里のではずれの辺が恰好《かっこう》かと存じます」

語気を変えて幸村へ告げると、おじぎをして立ちあがった。

「あの野郎、す━っとあらわれて、食うだけ食って、す━っと消えやがった」

鎌之助が鼻の孔をふくらまし、

「いや、あれは鯨鍋の匂いより、亜矢の匂いに惹かれて姿をあらわしたのだろう」

為三は顎《あご》を撫でたが、

「明日は一同して山科へでかけるぞ！」

幸村は才蔵の言葉から悟ることがあった。

翌日未明、幸村は礼装して乗馬で寺をでた。石田三成に先行して山科川ぞいの間道をすすんだ。そして山科から粟田口へ通じる道を、日ノ岡の辺へさしかかると、幸村は馬上で険しい顔をした。いるいる！　と思った。
四、五十騎程のよろい武者が、道の両側にひしめいていた。七将の家臣がここで三成を討とうと待伏せていたのだ。
幸村はゆっくり馬をすすめた。よろい武者たちがざわめきを交した。幸村は彼らの前で馬を停めた。よろい武者たちがざわめきを鎮めた。幸村は彼らを眺め廻した。世にも珍らしいものでも見るように、一人を熟視《じゅくし》してから、次へ視線を移すという眺め方だった。見覚えのある顔にぶつかった。大兵の武士であった。

「これは福島のご家中、今日も甲冑《かっちゅう》の虫干しかな」

幸村は声をかけた。

大兵の武士がたじろいだ。

「この道を佐和山へ帰る石田治部どのに、無法をたくらんでいる輩《やから》がいると噂を聞き、真田左衛門佐幸村は見送りがてら、かかる不届者あれば成敗してくれようとでかけてまいったが、この辺にそのような気配はござらぬか」

幸村に屹と問われて、

「いっこうに存ぜぬ」

福島の武士は呻《うめ》くように答えた。

「それならば安心。つまらぬ噂に疑いを持ってここまでまいったが、そろそろ治部どのも通る頃、ここでお見送りするとしよう」

幸村は言った。

しばらくして三成が二十騎程の家臣に護衛されて道をやって来た。石田の武士はことごとく甲《よろい》を着て武装していたが、三成は薙髪しているためか頭巾をかぶり、質素な旅装の姿であった。そして石田の先駆は、道に屯《たむろ》するよろい武者を見て愕然とした様子だ。

幸村は大きく手をふって叫んだ。

「ここなるよろい衆は真田左衛門佐が知り合いの面々、安心して先へ行かれよ！」

三成の一行は馬を列べて幸村の前を通過した。待伏せのよろい武者たちは、歯ぎしりしながらも、ついに一言の怒りを発することもできず、三成を見送らなければならなかった。

十五　火柱

前田利家が歿し、三成が奉行を解任されて江州佐和山の居城へ隠退してからは、家康のひとり舞台である。

閏三月十三日、家康は向島の邸宅を引き払って、伏見城にはいった。本来、伏見城は秀吉の遺命によって、前田玄以と長束正家が城番として守護することになっていた。しかるに家康は堂々、その城に居館を移したのである。中老堀尾吉晴が、前田玄以の当番日に、玄以をだまして城の鍵を借り、家康を入城させたという。あるいは堀尾吉晴と細川忠興の斡旋で、大老宇喜多秀家と毛利輝元の賛成を得て、家康が伏見城を預ることになったともいう。噂はさまざまあったが、とにかく家康は入城と同時に城番の制度を廃して、伏見城を占有してしまったのである。

「市中にこんな落首が貼られていました。徳川の烈しき波にあらわれて重き石田も名をや流さん」

六郎が笑いながら報告すると、

「おん城《しろ》に入りて浮世の家康は心のままに内府極楽。そういうのもありました」

三好為三も言った。三成の失脚と家康の独擅場を世人が諷《ふう》したものである。

四月十七日、朝廷より阿弥陀ガ峯の秀吉の廟に「豊国大明神」の号が贈られた。

五月には大雨が降って京都に洪水があった。

六月になると酷暑がつづき、大坂市中の辻では毎日、通行人が日射病で倒れているとか、荷駄馬が暑気に狂って奔走し子供を踏み殺したとか、噂が絶えなかった。

その頃、伏見に参向していた諸大名が次々に帰国の途に着いた。大老上杉景勝も会津へ出発することになった。幸村は挨拶に伺候した。上杉家は旅の準備でごったがえしていた。幸村はその中を奥へ案内されながら、廊下の向こうから来る一人の侍童に眼を止めた。黒川冬也であった。幸村は三成腹心の小姓と上杉家で会ったことに小さく疑問を持ったが、冬也は幸村を認めながらみじんも表情を現わさず、軽く会釈してすれ違うと、滑るようなあるき方で廊下を去って行った。

上杉景勝は帷子《かたびら》一枚のざっくばらんな姿で幸村と対面した。

「兼続がこのせわしい折りに、旅立ちの支度を予に押し付けて堺にでかけている。暑いのに閉口じゃ」

豪放な武人は叱咤《しった》するような調子で家臣を指図しながら、そんなことを言った。幸村は上杉家の謀臣、直江山城守がみずから海野屋との交渉に当っていることを知った。

六月早々、ポルトガル船が堺に入港してから、海野屋の新式鳥銃をめぐって、諸家は買取りの工作にしのぎをけずる有様だという。

そして六月十五日の宵、明日は会津へ出発するという直江山城守兼続が、浄苔台院に馬を乗り着けて、皆を驚かした。兼続は幸村と対座するなり、歯に衣《きぬ》を着せず言った。

「堺にまいっていた」

「首尾は？」

幸村もずばりと訊いた。

「さんざんの不首尾だった」

そして兼続は、上杉家が海野屋との交渉に、積極的に乗りだしたのは今年になってからであると説明した。石田三成の要請によるという。三成は初め豊家の莫大な軍資金を運用して、単独で海野屋の鉄砲買占めを計り、徳川と張り合っていた。当時の三成はそれができるだけの立場があった。このため鉄砲買付けに関しては他の大老諸家から反感を抱かれた程だった。しかし前田と徳川が和してから、三成は豊家にも信用を失しない、その財力を引きだすことはむずかしくなった。そこで上杉家と盟友で、堺の有力者に縁故の多い小西行長を誘い、三者共同して、海野屋との取引きを計ろうとするうちに、三成失脚の事件があった。

「こうなると買占めどころか、徳川の鉄砲独占を防ぐため、たとえ五百挺、千挺でも引き取りたいと奔走してみたが、商人とのかけひきは、合戦のようにはいかぬ」

兼続は言葉をつづけて、

「小西摂津（行長）も納屋衆《なやしゅう》をはじめ、ずい分と諸方に取引きの仲立ちを頼んで廻ったようだが、何せ徳川には今井宗薫という忠義者がいて、堺の町中を裏で操《あやつ》っているので、どの筋からも、海野屋を動かすことはできぬ」

「すると？」

「あとは海野屋の一存に任せる他はない」

兼続は幸村を見守りながら、思いだしたように扇を使った。上杉家の謀将は自分に何を言おうとしているのか？　幸村は次の言葉を待った。

「今夕は、上杉中納言の帰国に際して、早々に挨拶を頂戴したお礼に伺った」

それから、

「みちのくは、はるばる遠い。会津は別天地だ」

兼続は言った。

別天地！　その言い方に、上杉家は領国において、他の何者とも一線を画《かく》した自立を守るという誇りが感じられた。兼続はそして、

「うだる暑さなれば、そこもとも、さぞかし信州の涼風が恋しかろう」

微かに笑いを含んだ眼で幸村に訊いた。

「帰りとうございます」

唐突に幸村は上田城に吹く太郎山おろしの涼風と、千曲川の清冽《せいれつ》な瀬音を心に感じた。その心を、武勇の誉高い真田の家名が大きくゆさぶった。

「しかし、気にかかることが一つありますゆえ、まだ帰れませぬ」

幸村は強く兼続を見返した。石田三成も直江山城守と小西行長も、海野屋の鉄砲が始末できないならば、自分が片付けてやろうと思った。徳川への挑戦が、この時初めて、鮮烈な闘志で幸村をつつんだ。

幸村は鎌之助と為三と小助を、堺の猿飛佐助のもとへ先発させた。そして正式に中老へ帰国届けを提出した日、六郎に浄苔台院の宿舎の引き払いを命じると、一人で東福寺へでかけた。

京五山の一に数えられる禅寺の境内の静寂には、蟬の声が沈澱《ちんでん》していた。小径を奥へ辿れば、緑陰から降りそそぐ蟬時雨《せみしぐれ》に、しとど濡れる想いがした。

古びた僧房では、樋口四角兵衛が半眼を閉ざして打坐していた。その前に三好清海の巨体が後ろ姿を見せて坐っていた。幸村の不意の訪れを、清海は頭を垂れて迎えたが、四角兵衛は微動だにしなかった。幸村は四角兵衛の経机に位牌が一つふえているのを認めた。「信州小県郡武石村、俗名しの、行年七十一歳」としてあった。幸村は牛が背山に葬った老婆、血のつながる祖母の名を初めて知った。

「四角兵衛、わしはおふくろ様のことが知りたい。だが無理にせがむことは止めよう。わしの心がそちに通じ、そちがすべてをわしに語る気持になる時を待とう。また尋ねる日まで達者にすごせよ」

幸村は静かに言った。自分を説得する言葉でもあった。それから、

「清海、年余に及ぶ役目、ご苦労であった」

「お役に、立ちませなんだような――」

清海の髭づらには意外に落着いた印象があった。僧房に参籠《さんろう》している間の精進のせいかもしれない。

「よいのだ。その方にはまた荒法師に還って、力を貸して貰わねばならぬ」

幸村は大入道をともなうと、東福寺をでた。そして、その日のうちに伏見を離れた。

猿飛佐助らは堺の大浜にアジトを設営していた。昔は漁夫の網小屋だったというがらんと

した建物で、土間の半分に板床を急造し、古畳や蓆《むしろ》を敷き、裏に板囲いの馬小屋までこしらえて、幸村の到着を待っていた。

　幸村はさっそく佐助の案内で、港を視察にでかけた。大小の和船から離れて、一と回り大型のポルトガル船が碇泊《ていはく》していた。

「荷運び人足や艀《はしけ》の連中を十人ばかり手なずけて、ゆだんなく見張っていますが、あの船は入港して半月以上たつのに、まだ鉄砲を陸揚げしていません。それを始めたら、運んだ先に、海野屋の隠し蔵があると思います」

「ペトロとか申すポルトガルの商人が来ていないか」

「海野屋の別宅に泊っています」

　言ってから、

「そうそう、海野屋の配下になって働いていた甚八という遊芸人が、近頃、加減が悪いといって家に閉じ籠っています」

　佐助が報告した。幸村は佐助の案内で、甚八の住居を尋ねた。甚八は乳守の傾城《けいせい》町の小路の奥に瀟洒《しょうしゃ》な一戸を構えていた。幸村が小路にはいって行くと、甚八の住居から笛の音が流れていた。変った音色の笛だった。その笛が単調だがひどく物悲しい節廻しの曲を奏していた。幸村が住居の戸を明けると、笛の音は止った。甚八があらわれて顔を硬くした。

「聴き馴れぬ笛の音に誘われて来た」

「これは明国の笛、明笛《みんてき》でございます」

「今一曲、聴かせてくれぬか」

「厭とお断りしても、お帰りにはなりますまいな」

「風流の遊びを教えてほしいのだ」

甚八は短く考えてから、幸村を座敷へ招き入れた。

「ご用はなんでございます？」

「りんは達者か」

「はい」

「海野屋の別宅にペトロが泊っているな」

「はい」

「りんはまた日ごと夜ごと、紅毛人に抱きすくめられているのだな」

甚八が眼をそらした。

「思いだしたぞ。リンサン、アーマウン！　リンサン、アーマウン！」

甚八の顔が苦渋《くじゅう》に曇った。

「なぜ、りんを救ってやらぬ？」

「わたくしにはかかわりございません」

「偽《いつわ》るな。その方は、りんを想っている」

「おかしなことを、おっしゃいますな！」

「りんは生贄《いけにえ》になっている。紅毛人の人身《ひとみ》御供《ごくう》にされている」

甚八が眸を落とした。顔色は真蒼だった。

「海野屋とペトロの商談がこじれているな」

幸村がかまをかけると甚八はうなずいた。

「理由は？」

「ペトロは鉄砲の代償の一部として、りんさんを譲ることを要求しています。りんさんを異国へつれて帰るつもりです。りんさんはそれだけは厭だといっています。どうしてもつれて帰りたければ、屍《かばね》を土産になさいと、舌を嚙み切る覚悟なんです。海野屋の旦那は他の女をすすめたが、ペトロは諾《き》きません。ペトロはつむじを曲げて積荷を渡さず、旦那は困っていますけれど——いずれは、りんさんを説き伏せることでしょう。旦那はそういう人ですから！」

「海野屋に任せず、その方がりんを説き伏せる。一応ペトロのいうことを承諾して、鉄砲の陸揚げがすっかりすんだら、りんを海野屋からだせ。その時がりんを救う唯一の機会だ。わしが加勢してやる、その方がつれて逃げろ。堺を抜けだせば、紅毛人は追いかけては来ぬ」

そして、

「りんは今も生きた人形にすぎぬが、屍にしてはならぬ。そうなる前に人形を救いだして、その方が心を甦らせてやるのだ」

幸村は声を励ました。

「鉄砲舟だ！　鉄砲舟だ！」

子供たちが声をあげた。海野屋の屋号を赤地に白く染め抜いた幕で積荷を覆った艀《はしけ》が、堺港のポルトガル船を離れ、住吉浦を廻って大和川を遡《のぼ》って行く。一艘に百挺の鉄砲が積んであって全部で十六艘。これだけあれば海野屋の蔵は小判でいっぱいになるだろうと、大人たちも艀の列を見送りながら噂している。

夕凪で風が死んだ。堺の夏のたそがれは、いっとき蒸《む》すように暑い。

海野屋の別宅で、明笛が陽気に鳴っている。紅毛人が訳の判らぬ歌を唄い、女たちが笑いさざめく。ペトロをはじめポルトガル船の船長や士官を招待しての饗宴《きようえん》である。

やがて宵闇のただよう門へ、人影が賑やかにでて来た。りんさんお幸せに！　とか、船が泊っているうちは遊びに来なさいよ！　とか女たちが声をあげた。海野屋が余りうまくないポルトガル語で、客と挨拶を交した。

「リンサーン、リンサーン」

駕籠を覗いてよんでいるのが、ペトロだろう。そして紅毛人たちは駕籠を取り巻き、見送りの者につき添われてあるきだした。

突然、辻の暗がりから大入道があらわれた。

「なんだ？」

見送りの男たちがとがめたとたん、うおーっ！　と大入道が唸りを発して暴れだした。男たちが悲鳴をあげて逃げ散った。ペトロが何か鋭く叫んで短銃をとりだした。その背後から別の大入道が棒をふりおろした。船長が蹴転ろがされ、二人の士官は地べたに投げ付けられて、オオ！　オオ！　と泣き声をあげた。

「退けっ」

低い合図で、くせ者はたちまち姿をくらました。しばらくたってから、

「しまった、りんさんが攫《さら》われた」

男たちが騒ぎだした。

りんは震えていた。胴震いが止まらず、腰はがくがくして立っていられなかった。大浜の網小屋のアジトである。男の子のように凛々《りり》しい黒装束の若い娘が、湯呑に水を注いでくれた。受け取ると手が震えて水がこぼれた。それを見た娘は、うふっ、と笑ってから、

「覚悟してたんだろう！」

いきなり、りんの背中を手でどやした。りんは湯呑を落としたが、ふしぎとそれで身震いが治まった。

「ほら、止まったろう。しゃっくりみたいなもんさ」

娘はまた、うふっ、と笑った。

「亜矢、乱暴するな」

りんを背負って逃げてくれた侍が言った。鎌之助だ。

砂を踏む音がした。

幸村を先頭に六郎、三好兄弟、佐助が甚八をつれて帰って来た。佐助も黒装束だった。小

助が握り飯を山程も盆に盛って来た。

「こっちへおいでよ」

亜矢が甚八とりんをよんだ。皆はよく食べた。残った握り飯は、小助が等分に経木《きょうぎ》に包んで皆に配った。

「さて、夜襲のお手配は？」

為三にうながされて、幸村が一同に告げた。

「庭井の里にある海野屋の隠し蔵には三十余人の屈強の番人がいる。今は商人に雇《やと》われている牢人だが、いずれも戦場往来の経験ある武士だ。加えて服部半蔵の手の者七、八人も、ひそかに見張りに当っている。皆がこの者たちをおびき寄せている隙に、佐助と亜矢が蔵へ忍び込んで火を放つ。煙硝が暴発し始めたら、皆は退散しろ。各自が勝手に逃げだせ」

「こんど落ち会う場所は？」

鎌之助が訊いた。

「信州上田城下、わしの屋敷だ」

そして幸村は六郎をかえりみた。六郎が皆にかなりの額の金子、銀子、銭をとりまぜて同じように配った。甚八とりんにも与えた。

「こいつは殿がご乗馬を売った金じゃねえか⁉」

鎌之助が鼻の孔をふくらませた。

「馬はいらなくなったから売った。これは上田で会う時までの支度金だ」

幸村は言った。

皆は大浜から小舟で沖へでた。

「せめてこの位のお手伝いはさせてください」

甚八が言って櫓《ろ》を漕いだ。山国育ちの幸村には、たまさかに眺める海の夜空が珍らしく、美しかった。濃く暗く無限に高い天涯から天涯へかけて、乳色の天の川が茫々と流れていた。小舟は堺から住吉浦へでて、大和川の河口にはいった。幸村は小舟を岸に着けさせた。

「小助と甚八とりんは、ここで舟を降りて、大坂へ行け、頼る先があればそこを尋ねるもよし、身を寄せる所がなければ上田へまいれ」

「おれは舟を降りない。おれだって侍の一人や二人は叩き殺せる」

小助が抗議した。

「侍を殺しに行くのではない。皆は三千六百挺の鉄砲を吹き飛ばしに行くのだ」

「つれて行ってください。お願いです」

「危い仕事だ。それに海野屋の隠し蔵をこっぱみじんにしたその時から、わしも皆の者も、徳川方にそれこそ不倶戴天の敵と憎まれ、付け狙われることになるのだ」

「いのちなんかいらねえ！　お殿さまのお供がしたいんだ！」

利かぬ気の若者は涙声で訴えた。

「つれて行きましょう」

鎌之助が取りなした。

「わたしもお供させてください」

甚八が頼んだ。

「ならぬ！」

そして、

「甚八はりんをいたわってやれ。りんは悪い夢を早く忘れるのだ」

幸村は二人を残して岸から舟を離した。こんどは佐助と亜矢が櫓を漕いだ。

「ゆれるな」

鎌之助が言った。

「文句があるなら自分で漕いでみろ」

亜矢が佐助と櫓を操りながらやり返した。

「自分で漕げねえから、ゆれても我慢して乗ってやっているんだ」

「言ったね！」

「亜矢」

佐助が雌豹をたしなめた。

庭井の里は大和川が河内国へはいる辺の川岸にある田舎びた小部落である。皆は佐助と亜矢を先頭に岸へ飛びあがると、蛍の点滅する葦むらを横切った。里の北側に低い丘陵があった。海野屋の秘密倉庫は、その丘陵の蔭に五棟あって、高い柵《さく》を巡《めぐ》らし、一カ所だけの入口に番小屋があり、その奥に番人長屋が二た棟あった。

三好清海が、では！　と言うように鉄棒をあげて、柵の入口に近づいた。

「えーい！」

気合と共に激しい音がして、入口の木戸を鉄棒で突き破り、打ち壊しだした。番小屋から人が飛びだして来て何かわめいた。長屋に灯がついて、牢人たちがおっ取り刀で駈けでて来た。六郎が清海の加勢に走った。そして二人を囲んだ人の渦が闇に入り乱れた頃、

「出あえい！　くせ者ぞ！」

三好為三がみずから名乗りながら、柵の一角を踏み壊しだした。牢人たちがやかましく声を交しながら、為三をも取り巻いた。鎌之助が加勢に走った。

幸村は数人の黒い影が、闇に跳躍するごとく、どこからともなく駈けつけて来るのを認めた。

「忍者だ！　用心せい！」

幸村は叫びながら、黒い影へ突進した。影が跳ねあがり、白刃がきらめいた。こいつらは苦が手だ！　そう思いながら、しかし幸村はためらわず黒い影と闘った。忍者を一人で引き受けた。切らなくてもよいのだ。倒さなくてもよいのだ。時をかせげばよいのだ。

まだか佐助？

引きつけておけばよいのだ、いざなっていればよいのだ。時をすごせばよいのだ。

佐助おそいぞ！

その時、丘陵の蔭から火柱が噴きあがり、轟音が耳をつんざき、爆風が顔を叩いて吹き通った。

「ひけ！」

幸村は叫んだ。

また一条の火柱が暗天を突きあげた。

「退散！」

幸村は叫んだ。

つづいて爆音一発！　さらに一発！

「引きあげじゃ！」

幸村は叫んで走った。

そして幸村の周囲を幾人もの牢人どもが、何かわめき交しながら一緒に走っていた。火薬の爆発は彼らにとっても恐ろしいことに違いないのだ。幸村は牢人どもの多くが、殆んど裸に近い恰好であることを認めた。むし暑い晩なので、衣服を脱いで寝ていたようだ。火柱が噴きあがるたびに、牢人どもが裸の背を丸め、刀を担《かつ》いで逃げる様子が闇に照らしだされた。裸の背中がいやにテカテカ光って見えるのは、人肌の脂《あぶら》と汗のせいだろうか。幸村はひたすら走りながら、左右に見えるそうした牢人どもの後ろ姿を、なんとなく滑稽《こっけい》で少しばかりうらやましく思った。暑い！　暑い！　脚にまで流れる汗に袴がもつれる程で、自分も裸になって走りたかった。

駈けつづけるうちに、やがて幸村は只一人になったことに気付くと、歩を停めた。荒々しく呼吸しながら、遠のいた丘陵の下に赤々と燃える炎をふり向いた。炎の中で、まだ時折小爆発が起こっていた。

「とうとう、おやりになりましたな」

不意の声に、幸村は屹と闇をすかした。黒い影が距離を置いてたたずんでいた。

「霧隠才蔵だな⁉」

幸村は険しい語気で刀をとり直した。

「あいや、そのご懸念には及びません」

才蔵は言って、短く遠い炎を眺めてから、

「徳川があれ程ほしがっていた鉄砲も、これでおしまいか。さて困ったことになったぞ」

微かな笑いを残して、すいと黒い影を草原の夜に溶かし去った。

「ふーむ」

幸村は唸った。全身の汗がひくのを感じた。

幸村が海野屋に挑んで危険な商品を焼き払ったことは、その商品を最もほしがっていた徳川に挑んだことでもあったのだ。さて困ったことになったぞ、と言う才蔵の暗示的な警告で、幸村はそれを悟った。

全く困ったと、幸村は思った。海野屋の三千二百挺の新式鉄砲と大量の強力火薬は、あの爆発と炎の中で消え失せた。しかし、その分量だけの敵意と憎しみが、同じ爆発と炎の中から湧き起こり、燃えあがり、改めて幸村をつつんだようだ。計らずも巨大な敵の憎しみが。幸村は刀を収めてあるきだしながら、徳川家康！　徳川家康！　徳川家康！　その名をしんとした心にくり返した。

十六　渦

るいは陽の高いうちに山畑の麻蒔きを終えた。郷主屋敷へ帰って、土間を覗くと、厨《くりや》で下女と夕食の準備にかかっていた丑右衛門の妻が、おばばさんなら裏の畑にいると教えた。るいは野良着のまま裏庭へ廻った。みのが菜園の片隅にうずくまっていた。るいがあゆみ寄るのも気付かず、何か熱心に地面を見詰めていた。るいは声をかけようとして、ちょっと息を止めた。ああ、またあんな顔をして！　と思った。みのは汗のにじむ額に険しいしわをよせ、眼をつりあげ、頬を引き吊らせていた。両腕のない老女が時々ふと見せるそんな表情に、るいはいつも夜叉《やしゃ》を感じた。無気味であった。

「おばばさん、どうしたんです？」

「蟻地獄ですよ。ごらんなさい、大きな黒蟻が、ずるずると地獄の底に引き込まれ、もがき苦しみながら食い殺される。わたしも地獄の責苦に遭ったことがある」

言ってから、

「わたしにも、地獄の責苦を思い知らせ、食い殺してやりたい敵《かたき》がいる」

みのは言い直した。呪詛《じゅそ》する語調が、るいには怖かった。

「お風呂にはいりましょう」

誘うと、

「すみませんねえ」

ふり向いて立ちあがったみのは、もう夜叉の顔を消していた。みのは、幸村からの預り人ということで、郷主屋敷では大切に扱われていた。るいが、さながら幸村に命じられたごとく、傷養生から一切の世話を、すすんで引き受けていた。

るいは体の不自由な老女を、誰よりも先に風呂に入れた。着物を着替えさせ、脱いだ物を井戸端で洗濯した。それから自分はまた裏庭の菜園へでて、大根を蒔《ま》いた。明るいうちは外で働くことが里の女の習慣であった。丑右衛門が召使いの男女をつれて、田の草取りから帰って来ても、るいはまだ菜園にいた。

不意に土間の方が騒々しくなった。皆が沸くような声をあげている感じである。そして下女の一人が裏庭へ飛びだして来ると、けたたましくるいをよんだ。

「早く早く！　お殿さまがお帰りになりましたよ！」

幸村は草鞋《わらじ》を脱ぐと、湯殿で汗を流した。丑右衛門の妻が支度しておいた真新しい麻帷子《あさかたびら》を纏って、囲炉裏端にくつろいだ。みのが前に来て平伏した。

「傷は痛まなくなったか」

「ご恩は、手があれば合掌しておがみたいばかりでございます」

「礼などよい」

そして、

「誰も挨拶などいらぬ。久しぶりに信州の酒が飲みたい」

幸村は朗《ほが》らかだった。

丑右衛門の娘が酒を捧げた。

「一年余も京伏見に滞在したが、そち程のきりょうよしはいなかったぞ」

幸村は真面目くさって言った。からかわれた娘は赧くなって厨《くりや》へ去った。丑右衛門の妻が膳をすすめた。ぜんまいの煮漬け、野蒜《のびる》の味噌あえ、山芋、どじょう汁。どれもこれも幸村には美味かった。同じ部屋の隅で、召使の男女たちも交替で夕餉を始めた。るいが両腕のない老女の前に膳をすえ、食事をさせてやっていた。幸村が注いでも、るいの方は見向きもせず、みのの口へ箸でていねいにめしを運び菜《さい》を与えることに専念していた。

幸村は丑右衛門と農事を話題にして酒を汲んだ。丑右衛門は決して幸村に上京中の土産話しをねだらなかった。

「望月六郎は来なかったか」

幸村はさりげなく訊いた。

「お越しになりませぬが――？」

「では、あとから来るだろう」

それから、

「他にも五、六人ここに尋ねて来る者があるかもしれぬ。来たら世話を頼む」

「かしこまりました」

この場合も丑右衛門は何一つ質問せずにうなずいた。

「たのしい酒だった」

幸村は盃をおいて立ちあがった。丑右衛門の妻が送って行こうとするのを止めて、一人で寝室にはいった。るいが灯の傍で、小さな火桶に蚊いぶしを焚いていた。幸村は大刀を床の間の刀掛けに直すと、るいに近づいた。るいのびっくりした表情を認めながら、自分で灯を消した。暗がりの中でるいを褥《しとね》に引き入れた。

「この肌が恋しかったぞ。恋しゅうてならなかったぞ」

幸村はるいに没入することでたしかに真田領に帰着したというよろこびとやすらぎを、確認したかった。るいは幸村の体重に覆《おお》われると、身を縮めて震えだした。女体が喜悦を訴えるそれではなく、不安に駆られている者のおののきのようであった。幸村にはそう感じられた。

「なぜ震える?」

訝《いぶか》ると、るいはおずおずと体を開いたが、やはり身震いは止めなかった。夜の庭で、かまきりに襲われた蟬《せみ》が、短く悲鳴をあげた。

三好為三は短く悲鳴をあげて眼が覚めた。

「どうしたの？」

添寝《そいね》をしていた女が、だるそうに上体を起こした。

「夢か」

為三は脂の浮いた顔で呟いた。五体が木っ葉みじんに吹き飛ばされそうになる夢だった。あの時のことが、まだ頭に残っているせいだろうなと、為三は嘆息した。暗天を突く火柱と轟音！　横つらをひっぱたく熱風の煽《あお》り！　危険は覚悟していたが、火薬の爆発があんなに恐ろしいものとは知らなかった。喧嘩、刃傷沙汰、なぐり合い殺し合い、の経験は数え切れない程だが、こんどばかりは命知らずを自負していた胆っ玉がすくんだ。

「怖かったなあ」

為三の本音《ほんね》である。

「怖い夢で眼を覚ますなんて、子供か、それともよほど悪いことをしたやつさね」

女が笑うと、裸の胸に垂れさがっている大きな乳房がゆれた。

「ほざくな」

為三は女の乳房を弄《もてあそ》んだ。

懸命の働きをやってのけた褒美《ほうび》は女に限る。女！　女！　大坂三郷の傾城町、遊女屋をもう半月近く泊りあるいた。江戸の遊里へ来て、この娼家に居つづけてからでも三日になる。

隣りの屛風の蔭で、鎌之助が鼾《いびき》をかいている。あの場を退散する時から二人は一緒だった。由利カマも最初から、運よく生き延びたら、したい放題好きなことをするつもりだったという。あいつは酒と女だが、おれは女一本槍だ。悪夢の後味を清めるには女が一番だ。

「なァ」

為三は女の乳房を弄びながら、脚で脚を絡《から》んだ。

「また⁉」

女が呆れた眼をした。

「おまえは本気にならなくてもよい」

「本気になるなといったって、口に飴《あめ》をねじ込まれたら、やっぱり甘いさね」

「そういえば、おまえはよだれが多いな」

「生臭《なまぐさ》坊主――」

この女にもそろそろ飽きた。明日は相手を変えるか、それとも場所を変えようか。金はまだ沢山ある。そう思った時、唐突に為三の瞼を望月六郎の顔が掠めた。

――これは殿がご乗馬を売ってこしらえた支度金だ。信州で会う時まで大事に使えよ。

その言葉が耳の底に甦ると為三の胸はチクリと痛んだ。為三はあわてて眼をつぶると、望月六郎を瞼から追い払うように、女の上で唸った。

望月六郎は薄い古布団の上で唸った。傷口に固着している繃帯を剝《は》がされる痛さは、耐え難い。小助が腫れあがった肩や腋《わき》の下を指で軽く押して、眉をひそめた。

「どうだ？」

訊くと、

「まだ、ひどいです」

小助は新しい布に金創膏《きんそうこう》を延ばして傷口に貼り、繃帯を巻いた。まだ熱があるせいか、膏薬の吸い出す血膿が乾いて、繃帯を傷口に固着させてしまうから、日に二回それを替えるたびに難儀する。

海野屋の隠し蔵を奇襲した時、右の肩先に受けたかすり傷が、一日一と晩のうちに化膿して、こんなに悪くなるとは思わなかった。すぐに洗えばよかった。浅手と軽く考え、乱闘後の汗と埃と垢にまみれた恰好のまま、京街道を枚方《ひらかた》の宿《しゆく》まであるき通したのがいけなかった。道中どこかで幸村に邂逅《かいこう》したいと、気がせいていたが、旅籠《はたご》に一泊した翌朝は、もう身動きができない有様だった。肩の傷は腫《は》れあがり、腋から首筋へかけてしこりができ、背中一面がまるで硬直して、腹這いに寝ていても、傍を人が通るだけで劇痛を感じる位だった。高熱を発し悪寒《おかん》に悩んだ。小助と共に退散して来てよかったと思った。無口で誠実な若者は、よく看病してくれた。

――あれからやがて半月になる。

六郎は右肩の傷を左手で抑えながら、右腕をゆっくり廻転させた。これでも、ずいぶんらくになったのである。

——殿はすでに真田領へご帰着になったことだろう。長窪村の郷主屋敷においでになるか、それとも、お城下の屋敷におはいりになったろうか。

幸村を偲《しの》ぶ六郎の心に、理由もなく、るいの面影が横切り、そして浪姫の清楚《せいそ》な容姿と、くみの健康そうな姿が浮かんで来た。ああ、信州へ帰りたい！　と思った。

晴天の昼下りの木賃宿は閑散としている。土間を挟んで北側が板敷の合部屋で、壁際に蚕棚《かいこだな》に似た二段の寝床がある。南側は薄板で仕切った小部屋が並んでいる。旅人はここに泊って、宿から温湯を貰い、携行食の干飯《ほしい》をひたしてから食べる。宿賃として、その温湯を沸かす薪木代つまり木賃を払うから、木賃宿というのである。

「粥《かゆ》が煮えました」

小助が土鍋を持って来た。食欲はなかったが、六助は無理に箸をとった。

「食べた方がいいです。食べて体が元気になれば、傷だって早く治ります」

小助が六郎を力づけた。

「全く早く治りたい。早く帰国して、早く殿のお側にお仕えしたい」

六郎は焦《あせ》りを抑えて言った。

幸村は焦りを抑えて六月末まで長窪村にいた。他の者はとにかく、望月六郎が帰って来ないのはおかしい。

七月早々、幸村は郷主屋敷の野良馬に鞍をおいて、上田へでかけた。まっすぐ城にはいり、父昌幸に対面を乞うた。高梨内記が幸村を天守櫓《てんしゆやぐら》に案内した。

昌幸は櫓の上で窓辺に立って外を眺めていた。昌幸は父の背中に対して、作法通り帰国の挨拶をした。昌幸はふり向きもしなかった。幸村も在京中の出来事は、その都度、詳細な報告書を欠かさず送っていたから、話すこともなく、黙って坐っていた。やがて昌幸は、東の窓から南の窓へ歩を運びながら、

「商人が所有する多数の鉄砲を焼き棄てたそうな」

ふと感情を示さぬ語気で言った。

「は⁉」

幸村は驚いた。海野屋の件は秘密にやってのけたはずなのに、しかも自分がまだ告げていないのに、父が知っているとは意外である。そして昌幸は、なぜそんなことをしたか？と問いただすように、初めて幸村をふり返った。幸村は答えた。

「どこの雄家が買取っても、戦場でより多くの人命をそこなうだけの危険物と考え、誰の手にも渡さぬように、ひそかに始末しました」

「ひそかに、な」

昌幸は揶揄《やゆ》するように言ってから、

「焼き棄てることより考え付かなかったか」

「は？」

「類のない鉄砲ということだが、焼き棄てるに際し、何挺でも分捕って帰れば、大きに役に

立ったものを！　どうせ憎まれるなら、おのれの利を計るものだ」

そして昌幸は、さがれというふうに手をふると、西の窓へ歩を移した。幸村は父の後ろ姿に頭をさげて、高梨内記と共に天守櫓を降りた。本丸の内苑を大手門へとあるきながら、内記が説明した。

「大谷刑部《ぎょうぶ》さまと、沼田の伊豆守さまより、使いが参りました。大谷家へも沼田へも、徳川より時ならぬ挨拶状が届いたそうです」

「挨拶状？」

「真田家ご名代の行状が、堺の商人にいたく憎まれているという告げ口でございますよ」

幸村は父が不機嫌だった訳を知った。本多正信が、幸村を牽制《けんせい》するため、いずれは幸村の舅になる大谷吉継と、真田一門で只一人だけ徳川に近い筋の兄信幸を通じて、昌幸に圧力を加えて来たのだ。霧隠才蔵め！　と幸村は今さらのように腹を立てた。あの時の秘匿行動を彼に知られたことが、改めて悔《く》やまれた。

幸村は城下の屋敷に寄らず、内記から乗馬を借りると、乗って来た野良馬を引いて長窪村へ戻った。

里は苧《からむし》を刈るのに忙しい季節であった。繊維を取って織物を作る草である。「苧麻」とも書くように、農家では麻に準じて大切にする。幸村も郷主屋敷の男女と共に働いた。

その日の昼近く、丑右衛門が畑へ来て、幸村を呼んだ。

「お城下から珍らしいお使いでございます」

丑右衛門の横に、くみが佇《たたず》んでいた。山里の小娘は見違えるように女らしくなっていた。

くみは畑を横切って幸村に近づくと、刈ってある苧に膝《ひざ》まずいて、

「ご帰国、おめでとうございます」

礼儀正しく挨拶を申し述べた。そんなところも一年前とは見違えるようであった。

「小太郎は元気か」

幸村は問うた。

くみはそれに答えず、キラキラする眸で幸村を仰ぎながら訊いた。

「お城下には、いつお帰りになりますか」

「ここの用がすんだら帰る」

「お城下では果せないご用ですか」

「そちが口を挾むことではない」

すると、くみの眸から急に泪があふれた。くみはその泪を拭おうともせず言った。

「上田にお着きになったと、高梨内記さまよりお知らせのあった日、浪姫さまはどれ程およろこびになったことか！　どれ程お屋敷でお待ちになっていたことか！　一年余もお留守の間、浪姫さまは来る日も来る日も、お殿さまのご無事をお祈りしておいでになったものを——」

くみの泪に、幸村は面喰らった。

「もうよい」

そして、

「せっかく来たのだ。そちも久々に、わしと一緒に苧を刈れ」

くみは首をふった。

「日のあるうちに上田へ戻らなければなりません。すぐおいとまします」

一礼して立ちあがった。青々とした苧畑を、うなだれながら去るくみを見送って、幸村はほろ苦いものを噛みしめた。ふたたび畑仕事に取りかかってから気付くと、先刻まで傍で働いていたるいが、姿を消していた。

夕方、郷主屋敷で風呂を浴びた幸村に、新しい下着や衣服が支度してあった。

「浪姫さまが、くみさんをお使いにお届けくださいました」

丑右衛門の妻が言葉少なく報告した。

夕食を終って寝床にはいると、幸村はまた小さく面喰らった。褥《しとね》に蚊帳がつってあった。これも浪姫が、くみに持って来させた物であろう。幸村は胸を掠める淡い情感を振り棄てるように、るいの手をとって蚊帳をくぐろうとした。

「おゆるしください」

るいが低く言った。

「ならぬ」

幸村はるいを叱って、褥に引き入れた。

これではならぬ！　鎌之助は自分を叱って、褥に坐り直すと、盃を手放した。

「もっとお酒を飲む？　それとも寝る？」

同じ褥に自堕落《じだらく》な恰好で寝そべっていた女が、あくびをしながら訊いた。鎌之助はそれにかまわず、隣りの屏風へ声をかけた。

「為三」

「なんだ？」

「相談がある」

「待て待て、今、勝負の真中だ」

そして屏風の蔭から、女の作り声が、白昼の澱《よど》んだ空気をみだらにくすぐった。

仕様のねえ坊主だ！　鎌之助は舌打ちして、無意識に盃へ伸ばしかけた手で自分の膝を叩いた。江口から淀の支流神崎川を神崎、蟹島と遊び下って、とうとう河尻の里まで来てしまった。浪華津《なにわづ》の海が見える娼家に泊って二日目である。

「まだすまねえか」

鎌之助はうながしたが、為三は返事もしない。そして鎌之助が苛ら立っているのを見ると、女がにじり寄って、

「向こうは向こう、こっちはこっち」

腰に腕を廻した。鎌之助はその腕を払いのけた手で、ついでに女の臀《しり》を思い切りひっぱたいた。

「痛い！」

女が悲鳴をあげた。

「為三、押しかけるぞ」

鎌之助は叫んで立ちあがった。隣りの屛風の蔭へ踏み込むと、

「やっと勝負がついたところだ」

為三が身を起こして汗を拭き、裸の女は衣裳を抱くとあわてて姿を匿した。

「あいつ中々の手技足技《てわざあしわざ》を使いおる」

為三がニヤニヤした。

「おい坊主、本気で聞け」

鎌之助は真顔だ。

「おれたちは、殿に試されているような気がする」

「何を試されているんだ？」

「例の仕事をする前、殿はおれ達に過分の支度金をお配りになった。首尾よくいったら、めいめい勝手に逃げだせということだった」

「あの場から、そろって退散はできまい」

「殿は次に落ち合う場所をお示しになったが、いつまでに集れとは、お決めにならなかった」

「おのおの都合があることを、お見越しになったからだろう」

「その都合をよいことに、おれとおめえは、一と月余りも遊び呆《ほう》けている」

「懸命の働きをしたんだ。多少の道草はおゆるしくださるさ」

「そこだ！　殿はおれたちが、もう二度とお側に集らなくてもいいと、お考えになっているかもしれねえぞ」

「妙なことを言いだしたな」

「望月六郎を除けば、他の者は真田家譜代《ふだい》の家臣でもなく、上田城に仕える侍でもねえ。おれたちは殿、殿とよんでけらいづらをしていたが、殿の方はおれたちを本当のけらいと思っていたかどうか。だから、厭なら、このままあとは勝手にするがよいと、みんなの気持を試してみたに違いねえ」

　そして、

「真田左衛門佐さま一のけらいともあろう者が、うっかりしていた。為三坊主、すぐに信州へ発とう」

　鎌之助は鼻の孔をふくらました。

「そういえば、ちと遊びすぎたかな」

　三好為三は、顎を撫でながら、こっそりと支度金の残りを計算した。

　――そういえば、またしても、ちと飲みすぎたかな！

　三好清海は酒壺を撫でながら、こっそりと懐中の金を計算した。

「亭主」

起きあがってよぶと、

「坊さま、眼が覚めたかね」

居酒屋の主人が部屋にはいって来た。

「酒代はいか程になる」

「へい」

主人は酒壺を振ってみて、空らになっているのを確かめると、眼を丸くした。

「昨日の今頃から四升も飲みなさったとは！」

「丸一日で四升なら、まだ大したことはない」

そして清海は銀子で勘定を払うと、居酒屋の離れをでた。道をあるきながら、もう奈良までは酒を飲むまいと思った。いや奈良に着いても酒はいかん。信州真田領まで酒を断《た》って直行しよう！　と幾度目かの決意をした。

あの夜、清海は暗がりを走るうちに大和川へでた。気が付くと一人になっていた。川ぞいの道を上流へいそいだ。河内国を抜けるまでは一ぺんも休まなかった。大和国にはいり、王寺の小さな町へ辿り着くと、路傍に大構えの家があった。水を貰いに立ち寄ると、その家は酒倉であった。清海は水の代りに、酒を一升買った。咽喉がしびれた。もう一升買った。正に甘露《かんろ》であった。また一升買った。美味かった。そのまま酒倉に泊り込んで、久しぶりに極楽気分に浸った。酔が醒めると四、五日たっていた。これはいかんと王寺を離れた。隣りの斑鳩《いかるが》の里へ来ると、竜田《たつた》神社の前に小さな木賃宿があった。めしを炊いて貰おうと厨《くりや》を覗くと、酒壺があった。めしが炊けるまでと飲んだ酒が、またしても清海を夢心地にした。気が付くと三、四日たっていた。あわてて木賃宿を発ち、ものの幾十分もあるかぬうちに、ホロ味噌売りに出逢った。昔から南都の古寺で、僧がこの味噌を舐めながら法論をたたかわしたというところから「法論味噌」の名ができ、それが訛《なま》ってホロ味噌とよばれるようになったのである。清海はかつて畿内を放浪中、しばしば奈良に来たことがあり、ホロ味噌が酒の肴に最適であることを知っていた。つい味噌売りをよび止めた。そして肴を手に入れたのだからと、さっそく近くの法隆寺の宿坊に寄って、磐若湯《はんにゃとう》を求めた。ここでも四、五日すごした。それから片桐を経て郡山城下まで、清海は何度、何カ所で大鯨になったことか。さすがに気がとがめて、酔醒めの眼に幸村の顔がちらつくようになった。だから、今度こそは！と固い決意で郡山城下はずれの居酒屋をでた。後悔にせきたてられながら、八条の辺へさしかかった。街道筋に白壁の土蔵のある家があった。酒倉だ！　そう思った瞬間、清海は恐ろしいものに遭遇したかのように、どきりとした。顔をそむけて歩を速めた。しかし顔をそむけていても、酒倉の前へ通りかかると、芳香が清海の鼻をくすぐった。実際に芳香が漂っていた訳ではない。清海の泣き所である酒好きの心が、酒の匂いを思いだして、すすり泣いたのである。清海は息を殺し眼を固くつぶったが、駄目であった。足が自然に停止した。申し訳ござりませぬ。清海は瞼に浮かぶ幸村の顔へ詫びると、手繰《たぐ》り寄せられるように、酒倉の門へ近づいた。

佐助は手繰り寄せられるように、幸村へ近づくと、土間に膝まずいた。

「遅れて申し訳ありませぬ」

幸村を見あげる怜悧《れいり》な視線に、微かな不安の翳《かげ》があった。

郷主屋敷は夕食時だった。幸村は囲炉裏端で、丑右衛門と少量の酒をたのしんでいたが、盃を手放した。

「よく来た。あがれ」

それから、

「誰か洗足桶《せんぞくおけ》に水を汲んでやれ」

幸村はよろこびを匿さずに言った。

「こちらのお宅のことは、よく判っています」

佐助の眼から翳が消えた。食事を中止して、啞然《あぜん》と自分を注目している屋敷の男女へ、

「皆さんしばらくぶりです。またご厄介にあがりました」

佐助は敏捷な動作で井戸端へ去った。

「鏡磨《と》ぎの佐助さんが、じつは忍者で、殿のごけらいになっていたとは！」

丑右衛門が皆の驚きを代表して言った。佐助はすぐに足を洗って、囲炉裏端へあがった。

「どこへ行っていた？」

幸村は盃を支えた。

「亜矢が煙硝倉を逃げる際、背中に火傷を負ったので、有馬の湯治場で治療していました」

「ひどい火傷か⁉」

「いえ、もう殆んど直りましたが、肌に痣《あざ》が遺ってはいけないと威《おど》し、無理やりに有馬に留め置いて、このたびは一人でまいりました」

「ずい分と心配していたぞ」

「恐れ入ります」

「そちの脚なら僅かな日数で往復できるだろうに、そのようなこと、なぜ早く知らせてくれなかった。亜矢が放さなかったか」

「わたしが、もはやお伺《うかが》いすることは、ご遠慮すべきかと考えて、ためらっておりました」

「何を遠慮し、何をためらう？」

「わたし共――由利カマや三好兄弟、小助にしても、氏素性の知れぬ輩《やから》です。いかに殿をお慕いしているにせよ、真田領にまで押しかけて、お側に付き従っては、ご迷惑ではないかと臆測しました」

幸村は佐助を直視しながら、

「今でも、そう思うか？」

おだやかに訊いた。

「忍者の勘繰《かんぐ》りで、殿のお心を推し測ったことに、忸怩《じくじ》たるものを覚えております」

佐助は幸村と眼差を交したまま答えた。

「わしは無禄《むろく》だ。そちたちに禄や扶持を与えることはできぬ。しかし、そちたちを真心で結ばれた家臣と信じているぞ」

「わたし共は幸せなけらいです」

言ってから佐助は思いだしたように訊いた。

「由利カマや三好清海、為三たちは？」

「集るのを待ちかねている」

「望月どのもですか？」

「六郎の行方も小助の身の上も案じている」

幸村の顔が曇った。すると、

「わたしはまたしばらくお暇を頂戴して、すぐ発つことにします」

佐助が坐り直した。

「発つと！　一と晩ぐらい泊って行け」

「亜矢に日数を切って帰る約束をしていますし、それに他の面々の消息も尋ねてみたいと思います」

佐助はさっさと足ごしらえにかかった。

佐助の出現は、幸村の重い気持を少しばかり明るくした。

翌日から、里の者は総出で、一里ばかり離れた草山へ草刈りにでた。信州では訪れの早い降雪期に備えて、屋根の破損個所を葺き替える萱草を刈り、また牛馬の越冬用飼料を貯えておくためである。

幸村も皆と一緒に草刈りにでた。里では草山とよんでいるが、実際には草に覆われた岡のうねりである。季節は晩夏がようやく初秋に移り変る頃だから、日差はまだ強く激しい。労働の汗を草原の風に吹かせながら、磨ぎすました鎌でサクと萱草を薙《な》ぐと、かまきりがあわてて飛びたった。そして幸村は無心に次の草むらを掻き分けた瞬間、屹《きつ》と全身を緊張させた。草の蔭に人がいた。這いつくばるように平伏していた。旅姿の由利鎌之助だった。

「一生の不覚。大事を果した後の気のゆるみから、つい酒と女に溺れ、遅参しました。おゆるしの程を――」

由利カマはひれ伏したままボソボソと言った。

「立たぬか鎌之助、その恰好はなんだ?」

幸村は呆れたが、

「昨晩、夜道で猿飛佐助に会い、殿が、われらごときを、真心で結ばれた家臣と申された由を聞いてからは、只ただ面目なく、恥ずかしく、この通りです」

鎌之助はいかつい肩をすぼめて、言葉もしどろもどろであった。

「許すも許さぬもない。わしはな、甲・信・越から関東八州へかけて名を轟かした元の野盗の頭、由利鎌之助の不敵なつら魂が好きなのだ。そのようにちぢこまった姿を見せるな」

鎌之助は恐る恐る顔をあげた。幸村の磊落《らいらく》な笑顔を見て、上体を起こした。幸村の寛《ひろ》い心につつまれて、本性に還ったように胸を張った。それから半ば独白するかのごとく、

「そうだ。おれはかつて天下を取る気でいたが、おのれ自身に器量がないと悟ってから、その野望を殿に賭けていたはずだった。真田左衛門佐幸村さまが日本一の武将になる日を夢とし、そのために手足となって働くことを、おのれ自身の生き甲斐としたはずだった」

由利カマは熱っぽく言った。

「でかい野望を賭けてくれたものぞ」

幸村はサクと鎌で萱草を薙いだ。

「さあ！　ちっぽけなしくじりにクヨクヨなんかしていられねえ。殿、草刈りはおれにお任せください」

鎌之助は刀を傍に置くと、幸村の鎌を奪うようにして、草を刈りだした。鎌之助という名前にふさわしく、鎌の使い方はじょうずだった。幸村は由利カマの気負った顔をいとおしみながら、こっそり笑いを嚙み殺した。

りんは甚八の寝顔をいとおしみながら、こっそり身づくろいをした。幸村から授けられた金を、甚八の枕元に置くと、足音を忍ばせて小部屋をでた。すっかり寝静まった旅籠を、裏口から抜けだすと、京都四条錦小路の辺は、夜半の眠りにつつまれていた。

——さようなら甚八さん。あなたは一人になれば、きっと真っすぐ江州へ向かうでしょう。

りんが甚八の身の上を知ったのは、大坂の市中に潜んで三日目、宿を借りた町家の離れで、初めて二人が結ばれた昼下りのことだった。

わたしの父根津甚右衛門は、故太閤が大坂築城の際、普請奉行石田三成の配下を勤めていた。三成は工事が遅れた責任を父に負わせて切った。おかげで一家は散り散りになり、母の行方さえも判らなくなった。わたしは芸人に身をやつしているが、父の敵三成に必ずや一矢報いる覚悟だ。鉄砲商海野屋に取り入っていたのも、いつか三成に近づく機会があると考えたからだ。その機会は何回かあったが、狙う隙がなかった。

りんは甚八の告白をきいて、この若者のけなげな志に力を添えることを、自分の生きるよすがにしようと思った。そして二人は一と月近く大坂に隠れて休養してから、三成の蟄居《ちっきょ》する江州佐和山へ向かった。しかし甚八は京都まで来ると、妙なことを言いだした。

わたしは芸人だから、遊里に出入りして、客には色恋の道を取り持っていたが、自分は志のために、女に心を動かすことを厳しく戒めていた。りんさんだけは別だった。五年前に海野屋の別宅でりんさんに会った時から、心惹かれ、慕っていた。わたしにとって、りんさんは初めての女だ。わたしはりんさんを自分のものにして、初めて男になった。このままりんさんと一緒に暮せるなら、父の仇討ちなど忘れて、生涯、遊人ですごす方が幸せかもしれない。

甚八は愛に渇いた子供のように、りんの乳房に甘えながら訴えた。りんは戸惑った。自分は甚八を力付けるつもりでいたのに、甚八の方は自分が僅かの間、傍にいるだけで脆弱《ぜいじゃく》になってしまった。この年下の若者の志をくじいたことが悲しかった。そして甚八と別れることを決意したのである。

りんは江州とは反対方向の大坂へ、ひとまず引き返すつもりだった。大坂へ行って、それからどうするかは考えていなかった。本当は生きていることに、それ程執着はなかった。死んでも仕方がないから、いのちのあるうちは生きていましょう。そんな気持だった。夜半の暗さも、だから別段、怖くはなかった。うろ覚えの辻を辿るうちに、加茂川へでた。二人づれの男が、りんを追い越してから、何か囁き合って立ち停まった。りんが近づくと、二人は身構えるようにして、星明りに顔を覗いた。

「化け物じゃねえ。女だ」

「どこへ行きなさる？」

酒臭い息である。

「大坂へ」

「この夜ふけに、一人でか？」

りんはうなずいた。男たちは何か相談していたが、

「わしらの舟は大坂へ下るが、乗って行かねえか」

りんを誘った。二人は京と大坂を往来する川舟の船頭らしい。

「乗せて戴きましょう」

りんはためらわず、男たちにみちびかれて、河原を横切った。

流れにつないである舟は、艫《とも》に夜露をしのぐ程度の屋根があって、小さい灯がゆれてい

た。一人の船頭が艫に飛び移って、

「また明りをつけたまま寝ていやがる」

舌打ちしながら誰かを足蹴にした。若い男がのろくさと起きあがった。船頭はりんを屋根の下へ入れると、若い男にもやいを解かせた。戻り舟なのか積荷は少なく、平たい舟底はすぐ流れに乗った。しばらくすると二人の船頭が屋根の下にはいって来た。

「舟賃を貰いてえな」

それから、

「銭はいらねえ。おとなしくしろ」

一人が乱暴にりんを押し倒すと、一人が両腕をがむしゃらに抑えた。りんは逆らわなかった。たぶんこんなことになるだろうと考えていた。

「逃げはしません。痛いから、腕を放しなさい」

そしてりんは眸をつぶると、酒臭い息をよけて首をねじった。

やがて二人の船頭は満足して、艫をでて行った。りんは身を起こして衣服を直した。心は空白だった。疲れているくせに、眠たくもなく、そのまま長い時間、坐りつづけていた。舟はいつの間にか夜目にも広々とした流れを下っていた。加茂川から桂川を経て、淀川へでたのだろう。ふと単調な櫓の音が止まった。船頭に叱られてばかりいた若い男が、艫の屋根の下を覗いた。積荷の間から聞こえる二人の船頭の鼾《いびき》を気にしながら、のろのろとりんに忍び寄った。知恵の足りなそうな愚鈍な眼が、やはり、りんを求めて血走っていた。りんが眼をつぶると、男は小さい灯を消した。りんがなされるままに身を横たえると、男は低く呻いた。哀れな獣は飢えを満たすと、逃げるようにりんの傍を離れた。また単調な櫓の音が軋《きし》んだ。夜が明け染めた。はるかな川岸に家並が見えた。りんは放心から醒めたように、屋根の下をでると、櫓を操っている若い男にたのんだ。

「舟を岸へ寄せてください。明るくなる前に、体を洗いたいの」

男は羞ずかしそうに顔をそむけたまま岸へ漕ぎ寄ると、櫓を竿に替えて、舟を静かに浅瀬へ停めた。

「少しの間、あんたも向こうを向いていなさい」

りんが帯に手をかけると、

「ここで、舟を、降りた方がいい」

男は呟くように言った。りんが不審の眸でふり返ると、

「あいつら、河尻で、おまえを、人買いに、売るつもりだ」

男は積荷の間に寝ている二人の船頭へ、憎く憎くし気な視線を当てた。

「わたしを逃がしたら、あんたはひどく叱られるでしょう?」

「かまわない」

それが精一ぱいの感謝のしるしであるかのように、愚鈍な男は、りんをうながした。りんが衣服の裾をからげて浅瀬に降りると、男は竿を突いて舟を離した。りんがふり向いて手をふると、男は羞ずかしそうに背中を丸めて、竿を櫓に替え、舟を漕ぎだした。急速に遠ざか

る舟を見送ってから、りんは川岸の葦むらに匿れて、衣服を脱いだ。汚辱を捺された体に、冷たい水を浴びた。洗って清められる身ではないと思った。そんな体でも、ペドロは異国へ伴《ともな》って帰りたいと望み、根津甚八は甘えて溺れ、二人の船頭は宝物でも得たかのように悪だくみをめぐらし、そして知恵の足りない男は只一度のよろこびに好意をもってむくいようとする。りんは少し泪をこぼした。悲しくも、うれしくもないのに、泪をこぼした。それから衣服を纏うと、川岸の街道をあるきだした。朝まだきの枚方《ひらかた》の宿へさしかかると、汀《なぎさ》に人影がうずくまって、洗濯をしていた。粗末な身なりの若者だった。若者は繃帯用の細く長い晒木綿を洗いながら、唄を低く口ずさんでいた。

——おてんとさんは
　東から
汐のみちひは
月しだい

りんは歩を停めて、口をすぼめた。

——田んぼのどじょうは、
　誰のもの
　野辺のはこべは
　風まかせ

りんは唄声に引かれるように、若者の背後へ近づいた。

声をかけると、若者が弾《はじ》かれたように立ちあがった。その顔に見覚えがあった。若者もまた眼をみはった。

「もし」

「りんさんじゃないかね！」

「あなたは⁉」

「小助だよ。ほら、真田さまのけらいの」

「小助さんは、今の唄を、どうしてご存知なんですか？」

「今の唄？　これは筧十蔵という人に教わったんだ。なんでも十蔵さんの生れ故郷、筧村とかいう土地の唄だそうだ」

それから、

「十蔵さんはいい人だった。おれが真田さまのけらいになれるように、お殿さまに頼んでくれたんだ。猟師の手だから鉄砲の名人だ。鉄砲一挺を持って、徳川家康をつけ狙っている。故郷の筧村が、徳川のけらいに焼き払われ、幼馴染のいいなずけまで攫《さら》われたんで、仇討ちと、その娘の行方を探すために、一人で旅暮しをしているんだ」

りんは耳鳴りを覚えた。しっかりしなければ！　そう思って足を踏みしめた刹那、眸に真っ黒な幕が降りた。我れに返った時は、汚ない小部屋に寝かされていた。小助と、肩に繃帯をした侍が、心配そうに顔を窺《うかが》っていた。侍が言った。

「わたしが判るか？　真田左衛門佐さま家臣、望月六郎だ」

十七　華燭

小助が長窪村へ駈けつけた。小助の知らせを聞くと、幸村は乗馬二頭を鎌之助に預けて、望月六郎を迎えにやった。六郎が由利カマに助けられながら、長窪村に帰って来たのは、それから半月後のことであった。

幸村に手をとられて馬を降りた六郎は、言葉もなく幸村を仰いだ。歯をくいしばって嗚咽《おえつ》を耐えている様子だった。病みやつれ旅に疲れた姿が痛ましかった。幸村は六郎の昂奮を憂えた。そして多くを訊かず語らず、六郎を部屋に引き帰らせた。

農家は稲刈りに追われていた。幸村は鎌之助と小助をつれて、黄金の実のりの収穫に従った。由利カマは自分の体験から、ここ当分は野盗の横行する時期だといって、夜な夜な里の男たちを指揮し、稲場や部落を見廻ってあるいた。

望月六郎は信州の風に触れて日増しに健康を回復した。そして間もなく、夕食時には囲炉裏端へ起きて来るようになった。

「小助がりんにめぐり逢わなければ、まだ枚方の木賃宿で呻吟《しんぎん》しているところでした。小助には全く世話をかけましたが、りんも、小助が殿のもとへ発ってからは、心を尽して看病してくれました。鎌之助が迎えに来てくれた時、りんもこちらへ同道するつもりでしたが、明日は宿を発つという日になって、どういう訳か、あの女は一と言の断りもなく姿をくらましました」

六郎は感慨を込めて、そんなことを告げたりした。

幸村は小助から、りんの話しを聞いていた。りんが再会の際「ずっと昔みた悪い夢」と表現して語った彼女自身の身の上話しが、すぐ記憶に甦った。菜の花畑で徳川の役人に襲われ、攫われた小娘の幼馴染の若者というのが、筧十蔵だったとは、幸村にとっても意外であった。十蔵がりんの行方を尋ねて放浪の旅をつづけていると知り、りんもまた十蔵を探そうと、六郎の好意を辞退して、ひそかに旅だったのであろう。

収穫が終ると、村中が総出で鎮守の社《やしろ》に集り、秋餅を搗《つ》いて神へ供え、豊年万作を祝うのは、この地方の古くからの行事であった。幸村も里の男たちと共に餅を搗いた。それから六郎や鎌之助を相手に祝い酒を汲んでいると、ただ一日だけの祭りに賑わう鎮守の境内へ、るいがみのをいたわりながらはいって来た。みのはるいと並んで、長い間、社前にぬかずいていた。両腕のない老女は、合掌する代りに、それこそ頭を社殿のきざはしにすり付けていた。幸村の胸に祝い酒とまじって滲むものがあった。みのはわが子の無事を祈っていると思った。小助が一人で長窪村へ駈けつけ、さまざまな報告のあとから、りんに聞いたという甚八の話しをした時、みのは瘧《おこり》にかかったごとく震えだした。そして血の引いた顔で狂ったように口走ったものである。

「その根津甚八こそわたしの子、根津甚右衛門の只一人の遺児に違いありません！　あの子が生きているのでございますか！」

みのはそれ以来、暇さえあれば、小助や六郎をつかまえて、りんが教えたという甚八のことを、根掘り葉掘り聞きだしているようである。幸村はこの場合も、人の世の奇しき縁《えにし》を想わずにはいられなかった。

十月になった。旧暦のことで、信州には早くも寒さが忍び寄る頃である。郷主屋敷で召使いの男女が、夏の窓をふさぐ仕事をした日、上田城下から、小太郎がつづらを担いで訪れた。山里育ちの腕白《わんぱく》小僧は一年の間に、すっかり武家屋敷の行儀を身につけていた。

「使いにまいりました」

小太郎は幸村の前で、きちんと挨拶をしてから、つづらを開いた。幸村の冬支度一式に添えて、女の衣裳がはいっていた。るいに送って来た物であろう。浪姫自身の意志か、それともくみの入れ知恵か、いずれにせよ小ざかしい真似をすると、幸村は思った。

「誰に言い付けられて来たのか」

訊くと、

「上田の皆々さまより」

小太郎はハキハキした語調で曖昧《あいまい》なことをごまかすように言った。その答え方も、幸村には小ざかしく感じられた。小太郎はくみと同様、すぐに上田へ帰って行った。

幸村はさり気なくるいをよんで、衣裳を渡した。るいは怖いものにでも触れるかのように表情を硬くした。しばらくして幸村が縁側の廊下を通ると、るいが只一人、庭の日溜りで大豆を打っていた。乾燥した鞘《さや》から大豆が弾《はじ》けて蓆《むしろ》の外へ飛び散るのも構わず、ひたすら打ち木を振っていた。それはいかにも大豆打ちに熱中することで、何かを必死に耐えていると いう感じであった。

上州沼田城の信幸から、招待の使いが来たのは、数日後の午後、幸村が山畑で稗《ひえ》を刈っている時だった。徳川に憎まれている幸村にとって、徳川に近い信幸は、いくらか烟《けむ》たい存在だった。常々は、訪問することにも遠慮があった。しかし、この時は、無性に兄と会いたくなった。その気持に駆られるように、幸村は翌日、誰も供につれず、信幸の使者と共に、沼田へ馬を駆った。

沼田城は幸村の到着を待っていたかのようであった。左衛門佐さまお越し！　使者の侍が大手門でよばわると、取次の侍が飛びだして来て、幸村の馬の口を取り、そのまま本丸の木戸までみちびいた。そこには老臣が歓迎に並んでいて、いんぎんに挨拶を述べ、幸村を奥へ案内した。信幸もまた書院の広縁に出迎えに立っていた。

「お招きを戴き、さっそく参上しました」

幸村が言うと、

「もし来なければな、軍勢をさし向けて搦《から》め捕り、馬の鞍へくくりつけても、よび寄せるつもりだった」

それから、

「久々に弓を引こう」

信幸は休息する暇も与えず、いきなり幸村を誘った。そんなことは今まで例がないので、幸村は少々面喰らったが、埃をかぶった姿のまま、兄に従って二の郭《くるわ》の矢場へ降り立った。侍童があずちに二つの的を並べ、弓の準備をととのえて控えていた。兄弟はしばらく無言で、それぞれの的に矢を放した。

この城の静寂にはどこか円さがあると、幸村はいつも思う。惰弱な雰囲気という意味ではない。父昌幸が君臨する上田城が、譬《たと》えば冷厳峻烈の気につつまれているとすれば、沼田城のしじまは重厚深沈たる水のみなぎりの印象である。兄信幸はすでに、上田の真田家とは全く別の家風を、この城に確立していると幸村は思う。

そして信幸が何本目かの矢を射てから、ふと切りだした。

「近頃は長窪村に居すわっているそうだな」

「上京中いささかハメをはずしましたので、上田城下を離れて謹慎しています」

「おやじ様が大層ご立腹なさっているぞ」

「年中、叱られてばかりいます」

それから、

「沼田へも、お小言を頂戴することを覚悟で参上しました」

「覚えがあるか？」

「真田家の名代は堺の商人に憎まれていると、徳川家より内々の達しがあったとか聞いています」

「その件より、覚えはないか」

「まだ他にありますか？」

「これでは、おやじ様のご立腹も無理はない」

そして、

「稲がな、そちに会いたがっている」

信幸は矢筒を空らにすると、初めて弟を見向いた。

「嫂上《あね》が⁉」

幸村の射た最後の矢は的を外れた。

「おやじ様にも、わしにも代って、意見があるそうだ。心して会え」

信幸は念を押してから、弓を侍童に渡し、また幸村をうながすようにして、さっさと本丸郭へ引き返した。

幸村は近習の案内で湯殿にはいった。沐浴が終ると、こんどは侍女にみちびかれて、奥館へ通った。

稲は城主夫人の居室で、二人の子供に何か言い聞かせていた。そして幸村が訪れると、いつもはすぐ小弓を引こうとか、角力をとろうとか言って腰に纏《まと》い付く子供たちが、きちんと坐り直した。

「これからは、叔父さまを、左衛門佐さまとおよびします。左衛門佐さま、よくおいでになりました」

六歳になる仙千代丸が挨拶をすると、

「オイデニ、ナリマチタ」

三歳の百助が真似をした。

「二人とも、りっぱなお行儀で、びっくりしたぞ」

幸村が声をかけると、子供たちは侍女に手をとられて部屋を去った。

「お叱りを頂きにあがりました」

幸村は稲に相対した。

「叱る？　幸村さまをわたくしが？」

「沼田に到着早々、兄上より心してご意見を伺うように注意を受け、肚を決めてまいりました」

「殿が何を申されることやら」

稲の眸が笑った。それから、

「浪さまが沼田においでになっています。わざわざ、わたくしを尋ねてくださいましたの！　それで、ちょうどの機会ですから、幸村さまもお招きし、ご一緒におもてなしをしてはと考え、殿にお願いして、使いをさし向けました」

稲はよどみない口調で、幸村に驚く隙も与えず、老女に何か囁いた。老女がうなずくと、

「さあ南の中広間へまいりましょう」

稲はまた眸で笑って立ちあがった。幸村はしてやられたという思いを抱きながら、しかし、稲に逆らうことができなかった。年齢的には自分より年下の稲に、この場合は「義弟」として従うより仕方がないという気持に囚《とら》われていた。稲の態度は、そういう自信に満ちたものがあった。どこがどのように自信に満ちているのか、言葉では表現できないが、幸村は太刀打ちできない感じだった。

南の中広間とよばれる奥館の一室では、信幸と浪姫が何か対談していた。浪姫は全くこだわりない頬笑みで幸村を迎えた。

「お留守中でございましたが、大殿さまより、沼田の嫂上《あね》さまにお目にかかるよう仰せ付けられ、一昨日こちらへまいりました」

幸村は一年半ぶりに兄の城で、浪姫の透徹《すきとお》るような声を聞いた。澄んだ眼差に見詰められて、咄嗟の言葉に迷った。

「浪姫も大谷家から輿入れすると、さっそく一年余も留守番をさせられるとは、とんだ家に来たものと思ったであろう」

信幸が助け舟をだすように、だが浪姫をいたわる言葉で幸村を叱った。

「すると、幸村さまも、浪さまというお留守番がいらっしゃるから、ご一門のために外で存分にご用ができるのでしょう」

稲が物解りのいい嫂の態度で、幸村を庇《かば》った。

侍女たちが膳を運んで来た。その中に、くみがいた。くみは捧げて来た膳を幸村にすすめると、浪姫のうしろに控えた。膳は幸村の好物の茸料理だった。稲が一回だけ幸村に酌をすると、浪姫がそれに倣《なら》って信幸に酒を注いだ。それから稲は酌を侍女に任せて、

「さア、わたくしたちもお相伴《しょうばん》しましょう」

浪姫を誘いながら箸をとった。主客四人の小宴は、稲が加わっていることで、親和の雰囲気につつまれた。特別な話題が弾む訳でもなく、むしろ言葉少ない宴席であるにもかかわらず、稲を中心にして、お互いの心に静かな情感が交流した。

――この嫂は、譬《たと》え明日、天変地変が起こると判っていても、今日は普段の通り、頬に落着いた微笑を失なわず、妻の仕事と母の務めを果すに違いない。

幸村は稲を眺めながら、そんなことを考えた。

「このように四人して、和やかに宴を持つ日が、またあるだろうか」

信幸がしみじみとした口吻《くちぶり》で言った。

「こんどは上田へ伺候した折りに、幸村さまのお屋敷でお会いすることにしましょう」

稲に眸を向けられて、幸村は軽くうなずいた。すると、

「幸村さまは、浪さまとご一緒に上田へお帰りでございましょう?　大殿さまより、さっそく婚儀の仰せがありましょうから、わたくしよりお二人へのお祝いを、お持ち帰り頂きましょうか」

稲はすかさず語を次いで、老女へ眼配せした。老女が祝儀の贈物を捧げて来た。幸村へは

時服一襲《かさね》、浪姫には濃い紫の小袖であった。

「浪さまは初めて上田で大殿さまとご対面の折り、薄紫の小袖が大層お似合いだったと伺いましたので、この色を撰びました」

稲の言葉に、浪姫が素直なよろこびを匿さず、なんのためらいもなく贈物を受けるのを見て、幸村はまたしても、してやられた！　という思いに駆られた。意見されるどころか、これでは完全に浪姫と婚儀の式を挙げることを、押し付けられたようなものである。


幸村と浪姫は、翌早朝、沼田城を辞した。浪姫の沼田訪問には、昌幸の配慮で、上田城の武士二騎と二十余の武装兵が護衛に従っていた。浪姫とくみが乗る二挺の輿《こし》には、それぞれ肩替えの人足までつけてあった。幸村はそれらの一行の先頭に馬をすすめた。片品川ぞいに渋川を経て、中仙道の高崎へ出、安中で一泊した。次の日も払暁時に宿を借りた土着の豪家を発った。幸村が先頭の馬上から何気なく行列をふり向くと、くみが輿から顔をだしていた。碓氷《うすい》峠を登りにかかった。山路に吹く風は冷たかったが、くみはまだ輿から、顔をだしていた。峠を越えて信濃路にはいると、浅間高原は殆んど真冬の寒さであった。それでもくみは輿の扉を明けたままだった。午後になると深い青空に雲が流れ、時折り思いだしたように時雨が降り通った。くみは雨に打たれながら、やはり輿から顔をだしていた。幸村は行列の先導を騎馬武者に任せ、路傍でくみの輿を待って、馬を並べた。

「髪が濡れるぞ」

声をかけると、

「かまいません」

くみは低く答えた。

「それ程、景色が珍らしいか」

「いいえ」

「では、どうして輿の扉を閉めぬ？」

くみは沈黙した。

「昨日も沼田を発ってから、ずっと外を眺めていたようだったな」

「お殿さまのお姿を拝見していました」

「わしを？　なぜ？」

「ご一緒に上田へ帰ることが、うれしくて」

くみは言ったが、幸村を見詰める濡れた顔には、油断も隙もならぬ者を監視するかのような表情があった。幸村は、自分がまた浪姫を置き去りにして行方をくらましはせぬかと、くみに警戒されていることを悟った。

「風邪を引いてはならぬ。扉を閉めろ」

言ったが、

「時雨は、もう止みました」

くみは強情であった。そして時雨が去ると、茶色く枯れた高原に、冬の虹が淡くかがやいた。幸村はくみの輿を離れて、前の輿に馬を寄せた。

「浪姫、虹が見える」

よぶと、輿の扉が細く明いて、白い顔が覗いた。その顔も虹を見ずに、幸村を仰いで頬笑んだ。

行列は宵になって上田城に到着した。幸村は浪姫と共に父昌幸の前へ伺候した。

「長らく延ばしていましたが、婚儀の日取りを、お決めください」

幸村は改めて乞うた。

昌幸は細く鋭い視線で、しばらく二人を見比べてから、

「明日、内記をそちの屋敷へやる」

無表情に言った。高梨内記が師走三日を挙式の日にすると伝えに来たのは、翌日午前中のことであった。昌幸がいかなる理由でその日を択んだかは判らないが、とにかく「吉日」であると、内記は付言した。幸村は浪姫とくみ、小太郎をよんで申し渡した。

「長窪に用が残っているから、でかける。挙式の前日に戻る」

「きっと、お戻りでございましょうね」

くみが憤ったように訊いた。

「きっと戻る。けらいをつれて戻る」

「望月六郎さまですか」

「六郎の他、伏見へ参向中に主従の縁を結んだ者が数名、長窪に来ている。さまざまな経歴

のある者たちだが、いずれも幸村の大切なけらいである。過去をせんさくせず、屋敷に迎えねばならぬぞ。よいか」

幸村は、くみと小太郎に言い含めた。

幸村の心配は、くみと小太郎に、両親の敵《かたき》ともいうべき由利鎌之助を、どう引き合わせるかということであった。いずれは対面させなければならぬと考えていたが、気の揉めることである。思案をしながら長窪の郷主屋敷へ馬を乗りつけると、意外にも三好清海が来ていて、幸村の気持を少しばかり明るくした。

「殿が沼田へお発ちになった翌日、ひょっこり姿をあらわして、われら一同を驚ろかしました。畿内から北陸道を巡って、さまざまなことを探って来たそうです」

六郎が取りなすと、清海は大きな図体を縮めるようにして、遅参の詫びをボソボソと申し述べた。

「畿内の情勢は、その後どうだ？」

幸村は性急に質問した。

「九月に、徳川内府が、大坂城に乗り込んでござりまする」

そして清海は一語一語を念入りに辿るような訥弁《とつべん》で、次のように報告した。

大坂城では、秀頼の臣大野修理《しゅり》を中心にした家康暗殺の計画が、未遂に終ったらしい。家康入城の直後、北政所は京都へ居を移した。同じ頃から巷間では、家康と、秀頼の生母茶々の不和が評判になった。家康が故太閤の遺命により秀頼の仮父になるためと称し、茶々を側室に入れようとして、拒絶されたためという。或いは茶々に大野修理と密通の疑いがあり、家康が激怒したためともいわれる。

それから程なく、北陸陣の噂が起こった。家康が故大納言利家の一子、前田利長を征討するため、大坂城に兵を集めたのである。利長が、先の家康暗殺の未遂事件に関係していたためという。利長に亡父利家の遺志を受けて反徳川の謀反計画があったためともいわれる。しかし前田家と姻戚である細川幽斎、忠興父子が調停にはいり、故利家の未亡人芳春院が、人質として家康のもとへおもむくことで、加賀出兵は中止になった。その後、実際に加賀一国を廻って見たところでは、前田利長には元々、徳川に反逆する企図はなかったようである。家康は大坂城に座を占めた自己の権力を世に誇示する必要から、かつての対立者前田家に威圧を加えて、ことさら低頭させたものと推察される。

清海は以上のことを、髭づらの汗を拭きながら申し述べてから、また顔を伏せて遅参の詫びをボソボソと口の中にくり返した。

「内府の大坂入城も、北陸陣の噂も、当地に届いていたが、詳しい事情をよく知らせてくれた。加賀まで足を運んだとは、大儀であったな」

幸村がねぎらうと、清海はもじもじしながら、一層、肩をすぼめた。

「いつまでたっても来ねえので、何をぐずぐずしているのかと呆れていたが、おめえにしては上出来だ」

由利カマも賞めた。すると、清海が、いきなり平伏した。

「只今、申しあげたことは、全部、猿飛佐助が探り調べたところにござりまする。それがし、じつは、頂戴した支度金で、奈良、京都と酒に溺れ、飲みあるき、酔い痴《し》れておりました。今日は信州へ向かおう、明日は殿のもとへ馳せ参じようと思いつつ、日がたつにつれて、いよいよ心苦しくなり、後悔を酒にまぎらすうちに、金も使い果してござりまする。酔いも醒め、空腹を抱えて、京都粟田口の辺にたたずんでおる時、猿飛佐助にめぐり逢ってござりまする。聞けば佐助は殿のお言い付けで、われらの消息を尋ねておるとのこと。このままでは、ふたたび殿のご前にまかり出る面目はないと告げると、佐助は自分が見聞したことを、それがしに教え、遅参の理由にするよう知恵を貸してくれました。したがって、報告は佐助が拾い集めたことでござりまする。佐助は黙って、それがしの功にせよと申してくれましたが、とても、嘘偽りはできませぬ。お許し戴きとうござりまする」

清海はひれ伏したまま、唸るように言った。

「感心させておいてから、白状しやアがる。やっぱり酒に迷っていたのか！」

由利カマが憤ってから、

「おれも道草を食って来たんだから、大きなつらはできねえが、そうすると為三坊主は、まだ何処かで女に迷っているんだな」

鼻の孔をふくらませた。

「顔をあげろ清海。酒に迷っても、わしを忘れず、酔いを醒まして約束の場所に駈けつけたこと、うれしく思うぞ」

それから、

「わしはこのたび、大谷刑部少輔どの息女浪姫と、婚礼を挙げることになった。祝儀には、その方たちに陪席を命じる」

幸村は一同に告げた。

旧暦十二月の信州は、厳冬期である。朔日《ついたち》に降りだした粉雪は、二日になっても止まなかった。その雪の中を、幸村が上田城下の侍屋敷に帰館したのは、灯ともし頃のことであった。幸村は浪姫に出迎えられて、六郎以下と部屋にはいった。その席に、くみと小太郎をよんだ。ここにそろった者は、真田左衛門佐の家族に等しい一党であると前置して、

「浪姫に従って屋敷に留守居していたのは、くみと小太郎の姉妹だ」

皆に紹介してから、こんどは浪姫と姉弟へ、

「わしのけらいを引き合わせる。初対面の者を隅から名乗らせるから、さっそく覚えてほしい」

言って、つれて来た者に自己紹介を命じた。

「穴山村の百姓、小助」

末席に控えていた利かぬ気の若者は、浪姫に眸を向けられて、真っ赧になった。

「三好清海にございまする」

大入道は、浪姫がなんとも眩しくて仕方がないというふうに、顔をくしゃくしゃにした。

そして次に、

「由利鎌之助」

元野盗の首領が、ぶっきらぼうに名乗った。

くみの口唇から低い声が漏れ、小太郎が眼をつりあげて坐り直した。

「どうしましたか？」

浪姫が訝《いぶか》し気に姉弟を見返った。くみはそれにも答えず、蒼褪《あおざ》めた顔で烈しく鎌之助を見すえ、小太郎は両の拳《こぶし》を握りしめて眼を沸《たぎ》らせた。

姉弟の異常な視線を浴びて、鎌之助の方も表情を硬くした。その顔から血の気が失せ、頬が引きつった。

「そうか！　くみという名だった。忘れはしない」

独白するように呟いてから、急に姉弟へ向き直って、畳に両手をついた。

「さぞやおれが憎かろう。怨めしかろう。勘弁してくれとはいわぬ。だが、おれのいのちは、殿に預けてあるんだ。おれの身命は、おれの勝手にできねえんだ。おめえたちから殿にお許しを貰って、切るなり殺すなりしてくれ、両親の仇を討ってくれ」

血の滲む言葉と一緒に、ポトリと涙が畳に滴り落ちた。くみが息を吸い込むようにして、眸を閉じた。

「鎌之助さんは、お殿さまのけらい、わたしたちは、浪姫さまにお仕えしながら、お殿さまのごけらい衆が、お屋敷においでになる日を、よろこんで待っていました。鎌之助さんのお出《いで》も、よろこんでお迎えします。よろこんで——」

くみが言った。声は微かに震えていたが、しっかりした言い方だった。

張り詰めた沈黙の中に、小太郎の嗚咽を嚙み殺す呻きが零《こぼ》れた。

雪の一夜が明けた。幸村と浪姫の婚礼の日も、上田盆地の銀世界には、さらに粉雪が舞っていた。

その日は朝から、高梨内記の妻が、城仕えの侍女数人をつれて、侍屋敷にやって来た。女たちの半数は祝儀の席の準備や台所仕事にかかり、半数は浪姫と一室に閉じ籠った。

内記の妻は、三好清海を薪割りと水汲みに、鎌之助と小助を雪搔きに使うことも忘れなかった。望月六郎と小太郎は、室内の拭き掃除や調度類の運搬、幕《まく》や篝《かがり》の支度に追い廻されていた。

午後二時になると、幸村も、内記の妻にせきたてられて沐浴をし、礼服を着用した。

三時すぎに、内記が他の老臣三人とつれだってあらわれた。

「僭越ながら、大殿安房守さまの仰せ付けにより、お盃事の介添《かいぞえ》を勤めます」

内記が老臣を代表して言った。

たそがれの頃、父昌幸が、沼田城から来た兄信幸の使者を伴い、僅かの供をつれて訪れた。侍屋敷は門に盛んな篝火を焚いて、この二人を歓迎した。

そして皆が待つ燈火の明るい晴れの席へ、内記の妻が、浪姫の手をとってみちびいて来た。白小袖に白の袿衣《うちかけ》を纏った花嫁の容姿は、清純であり、可憐であった。幸村は、浪姫が歩を滑らせて近づき、自分と並んで坐った刹那、胸に軋《きし》む痛さを覚えた。うれしさにつつまれて然るべき心を、そのように掠める何かがあった。盃事が始まると、片隅に控えていたくみが、両掌で顔を覆ってしゃくりあげた。くみは浪姫と同じ想いでこの日を待っていたのかもしれない。幸村のひどく平静な気持は、内記の介添で、浪姫と盃を交換しながら、そんなことを短く考えたりした。

婚儀の式が終ると、その席で、ささやかな宴が催された。昌幸の言い付けで、老臣の一人が小謡《こうたい》を披露することになった。長篇の謡曲から面白い箇所を抜萃し、酒間の座興として、肴《さかな》代りにすることから肴謡《こうよう》ともよばれる。老臣は姿勢を正すと、この場にふさわしく高砂の一節をはじめた。

「――ところは高《たか》の、高砂の、尾上《おのえ》の松も年ふりて、老の波もよりくるや、この下蔭の落葉かく」

その時、全く不意に、幸村と浪姫の間に置いてある燭台の蠟燭が、どうしたはずみか焔をゆらめかしながら倒れ、畳に転ろがって消えた。内記の妻がすぐ新しい蠟燭に火を付けたが、老臣の小謡は中断され、宴席はしんとなった。すると昌幸が、咄嗟に皆の感じたことを、淡々と口にした。

「不吉である」

それから、

「真田家は平穏安閑な吉を望まぬ。むしろ凶事に遭って家名に武勇の誉を飾ることこそ望ましい。不吉とは芽出たい」

昌幸は持ち前の無表情な顔で言ってのけた。

「――この下蔭の落葉かく、なるまでいのちながらえて、なおいつまでか生《いき》の松、それも久しき名所かな、名所かな」

老臣がつづける小謡を聴きながら、幸村は昌幸の言葉の重さを反芻《はんすう》した。父は皆の杞憂《きゆう》を除き、浪姫をいたわり、そして自分には訓戒を与えたと思った。たしかに時勢は不気味なものを孕《はら》んでいる。嵐は避けられまい。そして幸村は、また胸が軋んだ。自分の横に並んでいる淑やかな優しい者を、のっぴきならない運命に巻き込んでしまったという感慨が、棘にでも刺されたように痛かった。

昌幸が沼田の使者を伴って引きあげ、高梨夫妻をはじめ老臣や手伝の女たちが辞去すると、侍屋敷は篝火を消した。幸村はそれから同じ部屋に望月六郎以下をよび、改めて団欒《だんらん》の宴を張った。小太郎がきびきびと膳を配り、酒を運んだ。浪姫はくみと別室にはいり、衣裳を替えて、皆の前に現われた。こんどは沼田の嫂より贈られた小袖を装《よそお》っていた。濃い紫色の衣裳は、色白の浪姫を﨟《ろう》たけた印象にした。

団欒は余り弾まなかった。六郎は主君の婚礼ということで威儀を正していた。鎌之助は裁かれる者のように、くみの酌を受けていた。三好清海と小助は、場違いの席に坐っているかのように、身を固くしていた。

「これでは祝いにならぬ。皆の元気なつらを見ぬうちは、わしと花嫁が寝所にはいれぬではないか」

幸村は言った。くみが小太郎に耳打ちして座を立つと、二人して酒樽を部屋に運んで来た。

「お祝いのしるしに、皆で、この樽を今晩のうちに空らにするよう、わたしがお勧《すす》めしますから、どうか奥へおはいりください」

そして、

「皆さんも、お約束してください」

くみが朗らかに一同を見廻した。

「酒には再三、懲りているが、殿のお祝いとあれば、尻込みもなるまい」

清海がモソモソと坐り直してから、

「それがしが一番手を仕つろう」

咽喉を鳴らして大盃を飲み干した。

「ああ、堪らぬ！」

言って、相好を崩した。

いかにも大鯨らしい実感のある言い方が、皆の笑いを誘った。

「さア、鎌之助さんも」

くみが明るい眸で大盃を突き付けた。鎌之助はぎくりとした様子で、膝を正した。

「お、おれは――」

口ごもって鼻の孔をふくらませた。

「わたしと一緒に、殿とお約束したはずでしょう⁉」

くみのわだかまりない視線に見詰められて、由利カマも大盃を干した。

「おれはご馳走の方を引き受ける。こんなりっぱな膳部は、見るのも初めてだ。みんなの分も平らげてやる」

小助が珍らしく自分から発言した。小宴はようやく和気に充ちた。

「ごらんの通りですから、ご安心ください」

くみが幸村に笑顔で告げた。

利口な娘だ！　幸村は感心しながら、奥へはいって礼服を脱いだ。

幸村が寝室にはいって、しばらくすると、浪姫が忍びやかに杉戸を明けた。白の練り絹の寝屋着姿になっていた。小さな香炉を両掌に捧げていた。その香炉を枕辺に置くと、

「まだ雪が降っています」

挨拶でもするかのように囁いてから、静かに幸村のかたわらへ身を横たえた。香炉から細くたち昇る芳香は、二人の初床《ういどこ》のよろこびをわかつ褥を、淡くつつんだ。幸村は脆い貴重なものに触れる想いで、浪姫を抱き寄せた。

十八 乱雲

婚礼に関する煩雑な公式行事は、殆んど略したのであるが、上田城の家臣団や、領内の土豪たちが相次いで挨拶に訪れた。幸村と浪姫は、身分の上下にかかわらず、そのすべてを引見して祝儀を受けた。それから雪の晴れ間を窺って、幸村は浪姫を城下の菩提寺に伴った。祖先に二人の婚姻を報告するためである。参詣を終えて、住職に見送られながら寺門へでると、路傍に小腰をかがめている者がいた。旅装の霧隠才蔵であった。

「油断のならぬやつが姿を現わしたな」

幸村は歩を寄せて声をかけた。

「いえ何、真田さまのご領分にもぐり込んでいた訳ではありません。さる筋の用で旅にでていましたが、帰りの道すがら、左衛門佐さまご婚礼のことを耳に挟み、素通りもなるまいと、お祝いに立ち寄ったまでのことです」

才蔵が真顔でとぼけた言葉を口にした。

「祝いに寄ったなら、こちらも素通りされる訳にはいかぬ。どうせいそぎの身であろうから、泊っていけとは勧めぬが、昼餉《ひるげ》などもてなそう」

幸村は直感することがあって誘った。

侍屋敷では、幸村がつれ戻った不意の客を迎えて、六郎と由利カマは顔を見合わせ、清海は肩を怒らし、小助は眼をまるくした。

「珍客を疑ってはならぬ」

幸村はたしなめた。

浪姫の指図で、くみと小太郎がすぐに食事の支度をした。山鳥をぶちこんだ味噌雑炊《ぞうすい》だった。才蔵は皆と一緒に膳に着いて、くみの給仕で何回も椀をお代りした。食後に渋茶をすすりながら、才蔵が言った。

「しかし、おきれいな奥方さまですな」

「無礼を申すな」

六郎が憤った。

「奥方さまを褒めたたえて、雑炊のお礼にしようと思ったが、駄目なら、旅の話しでもしましょう」

才蔵が冴えた視線を幸村に当てた。

「人払いを致そうか」

幸村は語気を改めた。

「かまいません」

そして、

「会津へ行って来ました」

やはりそうか！　と幸村は思った。北陸陣が立ち消えになってから、奥州陣の風説が信州にも伝えられていた。

「上杉家では会津の七口である南山口、背炙《せあぶり》越口、信夫口、米沢口、仙道口、津川口、越後口の道普請をいそぎ、年貢の徴収を督促し、各支城の修理を命じ、新規の家臣を数多く召抱えています。また新城を築く計画もあるそうです」

才蔵は平静に語った。

上杉景勝は越後から会津へ移封された直後、秀吉が歿したので、一年余も上京していた。新領国の統治に着手したのは、この初秋に帰国してからである。道路工事も年貢徴集も、支城の修理も、これまで蒲生領であった会津に、上杉の家風による新統治を実施するためといえる。しかし徳川は、それに謀反の嫌疑をかけている。本多正信が服部半蔵配下の忍者を放って、証拠固めをしている。会津に潜入したのは、恐らく霧隠才蔵一人ではあるまい。

「その方たちの働きによって、上杉家の逆心はいよいよ、ゆるぎないものとされるな」

幸村が嘆息すると、

「わたしどもは只、見聞した事実を報告するだけですが、色眼鏡をかけて見れば、どんなことも怪しく思えますからな」

才蔵は皮肉な笑い方をした。上杉家による会津七口の道路工事を、徳川は軍用路の整備とし、年貢徴集は兵粮《ひょうろう》貯蔵のためと解釈するだろう。支城の修理や、五十余万石から百万石になった禄高相応に家臣を増加したことは、当然のごとく、戦力の補強と見做《みな》すだろう。才蔵は自分の報告が、そうなる結果を見通しているようだった。そして、

「日のあるうちに、もう一と走りしなければなりません」

才蔵はすぐに腰をあげた。

幸村は、奥州陣の噂が、先の北陸陣の場合とは比較にならない程、危機の要因をひそめていると考えた。前田家と違って、上杉家が徳川の圧迫にたやすく低頭するとは思えなかった。

七日ばかりすぎて、年の瀬も迫ったある宵のことである。幸村が夕食後の一ときを、皆とくつろいでいると、不意に戸口が明いて、凍《い》ての夜気と一緒に人影がふわりと舞い込んだ。六郎が咄嗟に刀を引き寄せ、鎌之助が片膝立ちになってから、異口同音に驚きの声を漏らした。

「寒いったらありゃしない」

亜矢であった。男装の旅支度をしていた。

「門が閉めてあるのに、どこからはいって来たんだ」

鎌之助がとがめた。

「外からよぶのは面倒だもの、乗り越えて来たよ」

「戸口の桟はどうして明けた⁉」

「あんなものは泥棒の用心にもならないさ」

「だから忍者は油断がならねえ」

「言ったね！」

亜矢が眸を光らせて、二人はさっそく喧嘩だ。六郎が苦笑しながら仲にはいって、呆れている小太郎に洗足の湯を汲ませた。亜矢は幸村の前へ坐るなり、

「お祝い」

言って、背中に負って来た網袋を投げだした。網の中の苞《つと》が破れて干鯛、むし鮑《あわび》、蛸が転げでた。

「火傷はすっかり直ったか」

幸村は訊いた。

「もう大丈夫」

それから、

「大坂で霧隠才蔵に会って、お殿さまが花嫁を貰ったことを聞いたの。このお祝いの品は、佐助さんが明石の浜辺で買いそろえたんです」

「遠路ご苦労であったな」

「この人が、浪姫さま？」

いきなり亜矢が指さした。

「奥方さまに、無礼でしょう！」

傍から、くみが遮《さえぎ》った。亜矢は構わず、

「ほんとに、きりようよしね。佐助さんが、あんまり賞めるから、少し憎らしかったけど、一と目見て、あたしもびっくりしちゃった」

浪姫に顔を近付けて、眸を妖しく細めた。

「お黙りなさい！」

くみは憤った。

「あたしに、へたな口をきくと承知しないよ」

亜矢が雌豹になった。危いと察して、

「佐助は達者か」

幸村は間髪入れず言葉を挾んだ。

「忘れていた。ハイ、手紙」

亜矢が懐中から封書を取りだした。幸村は亜矢の接待を浪姫に命じて、居室にはいった。

佐助の書状は、まず、祝儀に代えて冬籠りの見舞いに、ささやかな海の幸《さち》を届けるとしてあった。それから堺の海野屋が没落したこと、三好為三が山城の貧乏尼寺で、悪評高い破戒尼僧にひっかかっていること、根津甚八が傀儡《くぐつ》師の一座に投じて江州を流浪していること、りんの消息は不明のことなどを伝えていた。奥州陣に関しては、最近、会津より大坂へ帰着した服部半蔵一党の内偵にもとづき、徳川方に何か策動があるかもしれぬから、情報を得しだい連絡するとしてあった。最後に通明寺の隠れ家の場所をしるし、急用があれば使いをくれるように付記してあった。

幸村はその夜のうちに返書をしたためて、当分は奥州陣の動向を専一に調べることを命じた。さらに亜矢に金子を持たせるから、暇をみて、三好為三に渡してやるように依頼した。

亜矢は侍屋敷に一泊して、翌朝、上田を発った。幸村は三好為三のことを、兄清海には教えないでおいた。

間もなく年が明けて、慶長五年正月。年賀の儀には、幸村は浪姫を伴って登城し、父昌幸の脇に控えて、家臣団の挨拶を受けた。七日に越前敦賀の大谷吉継から、賀使が来た。こんども正使が杉大十郎、副使が木宮新蔵だった。

月半ばに、亜矢がまた、佐助の報告を届けに駈けつけた。大坂城では、元旦より五日まで、家康が秀頼と同じ作法によって、大広間で諸大名の年賀を受けたという。この際、家康は、会津より参向した上杉家の賀使、藤田能登守《のとのかみ》信吉を特に厚遇し、青江直次の短刀、白銀百枚、時服二十領を与え、主君景勝に上京を進言するように諭したそうである。

そして二月一日、越後の堀秀治の家老、堀直政が、榊原康政を通じて、正式に上杉家を告発するという事態になった。堀直政は、会津領内の守備といい、また上杉家が越後に残留している旧臣を煽動している事実といい、謀反の企図があることは明らかであるとして、現状では越後の治安を維持することも困難であるから、すみやかに、征討すべきであると訴え出たのである。

幸村は、堀の告訴に、徳川の謀略を感じた。家康は藤田信吉をして、上杉家に内部から屈服を勧誘させ、同時に堀の告訴によって威圧を加えたものと判断した。こうなると会津の実状が知りたかった。出来れば自分で視察したいくらいだった。しかし、徳川に睨まれている幸村が、徳川に警戒されている会津を、理由なくして訪問することは、真田一門のためにも憚らなければならなかった。

幸村は鎌之助と清海を偵察に派遣することにした。そして必要ならば中間報告をさせるため、鎌之助には小助を、清海には小太郎を同行させた。二月下旬、鎌之助組は越後口から、清海組は信夫口から、それぞれ会津へ潜入すべく上田を発った。小太郎にとっては最初の任務であった。

三月になると、幸村は六郎をつれて長窪村の郷主屋敷へ出かけた。六郎はそこからすぐに大坂へ向かった。佐助と協力して、畿内の情報を集めるためである。

幸村自身はしばらく長窪村に滞在する予定だった。奥州陣に関心を持ったことは、全く幸村の私事であるから、父の居城の侍屋敷を離れたのである。徳川方に知れた場合の配慮である。

郷主屋敷では、丑右衛門が鴉の蠟燭焼きをこしらえた。幸村には久しぶりの好物が美味かった。夜になると、るいが寝室に待っていた。幸村はこれまた久しぶりに女の素肌に触れて堪能《たんのう》した。浪姫という新妻を、毀《こわ》れ易い大切なものでも扱うようにするのと全く違って、るいの知り尽した体に満足感を覚えた。ここでの日々は自由であり、放埒《ほうらつ》でさえあった。そのように、なんの束縛も受けず、時勢を観察したい気持が、幸村にあった。

やがて幸村の忠実なけらいたちが、次々に報告をもたらした。

上杉景勝は会津仙道の人夫八万を動員して、神指原に巨大な築城工事を起工していた。また旧年より諸道を整備し、橋梁を新設し、各支城の修繕を督励していた。さらに犬山道及《いぬやまどうきゅう》、上泉泰綱、前田利太、小幡将監、岡野左内、斎道一《いつき》、車《くるま》丹波守ら天下に名声高い武士を多数、家臣の列に加えていることも事実だった。

それらが徳川に反逆の嫌疑をかけられていることは、伏見留守居役の千坂景親から、しばしば警告されていた。大坂から帰国した藤田信吉は、景勝が早急に上京して、家康に対し異心ないことを陳述するように説得した。

しかし上杉家は、景勝とその謀臣直江兼続を中心にして、徳川の圧力にかえって反撥し、懐柔にむしろ硬化しているようであった。

三月十三日、上杉の諸将は、故謙信の二十三回忌法要を名目にして、若松城に集合し、その霊前へ、会津に主家の自立を守ることを盟約したという。上杉家の方針は直江兼続らによって強硬路線に決定した訳である。同日、和平派とみなされる藤田信吉は妻子を伴って会津を出奔した。その派の栗田刑部も逃走を企てたが、強硬派に追撃され、国境で一族すべて誅殺された。

会津を脱出した藤田信吉は、江戸城にはいって徳川秀忠に保護された後、大坂へ急行し、家康に上杉家の反状を訴えた。

家康は毛利輝元、宇喜多秀家、増田長盛と協議し、正式に上杉景勝の大坂参向をうながすことになった。徳川の臣伊奈図書と、増田の臣河内長門が上使として会津へ派遣された。この使者は、相国寺塔頭《たっちゅう》豊光寺の僧、承兌《しょうたい》から、かねがね親交のある直江兼続に宛てた私書を携行していた。承兌の書状は、景勝の過失をあげ、謝罪するように、兼続からいさめることを助言したものであった。これもまた家康が承兌を仲介に、直江兼続を通じて、景勝を懐柔しようとする裏面工作であることは明白であった。

景勝は使者を厚遇したが、大坂へ参向することは約束しなかった。そして直江兼続が四月十四日の日付けで、承兌に宛てた返書は、謀反の嫌疑をことごとく論駁《ろんぱく》し、それでもなお逆意を問うならば、徳川の会津出兵を受けて立つと堂々、決意を披瀝《ひれき》したものであった。

望月六郎が大坂から帰って来たのは、五月中旬のことである。家康は福島正則、細川忠興、加藤嘉明らに上杉征討の先鋒を内訓し、会津に隣接する諸大名に戦備を内命したという。

合戦になる！　と幸村は思った。この場合、幸村の心情は複雑だった。徳川の専横は目に余るものがある。道を直しても謀反、橋を架けても反逆と上杉家を問責するが、一体、順逆の基準は何かと反問したいところである。家康の高圧的な態度を、小っぴどく撥ね返した上杉景勝や直江兼続に、快哉の拍手を惜しまないものである。だが、ひとたび合戦となれば、真田家にも、徳川から会津征討に従軍するよう軍令が届くだろう。

合戦！　合戦！　激しい気持に、困惑とも苛ら立ちともよべそうな迷いがあった。幸村は終日、郷主屋敷の一室に閉じ籠ったり、突発的に長窪村の山野をあるき廻ったりした。なんとも落ち着かない自分を持て余した。囲炉裏端の夕食の酒量が増した。夜毎、るいを褥に侍らせた。

その宵、寝室にはいった幸村は、微かな芳香を感じて、るいをふり返った。ほの暗い灯影の傍に、るいが新しい薄物《うすもの》の寝屋着を纏って控えていた。幸村の訝《いぶか》る視線を察してか、るいは細く言った。

「お城下より、新しいお召物が届きました。わたしにも、これを着て、お側にお仕えするようにと――」

微かな芳香は、るいの寝屋着に焚きこめてある香の匂いであった。浪姫が幸村と褥を共にする夜、枕辺に焚く香の匂いであった。

「くみが来たのか？」

「すぐにお戻りになりました」

「それを脱げ」

幸村は命じた。

るいは動かなかった。

「脱げ！」

幸村は声を荒々しくした。

るいが首をふった。幸村はるいの反抗を訝った。こんなことは初めてであった。

「なぜ言うことを諾《き》かぬ？」

「これを着て、奥方さまの、お身代りをするように、申し付かりました」

幸村はるいを褥に引き入れると、乱暴に帯を解き棄て、寝屋着を剝ぎ取った。

「なぜ胸を匿すか」

るいは裸の乳房を抑えていた両手を放した。

「眼を閉じるな」

るいは瞼をひらいて、空虚なものを真剣に見詰める眸をした。

「浪江のことは考えるな。るいは、るいであればよいのだ」

幸村は常の夜のごとく、るいの体に没入したが、陶酔をさまたげる何かを感じて、行為を中断した。

「何か言ったか？」

るいの顔を覗くと、

「いえ」

るいは幸村に言われた通り、まだ真剣に眸をみひらいていた。そして幸村は、再度、るいの裸の乳房に頰を当てた刹那、その汗ばんだ肌に、寝屋着の移り香が淡く匂っていることを悟って、完全に気持は醒めた。幸村が体を離すと、るいはすぐ眸を閉じ、乳房を両掌で覆って口走った。

「身も、心も、二つほしい――」

「ふむ？」

「奥方さまの、お身代りを勤める時の身と心と、わたしの身と心と——」

るいの告白に、幸村は奇異に似た驚きを覚えた。無智と思われる程、従順な女の内側に、そのような懊悩《おうのう》が秘められていたことを知って、小さく胸を突かれた。男ごころ、女ごころ！　と幸村は思った。

「まこと、心が引き裂かれるのはつらいものぞ」

幸村は、会津に傾くおのれの心を見詰めるようにして呟いた。

次の日、幸村は上田へ引きあげると、すぐさま城中に父を尋ねた。昌幸は広縁の陽当りに毛氈を敷き、六十筋の鷹羽の矢を並べて、侍童に手入れをさせていた。矢じりに桐油を塗り、やがらを拭き、そして矢羽根を日光に虫干しするのである。二人の侍童が酷暑にさらされて、顔を汗に濡らしながら、そういう仕事を丹念にしているのを、昌幸はただ黙って眺めていた。

「内々に申しあげたい儀がございます」

それから、

「お人払いを願います」

幸村が言うと、侍童は仕事の手を止めた。

「かまわぬ」

昌幸がぽつんと言った。侍童はあわてて、また矢の手入れをつづけ、幸村は沈黙した。しばらくたってから、

「かまわぬ」

昌幸はくり返した。こんどは幸村へ、用があるならこの場で申せとでも言う態度であった。

「近く、徳川は会津征伐を始めるかと思われます」

幸村は語気を改めて、昌幸の反応を待った。昌幸は無表情に、侍童の仕事ぶりに見入ったままであった。

「真田家にも当然、参陣の沙汰があるのでしょうが、その際のお手配を伺いとうございます」

幸村は語を継いだが、昌幸は相変らず侍童の手の動きに鋭い視線を注いでいた。やがて侍童は矢の手入れを終えて、昌幸に低頭した。昌幸が、まいれ！　という眼で幸村をふり向いて書院にはいった。違い棚から手文庫をおろすと、自分で一通の封書を取りだして、幸村へ手渡した。宛名の表書《おもてがき》がないところを見ると、密書のようであった。

――内府の会津出陣は動かし難いものと察せられる。自分は軍中に従い、会津に布陣してから、内府と上杉家の調停を計る所存であるが、その機会には、ぜひお力添え戴きたい。

内容はそういう意味の短い文面だった。やはり署名も宛名もなかったが、大谷吉継からの密書と、幸村は直感的に悟った。吉継は豊家の最も誠実な直臣であり、また家康にもひいき

されている。律気な人柄だから、秀頼幼少の豊家の世に泰平を願い、家康にも義理を立てようとして、苦慮しているのだろう。幸村は共感を誘われた。

「判りました」

一礼して封書を返した。昌幸は、何が判ったのか？　とでも言うふうに幸村へ眼を当ててから、封書を手文庫に納めた。

「用心せねばならぬな？」

ぽつんと漏らした。

「は？」

幸村は父の言葉を解釈しかねた。

「会津でウカと進退すれば、たちまち徳川の後ろ矢を浴びせられるぞ」

昌幸は、そんなことが判らぬかという口吻だった。幸村は、父が必ずしも大谷吉継の計画に賛成していないことを知った。

——父にはおのれのことしかない！　ただ真田家のことのみしか考えていない！

なる程、それはその通りでいいのだろうが、しかし、幸村はどうもすっきりしない。肚に不満をくすぶらせながら、望月六郎以下のけらいをつれて、侍屋敷へさがった。

浪姫とくみが迎えに出て来た。幸村は六郎以下の面々の世話を、浪姫に命じた。大切なけらいたちだから、妻に労をねぎらわせた。

幸村が奥にはいると、くみが着替えを手伝いに来た。幸村は訊いた。

「長窪へ使いにまいったそうだな？」

「お召物を届けにまいりました」

「るいに、浪江の身代りをせよと申し付けたそうだな？」

「お方さまの仰せですから、仕方なくお言葉を伝えましたが、あたしは、あの女が嫌いです」

「嫌い⁉」

「はい。大嫌いでございます」

「浪江が、るいを嫌っているのか？」

「嫌っておいでなら、あのように衣裳など、おやりになるはずがありません。お方さまは人を嫌ったり、憎んだりすることを、ご存知ないのです。お判りにならないのですか？」

くみの眸に泪が光った。

「だから、あたしは、あの女が憎いのです。お方さまの分まで憎みます。嫌い！　大嫌い！」

くみの口から飛びだした意外に烈しい言葉に、幸村はいささか面喰らった。くみは浪姫と一心一体のつもりで、るいに嫉妬《しっと》していると思った。男ごころ、女ごころ。こんども幸村の念頭を、その文句が掠めた。

「好きと嫌いは致し方ない。憎い者は、好きにならぬな」

幸村は上杉景勝を偲び、直江兼続を想った。それから徳川に対する嫌悪の情を苦く嚙みしめた。

十九　戦　鼓

六月、家康は大坂城より、在国の諸大名へ、上杉征討の期日を七月下旬の予定と布告した。それから伏見へ移り、伏見城の留守を鳥居元忠、内藤家長、元長父子らに命じて、江戸へ向った、それから東海道の各地で、諸将の盛大な饗応を受けたり、駿府城に中村一氏を見舞ったり、相州にはいってからは鎌倉や金沢を見物したりして、江戸へ到着したのは七月二日のことであった。そうして行楽の旅ともよべそうな旅程の模様は、ひそかに家康の東下につき従った猿飛佐助の報告を、逐一、亜矢が幸村のもとへ連絡して来た。

家康は江戸城においても、参集した諸将と軍議に時間をかけ、各部隊の攻撃部署を決めた。

上田城に軍令が届いた。真田部隊は徳川秀忠に属し、前軍として上杉征討に参加することになった。

昌幸が城中大広間に主な家臣を招いて、慣例による出陣の儀の宴を催した。甚だ気勢のあがらぬ宴であった。幸村にはそう感じられた。自分が面白くないせいかもしれなかった。侍

童の酌で黙々と盃を干していると、

「そちに先鋒を任せる」

不意に昌幸から声をかけられた。幸村は盃を置いてうなずいた。

「どれ程の手勢を預けようか」

昌幸が誰に計るともなく言った。

「先鋒はうけたまわりますが、手勢はいりません」

「ふむ？」

「この幸村にも頼みになる家臣が数名おります」

それから、

「武勇の誉高い上田城の兵を、むざむざ徳川のための合戦に使うことはありますまい」

幸村は言った。忿懣《ふんまん》をぶちまけるような口吻に、居並ぶ武士たちは顔を見合わせたり囁き交したりしたが、昌幸は無表情に沈黙したままだった。

昌幸と幸村は千七百の兵力をひきつれて上田城をあとにした。幸村は昌幸に言明した通り望月六郎、鎌之助、清海、小助、小太郎の五人のみを従えて行軍に先駆した。上州高崎で、信幸の指揮する沼田城の一隊と合流し、野州路にはいった。

家康が七月廿一日に江戸を進発していた。真田部隊は奥州街道の宇都宮辺において、家康の本陣を迎え、会津攻伐に参戦の挨拶をすることになっていた。

七月廿三日、昌幸と幸村の上田隊は天明宿に仮営し、信幸の沼田隊は犬伏宿に仮営していた。宿駅が小さいので、分散しなければ一泊できないのである。

幸村は五人の部下と農家の納屋を借りた。その家の亭主は、幸村たちに母屋《おもや》を貸して、家族が納屋に移ることを申しでたが、幸村が断ったのである。小助が干飯と味噌で雑炊を焚き、小太郎が藁《わら》で仮寝の床をこしらえているところへ、亜矢が佐助の報告を届けに来た。佐助は引きつづき徳川の本陣を尾行して、家康の身辺を窺っていた。家康は予定通り、今日は古河《こが》に本陣を進めたということである。

「こんなこと、なんだって一々、お殿さまに知らせなけりゃならないんだろう」

亜矢がぼやいた。

「軍略のためだ」

鎌之助が説明した。

「へえ、どんな軍略さ」

亜矢が眸《とが》を尖らせ、

「なんだと」

鎌之助が鼻の孔をふくらませた。

「やめんかい」

そして、

「亜矢、夕飯を食っていけや」

清海が仲に立った。

「うん」

亜矢は素直にうれしそうな顔をした。雑炊に満腹すると、

「一と眠りしていこうかな」

その場に腹這いになって、すぐに甘い吐息をつくような寝息をたてはじめた、そうすると亜矢の姿態は無防備になった。軽装した体の線から想像できる弾むような肉付の肩や、背や、円い臀や、投げだした手脚には、やはり美しい野獣に似たコケティッシュな印象があった。

「目の毒だ」

普段は無口な小助が、そう呟いて視線を逸《そら》した時、亜矢が雌豹の動作で跳ね起きた。

しばらくすると、実際、あわただしい蹄の音が天明宿に駈けつけ、そして昌幸の宿所から、侍童が、幸村をよびに来た。

「速馬が来る!」

上田の留守城から、伝騎が、甲《よろい》を着た四騎の騎馬武者を案内して、昌幸を追い駈けたのであった。二騎は石田三成の使いであり、二騎は大谷吉継の臣杉大十郎と木宮新蔵であった。

石田の使者は数通の書状を携行していた。奉行の連署により、家康が故秀吉の遺命に違反した罪状十三項目をあげた弾劾《だんがい》状と、そのため徳川打倒の挙兵に参加をよびかける檄文《げきぶん》。同

じく大老毛利輝元、宇喜多秀家の檄文。及び三成より昌幸宛の私書であった。

――故太閤の旧恩を想い、豊家のために、ぜひとも、自分に加勢していただきたい。勝利の後は甲・信両国をそこもとに与えよう。

三成は、そう誘っていた。

大谷の臣は、吉継の私書一通のみを呈出した。

――義によって石田治部の挙に応じ、病軀を豊家に捧げることにした。

そういう簡単な文面で「安房守殿、左衛門佐殿」と宛名が並べてあった。

幸村はそれらの書状を精読して、父に返した。本来ならば徳川の打倒の旗上げを快挙として、感激昂奮しそうな気持が、極めて冷静であった。

「治部め、今になって！」

昌幸が不機嫌な表情で言った。たしかに三成のことであるから、これ程の大事を、急に思い立った訳ではあるまい。大老奉行をはじめ、西国の反徳川派諸将の間に、そのような秘密計画があったにもかかわらず、何も謀議に預らなかったことが、昌幸には不満のようであった。

幸村は幸村で、あれ程、大坂・伏見の情勢に注意していながら、三成の密謀を察知できなかったことが残念だった。三成に煙たがれていたなと思った。大老奉行の檄文の日付は七月十七日である。おそらく三成は、家康が会津征討のため伏見を発してから、挙兵断行の策動を開始したに違いない。猿飛佐助に家康の東下を尾行させたことが悔まれた。

そして幸村の記憶に、ふと閃いたことがあった。かつて三成が奉行を失脚して佐和山城へ隠退後、伏見の上杉宅を訪問した際、そこに三成腹心の侍童黒川冬也がいた。幸村は何気なく見すごしていたが、その頃から、上杉景勝と佐和山城の間には、すでに密約があったのではないか。三成は会津と通謀して挙兵したのではないか。

それから幸村は、家康が会津征討の軍令を発してから、必要以上に時間をかけて東海道を下り、ゆるゆると江戸を進発した事実を思い合わせて、さらに愕然とした。家康もまた西国の反逆を予知していたのではないか。家康は諸大名を敵と味方にはっきり見分け、平和的手段が天下を統一できない現状を、武力によって打破、再編成したかったのではないか。そのため会津出陣にことよせて大坂、伏見を留守にし、あえて西国の反対派勢力に挙兵の機会をあたえたのではないか。

――まこと人の心と世の動きは測り知れざるものだ。

幸村は待望していた風雲が、いよいよ自分に訪れたことを、やはり平静な気持で自覚した。

昌幸が高梨内記をよんで、犬伏へ急使をやるように命じていた。

幸村は単身、別室にはいって、大谷吉継の臣二名を引見した。

「刑部どのが、石田治部の旗上げに加わるまでの進退を訊きたい」

「殿は上杉征伐に従軍のため千余の勢で敦賀をご出陣、垂井《たるい》にて、治部さまご子息隼人佐《はやとのすけ》さまとお待ち合わせになり、共に会津へ下向するはずでございました。しかるに、治部さまよりたってのお招きあって佐和山城へお立寄りになり、初めて徳川退治の機謀にお接しにございます。殿は、秀頼さまご幼少の折りに、徳川退治の旗上げは時機なお早しと、一たんは治部さまをお諫《いさ》めになりましたが、治部さまの他、大老奉行ご一党のお覚悟がもはや動かし難いことをお悟りになり、おん味方つかまつるべく、お約束になってございます」

杉大十郎が、極度に張り詰めた語気で、一語一語を慎重に申し述べた。

「われらが佐和山を発った日、殿は、このため陣中におつれになった若殿吉治さま、頼継さまと、越前より供して来た賦役の者五百余を、ひとまず敦賀へお帰しになってございます」

木宮新蔵がそんなことを言い足した。

——お舅は治部に口説かれたか。

幸村には、業病《ごうびょう》を負う吉継が、豊家に対する義理と、三成への友誼に迫られて、残り少ない身命を、この挙兵に投げだすことにした心情が、判るような気がした。

信幸が犬伏から馬を飛ばして来た。昌幸は二子と陣屋の一室にはいって、侍童に人払いを命じた。それから石田と大谷の使者が届けた書類を、信幸に示した。

信幸はそれらに目を通しながら、見る見る硬い顔をした。読み終った書状を手にしたまま言った。

「これは正しく謀反です」

激しい口吻だった。

昌幸は無表情に信幸を見守り、幸村も沈黙していた。

「これは石田治部、大谷刑部らが秀頼さまのおん名を用いて、おのれの野望を遂げようと謀った叛乱に外なりません」

信幸が言葉を補足して、その語気と同様に激しい眼を父に当て、幸村へ移した。幸村は兄の視線をまともに受けて、おもむろに口を開いた。

「とは申しても、太閤の歿後、徳川内府の専横ぶりは、巷間の噂にさえなっています」

「内府さまは故太閤より、天下の政治を委任されている。それを専横と誹謗《ひぼう》したのは、以前より内府さまの地位を嫉《そね》み妬《ねた》んでいた石田治部らの輩ではないか！」

「しかしながら、その弾劾状にもある通り、故太閤より政治の代行を任された内府が、みずから故太閤の法度を踏みにじったことも事実です」

「口が過ぎる！」

信幸は厳しく叱ってから、

「当今の時勢に、内府さまをさしおいて、ご政道を預ることのできる者はおるまい。なればこそ故太閤も、内府さまに後事を托されたのだ」

「托されたご政道を、内府が、秀頼さまへ返還する日がありましょうか」

「何っ！」

「内府は、もはや豊家の安泰など考えてはおりますまい。内府の望むところは、徳川の天下です。治部らの挙兵は、その禍《わざわい》を双葉に刈り、秀頼さまの将来に不安なきよう致すためです」

「石田治部がそのような誠を持っていると思うか⁉」

「もとより治部にも野心はある。徳川を攻滅し、おのれが政権を握ろうと望んでいる。しかし兄上、その檄文をしかとごらんなされ。治部は利口者、豊家の恩顧を受けた者は、この旗上げに加わらずんば、不忠不義の汚名を着ることになります」

「黙れ！　不忠とは誰に不忠か。不義とは何者に不義と称するのか。治部らの挙兵は、私利私欲に駆られた謀反だ！　かつても野望を抱いて内府さまに反逆を企《くわだ》て、豊家旧臣の加藤、福島、黒田ら諸将より憎まれ、危うく誅されんとしたことがあったではないか。その際は内府さまに一命を救われながら、恩義を裏切って、また謀反を起こすとは！」

「この旗上げを、義挙とするか、謀反とするかは、見る者によって違います」

「そちは、三成に同意するのか！　奸佞《かんねい》邪智の輩に加担する気か！」

信幸は明らかに激昂していた。

「兄上は、内府がみずから天下人になろうとしている野心に、なぜ眼を瞑るのです」

幸村は兄のペースに巻き込まれまいと努めたが、

「わしは治部が嫌いだ。なきお方さまの妹御――今出川家のお量さまにつながる治部への憎しみを忘れたのか！」

それから、

「そちの嫁に、大谷刑部の娘を迎えたことはまちがいだった」

信幸が口をすべらせたとたん、幸村は自制を失なった。

「申されましたな」

唸るように言った。

幸村の顔から血が引いた。おれはお方さまの子ではない！　百姓女の子だ。父は同じでも、貴族の系統を受け嗣ぐ兄とは、生まれが違うのだ！　幸村は激情に眼がくらむ想いで口走った。

「兄上は、本多忠勝どの息女を妻にしているから――嫂上稲さまのために、徳川になびいておいでになるのか！」

信幸は失言に気付いたようだった。

「そちとこれ以上、論じても致し方ない」

言って、昌幸に向き直った。

「父上、わたしは治部の挙兵を謀反と断定します。その檄に応じることは、義の上から考慮しても、利によって推し測っても、真田家のためにはなりません。治部らに組することは、思いとどまりください」

突然、昌幸が低く笑いだした。

「兄弟そろいもそろって、義だの野望だの、私利私欲だの誠だのと理屈をこね合うとは、このタワケどもが！」

それから、

「信幸は徳川の聟《むこ》であるから、その陣中に従え、わしは幸村をつれて上田へ引きあげる」

「父上ともあろうお方が、治部の誘いに乗るとは！」

「真田家の利のためだ」

「仮りに謀反が成功したとして、治部が約束通り、父上に甲・信二国を分け与えるとお思いになりますか⁉」

「治部の空ら約束など当てにはしておらぬ。真田家の利は、真田一族が必死三昧に力を尽して勝ち取らなければならぬ」

兄弟は黙って、共に不審の眼を父に注いだ。昌幸の鋭い眼差に、判らぬか？　というような表情が僅かに走った。

「わしと幸村は徳川方と闘って甲・信二国を占有することに努める。信幸は西国方を敵に廻して、同じく甲・信二国を所領に得ることに努める。さすれば合戦にいずれが勝っても甲斐と信濃は真田家のものとなる。これが利を一族の自力で勝ち取るの計だ」

それから、

「わしは今になって、信幸の妻に本多の娘を入れ、幸村の嫁に大谷の娘を迎えたことを、よろこんでいる」

昌幸は冷然と二子を見比べた。幸村は、昌幸の非情の言葉を、いかにも父らしいと思った。どこが、どう父らしいのか、うまく説明できないが、とにかく父らしいと思った。それから、この真田安房守昌幸という武将に、一種の畏《おそ》れを覚えた。

兄信幸が何か言いかけようとして、烈しいものを秘めた顔で父に低頭した。

昌幸と幸村は夜明けを待って、天明宿の仮営を引き払うと、信州へ向かった。出陣の時とは対照的に、行軍中の将士には気合がみなぎっていた。会津の上杉家を除けば、東国で、三成らの挙兵に応じたのは上田城のみであろうと予想されたが、将士は闘志を掻き立てこそすれ、いっこうに恐れる風はなかった。彼らは過去にも、上田に籠城して、家康に一と泡ふかせた戦歴があるせいか、徳川軍には絶対に敗けないという自信のようなものを持っているらしかった。ただ信幸が敵側に廻ったことについて、一抹の悲壮感を噛みしめているようだった。元々、沼田城の家臣たちは、上田から分かれて行った者である。真田父子、兄弟が敵味方になったと同様、家臣たちも親類縁者、知己旧友どうしが闘わなければならないのである。

幸村の部下たちだけは、そういう縁故がないからいい。

「どうせこんなことになるなら、上田にいる間に、西国勢旗上げの知らせが届けばよかったんだ」

由利カマが幸村の槍を担いでぼやいた。

「行ったり来たりも、また、たのしいではないか」

三好清海が鉄杖を小脇に慰めた。

「無駄足がなんでたのしい？」

「おぬしはセッカチでいかん。合戦前の余裕をたのしむの心を養え」

「今からそんな心を養ってる暇はねえ」

「それもそうだな」

幸村は乗馬にゆられながら笑いを嚙み殺した。その時、昌幸の近習が行軍に逆行して、幸村をよびに来た。幸村は部隊の先頭をすすむ父に駈け寄って、その左に乗馬を並べた。

「沼田へ立ち寄る」

昌幸が短く言った。幸村は咄嗟に父の横顔へ眼を当てた。昌幸の気むずかしい表情からは、毛筋程も感情を読み取ることができなかった。幸村は無気味なものをのみ込む思いで質問した。

「沼田の留守城を、お抑えになりますか？」

信幸が敵になった以上、その居城を接収し、妻子を人質にするようなことを、この父ならばやりかねないという不安に駆られて、訊かずにはいられなかった。

昌幸が細く鋭い視線で、ちょっと幸村を見返った。しばらく馬をすすめてから、

「今のうちに、稲と、孫どもに会っておこうと思う」

そして、

「当分は、会えぬだろうからな」

とつけ加えた。幸村は父を疑ったことを恥じた。安房守昌幸という武将の非情な一面ばかりに拘泥《こうでい》していた自分の愚かさが、自分でひどく腹立たしかった。

部隊はたそがれの頃、沼田に到着した。城下は厭《いや》にしんとしていた。殆んどの将士は出陣していても、女や子供の姿ぐらい見かけそうなものだが、辻には人影一つなく、侍屋敷はどこも固く門を閉ざしていた。そして城もまた、森閑と鳴りをひそめている感じであった。

昌幸と幸村は、部隊を大手の広前《ひろまえ》に停止させると、二騎だけで城門に近づいた。

「開門！　上田の安房守が見舞いにまいった。開門！」

昌幸がみずから大声でよんだ。城門の脇の石垣上に、武装した老兵があらわれた。大手門を警備している者らしかった。老兵は石垣上に片膝をついて、

「取次ぎの者が奥へお知らせに行っておりますから、お待ちください」

ていねいに申し述べて姿を消した。しかし城門は、いつまでたっても開かなかった。昌幸の気むずかしい顔が、一層気むずかしくなった。

「開門！　門番の者、早く致さぬか！」

幸村が催促しても、城内からは応答がなかった。やがて三十分もすぎてから、石畳の上に、稲が姿をあらわした。

「お待たせ致しました」

稲はいんぎんに会釈してから、

「先程、夫信幸より急報がございまして、大殿さま、幸村さまとは敵味方に分かれたことをうかがいました。悲しいことでございますが、敵方であるからには、たとえ大殿さまといえども、城中へお迎えすることはできません。せっかくのお見舞いでございますが、このまま

「お引き取りください」

容姿も態度も、言葉使いも、いつもと少しも変らず落着いていたが、その円《まろ》やかな情感は、凛《りん》とした動かし難いものをつつんでいるかのようであった。

「ふーむ」

昌幸が唸った。

幸村は石畳の下へ乗馬を寄せて、稲を仰いだ。

「おやじ様は、合戦になれば当分は孫たちを抱けぬと考えて、わざわざ廻り道をして来たのだ。嫂上、門を明けなされ！　せめておやじ様一人は、城内にお入れなされ！」

すると稲が、背後へ手招きした、仙千代と百助が手をつないで、石垣の上にあらわれた。

稲は二人の子供を並べて、

「さア、おじい様に、ご挨拶をなさい」

優しく命じた。

「上田のおじい様、ご機嫌よう。左衛門佐さま、ご機嫌よう」

兄の仙千代が声をあげると、

「上田のおじいちゃまと、上田のおじちゃま、ご機嫌よう」

弟の百助が真似をした。昌幸の気むずかしい顔に、喜色が走った。

「腕白《わんぱく》どもめ」

その呟きにも、感慨が籠められていた。

「嫂上！　仙千代と百助を、おやじ様に抱かせておやりなされ。どうしてもご承知下さらぬとあれば、城門を踏み破りますぞ！」

幸村は叫んだ。

「お聞き分けのないことを――」

稲は困ったという口吻で首をかしげた。そんなしぐさも平生と変らなかった。それから、

「幸村さまが、城中へ押し入るとおっしゃるなら、こちらにも覚悟があります」

稲は背後をふり返って、何か合図した。とたんに大手門の楼や、城壁へ、さながら防備配置につくごとく、人数が駈け登って来た。半分は老兵と少年兵で、半分は甲を着た女たちであった。稲は石垣の上で、そういうことを淡々とやってのけてから、なお物静かに幸村を見おろしていた。

「ふーむ」

こんどは幸村が唸った。

これまで沼田城を心温《あたた》かい雰囲気で支配していた稲とは、全く別のもう一人の城主夫人がいて、毅然と非常の指揮をとっているという感じであった。

「これでは、うかと門を踏み破れぬな」

昌幸が、幸村へ言った。不機嫌な顔色ではなかった。

「日も暮れかけた。今夜は沼田に一泊せねばなるまい」

昌幸は、幸村に相談する言葉で、稲へ語りかけた。稲は短く考えてから、

「お城下で一夜をおすごしならば、正覚寺にお泊りください。手配はこちらで致します」

宿所を指定して、昌幸と幸村へ軽く一礼すると、石垣の上からゆっくり姿を消した。


幸村が、正覚寺に本陣を設営し、部隊を周辺の民家や空地に分散、野営の指示をして廻るうちに、すっかり宵になった。糧秣受領や乗馬の手入れ、炊飯の準備にごった返している兵士たちの間を通り抜けて、ふたたび寺へ戻って来ると、途中で、本陣の警戒を命じておいた一隊に出くわした。

「持ち場を離れてどこへ行くのか」

とがめると、

「それが、われわれはご本陣を追い払われ、行く所がなくて困っています」

「追い払われたと？　何者に！」

幸村の不審に対して、

「まず正覚寺へ行って、ご自身で様子をごらんください」

隊長の武士は、なんとも説明の仕様がないという顔付きである。

幸村は正覚寺へいそいだ。そして寺門をくぐった瞬間、

「誰や⁉」

いきなり鼻先を薙刀と手燭に遮られた。薙刀を突き付けて誰何《すいか》したのは、十七、八歳の甲を着た侍女房であった。手燭を掲《かか》げている方は、もっと年若く、十五、六かと思われる少女

で、これも甲斐甲斐しく胴具足をつけ、身の丈より長い大薙刀を小脇にしていた。

侍女房は、すぐに幸村と気付いたらしく、

「ご無礼致しました。お通りください」

薙刀を引いたが、境内には同じように武装した女たちが四十人程、上田の将士に代って物々しく警戒の配置に立っていた。幸村が歩を運ぶと、すれ違う女たちは屹と目礼するが、篝火の照り映えで見るその顔は、いずれも眼をつりあげていた。或いは鉢巻のせいかもしれないが、女たちのそういう厳しい視線に、幸村は名状し難い困惑を覚えた。

奥にはいると、昌幸の側には高梨内記と三人の侍童が控え、襖を取り払った隣室の片隅に由利鎌之助と三好清海が畏まっていた。

「これは一体どうしたことです？」

幸村は性急に昌幸へ訊いた。

「驚いたか？」

「驚きました」

「そうであろう」

昌幸は、事情を話してやれというふうに、内記へ眼を向けた。

「いやはや――」

内記の口癖がでた。そして、

「伊豆守さま奥方、お稲さまが、正覚寺に本陣のお手配を致しくださると仰せられたが、まさかこのようなお手配とは、それがしも考えませなんだ」

「嫂上の命令で、あの女たちが押しかけて来たのか」

「左様。ご本陣の警固は一切、沼田の手の者にお任せ願いたいという口上でございます」

幸村は黙って嘆息した。稲に追討ちをかけられたと思った。すると末席から、

「女武者はどうも苦が手だ。ウロチョロされると、こそばゆいし、うす気味悪いしな」

鎌之助が言った。

「うふっ」

昌幸が笑った。幸村がびっくりして顔色を窺うと、

「あれは大した女だ」

昌幸は満足そうに、稲を賞めた。

望月六郎が、小助と小太郎を指図して、膳部を運んで来た。彼らは庫裏《くり》で炊事をしていたのだろう。侍童が膳部を取次いで、昌幸と内記にすすめた。

「皆もここで相伴致せ」

昌幸は余程、機嫌がいいらしく、そんなことまで言いだした。小助と小太郎が座敷に膳を配った。

食事をしていると、不意に寺内が騒々しくなった。誰や？　とか、止まれ！　とか女たちが誰何《すいか》したり、制止したりする声にまじって、

「うるさいね、ひっぱたくよ」

そして実際、ぴしっ、ぴしっ、と小気味のいい音がした。こんどは泣くような悲鳴が、くせ者！　とか、であえ！　であえ！　とか連呼しだした。あわただしい限りである。

皆が箸を止めた時、座敷に黒い影がふわりと舞い込んで来た。

「なんだい、あの女たちは⁉」

亜矢であった。忍者の黒装束を纏《まと》っていた。

「おめえ、やったのか？」

鎌之助が箸を持った手で、横つらを張る真似をして訊いた。

「うん」

「えらい！」

「おだてられたって、うれしくないよ」

「感心してやったのに、その文句はなんだ」

「おやっ、じゃ由利カマは、あんな女たちの薙刀が怖くてちぢこまっていたのかい」

亜矢が雌豹の眸で挑み、

「なんだと⁉」

鎌之助が膳の前で膝立ちになった。この両人は、いついかなる場所でも、会えばすぐ喧嘩になる星を持って生まれたものらしい。

「これ止めんか」

清海が上座の昌幸を気にしながら、あわてて制した。鎌之助が見るからに、しまった！

という顔で弾かれたように坐り直した。亜矢のほうは昌幸のことなど、眼中にない態度で、幸村の前に坐り込んだ。懐中から小さく折りたたんだ手紙を取りだして、幸村へさしだした。猿飛佐助からの連絡であった。

一、家康が小山宿に到着し、西国勢挙兵の急報に接したこと。
一、西国勢は去る十九日より伏見城を攻囲しているらしいこと。
一、伊豆守信幸が小山において家康と対面、徳川に忠誠を誓い、家康より称賛と激励の辞を受けたこと。

そういう箇条書の短い報告を、幸村が目を通してから、昌幸へ手渡した時、廊下に足音が近づいた。警固の侍女房たちだった。三人して薙刀を伏せ、小腰をかがめて座敷の片隅にあらわれると、

「只今、くせ者が寺内に押し入りました。厳しくせんぎしておりますから、じきに取り押えることでございましょうが、しばらくは、ご用心ください」

　年長の一人が恭々しく申し述べた。

「なに言ってんだ?」

　亜矢が噴《ふ》きだした。

　女たちが顔をあげて、「あっ!」とか、「ここに!」とか、「くせ者!」とか口走りながら、表情を変えた。

「おかしな顔をして、またひっぱたかれたいのかい」

亜矢がすっと立ちあがると、侍女房たちも反射的に立ちあがった。

「待て、亜矢」

望月六郎が、雌豹を叱ってから、

「この女は決してくせ者ではござらぬ。左衛門佐さま手の者の一人にて、急命を帯び駈けつけたしだいなれば、せんぎ立てはご無用にござる」

侍女房たちへ釈明した。

「しかしながら――」

年長の一人は、なお釈然としない様子で、気丈に亜矢を睨んだ。

「しかしながら、何さ⁉」

雌豹もいきり立った。

「待て待て。どうかお鎮まりくだされ」

望月六郎は女たちの仲にはいって、額の汗を拭いた。

突然、昌幸が笑いだした。角張った肩をゆさぶり、上体をのけ反《ぞ》らして笑った。幸村は呆気にとられた。父がこのように笑う姿を見るのは初めてであった。そして昌幸は笑い終ってから言った。

「ここで女どもに闘われては、ゆるりと休息もできまい。即刻、仮り陣を引き払い、夜道をかけて上田へ向かうことにする」

昌幸はそれから、沼田の侍女房たちへ、

「稲にな、あっぱれな心がけ！　わしがそう申して満足していたと伝えおけ」

言葉を残して、侍童に甲を着る支度を命じた。幸村の指示で望月六郎、鎌之助、清海が上田勢の各陣屋へ、出発の命令を伝達に走った。

二十　武運

三好為三は重ったるい眠りから覚めた。気懶《けだる》い目覚めだった。老尼がはだけた腕と脚で、為三の体に絡《から》み付くようにして、まだ眠り呆けていた。為三は邪険に老尼の腕と脚を押しのけて、薄い古布団に起きあがった。室内には男と女の生臭い匂いが澱《よど》んでいた。

尼寺とは名ばかりの古い庵《いおり》である。一と間切りの板敷の部屋の正面に、形だけの小さい仏壇が祀ってあるが、お粗末な仏具は埃にまみれ、花も供えてなければ、燈明や香など幾年もあげてないようだ。雨戸の隙間や節孔から光りがさし込んでいた。もう日は高いらしい。

為三はあくびをしてから、

「起きろ」

老尼へ声をかけた。老尼はそれでも眼を覚まさず、昨夜も貪婪《どんらん》に為三の男を吸い尽くしたあとの、充ち足りた眠りをたのしんでいた。

「おい――」

為三はまた声をかけてから、色気狂いめ！　と舌打ちした。老尼の年齢は不明だった。噂では五十半ばとも六十すぎとも聞いているが、寝乱れた豊満な姿や肌の色艶などは、三十女にしか見えなかった。あの尼は魔性だと、近在の住民は言っている。これまで幾十人もの男が、彼女に魅入《みい》られ、生命を吸い取られて死んだという評判である。そうかもしれないと為三は思う。おれも無類の女好きだが、この尼のは男好きというのではなく、男を餌食にしているのだ。幾十人もの男が、よろこんで食い殺された理由が、おれには判る。一たん味わったら逃げることができない魔性の淫。日毎夜毎、破戒尼の引導で色地獄に墜ち、おれもこの頃では、それが歓喜か責苦か分別がつかなくなった。

「もうお眼覚めかな」

老尼が薄眼をあけた。

「さっきから起きている」

「では、お粥《かゆ》を炊いてくださいな」

「言いたいことを、言いやがる」

為三は舌打ちしたが、老尼にねっとり笑いかけられると逆らいもせず、ふらつく足を踏みしめて土間へ降り、土鍋に米を入れて外へでた。山城国といっても丹波に近い寒村の小部落である。

為三が井戸端で米を洗っていると、表の道を里の百姓が二人して通りかかった。

「いよいよ合戦となったか」

「それも大合戦になるとかいう噂だが、えらいことになったもんだ」

為三は米を磨ぐ手を止めた。

「村の衆、どこで、誰と誰が合戦を始めたんじゃ？」

百姓二人は足を停めて顔を見合わせてから、

「徳川さまを征伐するとて、大坂に軍勢が集っている」

「徳川征伐だと？　徳川内府は上杉征伐に会津へ向かっているではないか」

「上杉征伐にでかけた徳川さまを、また征伐することになったというから、お武家のやることはややっこしい」

「まことか⁉」

「石田治部さま、大谷刑部さまお指図の軍勢が、徳川方の伏見城を攻めているから、嘘と思ったら行って見るがいい」

為三が突如、瘧《おこり》にかかったように震えだした。百姓たちは気味悪そうに囁き合って、いそぎ足にあゆみ去った。

為三はこの時、天下の一大事だ！　と思った瞬間、荒淫に濁った心に真田幸村のことが鮮烈に甦ったのであった。或いは大事の勃発を知って受けたショックで、長らく無意識に拒否していた幸村のことが、為三の心をわしづかみにし、抑え付けたという説明の方が正しいかもしれない。為三は震えながら不分明な唸り声を発して、井戸端の土鍋を蹴飛ばした。鍋は他愛もなく割れて、米が白く散った。すると不思議に震えが止まった。着物をかなぐり捨て、つるべで井戸水を汲んで、何回も頭から浴びた。皮膚にこびり付いている淫らなものを洗い流した感じだった。精気の失せて、みすぼらしくやつれた五体に、活き活きと血の脈打つのを覚えた。それから為三は庵にはいると、久しぶりに僧衣を纏い、旅支度をした。脚絆《きゃはん》をはき終った頃、老尼が床の中で寝返りを打ち、

「お粥は煮えましたか。卵を入れてくださいよ」

眼をつぶったまま、甘い声で言った。為三はそれに答えず、土間で草鞋をはいた。老尼がだるそうに身を起こして、

「おや、どうかしましたのか？」

訝《いぶか》し気に訊いた。為三は、老尼の肉付のよい白い肩や、水々しく張った乳房を、改めて無気味に思った。

「婆ア、おれは色狂いから醒めたで、ここを発つぞ」

言って土間を飛びだした。老尼が何かよんだようだったが、もはや二度とうしろをふり向かなかった。

為三は京都の市中で、西国勢挙兵の詳細を調べた。石田治部らは大坂にいる徳川方の諸将の妻子を、人質として城内に収容しようと企てたが、細川忠興の室でキリスト信者の秀林院（ガラシャ夫人）が入城を拒絶し、屋敷に放火して自滅したため、治部らはこの計画を中止したという噂も知った。

伏見は戦場と化していた。鳥居元忠、内藤家長、その子元長ら徳川の老功、中堅の諸将が約千八百の兵で守備する城を、宇喜多、小早川、島津の諸軍が包囲し、十九日夕刻より攻撃を開始しているという。城の防守は固く、廿五日になると西国勢は兵力を四万に増強した。さらに攻防四日、廿九日には石田治部が佐和山より作戦指導に来た。伏見城内には甲賀の郷士が多数いた。西国方は、彼らの妻子を甲賀の里において捕縛し、内通しなければ処刑することを通告した。八月朔日夜半、甲賀の郷士四十人は城内に放火し、城壁を破壊して、攻撃軍の侵入を誘導した。それから半日に及ぶ激戦の後、守備の将士は全滅し、城は陥落した。

為三は連日、伏見の周辺をさまよって、この戦闘の経過を目撃していた。その午後、山科川の岸に立って、伏見城の天守閣が炎上するのを遠く眺めていると、

「豊太閤が築いた名城も、これでおしまいか」

不意に馴れ馴れしく肩を並べる者がいた。

「霧隠才蔵！」

為三は横へ飛びのいた。

「怖い眼をするなよ」

それから、

「おぬしが古尼寺で、とんでもない化け物につかまっていた話しは、猿飛から聞いている」

才蔵に痛いところを突かれて、為三は絶句した。

「沼田の伊豆守信幸さまは徳川に味方したが、信州上田の真田父子は、石田治部らの旗上げ

に呼応して、籠城の備えをいそいでいるぞ」

才蔵が語調を変えた
「すると、左衛門佐さまはやはり――」

「知らなかったのか」

「伏見で西国勢の将士から、噂は耳にしていた」

「おぬしも早く馳せ参じなければなるまい」

為三は沈黙した。その顔を掠めるためらいを読み取って、

「年余も化け尼に迷っていたのでは、さしもの三好為三入道も、上田へ行きにくいか」

才蔵がからかった。

「何をぬかす」

憤ったが、為三の声は元気がなかった。才蔵は声をたてずに笑ってから、

「おれも、甲賀者の裏切りを知らせなければならんと思うと、こんどは報告に戻りにくい。甲賀者と伊賀者は親戚同様だからな」

「情無用が忍者の掟《おきて》であろう」

「左様。しかるにやつらは妻子の情に引かれて城を裏切った。おかげでおれたちまでが、徳川方で働きづらくなる」

「どんなものかな」

為三は気のない返事をした。忍者のことより、自分がどう幸村に詫びを入れるか思案のて

いだ。

「燃えるなア。じつによう燃える」

才蔵がまた語調を変えた。伏見城の天守閣は今や完全に猛火につつまれていた。それは名城の最後にふさわしい豪奢な火の葬礼とさえよべそうな印象であった。

「おれが探ったところでは、西国勢には総帥がいない。石田治部は旗上げの首謀者だが、諸将を統率する能力はない。したがって軍議一つまとめるのも容易ではなく、諸方の兵は陣中にあっても足並がそろわない。僅かに千八百の守兵が籠る伏見城を、十日かかっても抜けず、治部の盟友長束正家が甲賀者の妻子を捕らえて城内の者に裏切りを脅迫する始末だ。しかし城はやっと落としたが、三千余の兵を失しなっている。かかる事態を、真田父子がいかに勘案するか、おぬし上田へ行って、尋ねてみろ」

才蔵は城の炎と噴煙を遠望しながら言った。為三に、これを土産話しに上田へ行けと、暗示しているかのような口吻だった。

真田父子は上田へ戻ると、急遽、城の防備にとりかかった。領内に改めて糧秣の供出と賦兵の徴集が布告された。

長窪村の郷主屋敷は、にわかにあわただしくなった。各部落の長《おさ》百姓が、年貢や使役の割当を相談に会合した。長百姓たちの口から、やたらに合戦という言葉が飛びだした。それから動員された百姓人夫と、まぐさや米を積んだ馬や車が、何回かに分かれて騒々しく屋敷に出入りした。彼らもまた、合戦という言葉をやかましく交しながら、丑右衛門につれられて上田へ向った。男たちがいなくなった部落の辻では、老人や女たちが不安そうに合戦の噂を囁き合い、腕白どもが合戦ごっこをして遊び廻った。合戦！　合戦！　誰もがその騒ぎに巻き込まれて、仕事も手につかない有様だった。

八月初旬、小雨のそぼ降る午後、るいは野良働きを休んで、久しぶりに閑な時間を持った。思い付くままに、風呂場でみのの髪を洗ってやった。それから奥の小間へはいり、濡れた髪を乾かし、櫛で梳《す》いていると、

「るいさん、真田勢が、会津へ上杉家の加勢に行くという話しは本当ですか」

みのが低く訊いた。

「さア」

るいは、両腕のない老女の銀色に光る白髪を束ねてやりながら首をかしげた。幸村が越後へ進撃するとか、甲賀を攻めるとか、他にも噂はさまざまあった。或いは今にも徳川方の大軍が押し寄せて来るともいわれていた。

「いずれにせよ、左衛門佐さまが石田三成に組みし、徳川と闘うことになったのでは――」

みのは呟いた。るいが髪を束ね終っても、老女は深く考える顔で、身じろぎもしなかった。

「小昼どきです。そば粉でもねって一緒にいただきましょう」

るいが立とうとすると、

「お願いがあります」

みのが急に向き直った。

「皆さんに匿して、わたしに草鞋《わらじ》を一足ください」

「草鞋なんか、どうなさる？」

「ここを旅立ちたいのです」

るいは意外なことに短く息を止めたが、みのは思い詰めた語気で言葉を次いだ。

「石田三成は、わたしにとって敵《かたき》です。殺しても飽き足らぬ程の怨みがあります。上田の真田家が、その三成と味方になったからには、こちらに留まることはできません。お世話になることが心苦しいのです。居たたまらないのです。判ってください」

るいは沈黙した。みのがいざり寄って、るいの膝に自分の膝を突き合わせた。

「わたしには両腕がなくても、執念がある。飲まず食わずに這ってでも、必ずや上方へ辿り着き、合戦の騒ぎにまぎれて三成の身辺を狙います。わが子根津甚八も健在と聞いています。甚八もこのたびの合戦に、きっと三成を討つ機会を窺うことでしょう。この世に神仏の加護があるならば、夫の仇、父の恨みを晴らそうとする母と子が、巡り逢えるかもしれません。ねえ、そうでしょう」

みのが一途に訴えるのを聞きながら、この時、るいは自分自身の感慨に浸《ひた》っていた。

――わたしもここに居づらい。ここにいて、お殿さまのお越しを待ち佗びる明け暮れがつらい。

るいにとって、幸村の褥に仕えることは、長い間、もったいない役目でしかなかった。幸村と同衾《どうきん》して男と女になっている時、るいは自分の体が喜悦しても、そうすることで役目を果しているとしか考えていなかった。浪姫が上田へ来てから、るいはその役目に素直になれなくなった。幸村の訪れを今まで以上に待ち焦がれ、幸村が郷主屋敷に来ると胸躍る想いに駆られるくせに、いざ幸村を寝室に迎えると、浪姫への遠慮と気がねにわだかまりを覚えて、ためらい悩んだ。

——お殿さまは、わたしのつらさなど、ご存知ない！

るいは、浪姫の侍女くみが、いつも自分に突き付ける憎悪の視線を思いだして、ふと眼を瞑《つぶ》った。るいの沈黙をどう解釈したのか、

「左衛門佐さまのご恩、丑右衛門どのや、るいさんのご親切は、死んでも忘れるものではない。この通りです。この通りです」

みのは腕のない上体を投げだすようにして、るいの膝に頭をすりつけた。それから、

「けれど、わたしは、もうここでお世話になる訳にはいきません。どうか旅立たせてください」

くり返して訴えた。

「おばばさん、わたしも一緒に旅にでます」

るいの閉じた瞼に、涙が光った。

るいは自分が、役目ではなく、一人の女として、幸村を恋い慕っていることに気付いていい

ない。浪姫への遠慮と気がねとは、裏返しにした嫉妬である。無意識のライバル意識があるから、幸村の訪れが今までより一層うれしいという自分の心情を、自覚していないのだ。そして幸村の抱擁をためらうのは、その腕が浪姫を同じようにしていることに対する抵抗感にほかならないのだ。

上田城内では動員された人夫が、到るところで陣地構築に従事していた。幸村はそれらの作業を見廻りながら、二の郭に来て足を停めた。三好兄弟が人夫を指揮して、城壁の際に楼《やぐら》を組んでいた。

三好為三が上田へ姿をあらわしたのは数日前のことであった。恐懼《きょうく》して詫びる為三を、幸村は昨日所用に出した家臣が帰って来たかの態度で迎えた。為三はホッとした顔で、とたんに饒舌《じょうぜつ》になった。伏見城攻防戦や畿内の形勢、道中で拾った噂などを、得々とまくし立てた。すると兄の清海が、話しの途中で為三の襟首をつかみ、いきなり横つらを張り飛ばした。幸村が止めなければ、清海はなお為三を殴りつづけたろう。幸村は清海の髭づらが涙に濡れているのを見て、この愚直な兄が不行状の弟を、いかに愛しているかを知り、胸を打たれた。

二人の工事監督ぶりは、それぞれの性格を現わしていた。清海は腕力に物をいわせ、汗みどろになって丸太を担ぎ、率先垂範、行為で無言のうちに人夫を督励している。為三は大声で、それっ！　もう少し！　それっ！　と景気よく音頭をとり、賑やかに人夫を働かせるが、自分の力は決して貸そうとしない。

——やはり清海は清海らしく、為三は為三らしい。

幸村は面白く思った。

「ここにおいででしたか」

長窪村へ戻って、竹材を調達して来た丑右衛門が、いそぎ足に幸村へあゆみ寄った。

「とりあえず車で四十台を引いて来ました。折り返し、あとの分を運ばせます」

丑右衛門は報告した。銃弾よけに用いる竹束である。

「ずい分と掻き集めたな」

幸村が労をねぎらうと、

「おばばさんが、るいをつれて、昨夜、家人の知らぬ間に屋敷を脱けだしたそうです」

丑右衛門は低く言って、小さな紙片を幸村に手渡し、さり気なくその場を離れ去った。幸村はすぐ紙片をひろげた。おばばさんにおともして、かみがたへまいる。そう二行に仮名で書いてあった。幸村はるいの文字を初めて目にした。咄嗟の驚きが、幸村の気持を小さく掠めた。

幸村は本丸にはいって、鎌之助を招いた。

「その方が、かねて謀っていた件を取りあげる。甲・信・越関東諸国より野武士、盗賊の輩《やから》を募《つの》り、領内の要所に手配致せ」

軍資金を与えてから、

「みのとるいが昨夜、長窪から上方へ向かったそうな。女の脚ゆえ、まだ遠くへは行くまい。道すがら追い駈けて、これを渡してやれ」

別に金子、銀子を預けた。鎌之助は幸村の乗馬を借りて出発した。

八月は日一日とあわただしくすぎていた。西国勢は細川幽斎の丹後田辺城と、京極《きょうごく》高次の近江大津城を攻囲しているが、戦果は遅々としてあがらないようである。三好為三がしたり顔で、西国勢は頭のない大蛇同然と評したが、幸村もその点に不安を感じていた。

家康は野州宇都宮に秀忠、秀康の二子を布陣させて、上杉勢の進撃に備えると、自身は江戸へ帰り、諸将に続々と東海道を西上させていることは、猿飛佐助の連絡で判っている。なんとも焦《じ》れったい限りである。

鎌之助が七日後に、上田へ駈け戻って来た。

「仰せに従って、昔の縁を辿り、諸方より頼みになりそうなやつを三百人ばかり選んだ。ご領内の山野へ潜《ひそ》ませました。合戦の手柄には必賞、悪事を働けば必罰と厳しく申し渡してありますが、何せ味方にしてもゆだんのならねえ連中ですから、うかと眼が放せません」

「指図はその方に任せる」

幸村は命じた。

「承知！」

由利カマは、かつて野盗の首領だった頃の剽悍《ひょうかん》なつら魂で、鼻の孔をふくらませてから、

「そうそう、申し忘れていました。みの婆アとるいさんに、和田峠の手前で追いつき、お預

りしたお宝を、たしかに持たせてやりました」

そして、

「両人とも殿に無断で出奔したそうですが、どんな事情か、みの婆アは悲願のある身といって泣き、るいさんの方は、何やら殿のお情にこたえることが、今ではつらいといって嘆き、共にお礼とお詫びを申し伝えてほしいといっていました」

鎌之助は報告を付け加えた。

幸村はみのの悲願を直解した。るいの嘆きも判る気がした。体だけを愛していた女が、それ程、哀切の情に悩んでいたかと思うと、この時も咄嗟の驚きが、小さく気持を掠めた。

秀忠が三万八千の兵をひきつれて、宇都宮を発し、信州小諸に到着したのは、九月二日のことであった。この軍団は徳川の旗本隊の他、本多正信、榊原康政、大久保忠隣と忠常父子、本多忠政、酒井忠重、奥平家昌、酒井家次、菅沼忠政、牧野康成と忠成父子、森忠政、小笠原忠政、仙石秀久、石川康長そして真田信幸の部隊で編成されていることは、佐助の情報で、事前に判っていた。

秀忠は小諸から、信幸と本多忠政を軍使として、上田城へ派遣した。本多忠政は、平八郎忠勝の子で、したがって信幸とは義兄弟の関係である。二名の軍使は、小諸城主仙石秀久の案内で、上田へ来た。

信幸を迎える上田の将士の心境は複雑だった。動揺とはいえないまでも、敵の軍使の訪れに、激しい敵慨心を示す気勢を削《そ》がれた感じである。徳川方がそういう微妙な影響を計算に入れ、信幸を派遣して来たことは、たぶん本多正信あたりの策と思われた。それと察して、

「いずれ翻意降参を説得する使者に違いありませぬ。対面を断り、追い返しましょうや」

幸村は父に計った。

「せっかくよこした使者を、むざと追い払うこともあるまい」

昌幸があっさり言った。

「今さら父上が徳川の使いをご引見なさっては、城内の士気にもさしさわるかと思います」

幸村は不服だった。昌幸は底光りのする眼をちらと幸村に当てたが、それに答えず、老臣高梨内記へおもむろに命じた。

「使者を国分寺に迎えるように致せ」

そして昌幸自身も、僅かの供を従えて、城外へでかけて行った。幸村は城に残留した。国分寺の会見は数時間に及び、昌幸が帰館したのは宵のことであった。昌幸は何も幸村に告げず、すぐ奥へはいってしまった。幸村は会見に陪席した高梨内記をよんで、様子を聞いた。

昌幸は二名の軍使と案内の仙石秀久を、極めて丁重に饗応したということである。それからおだやかな態度で、口上をうけたまわりたいと申しでた。本多忠政と伊豆守信幸がこもごも伝えた秀忠の旨は、予想の通りで、今からでも西国勢へ加担の意志を放棄し、徳川方へ服属すれば、本領安堵の他、恩賞を与えるという勧告だった。昌幸は配慮を感謝、さっそく委細を家臣一同へ申し聞かせて、返答すると約束したそうである。

——おやじ様が！

幸村は父の心を測りかねた。しかし昌幸は翌日になっても、城内へ何も触れをだすことなく、午後に一度、天守閣へ登ったきりで、居室に籠っていた。国分寺に滞在している軍使から催促が来た。昌幸はふたたび国分寺へでかけたが、こんどはすぐ帰館した。昌幸に随行した高梨内記が、いそいで幸村のところへやって来た。

「いやはや、お手厳しいことと申したら！」

老臣は首をふりながら、

「寺の本堂で、使者とご対面なさるや否や、ご両名とも一刻も早く小諸へ馳せ戻り、真田安房守の決意はゆるがぬと、秀忠どのへ言上あれ、只それだけを申し置かれて、さっさとお帰りになりました」

いささか昂奮気味に告げた。城内がざわめきだした。徳川の使者がお城下を離れ去りました！　望楼の監視兵から、そんな報告が、次々に伝声されるのを聞きながら、幸村は父の居室へ行った。

「これで伊豆どのは、小諸へ引きあげても、一応は面目が立ちましょう」

幸村は冷静に言った。どうせ追い返す軍使を、昌幸がみずから懇切に接待し、秀忠の勧告を尊重するかの擬態《ぎたい》を見せたのは、敵に廻った兄信幸の徳川方における立場を考えての親心と、幸村は解釈していた。すると昌幸は、そっぽを向いたまま、いかにも嘆かわしいというふうに溜息をついた。それから、ぽつんと呟いて、さがれと言うように手をふった。

「三日を儲けた」

九月五日午後、徳川方の諸部隊はひしひしと上田へ迫った。

夕刻、幸村は昌幸に従って、外郭陣地の望楼へ登った。敵は真田領に侵入してからも、なんら抵抗を受けなかったので、図に乗ってか、城を包囲すると、近辺の民家に仮泊の準備をしていた。指呼の間の家並にも、それらの炊煙が立ち昇り、敵兵が右往左往するのが見えた。

「本陣は、まだ来ておらぬな」

昌幸が夕映えに林立する旗幟や馬標《うまじるし》を眺めて言った。なる程、秀忠の旗じるしはどこにも見当らなかった。

「今夜、不意討ちすれば、明日は秀忠に、徳川勢の墓場と化した城下を見せることができます」

幸村は腕を撫でる思いだった。その時、一騎の騎馬武者が疾走して来た。武者は城に近い敵陣に馬を乗り廻しながら、鞭をふりあげて叫ぶように叱咤した。

「このウツケどもが！　真田安房守は世に聞こえたいくさじょうずと、あれ程、念入りに戒めたに、かように城近く陣をとり、しかも空き家にはいって飯を喰らおうなどとは不心得も甚だしい。夜討ちをかけられたら、いかにする！　もそっと後へ引いて野陣を構え、篝を多く焚いて、ゆだんなく致さねばなるまいが！」

激しい剣幕に、敵兵はあわてて陣所の後退をはじめた。幸村は自分の作戦を看破された感じで、その騎馬武者を眼で追った。着用している甲冑や馬具は質素であるが、逞しい鹿毛《かげ》の乗馬から推測するに、ひとかどの将のようである。しかし甲の背に差物を立てていない。

「何者であろうか？」

思わず独白すると、

「榊原康政」

昌幸の口から、即答がはね返って来た。そして、

「さすがに夜陣の作法を、ぬかりなく知っている」

昌幸は言った。

同じ日、鎌之助は幸村の指令で、配下二百余と太郎山に潜伏していた。そして一と晩中、上田城を遠巻きにする炎の帯のような、無数の篝火を眼下に睨んでいるうちに、明方になって、うとうとしていたらしい。

「お頭《かしら》、城から使いだ」

よばれて飛び起きると、小助であった。

「間もなく、大殿さま、殿さまがおそろいで、直々に物見におでましになる。染屋平《そめやだいら》の辺まで馬をお進めになるそうだから、手配をせよとの仰せだ」

小助は、幸村の伝令である。

「合点！」

鎌之助はピュウと口笛を吹いて、右手を大きく三べん廻し、その手で東太郎山の方を指さした。その合図で、附近の木蔭岩蔭に潜んでいる無頼の一隊が、移動の準備にかかった。うたた寝している仲間を起こすやつ。あくびをするやつ。しわぶきやくさめをするやつ。低いざわめきが早朝の山気にひろがり、そしてまた、しんとなった。

鎌之助は上田城の大手門を凝視した。やがて城門が開かれ、四十騎ばかりの騎馬武者が二列になってくりだして行くのが見えた。その先頭に馬首を並べた二騎が、昌幸と幸村であることを確認すると、鎌之助はまた口笛を鳴らした。無頼の一隊は道もない山腹を迅速に辿った。彼らの任務は、昌幸と幸村の敵状偵察を、背後の山中に姿を匿して護衛することである。先廻りをして東太郎山へ分け入ると、樹林で鳴き交していた小鳥が羽ばたいて飛び去った。

「お頭《かしら》ア、注進だ」

百姓姿に変装して街道筋に見張りに出ていた配下の密偵が、わめきながら斜面を駈け登って来た。

「敵の大将、徳川秀忠が、本陣を進めて来やがった」

「でかい声をだすな」

叱ってから、鎌之助は岩角に立った。見えた！　見えた！　旗本騎馬隊が物々しく前後を備えた秀忠の司令部が、堂々と進んで来る。

「この分じゃ、城の大将より一と足先に、敵の本陣が染屋平へ着いちゃうんじゃねえかな」

鎌之助の傍で、副頭目格の甲州野武士が言った。

「それじゃ、左衛門佐さまへ大事を知らせに走れば、褒美が貰えるかもしれねえ」

百姓姿の密偵がよろこぶのを、

「そんなこたア手柄にならねえ」

そして、

「じっとしてろ!」

鎌之助は叱って、眼下の情況を見守りながら生ツバをのみこんだ。敵勢が染屋平へ近づいた。昌幸と幸村の一隊もしずしずと染屋平へ向かっている。敵の先駆が染屋平にはいった。昌幸と幸村はまだ気付かぬらしい。敵の先駆が引返すと、秀忠の旗本騎馬隊が二列横隊に隊形を変えて、いっせいに染屋平へ進んだ。昌幸と幸村は、前方に馬首を並べてひしめく敵勢を、ようやく認めて、停止した。彼我の距離は半丁程である。敵は真田父子の馬標を認めてか、百人ばかりの銃兵を騎馬隊の前へくりだした。銃声が上田盆地の朝の大気を震わせた。いっせい射撃といいたいところだが、駈け脚でだいぶ走った直後のことだから、兵士の息が乱れているため、ひどく散発的な射ち方だった。

「みっともねえ鉄砲扱いだ」

甲州野武士が悪口を言った。

昌幸と幸村がゆうゆう馬首を返した。敵は散発的な銃撃を加えながら、それを追尾しだした。昌幸と幸村はいっこうに後退をいそがなかった。敵の騎馬隊が追撃を開始した。真田父子の馬標が竹藪の道へ消えた。敵の騎馬隊が速駈けに移った。突如、竹藪から銃声が響いた。真田の伏兵であった。

「ざまア見やがれ！」

甲州野武士が小膝を叩いた。

敵の後続隊が加勢に寄せるに及んで、竹藪の周辺は激戦場と化した。

「おれたちも一と働きするか」

甲州野武士は勇に逸《はや》っているようだ。

「まだ、まだ――」

鎌之助は慎重に戦況を窺った。

昌幸と幸村が竹藪を抜けて、相変らずせかずいそがず城へしりぞいて行く。その馬標を遠望して、千曲川の対岸に布陣していた大久保忠隣、本多忠政の部隊が、横から襲撃を企てた。それらの敵兵が喚声をあげて川瀬を押し渡るのを見て、真田父子が危いと判断し、

「野郎ども、いいか！」

鎌之助は自慢の飾り太刀を抜いた。

「大久保、本多の勢をさっと一と撫でしたら、虚空蔵山《こくうぞうさん》へ集れ」

指示を与えると、真っ先に山腹の斜面を跳ねるように駈け降りた。このゲリラ隊が敵の企図を攪乱阻止する隙に、真田父子は城内にはいった。そして大久保、本多隊がやっと戦闘隊

形をたて直した頃、ゲリラ隊はすでに虚空蔵山へ引きあげていた。

大久保隊、本多隊は竹藪に孤立した真田勢の背後を突こうとした。幸村が城内から突進して、その背後を襲った。望月六郎、三好兄弟が幸村の馬側で奮闘した。すると榊原康政が二千の兵で、さらに幸村の背後へ迫った。城内からは昌幸が武者八十騎で打ってでると、榊原勢の真っ只中へ突入した。

大手方面の血戦に刺戟されて、徳川方の牧野康成と忠成父子が城の搦手《からめて》へ攻め寄せた。押す、押し返す。揉みあげる、突き落とす。搦手の攻防も激烈であった。牧野忠成は青年武将らしい血気の勇で、部下を陣頭指揮しながら、じりじりと外郭へ肉薄し、城壁にとりついた。搦手の守兵が劣勢と知って、鎌之助のゲリラ隊は、ふたたび虚空蔵山を駈け降りた。

上田城をめぐる戦闘が混乱状態のうちに、夕刻になった。日が暮れると、また城を遠巻きに布陣した徳川方は、各所でひんぱんに夜襲を受けた。東の陣所が鬨《とき》につつまれたかと思うと、西の陣所に鉄火を浴びせられ、南の陣所で番兵が知らぬ間に刺殺されたかと思うと、北の陣所が篝火に煙硝を投げ込まれて爆発するというぐあいである。鎌之助配下の活躍だった。風の如く襲い、風の如く消え去るのは、由利カマが得意とする野盗戦法である。

九月七日の午前中、徳川勢はいやに鳴りをひそめていた。風の強い日で、どこも大小の旗幟が千切れる程なびいている陣地から、染屋平の本陣へ、騎馬武者があわただしく往来していた。

昼すぎ、徳川勢は突如として部隊の配置転換を始めた。右へ左へ陣地を移る人馬と旗の列が各所で交錯し、渦を巻いた。どこかへ後退する部隊もあれば、新しく前線へ到着する部隊もあった。そういう情況を、城内の望楼から眺めながら、

「隙を突いて討って出ましょうや？」

幸村は昌幸に計った。敵は部署を編成変えして、総攻撃を開始するものと予想されるから、今のうちに機先を制しておきたかった。攻撃こそ最大の防御であることは、軍略の常識である。

「兵を出すことはなるまい」

昌幸は言った。幸村が不審の眼を向けると、鞭で敵陣をさし示し、

「徳川方もコケばかりではない。城攻めの作法にそむき、我れを前にして、持ち場を変えるからには、それなりの用意と覚悟をしている。今、討って出れば、隙を突くどころか、逆に取り囲まれて、一兵残らずシラミ潰しの目に遭うのが関の山だ」

言い置いて、さっさと望楼を降りてしまった。幸村は再度、城外へ眼を凝らした。そして自分の不明を悟った。陣地移動をする敵の銃兵は、ことごとく銃の火縄に火をつけ、騎馬武者は槍の鞘を払っていた。

徳川勢は、やがて包囲陣の再編成を完了した。城内は総攻撃に備えて、緊迫感がみなぎった。しかし徳川勢は、やはり鳴りをひそめたままで、この日、風吹きすさぶ上田盆地には、ついに一発の銃声も轟くことなく、夜となった。幸村は暗闇に乗じて、小助を太郎山へや

り、鎌之助に夜間の活躍を中止させ、もし敵が夜襲を開始したら、その背後を攪乱するように命じた。

　九月八日になった。敵の本陣が引きあげます！　監視兵の報告に、昌幸と幸村は望楼へ登った。秀忠が小諸方面へさがって行くのが見えた。本陣ばかりでなく、徳川の諸部隊が、城の周囲から、相次いで撤退して行く。午後になると、城を遠巻きにした真田信幸の部隊を主力に、大久保忠隣、本多政信、仙石秀久の各隊の一部が要所に留まるのみとなった。

「いかにしたことか⁉」

　幸村は思わず口走ったが、

「また三日を儲けた」

　昌幸はそう言っただけであった。

　この不可解な事態は、幸村にとって、徳川の大軍が寄せて来た時よりも、うす気味悪かった。すぐに由利カマ配下の密偵を多数、小諸へ潜行させた。密偵は交替で雑多な情報を伝えに戻った。

　去る六日の緒戦で、徳川方の各部隊が、本陣の軍令を用いず、勝手な行動をとったことを、本多正信が怒ったという。そして竹藪の戦闘に馳せ参じた秀忠旗本の武士数名が、軍令違反の罪を問われ、従軍を罷免されて上州吾妻城の守備へ追いやられたこと、大久保忠隣にも同断の沙汰があったが、家臣の旗奉行某が責を一身に負って切腹したため、許されたこと。上田城の搦め手へ攻め寄った牧野父子の場合は、吾妻城へ去るか、さもなくば城壁へとりついた家臣を切腹させるかと問責されたが、青年武将忠成が憤然として、勇士を殺すに忍びずと、その家臣をつれて脱走したため、父の康成が罪が重くなり、吾妻城に禁錮の処分を受けたそうである。

九月十日、徳川勢は小諸を進発し、上田を迂廻して中仙道を西上して行った。これは江戸より連絡が届き、家康が九月朔日に東海道へ本陣をすすめたから、秀忠軍も道をいそいで、美濃路で合流するように、命令が伝達されたためと判明した。この時、小諸では論争があり、一部の将は、飽くまで上田城を抜いてすすむべきことを主張したが、本多正信は真田父子を攻撃することより、西国勢との合戦に参加することの方が大事であるとして、秀忠に進発をうながしたという。

上田城の将士には、徳川勢の主力が去ったと知って、さすがにホッとした気分が流れた。

「これで八日を儲けた。いや、秀忠が信濃路にはいった日より数えれば十日間か」

それから、

「いくさのへたな石田治部に、この十日間を無駄にせぬ才覚があればな――」

昌幸が呟いた。幸村は父の言葉の意味を、初めて知った。昌幸は秀忠の軍勢を少しでも長く上田にくい止めることによって、西国勢が戦局を有利に展開できるように、援護を策していたのだ。

そして九月十五日、秀忠がまだ木曽路を急行している時、関ケ原において西国勢と徳川勢は激突した。秀忠は戦闘に間に合わなかった訳である。

二十一　勝敗

伊吹山中に時雨が通りすぎた。かなり激しい雨脚だった。根津甚八は木蔭の窪地に身を匿して、頬かぶりを脱ぐと、その布をしぼって、顔や首筋を拭いた。濡れた衣服に秋冷の山気がこたえた。空腹を抱えて胴震いしながら、こんな莫迦な話しがあるものか！　と何十回、何百回目のその文句を、心にくり返した。

不意に山腹を辿る足音がした。

「昨日はいい獲物があったが、今日はさっぱりだな」

「なアに、この雨に降り籠められて、やつらもきっと何処かに潜んでいるわさ」

落武者狩りをしている百姓たちだった。

「石田三成、小西行長、宇喜多秀家と大将株が、まだつかまっていねえそうだ」

「うまく生け捕りにすれば、生涯、安楽に暮せる程の褒美が手にはいる」

「ぶった切って、首だけ届けたって、大したもんだ」

人声がしだいに近づいて来ると察して、甚八はあわてて窪地に身を伏せた。とたんに、どうしたはずみか、腰にさげていた竹筒の空ら水筒が下に落ち、石に当って弾んだ音をたてた。しまった！　甚八は窪地の反対側へ飛びあがった。

「あっ、いやがった」

「やっちまえ！」

百姓たちがわめいた。五人いた。粗末な野良着の上に美々しい甲を着けている者もいれば、頭形兜《ずなりかぶと》だけかぶって、みごとな大槍を持っている者や、りっぱな作りの太刀を手にしている者もいた。落武者狩りでせしめた物に違いなかった。

「待て！　待ってくれ――」

甚八は後ろへさがりながら叫んだ。

「手向いせずに、おとなしく縛られるか⁉」

「そうではないが、話しがある」

「今さら何をぬかす」

「早く素っ首を刎《は》ねちまえ」

百姓たちは殺気だった。逃げる暇はなかった。刀を捨ててしまったので、抵抗するすべもなかった。

「待て！　わたしの言うことを聞いてくれ」

甚八は懸命に叫んだ。伊吹山中へ逃げ込んでから、そこの岩蔭ここの木蔭で、しばしば見かけた西国勢の将士の屍が、ちらっと脳裏を掠めた。どの死体も首がなく裸にされていた。みずから切腹したと思われる武士も、首なし胴体が丸裸になっていた。武器を持たぬ者が追い詰められ、谷へ飛び降りる光景を目撃したこともあった。恐らくみにくい屍を晒したくないと考えたのだろうが、それでも百姓たちは谷底へ降りて、首と衣服を剝ぎ取って来た。平生は愚鈍と思われるくらいおとなしい百姓が、一たん落武者狩りとなると、これ程、残忍狂暴になるとは知らなかった。

「わたしは石田の雑兵だが、これは父の仇討ちをするため――治部少輔三成はわたしの亡父の敵だ。むしろお前方より、三成の首級を狙っているくらいだ。手向いはせぬ。一緒に三成の居場所を探そう」

甚八は弁明したが、百姓たちは耳も貸さなかった。槍と刀が容赦なく突き迫り、襲いかかるのを、危うくかわしながら、犬死にか！　甚八は諦めに似た気持になった。

その時、百姓たちの背後に立って、鉄砲を逆さにふりかざした者があった。鉄砲の台尻が風を切って唸るたびに、骨の砕ける厭な音と、悲鳴絶叫があがった。そして瞬《また》く間に五人を叩き伏せた者は、無言で甚八に相対した。

「恐ろしいやつらだ」

甚八は危機を救われると、疲労と空腹で脚腰の力が脱け、その場に坐り込んだ。

「百姓は常日頃、武士に対して欝積《うっせき》している恨みつらみを、この時とばかり、敗軍の将士に晴らそうとする」

相手は言った。顔も語調もひどく陰気な男だった。甚八はふと気が付いて、

「ご援助かたじけない。おぬしも西国勢の落ち人か」

「いや」

「では、徳川方か⁉」

「家康を敵《かたき》とつけ狙って、長年、旅暮しをしている者だ。合戦のどさくさにまぎれて、徳川の本陣を窺ったが、旗本に怪しまれ、大勢に追われ、ひとまずこの山中に姿をくらますうちに、関ケ原で西国勢は総崩れだ。皆が山中へ遁走して来たから、おれまで落武者と間違われて迷惑している」

　それから、

「おれはたいていの時は、百姓に味方するんだが、落武者狩りは気に入らないし、おぬしが石田三成を敵《かたき》にしているというので、助ける気になった」

「わたしは豊臣の旧臣、根津甚右衛門の一子、甚八という者だ。父甚右衛門は三成の奸計により横死した」

　甚八の声が飢えと寒さに震えているのを知って、男は干飯《ほしい》の袋を手渡した。

「水がないから、よく嚙んで食え」

　言って、甚八の脇に腰をおろすと、鉄砲のしずくを拭きだした。時雨はいつか止んでいた。甚八は夢中で二た口み口、干飯を頰張ってから、語を次いだ。

「わたしも父の敵を討つため、幼少から流浪の辛酸を舐めて来たが、半年ばかり前、手づるを求めて、佐和山城に雑色《ぞうしき》奉公した」

　雑色者は足軽より身分の低い雑役夫である。

「なんでもいい、城内に出入りしていれば、三成に近付くこともあろうと考えていたが、機会がないうちに旗上げ騒ぎだ。雑色者まで槍足軽に編入され、戦場へ引っぱりだされた。わたしは陣中でも三成を窺ったが、さすが一軍の将で、身辺の護衛が厳しく、近づく隙がなかった。関ケ原で石田勢が潰滅した際、今こそ好機と三成の姿を探し廻った。わたしには合戦の勝敗など、どうでもいい、三成を討つことだけが望みだった。しかし、ここでも敗軍の陣中は混乱していて、とうとう三成を見付けそこね、やがて自分が徳川勢に追われる羽目になってしまった。こんな馬鹿な話しがあるものか！」

甚八は憤懣《ふんまん》をぶちまけるように、またその文句を口にしたが、相手の男はまるで反応を示さず、黙々と鉄砲の手入れをしていた。甚八は拍子抜けがした感じで、干飯を頬張ることに専念した。旅馴れた者の腰兵糧らしく、うすい塩味のまぶしてある干飯が、空腹には美味かった。

「これから、どうする？」

ふと男が訊いた。

甚八が反問すると、

「おぬしは？」

「家康は勝利の余勢を駆って京、大坂へ上ることだろう。おれはあとを追って――」

男はいきなり鉄砲を構えて、甚八の胸元をぴたりと狙った。弾丸は込めてないと知っていながら、甚八は一瞬、背筋に冷たいものが走る想いだった。そして男はカチリと引金を引い

て、

「家康をこうする！」

復讐の執念に憑《つ》かれた眼で言った。

「わたしも飽くまで亡父の仇を討つ覚悟だが、このままではどうにもならぬ」

甚八は短く考えてから、

「京都へ行けば、三成の消息も判るだろう。道づれにしてくれぬか」

すると、

「道づれは好まぬが、伊吹山を降りるまでは一緒の方が、お互によかろう」

男は腰から刀を鞘ごと抜いて、貸してやるというふうに、甚八へさしだした。甚八は刀を帯びて立ちあがってから、

「おぬしの姓名は？」

思いだして訊いた。

「筧十蔵」

男は、ぽつんと名のって、立ちあがった。


るいは木賃宿の裏庭で粥を炊いていた。秋の日はつるべ落としに暮れるから、明るいうちに夕食の支度をいそいでいた。土鍋がコトコト鳴って、木の蓋《ふた》をゆさぶった。立ち昇る湯気に粥の匂いを嗅ぐと、るいは急に粟めしを思いだした。この季節になると、信州長窪村の郷

主屋敷では、しばしば栗めし、茸《きのこ》めしを炊いた。るいは栗めしの方が好きだった。栗の淡い香りと甘さがまじったご飯の味を偲ぶと、その想いが、またしても幸村への慕情につながりそうになった。るいは危険なものから身を反すように、気を取り直して、土鍋の下の火を覗いた。

「薪はいくらでも使いなされ。今夜も泊り客は少ないから、遠慮はいらない」

木賃宿のあるじが裏口から声をかけた。

「佐和山城も落ちたことだし、徳川方はじきに京、大坂を鎮めるだろう。お前さんがたのご信心も、間もなく叶《かな》う」

あるじはそうも言った。るいとみのは近江長浜の木賃宿に、かれこれ十日余も逗留していた。ここでは願いごとがあって、上方へ神仏詣りに行く旅の者ということにしてある。

二人が美濃路へ辿り着いた頃、石田三成は居城より出馬して垂井《たるい》、大垣と諸軍を指揮しながら転々していた。みのは躍気になって三成を追おうとしたが、街道はどこも殺気立った西国勢で埋め尽くされているので、女があるき廻ることは困難だった。近江路でも、京極高次の大津城が、西国勢と攻防戦を交えているため、通行できず、止むを得ず長浜へ来た。九月十四日に大津が開城し、翌十五日には西国勢が関ケ原で大敗したという事実も伝え聞いたが、まだ各地は混乱しているようだ。

この長浜城も、一時は西国勢が接収していたが、数日前に徳川方が占領した。それも、いかなる理由か、徳川方の占領部隊は再三、交替している様子であった。

るいが粥を炊き終えた頃、あたりは水色にたそがれて、夕風が身に沁みた。宿にはいると、うす暗い土間で、あるじが枯木を焚いていた。石で井型に囲った焚火の炎が、明りであり、暖房用でもあった。板敷の広間で車座になって雑談していた五、六人の旅人が、火のまわりに集った。牛買いが干魚を焙り、放浪の陰陽師《おんみようじ》は黍餅《きびもち》を焼き、布売りの行商人は米の粉を練っていた。

「おばばさん、夕食にしましょう」

るいは土鍋を床に置いた。それから今朝、市の辻で買い求めた瓜《うり》の味噌漬《みそづけ》と湖魚の串焼きをとりだした。

「お世話をかけます」

みのは頭をさげた。土間の焚火のまわりでは、男たちが雑多な食物を口にしながら、徳川方が伏見で西国大名の屋敷を焼き払ったとか、小西摂津守の首を届けた者がいるとか、宇喜多中納言は伊吹山中で切腹したとか、噂に花を咲かせていた。みのは、るいに粥を口へ運んで貰いながら、彼らの話しを熱心に聞き入っていた。

宿のあるじが土間へやって来て言った。

「皆の衆、お調べだ。しばらくその場を動かずにいてくれ」

また徳川方は、長浜城の駐屯部隊を交替したようだ。新しい部隊が来るたびに宿調べがある。そして甲を着た武士が、二人の侍と、十人程の武装兵を従えて土間にはいって来た。

「暗い」

武士が言った。あるじが焚火に枯枝をくべた。その火明りで、武士は丹念に、宿泊人を見渡した。質問はしないが、人相容姿を鋭く調べた。関ケ原の残党を捜査しているのだろう。るいとみのの側へも来たが、不具の老女とつき添いの百姓女には関心を示さなかった。

「これだけか?」

「もう一人います」

部下が片隅を指さした。いつの間に泊ったのか、誰かが宿のうす布団を頭からかぶって寝ていた。武士は焚火の中から、先の燃えている枯枝をつかんで、その者に近づいた。部下の侍が布団を引き剝がした。まだ少年ともよべそうな若い旅僧だった。おずおずと身を起こして、剃《そ》りたての坊主頭を低く垂れた。

「越前へ修行にまいる途中、先日より体をこわし、歩行が苦しくなったので、今宵は宿に休むことにしました」

何も訊問されぬうちに、そう言った。

「顔をあげろ」

命じられて、少年僧は大儀そうに武士を仰いだ。武士が枯枝の炎を近づけた。美僧であった。ととのった顔の神妙な表情に、疲れた翳があった。そしてみのが、離れた場処から少年僧の方へ、身を乗りだした。不分明な声を発して、膝立ちになった。

「黒川冬也!」

皆が、みのをふり向いた。

「その者は、石田治部の腹心、黒川七五兵衛の一子冬也でございますぞ。父の七五兵衛ともども治部の信頼厚く、西国勢の旗上げにも、さぞかし治部のために働いたに相違ございませぬ」

みのは衆目を浴びながら叫んだ。

「とんと存ぜぬことばかり、お人違いでございましょう」

少年僧は首をかしげた。

「白々しいことを！　このわたしを忘れたのか。そなたに両腕切り落とされたみのだ。憎くや、憎くや」

みのは銀色に光る白髪をふり乱した。

「わしも見覚えがある。伏見で治部に従っている小姓姿を、よそ目に見たことがある」

武士が言ったとたん、少年僧は身を翻して、壁を背に短刀をきらめかした。侍や武装兵が、その前にひしめいた。

「父は討死にしたが、ご主君治部少輔さまは必ずや生き伸びておいでのはず、あとをお慕いして、後日を期す覚悟だったが、こんな所でみのに逢うとは！」

少年僧は、黒川冬也に急変して屹とみのを見据えた。

「もはや逃げられぬ。観念して刃《やいば》を手放せ」

武士が諭した。

「逃げはせぬが、捕らわれもせぬ」

言って、冬也はいきなり短刀を左腹へ突き刺した。その短刀を右へ引き廻そうとしたが、うまくいかず、ううっ！　と呻《うめ》いた。僧衣を鮮血で染めながら、崩れるように坐り込んだ。短刀を腹に刺し立てたまま、上体を両腕で支えて、やっと顔をあげた。

「武士の情――介錯《かいしゃく》たのむ。早く、早く首を刎ねてくれ」

苦悶に身をよじりながら、悲鳴に似た語気で哀願した。侍の一人が、刀を抜いて、冬也の横へあゆみ寄った。怖《こわ》い！　るいは眼を閉じておののいた。

武士の一隊は冬也の首級を持って去った。宿のあるじが屍を布団にくるみ、人手を借りて外へ運んだ。

「きれいな若衆だったが、むごいことをする」

牛買いの男が嘆息した。

「せっかく落ち延びて来たのに可哀そうな」

行商人は顔をしかめた。

「運が悪かったのじゃ」

陰陽師も言った。宿のあるじが戻って来て、

「お前さんがたのおかげで迷惑した」

みのとるいに白い眼を向けた。

「なんの！　あれは血も泪もない鬼だ。ここで滅びるのは自業《じごう》自得です」

「ご信心の旅に、落武者を訴人することはあるまい」

「わたしには八つ裂きにしても飽き足らない敵の片割れよ」

みのが負けずにやり返すと、恐ろしいババアだ！　とか、信心が聞いて呆れる！　とか囁きながら、同宿の男たちも非難の視線を集めた。彼らは冬也の最後を、けなげな若武者の切腹と憐れみ、同等分の憎悪を露骨にみのへ突き付けた。それを代表するかのごとく、

「宿を血で汚されるとは縁起でもない。お前さんがたがいては、あの若衆の亡魂がタタリに来そうだ。これ以上、泊める訳にはいかない。さっさと出て発ってくれ」

あるじが宣告した。民衆には、落武者狩りをする残酷な反面、敗者に同情する不可解な心理がある。いっとき後、みのとるいは湖畔の夜道に影を寄り添わせていた。星明りに、琵琶湖が黒々とひろがり、遠くに何かの灯が一つゆれていた。

「人でなしめ！　わたしの不幸も知らず、受けた傷の痛さも思わず、宿を追いだすとは！」

みのがののしった。

「おばばさん、寒くはありませんか」

るいは救い難い気持で、みのをいたわった。しばらくすると、みのが歩を停めた。

「るいさん、わたしは足が痛くなった」

「彦根へ着けば、宿があります」

「新しい草鞋が悪かった。紐がすれるのです」

夜道にぐずぐずしていては物騒《ぶっそう》である。周囲の暗がりを透かし見ると、湖水の汀《みぎわ》に苫《とま》小

屋があった。るいはみのを、そこへみちびいた。小屋にはいった刹那、

「誰だ」

低い男の声にとがめられた。

るいは血が凍る想いで、急には口がきけなかった。みのの方が落着いていた。

「願いごとがあって、神仏詣りの旅をつづける女の二人づれでございます」

すると、

「それはご奇特な。おはいりなさい。わたしは怪しい者ではない」

ガサゴソと苫《とま》を踏む音がして、

「燧《ひうち》があったら、火を燃やせるのだが」

男が言った。るいは震える手で、燧を打った。無駄に火花が散った。

「貸しなさい。わたしがやる」

男はすぐに小さい焚火をおこした。言葉使いに似合わず、流民のような姿の男である。るいはゆだんがならないと思いながら、みのの足から草鞋を解いた。

「ご不自由なお体で、旅をなさるとは、大変だな」

男が頬かぶりを脱いだ。これまた流民にしては上品な顔である。

「関ケ原から落ちて来られたお方ですね」

みのが不意に、そんなことを口走った。男が屹と傍へ手を延ばした。苫の間に刀の柄が見えた。るいは息を殺したが、みのは平気で、

「びっくりなさらないでよい。わたしたち二人は、西国勢にお味方なさった信州上田の真田左衛門佐さまに、並々ならぬご恩を受けた者です」

それから、

「こんなことを申しあげたのは、わたしに生き別れの伜がいるため――健在ならば、お前さまぐらいの年頃になっているはず」

男をしげしげと見詰めた。るいにも滅多に見せたことのない優しい眼差だった。

「わたしにも幼くして生別した母がいる」

男は刀から手を放して、

「わたしが石田治部の軍勢の端くれに加わっていたのは、治部のため非業の死を遂げた父の仇を討ち、行方も生死も判らぬ母の恨みを晴らしたい一念があったからだ。それが本懐を貫《つら》ぬかぬうちに、敵《かたき》の治部と同様、徳川方に追われる身になってしまった」

小さな焚火の炎を見詰めながら自嘲した。みのが表情を変えた。おののいて男にいざり寄った。火明りで男の顔を横から眺め、正面から熟視した。それからかすれた声で訊いた。

「もしや、もしやそなたの父は、根津甚右衛門ではあるまいか？」

男が弾かれたように、みのに向き直った。そして二人は、息苦しい程の張り詰めた眼差を交した。

「甚八――甚八ですね」

みのの口唇から、その名が零れた。

「おふくろ様」

男は信じかねるというふうに呟いた。

るいは、そんな母子の再会を黙って見守りながら、これでわたしの役目はすんだと思った。おばばさんをこの方に返したら、わたしは信州へ帰ろう。理由もなく、そんな気持にせきたてられていた。

伊吹山中で捕虜になった石田三成と小西行長、及び京都市中で逮捕された安国寺恵瓊《えけい》の敗将三名が、大坂、堺、京都を引き廻されてから、京都六条河原で処刑されることになったのは、十月朔日のことであった。

刑場にむらがる群集のざわめきが、この日も澄んで流れる賀茂川の清冽な瀬音を、騒然と掻き消していた。

来た来た！　そんな声がして、群集の一部がやかましく磧路《かわら》へ走った。

退けい！　道を開けい！　甲を着た先駆の武士が馬上で鞭をふりながら叱り、押すな！　寄せるな！　雑兵が槍を横にして人垣を押し返した。その間を、敗将三名が縄を打たれたまま引かれて来た。

みすぼらしい姿だ。とか、きのうまで威張りくさっていたくせに、とか、生き恥じは晒したくないもの、とか人々は語り合い、虜囚を蔑《さげす》む視線で馬上の敗将たちを注目した。同情の言葉も憐憫の眼もなかった。

そして馬が刑場の入口にさしかかった時、

「治部少輔三成！　眼をあいて、このわたしを見ろ！」

かん高い声がわめいた。馬上で瞑目していた三成が、ふり返った。

「みのか――」

三成の顔に感情が走ったのを訝《いぶか》ってか、手綱をとる侍が、ふと馬を停めた。

「わたしのことを忘れはすまい。覚えていような⁉」

「覚えている。このようになると判っていたら、その方に討たれてやればよかったな」

「討たれたも同然、わたしの呪《のろ》いが天に通じたのだ」

「そうかもしれぬ」

「思い知ったか」

「さぞや満足であろう」

「満足はせぬ。出来ることなら、おのれを、わが足で踏み殺してやりたい！　その咽喉首を喰い裂いてやりたい！」

三成は微かに笑って、手綱を持つ侍を眼でうながした。馬が動きだした。

「治部少輔三成！　おのれが首討たれるさまを、篤《とく》と見物してくれようぞ。地獄へ墜ちろ」

みのは歯をむきだし、馬に追いすがってののしった。腕のない両の袂がゆれた。

「おふくろ様――」

甚八が、その袂を摑んだ。

刑場の周囲には竹矢来が組まれ、群衆が折り重なるように取り巻いていた。

「少々ごめんくだされ。前へだしてくだされ。これを見極めずにいられるものか。きょうの日を待ちに待っていたのだもの！　もそっと退いてくだされ。前へだしてくだされ」

みのは息を切らしながら、それらの人垣の中に割り込み、強引にすり抜けた。甚八は母の狂態ともよべそうな行為に気が気ではなかった。自分もたしかに三成を不倶戴天の敵と憎み、復讐を固く誓っていたのだが、母の執念に圧倒された感じだった。

刑場のはるか中央で、刑執行の前に、諸役人の何か長たらしい行事があった。それから、まず小西行長が首の座に端坐した。甲を着た武士が背後へ廻り、太刀をふりあげた。瞬時、群衆が鎮まり、賀茂の早瀬の水音がひろがった。そして武士が太刀をふり降ろし、行長の首が飛んだ。磧がどよめいて、また川音を消した。次に安国寺恵瓊が首の座に就いた。南禅寺に修業の後、安芸国《あきのくに》の安国寺住職となり、毛利氏と交渉を持って信長、秀吉により大名に取り立てられたこの傑僧は、西国勢挙兵の首謀者の一人として、ここに断罪された。最後が三成だった。同じことがくり返された。処刑そのものは、無雑作と思えるくらい簡単に終った。

竹矢来に顔をつけて、三成の首が磧石に落ちるのを、憑かれたように見入っていたみのが、化石のごとく硬直した表情でうめいた。

「これは一体どうしたことだ。長い間、夢にまでみた悲願が、こんなふうにすんでしまったとは！　虚《むな》しい――胸に大きな穴があいたように虚しい」

するとこ横から、

「謀反人の末路が虚しいのは当り前だわな」

見物人の一人が言葉を挾んだ。

「何を言う。お前などに、今のわたしの気持が判って堪るものか」

「ほう。じゃ婆アさんは謀反人に情をかけるのか?」

「恨み憎んでいたから、虚しいのだ」

それを聞いて、

「気狂い婆アめ!」

他の一人が嘲けった。

「気狂いとはな、敵《かたき》でもない者が首を刎ねられるのを見て、よろこび面白がるお前がたのことよ」

「悪口たたくな」

相手が怒って、みのを小突いた。

「おふくろ様に何をする」

甚八が仲にはいって相手の胸を突き返した。

「危ねえ」

相手はよろめいて顔色を変えた。どうした? とか、喧嘩だ! 或いは、やれっ! とか
周囲に人が集った。彼らは処刑の血を見て、異常に昂奮していた。

「早く」

甚八はみのを背負うと、その場から駈けだした。それ追え！　とか、逃がすな！　とか血走った眼と殺伐な声がしばらく後につづいてから、こんどは石が飛んで来た。甚八は転ろぶように走った。河原を走りに走りながら、なぜか、ひどくうら淋しいものに襲われた。

「こんなことがあろうか。こんなことが――」

背中でみのが呟いた。

りんは粟田口へさしかかって、ようやく京都に辿り着いたと思った。辻に小さな祠があった。その低い石垣に腰かけて、旅に病んだ身をいたわった。孫をつれた老婆が二人、祠のせまい境内で声高に語り合っていた。ここで数日前、伏見籠城の際、西国勢に寝返った甲賀郷士十八人が、はりつけに架けられたということである。りんはそんな話しを無感動に聞き流していたが、汗ばんだ肌が休んでいるうちに寒くなったので、ゆっくり立ちあがった。足もとがひどく頼りない感じだった。うつ向いて、自分の歩調に気を使いながら、三条大橋を渡った。橋のたもとに梟首台《きょうしゅだい》があって、通行人の眼を引き寄せていた。りんも梟首台に近付いて、ちょっと口唇をすぼめた。三成、行長、恵瓊それに水口の居城へ敗走してから切腹した長束正家の首が並んでいた。どの首も皮膚が黄ばんで縮まり、醜悪な感じであった。かつて堺の海野屋別宅で幾度か会ったことのある三成や行長の顔も、全く別人のように見えた。

――あなた方が負けて、徳川方が勝った。

りんは心に呟いた。恵瓊の首の坊主頭に、晩秋まで生き残った蜂が一匹止まって、弱々しく這い廻っていた。うふっ。りんは思わず笑ってから、急にあわれなものを覚えた。斬首された敗将も、関ケ原における僅か半日の戦闘でおびただしい血を流した両軍の士卒も、壊滅遁走した西国勢や、残党狩りで切られた者も、その合戦に巻き込まれて諸方をあるき廻った自分も、あわれだと思った。りんは梟首台へ軽く合掌してその場を離れた。一日も早く京都へ辿り着きたいと願っていたくせに、今は洛中の土を踏みながら、よろこびすらなかった。そして辻に埃を舞いあげる木枯しに、気持を吹き散らされたごとく、力ない足どりで賀茂河原へ降りると、磧石に坐りこんだ。

「これからどうするの？」

自問してみたが、答えは探せなかった。

一年余日の前、りんは筧十蔵が生きていると知って、小さな希望を持った。十蔵に一と目会いたいと願った。しかし金も身寄りも、労働に耐える体力もない若い女一人が、日々をすごすことは容易ではなかった。どこで働いても、りんの美貌は女たちのいわれない嫉妬を買い、男どもの好色な言動に付き纏われ、結局は逃げだすか、追われるかのくり返しだった。こうして諸方を転々した末、りんは大坂天満の遊女屋に身を寄せることになった。衣食住の代償は体で稼ぐ代りに、いつ遊女屋を去ってもいい約束だった。それから一年近く、りんが逸楽と頽廃の環境で崩れず蝕《むしば》まれなかったのは、十蔵と邂逅する日の夢に支えられていたからかもしれない。

三成らが挙兵し、西国の軍勢が大坂を通過して伏見へ進撃するようになった。りんはふと、家康を付け狙う十蔵が、西国勢のどこかに加わっているのではないかと考えた。一度そう思うと、居ても立ってもいられなくなった。伏見が落城した頃、りんは迷いに似た一念に駆られて、遊女屋を去った。伏見から伊勢路へと、十蔵の姿を捜し求めて、西国勢を追ってあるいた。幾度か危い目に遭ったが、ふしぎに難を逃れた。

関ケ原合戦が終って、りんは熱に浮かされた状態から醒めた。戦後の一時期の方が、どこも物騒で、十蔵を捜すどころではなかった。りんは敗者にも勝者にも追いかけられ、しばしば恐ろしい思いをした。敗軍の士卒は軍律を失なって自暴自棄になり、勝軍の士卒は戦捷《せんしょう》に驕《おご》って狂暴になり、共に獣性をむきだしていた。りんは、とうとう白昼の街道で、四人の敗残兵に襲われ、附近の疎林に拉致《らち》されて犯された。そこへ百姓の通報で徳川方の侍が五、六人駈けつけ、敗残兵を斬殺した。それから彼らは、りんをふたたび、血に染まった枯草に押し倒した。最後の一人が体を放した時、殺してください！　りんは口走った。侍たちは何がおかしいのか、声をたてて笑ってから、銭を一と握り、りんの膝へ投げだして立ち去った。りんは失神した。我れに返ると、老百姓が一人、銭を拾って、りんの顔を覗いていた。小雨が降っていた。りんが身を起こすと、老百姓はあわてて片手の銭をさしだした。りんは首をふった。老百姓はりんを家へつれ戻り、粥を振舞い、寝床を貸してくれた。その夜から四日三晩、りんは高熱と悪寒に苦しんだ。

そして完全に健康を回復しないうちに、貧しい老百姓の迷惑を考えて、里をでた。家康はすでに大坂へ入城しているということだった。十蔵が生きていれば、家康を狙って、京大坂のあたりへ来ていると思った。そう信じて、京都へ引き返して来たのだが、ここまで来て急に何も彼もが、はかない気持になった。

——十蔵さんに一と目会いたいと願っていたけれど。

りんは眼をつぶった。

「プディーコ・エストー」

恥ずかしいところのわたし。唐突に、そして全く久しぶりに、そんなポルトガル語が記憶に甦った。りんは眼をつぶったまま何度も首をふった。たとえ十蔵さんを捜し当てても、わたしがこんなに汚れてしまったのでは、会うことはできないと思った。

「寒くはないかな」

しわがれた声がした。いつの間にあゆみ寄っていたのか、背後に背の高い雲水僧がたたずんでいた。

「寒うございます」

りんは坐ったまま僧を仰いだ。痩身だが筋骨逞しい感じである。

「患っているな」

「はい」

りんは顔が火照《ほて》っているくせに、身震いしていることに気付いた。また熱がでたらしい。

雲水僧はしばらくりんを見おろしていたが、

「ここで死ぬる気か？」

ふと質問した。

「惜しい生命ではありませんが、醜い屍を磧《かわら》に晒したくはありません」

「では、立ってあるけ」

「行く先がございません」

「行く先がなければ、拙僧が宿を貸そう」

りんは驚いて僧の顔を窺った。りんが怪しむ気配を察してか、僧が僅かに笠をあげた。五十すぎの年齢かと思われた。厳しく激しい眼差をしていた。それは男が女を見る視線ではなかった。りんはその眼差に叱り励まされた感じで、腰をあげた。賀茂河原にそって、下流の方へ、道をあるきながら、りんが躓《つまず》くと、僧は無言で手をとってくれた。これまた男が女をいたわる感じではなく、出家が世俗の巷に病いを悩む者へさし延べる救いの手と、りんには思えた。

「三条橋の梟首台に手を合わせていたな」

「あれを見て、人の世があわれになりました。何もが、はかなく思えてなりません」

「西国勢に、ゆかりの者でもいてか」

「いろいろ。でも本当に心配なのは十蔵さんと——」

りんはちょっと考えて、

「それから信州上田の真田左衛門佐さまぐらいかしら」

僧が一瞬、屹とりんに眼を当てた。

「真田さまには、とてもお世話になったことがございますから」

りんは僧の態度に気付かず、言葉を加えた。僧は口をきかずにあるきだした。りんを九条のはずれ、東山の山麓に近い里の小径へみちびいた。

「ここはどこでございます？」

「東福寺の真裏、そこに見える塀の木戸が、寺の裏口じゃ」

夕闇の漂う松林の中に、茶の木を生垣に巡らしたかなり大きな家があった。僧が戸を叩くと、腰の曲った粗服の老爺があらわれて、二人を丁重に土間へ迎え入れた。部屋には明るい灯がともっていた。僧が老爺に何か囁いてから、先にさっさと奥へはいった。老爺はりんの草鞋を解き、洗足の湯を汲んでくれた。灯を持って廊下へ案内し、畳敷きの部屋にはいると、明りをつけ、褥の支度をして去った。りんは口をきくのも億劫《おっくう》だった。褥に坐っていると、老爺が白湯《さゆ》と米の餅を入れた粥に豆腐汁を添えて来た。

「召しあがったら、膳を外へだして、おやすみください」

老爺は言葉少なく言って去った。りんは白湯で咽喉をうるおしてから箸をとった。餅粥も豆腐汁も美味かった。食事がすむと言われた通り膳を廊下へだして、褥に横になった。明りを消すのを忘れたなと思いながら、たちまち眠りに沈んだ。二日間というもの、りんはその部屋で眠りを貪《むさぼ》った。自分でも呆れる程、昼も夜も熟睡した。三日目の昼、老爺が風呂を焚いてくれた。肌を洗うことがうれしかった。風呂からあがると、僧が待っていた。

「そなたに頼みたいことがある」

「お役に立つことができましょうか」

僧は、りんを廊下の奥へつれて行った。杉戸を明けると座敷牢があった。白髪の老女が、品よい衣裳を装い、大きな人形を抱いて坐っていた。

「どうしてそのように泣くの。幸村はもっと強い子のはず、おお、そうか、ひもじゅうて泣くのか、悪かった、この母が悪かった」

老女が人形を軽くゆすって、あやした。

「狂っておいでになる。お子のためにな」

僧が低く説明した。

「幸村――とおっしゃったのは、真田左衛門佐幸村さまのことでございますか」

「いずれ、判る」

「あのお方は、左衛門佐さまの――幸村さまの、お母上でございましょうか」

「いずれ、判る」

僧はくり返した。そして、

「そなたに、あのお方のお世話を頼みたい」

りんは一つ息をのみ込んでから、

「お待ちください。わたしの身の上を申しあげます」

「厭か」

「いえ！　でもそんな大役、わたしのような者がお引受けしてよいかどうか。氏素性を明かしますから、お聞きの上でお決めください」

「そなたの身の上は、いずれうかがうことにする。お身の回りの用を頼む」

その時、老女が静かに唄いだした。

ねんねん　ねんころり
よい子は　ねんころり
坊やのかかさま　桑畑
田んぼの草とり　いそがしい
坊やに乳やる　ひまもない

優しい声の子守唄であった。老女の色つやのいい顔には、純真無垢《むく》の美しさがあった。りんの胸に澄んだ泉がふきこぼれた。よろこびとも悲しみともつかぬ情感が、清らかに心にみなぎり、ゆらいだ。りんはひしと僧を見返った。僧もりんの視線を真っすぐに受けた。

「お側にいてくれるな」

僧が言った。りんはうなずいた。僧が座敷牢の扉をそっと明けた。りんは衣服の襟を改めて、静かに戸口をくぐると、無心に人形をあやしている老女へ、一礼した。

二十二　開城

秀忠が去った後、上田城の攻防はまるで休戦状態になっていた。上田の抑えに残留した敵の主力が、真田信幸の部隊であるため、城内の将士は闘志を挫かれた感じだった。信幸の部隊にも、同じような気分が支配しているようであった。

亜矢が単身、関ケ原の敗報を連絡に来たのは、九月十九日夜のことだった。

「西国勢は総崩れさ。だらしないったらありゃしない」

そして、

「おお、くたびれた。こんなに速く走ったのは、わたしも初めてだ。佐助さんが、こんどは城で待っているって」

中仙道を三日間で駈け戻った亜矢は、昌幸と幸村の前で脚を投げだした。

「今のうちに城を取り巻く敵陣を蹴散らし、会津の上杉勢と提携することを策してはいかがでしょうか」

幸村が意見を述べると、

「愚策」

昌幸は眉一つ動かさず言った。

それから六日たった九月廿五日、大谷の臣杉大十郎と木宮新蔵が、鎌之助の案内で城内に訪れた。主君吉継の遺命により、敗北の情況を報告するため、戦場を脱出し、道中を潜行して真田領にはいったところを、鎌之助配下のゲリラ隊に保護され、送られて来たのである。両名はこもごもに毛利、吉川、長曽我部の諸部隊や増田長盛、長束正家、安国寺恵瓊らの怯懦《きようだ》を非難し、島津義弘の奮闘と部下の全滅を語り、それから小早川秀秋の裏切りを激しくののしり、大谷吉継の戦死を述べながら、嗚咽して絶句した。業病に蝕まれて失明し脚腰も立たぬ武将は、輿に乗って敵中に突入、散華したという。幸村はこの時、大谷吉継という岳父に、初めて尊敬の念を覚えた。ごりっぱであった！　と思った。しかし昌幸はこの場合も眉一つ動かさなかった。そして高梨内記が両名を休息させるために、みちびいて去ると、

「浪をこれへ」

昌幸は侍童へ命じた。浪姫はくみを伴ってすぐにやって来た。くみを部屋の片隅に留めて、昌幸の前へすすみ、ご用ですか？　というふうに眸をあげた。

「刑部どのが討死した。不運な生涯の最後を華々しく飾ったそうな」

昌幸が淡々と教えると、浪姫も淡々とうなずいた。

「悲しければ、泣くがよい」

昌幸が言った。

「泣く？　なぜでございますか？」

浪姫が不思議なことでも聞いたように言葉を返した。

「なぜと――!?」

昌幸の鋭い視線にちらと表情が掠めた。しばらく浪姫を見詰めていたが、

「ふーむ」

唸って、それからさがれというふうに手をあげた。浪姫は持ち前のおっとりした態度で、幸村に向き直った。幸村と眼差を交しながら、淑《しと》やかに頭をさげて立ちあがり、来た時と同じ落着いた足どりで、くみを従えて去った。

その夜、大谷の臣二名は、休息に与えられた部屋を脱け出し、本丸内苑の片隅で自刃した。気弱に見えた杉大十郎は、みごとに腹を切った刀で咽喉を突いて息絶えていたが、勇士と思える木宮新蔵の方は屠腹《とふく》しただけで力尽き、苦悶しているところを真田の侍に発見され、介錯《かいしやく》を乞うて果てた。

十月になっても戦闘はなかった。昼間の上田盆地は、城内の旗幟が太郎山の紅葉の樹林と美々しさを競い、それを取り巻く敵陣の旗幟は秋枯れた野づらに華やかな色どりを供えた。夜には城内の大篝と、敵陣のおびただしい篝火や焚火が、共に太郎山おろしの風に吹き煽られ、火の粉の威勢を争った。そんな景色だけが、まだ合戦の終っていないことを印象付けた。

鎌之助配下の密偵が、敵陣から、三成ら敗将の処刑や、西国勢に加盟した諸大名の処分の情報を集めて来た。その噂に戦意を喪失してか、ゲリラ隊から逃亡する者があった。

「悪党でも義理堅いやつらばかりを択んだつもりでしたが、面目ありませぬ」

鎌之助が城内へ報告に来て、幸村に詫びた。

「その方が責を感じることはない」

幸村は考えた。またゲリラ隊を必要とする戦機が訪れるかもしれない。しかし放置すれば逃亡者が続出する可能性があるし、或いは休戦状態の退屈しのぎに、領内で悪事をやりかねない。そこで幸村は、この扱い難い集団を二郭に収容、軟禁することにした。鎌之助の先導でゲリラ隊は暗夜に城内へはいって来た。幸村は二郭の庭に酒樽をすえ、望月六郎や三好兄弟を従えて、彼らを迎えた。ひぇっ美味《うめ》え物がある！　とか、久しぶりに屋根の下で寝られるか！　とか彼らは喚声をあげた。

「長らく山野で苦労をかけた。当分、ここで憩うてくれ」

幸村は剽悍《ひょうかん》な髭づらの間をあるき廻って、肩を叩き、手を握り、酒をすすめた。

「お懐しゅうございます」

盃を片手に馴れ馴れしく囁いた者がいた。暗がりを透して見ると、霧隠才蔵である。幸村は屹《きつ》としてから、才蔵を木蔭へ連行した。

「うまくまぎれこんだな」

「こういう機会でないと城にはいれません」

「いつ上田へ来た？」

「わたしは三日前ですが、近く新手の兵も到着します」

「いよいよ徳川方は総攻めにかかるか」

「伊豆守信幸さまが、父上安房守さまと殿の助命を嘆願に、大坂へ伺候されています。その裁決があるまでは、徳川方は包囲陣に軍勢を加えても攻めはしますまい。城方も出撃はさし控えるがよろしいかと思われます」

才蔵は意外なことを告げてから、

「郭門《くるわもん》の見張りが厳重にならぬうちに姿をくらまします」

そして、

「そうそう、亜矢によろしくお伝えください」

とぼけた言葉を残し、闇に身を翻した。


くみは籠城以来、浪姫に従って、本丸館の奥深い一室にひっそりと暮らしていた。浪姫は部屋から一歩もでず、机に向かって、古い和歌の本を写すことを日課にしていた。大谷吉継の討死を知ってから、それは写経に代ったが、日課は同じだった。くみは籠城が長びくにつれて、つのる不安を浪姫の落着いた日常に倣《なら》うことによって耐えていた。

十月下旬の或午後、亜矢がふわりと部屋に姿を現わした。

「ねえ、きれいな着物を貸してよ」

「どうするのです?」

くみは招かざる客の侵入を警戒したが、

「佐助さんが帰って来たから、あたしはきれいになりたいんだ」

亜矢は平気で、立ったまま室内を見廻した。

「ああ、これがいい。貸して頂戴」

言って、衣桁《いこう》に掛けてある浪姫の衣裳をつかむと、またふわりと廊下へ去った。くみが女忍者の無作法を怒って追おうとすると、浪姫はおだやかな微笑で首をふった。

その夕刻、幸村が突然、部屋を訪れた。籠城してから初めてのことだった。くみがびっくりする程の暗く激しい顔で、がっくりと坐り込んだ。甲や太刀が微かに音をたてた。浪姫はそんな夫を慰めるかのように、小さな香炉を捧げて、その前に坐った。

「浪が輿入れの際に持参した調度、衣服、財貨の類を、おれにくれい。残らずくれい」

幸村の言葉に、浪姫は黙ってうなずいた。

「佐助の探ったところによると、開城すれば、おやじ様やわしをはじめ上田の家臣すべてが生命を救われるそうな。兄上の嘆願を、秀忠と本多正信は反対したが、家康は許したそうな。おやじ様はそれを――」

言いかけて幸村は頭を垂れた。しばらくしてから顔をあげて、

「くみ、浪の物を残らず二郭へ運べ」

暗い眼で命じて、よろめくように立ち去った。くみは小太郎と小助の手伝いで、二郭と本丸の間を何度か往復した。二郭には幸村の武具類と幾つかの銭袋、米百俵が積んであった。

そして幸村は、篝の炎が踊る庭に集合したゲリラ隊に宣告した。

「その方どもの働きに礼を言う。勝利の暁には厚く恩賞をとらせる約束であったが、上田の真田家は武運に恵まれなかった。ここに並べた物を、よきように分け、夜陰に城を退散してくれ」

複雑な沈黙が暗い庭に澱んだ。幸村は鎌之助へ眼配せした。由利カマが、おい！ と副隊長格だった甲州野武士へ声をかけた。甲州野武士は無言で幸村の前へすすみ、頭をさげた。それから幸村の愛槍を摑んで押し戴くと、

「野郎ども、遠慮なく頂戴しろ」

配下へ言った。とたんに彼らが獲物を略奪するごとく品物へむらがり寄った。要領よく、そして荒々しく目ぼしい物を分け合い、城兵の監視する中を黙々と城外へ去った。その光景を目撃していて、奥方さまの持ち物は何もなくなった！ お着替えの小袖すらなくなってしまった！ くみは両掌で顔を覆った。

上田城は十一月初旬に降伏、開城と決まった。その前夜のことである。昌幸の侍童が、明日は浪姫も徳川の軍使を本丸館の広縁へ出迎えるようにと、伝えに来た。浪姫は承知の旨を舅へ答えることを、くみに命じた。くみが暗い廊下をいそいで出ると、中広間から灯影が零れ、切迫した人声が聞こえた。

「たとえ大殿さま、左衛門佐さまが降伏をご承知になっても、われら一同は徳川の軍門に下ることをいさぎよしとしませぬ」

「それでは西国の腰抜け大名を嗤《わら》えぬ！ われらは一人残らず城を枕に討死するまで徳川勢

と闘い、真田武士の誉《ほまれ》を天下、後世に示したい。このまま上田城を明け渡せるものか！」

「明日は徳川の使者とその供を血祭りにあげ、ふたたび城門を厳しく閉ざします。さすれば大殿さま、左衛門佐さまも必ずやご翻意くださろう。ご家老！　われらにお力添えを！」

血気の若侍たちに詰め寄られているのは、高梨内記だった。しばらく黙考してから、

「方々の決意に、わしも同感だ」

そして、

「使者は大殿のご面前で血祭りにあげるがよかろう。わしの合図で使者を切る。すかさずわしが大殿と左衛門佐さまへ方々の決心を言上し、籠城血戦のお覚悟をうながす——」

「なるほど」

「使者と供を切る者の人選、城門の手配はよいであろうな」

「もとより」

「合図は、わしがこの采配《さいはい》を宙に放りあげる。それまで手出しはならぬぞ。よいな」

くみは脚が震えた。城内に降伏を反対する将士も多いとは噂に聞いていたが、まさか、このような計画があり、しかも高梨内記まで加盟するとは想像もしていなかった。そして若侍たちが散会する気配に、くみは足音を忍ばせて廊下を走った。昌幸の居室へ曲る廊下で、幸村にぶつかった。くみは物も言わず、幸村の手を引いて、小部屋にはいった。それから耳に入れた事実を告げた。

「誰にも口外致すな」

幸村は硬い表情で命じてから、

「浪の返事は、わしがおやじ様に取次ぐ」

くみに言った。

翌日、上田城は櫓や城壁からすべての旗幟を降ろして、晴れた朝を迎えた。時刻になると、浪姫は部屋を出た。くみは浪姫に従って廊下をあるきながら、またしても脚が震えた。広縁には昌幸と幸村が、老臣たちに囲まれて控えていた。浪姫は皆に会釈して静かに着席したが、くみは内記を見ると、身のすくむ思いに駆られた。昨夜から一睡もできず、食事もしていなかった。使者の到着を待つ時間が、ひどく長く感じられた。極度の緊張に、気分が悪くなった。お使者入城！　そんな声がした。くみはふと何か叫びそうになって、危うく耐えた。やがて老臣の案内で、徳川の軍使が本丸の木戸口に姿を現わした。榊原康政、本多忠政、それに信之と名前の一字を改めた真田伊豆守であった。信之は父昌幸、弟幸村と絶縁する意味で「幸」の字を捨てたということである。そして徳川の使者を出迎えるかのように高梨内記が腰をかがめて立ちあがり、幸村も席を立った。くみは失神しかけて歯を喰いしばった。使者が近づいた。誰も知らないのですか！　大変なことが起こります！　くみの額に冷たい汗がにじんだ。使者が近づいた。そして内記が小腰をかがめたまま、采配を手にした。その采配を取り落とし、

「ごめん！」

叫んで太刀を鞘走りながら、使者の側へ踏みだした。一瞬、幸村が抜き討ちに、背後から

内記を袈裟《けさ》切りにした。声もたてずに倒れた内記の屍を足で横へ蹴転ろがし、血刀を投げ捨てると、幸村は使者の前へ平伏した。

「この老いぼれ、籠城の疲れに発狂致し、お使者にとんだご無礼をつかまつりました。上田の将士に代り、深く、深くお詫び申しあげる。なにとぞご容赦を！」

幸村は絶叫した。榊原康政が強い眼を幸村へ当ててから黙って歩をすすめた。本多忠政もうなずいて幸村の前を通過した。そして信之は悲壮な視線を弟と交してあとにつづいた。使者は昌幸の前に並んで立った。康政に何ごとか指示されて、

「上意」

信之が書状をひろげた。昌幸が無表情に頭を軽くさげ、浪姫が平伏した。皆がそれに倣《なら》った。くみも額を広縁にすり付けたが、もはや信之がいかなることを読んだかは耳にはいらなかった。そして浪姫が立ったので、あわてて後ろに従い、部屋へ戻ると、こんどは本当に眼がくらんで畳に俯伏せた。

気が付いた時、くみは几帳《きちょう》の蔭に寝かされていた。浪姫の袿衣が体に掛けてあった。

「内記は発狂したのではない。初めからわしに切られる覚悟だったのだ。そうしなければ若侍の決意を鎮めることはできなかった。事が収まらなかったのだ」

幸村の声に、くみは身を起こした。几帳の蔭からいざりでようとして、眼を疑った。

「内記の妻が、夫のあとを追って自害した。わしは忠義者の夫婦を、殺してしまった」

呻くように言ってすすり泣く幸村に、浪姫が寄り添っていた。幸村の肩を、衣裳の袂でい

たわるように覆っていた。

真田父子は高野山に蟄居《ちっきょ》を命じられ、その日のうちに城を出た。そして指示により、昌幸は僅かの供と、徳川武士の一隊に護衛されて小諸へ向かい、幸村は城下はずれの国分寺に一泊することになった。このように徳川方が真田父子を家臣団から隔離した上、同じ高野山へ行く道中も別々にしたのは、二人を一緒にしておくと、何をしでかすか判らないという警戒心があるためのようであった。高野山においても、昌幸は希望により、古くから真田領の住民が宿坊にしている蓮花定院に籠ることになっていたが、幸村は父と同居を許されず、九度山村に暮らすように指定されていた。上田城の武士は父子に従うことはもちろん、見送りすら禁じられていた。昌幸の供も二人の近習を除けば、他は日頃、直接に言葉も交したことがない賄《まかない》方や足軽や雑色者であった。

幸村も徳川武士の一隊に護衛されて国分寺へ移った。寺僧に迎えられ、庫裏の一室にはいると、小助と小太郎が火桶と白湯を運んで来た。幸村はこの時になって、二人が自分の供に択ばれたことを知った。誰がどう人選したかは不明だったし、二人に問いただす気持もなかった。幸村は城を出た時、自分の内側に張り詰めていたものが、音をたてて崩れ去るのを感じた。そのあとは心身を虚脱感と疲労の翻弄するがままに任せていた。

程なく浪姫が、くみを供に、徳川方の乗物で到着した。浪姫は幸村の部屋へやって来ると、会釈して対坐した。それから物珍らしいものでも眺めるように、幸村の顔に見入った。

幸村が、何か？　と眼を向けると、

「甲をお脱ぎになったせいでしょうか、お顔まで違って見えます」

浪姫はそんなことを言って頬笑んだ。

くみと小太郎が沐浴を告げに来た。幸村は大儀な気がしたが、姉弟がひどく熱心に勧めるので、寺の粗末な湯殿にはいった。すえ風呂に浸っていると、湯を運ぶくぐり戸から、下僕らしい中年男が現われた。

「お背中を流します」

その声で、幸村は気付いた。長窪村の郷主、丑右衛門であった。

「ご住職の配慮で、やっとお側へ――」

丑右衛門は言いかけて、表情をヒクとゆがめ、口をへの字に曲げた。みだりな者は寺に出入りを厳禁されているため、下僕になりすまして幸村へ近付いたのだろう。幸村の背中を黙々と洗っていたが、

「伊豆守さまが、上田のお城主になられたこと、せめてもの――」

言い澱んで、丑右衛門はまた顔をゆがめ、口を強く結んだ。そうして涙を耐えているらしかった。信幸は徳川方に参陣した恩賞として、家康より、父の城と所領をそっくり加増されたのである。そして丑右衛門は、幸村が衣服を着終ると、

「これは、あれが――」

顔を伏せて何かを差出し、そそくさに、くぐり戸から消えた。泣き顔を見せまいとしたよ

うだった。幸村は手にした物をひろげてみた。風除けの頭巾《ずきん》であった。

　るい！　幸村はその名を口の中で呟いた時、放心状態から醒めた。いわば家郷に等しい上田を去るという別離の感慨が、瞬時激しく胸を貫いた。湯殿をでると、くみと小太郎が控えていた。

「ここちよく疲れを落としたぞ」

幸村は二人が沐浴を勧めた真意に、眼で答えた。くみはほっとしたように頭をさげ、小太郎はちょっと赧くなった。姉弟そろって賢いやつだ。幸村は改めてそう思った。

夜になって、警固の武士より来客の連絡があった。徳川の臣が、旅程の指示にでも訪れたものと察し、幸村は小太郎を出迎えにやった。しかし小太郎が案内して来たのは、恰幅のいい旅装の商人であった。

「わたくしに、お見覚えございますか」

「海野屋ではないか！」

そして、

「忘れるものか」

幸村の驚きは、奇妙な壊しさに変った。

「わたくしも一日として、あなた様を忘れたことはございません」

海野屋はおだやかに幸村を直視した。

「その方の新式鉄砲を吹き飛ばしたが、わしも上田城を失なった」

幸村が淡々と述べると、

「いえ、勝敗はともかく、真田さまはおみごとでございました」

それから、

「あの事件で海野屋はすっかり信用を無くしました。それでも没落寸前で、どうやら店を持ち直すことができたのは、あなた様が憎い、恨めしい、一ぺんは仕返しをせずにいるものかという、只その一念があったからでございます。このたびの合戦には、徳川さまのご用達になり、そのご縁で特にお許しを得て、秀忠さまの陣中にお供してまいりました。それというのも、上田の落城を見届けたいため、或いはあなた様が降参なされば、ののしってやりたい執念があったからでございます。ところが上田は落城しなかった。大軍に攻められながらビクともしなかった。あなた様は、お兄上伊豆守さまに城を明け渡したが、徳川さまとの合戦には勝ったのだ。おみごとでございました」

海野屋は語って、静かに低頭した。皮肉でも揶揄《やゆ》でもない真実の言葉は、この場合、逆境に置かれた好敵手への 餞《はなむけ》とも思われた。幸村は素直に海野屋の賛辞を受けながら、側に控えている小太郎を見て、急に考え付いた。

「海野屋に頼みがある」

「何ごとでございます？」

「こやつ、小太郎と申す弱輩《じゃくはい》だが、これから先の長い歳月を、わしと共に野に埋めておくには惜しい才がある。その方に預けるから、強い商人に育ててくれぬか」

小太郎が驚いて坐り直し、くみも息を止めたようだ。海野屋はそんな少年を、しばらく冷静に観察してから、

「お預り致しましょう」

深くうなずいた。

二十三 山居

九度山村は、高野山の山麓、紀ノ川と丹生《にう》川が合流する辺にあり、金剛峯寺に参詣の信者が往来する高野街道に沿った村であった。庄屋の九右衛門が、紀ノ川の対岸、高野口へ出迎えに来ていて、幸村に説明した。

「お達しにより、定められたお住居は、昔、土豪のいた古屋敷です。家がかなり荒れ果てていましたが、村方では、これもお達しにより、手入れを憚《はばか》っておりました。しかるに十日ばかり前、高野詣りの僧俗男女四、五人が村を通りがかり、話しを聞いてお気の毒と申し、旅の者ならお達しにも触れまいと、奇篤にも屋敷をすっかり修理した上、身銭を切って調度類から米味噌までそろえ、おいでを待っています。お着きになったら、お言葉をおかけください」

九右衛門は五十年配の男で、なんとなく幸村を哀れむかのような尊大な口吻は、じつは小心翼々たる本性を匿す擬態らしかった。そして幸村は九右衛門の案内で、九度山の村はずれの古屋敷へ来て唖然とした。一行を待ち構えていたのは望月六郎、三好兄弟、鎌之助、佐助と亜矢であった。彼らは庄屋が去ると、賑やかな談笑で幸村夫妻を取り巻いた。

亜矢が霧隠才蔵から、幸村の配流先《はいる》を聞きだして来たので、皆は城を脱けだし、ばらばらに道中をいそいで、到着した者から、古屋敷の手入れにかかり、これからの暮しを準備していたということである。

「それでは、くみと小助は事情を知っていたのか」

幸村が訊くと、小助は黙ってうなずき、

「こちらは大丈夫と思ったので、仰せ通りに小太郎を海野屋さんに任せたのです」

くみは答えた。

「わしは何やら、その方どもに、たぶらかされていたような」

「味方を騙《だま》すくらいでなければ、敵の目をくらませませぬ」

そして、

「われらが、このまま居すわってしまえば、庄屋も文句をいいますまい」

望月六郎が言った。

浪姫が侘び住居へ来て数日すると、ひそかに幸村へ、気分のすぐれぬことを訴えた。忍耐強い彼女は、途中でも、しばしば不快感を我慢していたようであった。籠城以来の気苦労と長旅の疲れで、健康を損ねたものと考え、幸村は褥にはいって静養することを勧めた。

幸村には、蓮花定院へ父の機嫌伺いにかようことだけが仕事だった。三日おきに高野街道を往復して、挨拶に伺候した。

冬が訪れた。高野山塊の山間部に位置する九度山村は、信州上田盆地よりも凍《い》てが厳しかった。その寒さがこたえてか、浪姫は一層やつれた。幸村は年の瀬に蓮花定院へ伺候した際、浪姫のことを、初めて父に相談した。

「妊《みごも》ったのではないか」

昌幸は訊いた。

「まさか、そのようなことは、夫婦の仲でも判らぬか」

「そのようなことは――⁉」

昌幸は言った。どこまでお前は莫迦《ばか》なのかとでも言うような口吻だった。

幸村は古屋敷へ帰ると、さっそく浪姫に詳しく容態を訊いた。浪姫はここ数ヶ月の体調の異常を告げた。幸村はまだ信じかねて、望月六郎を庄屋の屋敷へ走らせた。六郎は九右衛門の紹介で、里で最も出産に立合った経験が多いという老婆をつれて来た。老婆は浪姫の寝室にはいって、しばらく人を遠ざけた。やがて幸村を招き入れ、浪姫の妊娠を教えた。それから妊婦に過労を戒め、鮎や鯉、鰻や膾《なます》、鴨、鳩、雀、兎などを食べてはいけないとか、南面しての小用や北面しての大用は慎まなければならないとか、鏡を二つ見るのはよした方がいいとか、さまざまのタブーを長々と述べた。くみが老婆を送りだすと、浪姫は褥の中から

眸をあげて、

「わたくしが母になる。おかしいこと！」

ひどく真剣に幸村へ囁いた。少し困ったような、そして恐れを匿しているような言い方だった。

慶長六年正月になった。蓮花定院の昌幸のもとへ、上田城から信州の酒や食物が届いた。送り主は信之の室、稲であった。

正月末、幸村は蓮花定院へよばれた。また上田から品物が届いていた。紅白の餅と絹の腹帯であった。稲より浪姫あての手紙が添えてあった。昌幸が上田へ、浪姫の懐妊を知らせたらしかった。

二月早々の吉日、浪姫は「着帯の儀」を行なった。侘び住居ではあるが、大名家の慣例通り、幸村が進める八尺の絹を、家老に代って望月六郎が浪姫の腹に結んだ。それから盃事があり、皆が交替で幸村を祝福したが、幸村自身はまだ父になるという実感はなかった。

春になった。浪姫の気持は落着いたようだが、腹ばかり大きくなった姿は、痛々しい程、痩せ細った。日を決めて様子をみに来る里の老婆が、幸村に耳打ちした。

「お子はすこやかにお育ちですが、何せお方さまは、余りにも、か細い。もっと血をふやすようになさらぬと、お産が気になります」

幸村は佐助を堺へやった。海野屋が医者の知恵を借り、佐助に沢山の朝鮮人蔘をことづけてよこした。しかし浪姫はいくら養生しても健康そうにならなかった。滋養物はすべて胎児が吸収してしまうらしかった。

初夏になった。出産日が近付いた或午後、浪姫が涼風の吹く縁側で、くみに髪を梳《す》かせていた。そのどこか頼りなげな後ろ姿を見て、幸村は衝動的に、なぜ丈夫にならぬか！　と怒鳴りたい苛ら立ちに駆られた。

「浪」

思わず強くよぶと、浪姫は両手で腹を抑えるようにして、ゆっくりふり返った。

「子供が、動いていますの」

言って、頬笑んだ。母になりきっている静かな笑顔であった。幸村の苛ら立ちは消え、こんどは浪姫を限りなくいとしく思った。今この場で、この可憐な妻に、自分の体力を移してやることが出来ないものか？　そんな迷いすら覚えた。

浪姫が産屋《うぶや》にはいってから、どれ程すぎたであろうか。幸村は囲炉裏端で黙然と腕を拱《こまね》いていた。望月六郎と佐助が身じろぎもせず側に控えていた。清海と為三は壁に不動明王の小さな軸を掛けて、安産を祈念していた。鎌之助は裏庭で薪を割り、小助は土間のかまどで大釜に湯を沸かしていた。

時折り、くみと亜矢が交替で、物を取りに走り出て来た。そのたびに皆はかたずをのんで視線を集めたが、くみも、この日ばかりは神妙に老婆の手伝いを勤めている亜矢も、男たちを無視した態度で、すぐ産屋へ去った。

時間がたつにつれて、幸村は焼かれるような思いにさいなまれた。六郎が溜息をくり返し、佐助は何度も坐り直し、三好兄弟の経文を唱える声がしだいに大きくなった。薪は山程になり、大釜の湯は沸《たぎ》っているのに、鎌之助は裏庭でがむしゃらに斧をふるい、小助はかまどの前から動かなかった。皆が汗みどろであった。

また亜矢が産屋から走りでて来て、裸足のまま庭へ跳ね降りた。佐助が身を翻えして、

「亜矢どうした⁉」

「あのお婆ア一人じゃ手に負えないんだ。高野口に、おらくという取りあげ婆アさんがいるそうだから、よびに行って来る」

「よし、その用はおれがする。高野口のおらく婆アさんだな」

佐助が風のごとく去ると、亜矢は囲炉裏端へ来て立ちすくんだ。

「なぜ――どうして」

そんなことを呟いた。亜矢さん！　と奥からくみがよんだ。悲鳴に似た声だった。亜矢が跳ねるように奥へ去った。

産屋から、息を抜いてはなりませぬ！　とか、眠ってはいけませぬ！　とか老婆が声をからして叫んでいるのが聞こえた。為三が、もはや我慢ならぬというように立ちあがって、

「臨兵闘者開陣列在前」

丸字の印を切ると、金剛峯寺へ祈願に走った。裏庭で鎌之助が、畜生！　畜生！　と太い根株を叩き割り、小助はかまどの前に坐りこんで合掌した。

間もなく佐助が、おらくという八十近い老婆を背負って、ふたたび風のごとく駈け戻った。さすがの忍者も息を切らしていた。おらくが産屋にはいると、すぐに亜矢がでて来た。

「このままじゃ赤子《やや》が産まれないので、おらく婆アさんがお方さまの腹に手を入れて、引っぱりだすそうだ。婆アさんが手に塗るんだから、油を煮たてて絹で漉《こ》して冷やすんだ。早く早く！　それから手洗のお湯も！」

亜矢の指図で男たちは支度をいそいだ。そして産屋の方へ耳目の神経を集めた。

しっかり気を張っていなされ！　もう少しの辛抱じゃ！　それ今少し！　おらくが老齢に似合わぬカン高い声を励ました。

低い呻き声が聞こえた。お方さま！　とか、お気をたしかに！　とか女たちが叫んだ。皆が息を殺した。幸村はこの場に及んで、浪姫のいのちさえ助かれば、子供はどうでもよいと思った。

突然、赤子の泣き声がした。産声《うぶごえ》とは思われぬ元気な泣き方だった。そして、くみがよろめくように囲炉裏端へ来た。

「若さま、ご誕生——」

言って、すーっと失神しかけた。亜矢がでて来、くみをどやし付けた。

「ボヤボヤするな。産湯の支度じゃないか」

くみの手も亜矢の手も血で濡れていた。産湯がすむと、おらく婆アがでて来た。

「ヤヤは達者じゃが、ハハさまの体がだいぶ弱っている。あとで心配じゃ」

おらくはそんなことを注意した。幸村は老婆に寸志を与え、佐助に送らせた。それから赤子の泣き声に惹かれて、恐る恐る産屋《うぶや》を見舞った。湯気と油となんとなく生臭い匂いが室内に立ちこめていた。浪姫は全く血の失せた顔で、静かに眸を閉じていた。その横の小さな褥の中で、まるまると肥《ふと》った男児が傍若無人《ぼうじゃくぶじん》に泣き叫んでいた。幸村が覗くと、房々した髪の濡れた顔をねじ曲げ、片眼を開き、お前が父か！　とでも言うように一層声を張りあげた。そして眠っていると思った浪姫が、眸を閉じたまま囁いた。

「ようやく、お血筋を伝えることが出来ました。うれしゅうございます」

幸村は黙って妻の手を握りしめた。

翌朝、幸村は小助を供に高野山を登り、昌幸に嫡男の出生を報告した。

「名前を考えねばならぬな」

昌幸は無表情に言った。幸村が蓮花定院を辞去して途中まで来ると、ふいに木蔭から佐助が飛びだした。

「お方さまのご容態が急変しましたので、近道を辿ってお迎えにあがりました」

佐助は性急に告げて、幸村の手を引っぱると、木立のしげみを掻き分けた。九度山村のはずれに、鎌之助が立っていた。

「おいそぎください！」

鎌之助にせきたてられるまでもなく、幸村は走りに走った。侘び住居へ駈け込むと、三好兄弟が壁に掛けた不動明王の軸に対して、おのおの素腕に蠟燭を並べたて、熱禱《ねっとう》を捧げていた。望月六郎がしどろもどろに告げた。

「お方さまは、またしてもご出血ひどく、お脈も、お息も、殊のほかに衰え――」

産屋では、高野口のおらく婆アと里の老婆が、浪姫の褥を囲んで額を寄せていた。くみは片隅で赤子を抱き、亜矢は血で汚れた浪姫の衣服をいそいで背後へ匿した。

「浪！」

幸村が枕元へ坐ると、おらくが黙って首をふり、里の老婆は、何せこのお体ではお産は無理だったと、独りごとのように呟いた。

「医者は、医者はおらぬか⁉」

幸村は唸るように言った。

「この辺には、医者なんかおりませぬじゃ」

里の老婆が答えた。

「あたしが堺へ行ってくる！」

亜矢が叫んだ時、浪姫がふと眸を開いた。弱々しい視線が幸村の顔を認めると、その口唇から微かな言葉が零れた。

「お子は、くみに――殿の、ことも――」

そして浅く吐息をついて瞑目《めいもく》した。おらく婆アが浪姫の鼻孔と口に頬を寄せてから、その蒼褪《あおざめ》めた額に滲む汗を丹念に拭き、小さな白い掌を胸に組ませると、幸村へ低頭した。

「死んじゃったの⁉」

亜矢が硬張《こわば》った顔でふわりと立ちあがった。

「厭だ！　そんなこと厭だ！」

わめきながら、いきなり外へ身を翻えした。待て！　取り乱すな！　と佐助が追った。三好兄弟が素腕の蠟燭を吹き消した。清海は天井を仰いで落涙し、為三は板床にひれ伏した。小助が土間で肩を震わすと、鎌之助が裏庭へでて号泣した。六郎も顔をあげなかった。くみだけは泣かなかった。何も知らず眠っている赤子を馴れぬ手つきで抱きながら、屹と口唇を嚙んで、浪姫の最後まで淑やかな横顔を見詰め、それから幸村を直視した。

昌幸は、浪姫の葬儀には焼香もせず使いもよこさなかった。そして子供のお七夜に「大助幸昌《ゆきまさ》」と名をしるした奉書に、守り刀一と振りを添えて贈って来た。

亜矢は余程ショックを受けたらしく、あの日以来、姿をくらました。たぶん伊賀の里へ帰ったのでしょうと、佐助は別段、気にしていないようだった。

幸村は浪姫を失なったことで、毫《ごう》も平生の態度を変えなかった。少なくとも家臣に暗い顔を見せたことがなかった。それに大助の出現は、皆に浪姫の死を悲しむ暇を与えなかった。この小さな暴れん坊は、よく乳をのみ、よく眠り、そして腹が空いて眼覚めては、家がひっくり返るような勢いで泣きわめいた。くみは日に何回となく、大助を抱いて、村中へ貰い乳に走らなければならなかった。くみが用事の忙しい時は、他の面々が交替で村へ出かけた。鎌之助は、乳を貰いに行った先の農家で、こんなでかいヤヤは見たことがない！　そう褒められたと言って自慢した。清海は、大助が一軒では乳が足りず、二軒廻ってやっと満腹して眠ったと、髭づらの眼を細めて戻って来た。

大助は育つのも早かった。歯が生え、這うようになると、食事のたびに、皆の食膳を襲うゲリラと化した。誕生日には歩行も自由になっていた。ちょっとでも眼を放すと、脱走を企て、縁側から転落した。そうすると泣かずに、口惜しがって庭土を手足で叩くという腕白ぶりだった。大助を中心にして、侘び住居には賑やかな笑いが絶えなかった。

幸村が糸車を廻していることを、皆は、閑居の無聊《ぶりよう》を慰める余技と思っていた。やがて幸村は、紡《つむ》いだ糸を平たく編んで打紐を作った。幸村がその紐で刀の柄を巻くと、皆が真似た。さらに多くの紐が出来ると、皆はさまざまに使用した。丈夫で便利な紐だった。佐助が、これは売りものになると言いだした。自分で、まず村へ売ってあるいた。好評だった。望月六郎や三好兄弟も糸車を廻すことにした。鎌之助や小助までが、器用に打紐を編むようになった。佐助はしだいに遠くへ行商に出かけては、稼ぎと一緒に、豊家の元五奉行の一人前田玄以が歿したとか、家康が京都に二条城を築いたとかいう土産話しを持ち帰った。

また一年たった。皆は九度山村の農家の女たちへ「秘伝」と称して打紐の編み方を教え、工賃を与えて内職にさせた。そして大量生産した紐を、それぞれ行商に廻っては、世情の噂を集めて来た。幸村が指示した訳ではなかったが、皆は幸村が再起を期して雌伏《しふく》していると信じているようだった。幸村は居ながらにして、家康が征夷大将軍に補せられた詳細や、秀忠の息女千姫が大坂城の秀頼に輿入れした模様を知らされた。関ケ原で戦死したはずの宇喜多秀家は、九州の島津氏に保護されていたが、徳川へ自首し、八丈島に流罪になったということだった。幸村は誰の報告にも熱心に聞入ったが、自己の意見を述べることはなかった。そして幸村が時折り居室に籠り、瞑想に耽《ふけ》るかのごとく宙を凝視している姿を、くみだけが垣間《かいま》見て知っていた。くみもまたそんな時の幸村は、世に出る機会を窺いながら何かを計っているとしか考えていなかった。

浪姫の四回目の祥月《しょうつき》命日が近づいたある午後のことであった。大助を昼寝させたくみは、幸村のために茶を入れた。しかし幸村は居室にいなかった。家中を探しても姿は見当らなかった。庭へ出てみると、さき程までの青空が曇り、湿った風が吹きだしていた。くみが洗濯物を取り入れていると、農家へ内職の紐を集めに廻っていた小助が、小走りに戻って来た。小助はくみを見て、一と雨降りそうだと言った。くみは小助に留守番を頼み、蓑笠《みのかさ》を持って、幸村を迎えに出かけた。幸村がいつも散策する裏山で、里の子供に会った。

「お殿さまに会わなかった？」

訊くと、

「古屋敷の殿さまなら、芒《すすき》が窪《くぼ》にいなさる」

もう一つ丘陵を越えた彼方の草原である。かなり強い風が、一面の芒を右へ左へとうねらせていた。お殿さまーっ！　くみはよんでみたが、その声も風に吹き散らされたかのようだった。雲脚は一層低く、早くなっていた。くみは乱れる黒髪を片手で抑えながら、芒のしげみへ体で分け入った。お殿さまーっ！　くり返してよぶうちに、声がかすれた。それでも奥へ進んだ。突然、間近に男の嗚咽を聞いて、くみは棒立ちになった。しげみの奥を覗くと、幸村が芒を折り敷いて坐っていた。

「浪！　浪！」

滂沱《ぼうだ》と涙を流しながら、瓢簞の酒を口飲みにした。

「浪！　おれはな、悲しくて泣くのではない。後悔しているのだ。そなたはおれの側へ来てから三年足らず、真実、おれの女房になってから僅かに一年余——なぜ、もっと心をかけてやらなかったのか！　どうして、もっと暖くいつくしんでやらなかったのか！　それを想うと、苦しい。そなたを亡くしてから、そなたの貴さ、優しさが身に沁みるぞ」

幸村はまた瓢簞の酒を呷《あお》った。

「そなたは、おれの血筋を伝えることが出来てうれしいと言い遺したが、おれは少しもうれしくない。この幸村はな、おやじ様が領内の百姓女に産ませた子だ。兄上とは腹違いの子だ。そのような血筋を後に伝える気持は毛頭なかった。そなたの生命を奪った子と思うと、おれは大助が憎くなることがある。おやじ様も憎い。あの真田昌幸はな、おれを産ませた百姓女を、家臣に命じて、この世から葬ったのだ。おれが浪を失なったのは、その報いだ。咀《のろ》いだ」

幸村は空らになった瓢簞を投げ棄てた。

「ああ、そなたがほしい。浪よ、この世に戻れ」

くみは狂乱に似た幸村の悲嘆と、初めて聞いた出生の告白に、呆然とした。その時、大きなカマキリが一匹、風に吹き飛ばされて、くみの頬に止まった。くみは短く叫んでカマキリを払い落とした。

「何やつ⁉」

幸村が跳ね起きて、しげみを掻き分けた。くみは言葉もなく、その場に居すくんだ。

「見ていたのか」

幸村に厳しく問われて、くみはうなずいた。

「聞いたのか」

くみは只うなずくばかりだった。幸村は唸った。激しい眼でくみを見おろした。くみの手首を摑み、引きずろうとしたが、足を滑らせて倒れた。

「お危のうございます」

くみは無意識に幸村へいざり寄った。幸村はくみの顔を両掌で挟んだ。

「お殿さまの、お嘆き、よく判ります。亡きお方さまが、うらやましいくらいです」

くみは無意識に口走った。幸村の激しい眼が、沈み、また燃えた。いきなり立って抜刀すると、周囲の芒を撫で切りにし、その葉を積み重ねた上に、くみを引きずるようにして押し倒した。抜身の大刀を側へ置いて、

「こんど、窺い見る者があれば、切る！」

幸村は荒々しく、くみの帯に手をかけた。

「この場から逃げる者も、この場へ来た者も、切る！」

くみの衣服を開き、その柔肌に顔を埋めた。くみはいかにあしらわれても、全く抵抗せずに眸を閉じていた。

「浪」

幸村が呻いた。

「はい」

くみは極く自然に応じた。

「くみ」

幸村がまた呻いた。

「はい」

くみはやはり素直に答えた。大粒の水滴が一つ二つ、くみの額に落ちたかと思うと、芒が窪は沛然たる雨になった。

「浪――くみ――浪――くみ、くみ、くみ！」

雨の中で幸村が身を悶《もだ》えた。くみは幸村の濡れた肩へ腕を廻した。

くみが侘び住居で「おくみ様」とよばれるようになってから、瞬く間に八年の歳月がすぎた。その秋、昌幸が風邪をこじらした。幸村は父の老体を案じて、九度山村へ移ることを勧めたが、昌幸は頑《がん》として受けなかった。幸村は父の枕頭に詰めたまま年を越した。春になっても昌幸の健康は回復しなかった。十一になった大助が、見舞いに来て言った。

「おじい様がここにいると、父上が家に戻らぬので、つまらぬ」

「大助がつまらないでは、困るな」

昌幸は他の何者にも示さない機嫌のいい顔で孫を見た。そして次の日、蓮花定院《れんげじょういん》より幸村の侘び住居へ移った。幸村は郎党の面々に命じて、諸方から薬を取り寄せた。堺の海野屋が、異国の高貴薬を、小太郎に托して送ってくれたこともあった。幸村は海野屋の手づるで、医者にも数回、往診を乞うた。それ程手を尽くしても、昌幸の体力は衰弱する一方だった。六月初旬のこと、紀ノ川へ魚捕りにでかけた大助が、息を切って駈け戻った。

「おじい様、この大鯉を食えば、病《やまい》は直る」

「みごとな鯉だ。いかにして捕ったか？」

「ヤスで突いた。槍を使うようにして、一と突きにした」

「大助は槍を使えるのか」

「鎌之助に習った野武士流の槍じゃ。誰にも負けぬ」

「では、馬も習わねばならぬな」

「習いたいが、村には良い乗馬がいない」

「わしの馬をやろう」

昌幸は栗毛の木曽駒を一頭持っていた。旧臣より贈られたものである。大助が眼を輝かして祖父の愛馬がつないである厩《うまや》へ去ると、

「あと三年存命すれば、豊家の天下に復してみせるのだが――」

昌幸は顔を天井に向けたまま呟いた。

「お気弱なことを」

幸村は父の額の汗を拭こうとした。

「おのれの天命ぐらい判らぬでどうするか」

昌幸は幸村の手を払うようにして、自分で汗を拭いた。

「なればこの幸村が、ご遺志を嗣いで豊家のために働きます」

「豊家のためにではなく、わしは豊家の天下にして、真田の家名を興すつもりだった」

昌幸は片頬に皮肉な笑いを浮かべてから、

「この時勢を見るに、三年後には、家康が秀頼攻滅の挙にでるは必定だ。わしならば、さっそく大坂へ参陣し、手勢三千程をひきつれて伊勢桑名の先に布陣する。真田昌幸の手強《てごわ》さは家康も篤《とく》と胆に銘じていよう。うかとは軍を進めまい。その間に豊家恩顧の諸将は追々に大坂へ集まろう。家康が押して出れば、わしは後退して、桑名のこちらへ布陣する。またしばらく対峙する間に、大坂の兵は増そう。こうして時を稼ぎ、近江まで引いたら、勢田の唐橋を焼き落とし、こちらの湖岸に布陣して、家康に一と泡ふかせ、大坂へ帰城する。その頃には大坂方も戦備ととのい、徳川に大捷して、秀頼が天下を掌中に収める。わしは勲功として甲・信二国を頂戴しよう。いや上野も併せて、信之の安堵を願わねばならぬな」

幸村は驚嘆した。父が高野山へ来てから、このような軍略を練っていたとは知らなかった。ふと昌幸が語気を変えてつけ加えた。

「そちが大坂へ参陣して、この計を述べても用いられまい。真田昌幸でなければな」

傲岸冷徹に幸村を突き放すような言い方だった。幸村は憤りを覚えた。同時に、どうしても父に敵《かな》わないものを感じた。

昌幸は六月四日に逝去した。法名は竜華院殿一翁閑雪、行年六十八歳だった。自分の葬法を遺書にしてあった。それにより幸村は、父の遺体に甲冑を着せ、大瓶《がめ》に納め、江戸の方角へ顔が向くようにして、紀ノ川の流れに沈めた。家康との三度目の合戦に、最後までひそかな自信を抱きながら、ついに野望を果せなかった昌幸は、永遠の遺恨を江戸の空へ向けていたかったのだろう。

九度山村で作られる打紐は、いつか巷間で真田紐とよばれるようになった。郎党の面々はよく売ってあるいた。亜矢もしばしば思いだしたように佗び住居を訪れて、行商に加わった。そして飽きると、また何カ月か姿をくらました。三好為三は三カ月に一度、半年に一度というぐあいに、行商で稼いだ金を落としたとか、紛失したとか言って、しょげて帰って来た。落とした先は遊里か、女の所らしかった。嘘がバレて兄の清海に殴られることもあった。こうして皆は真田紐を売って廻りながら、いろいろな情報を幸村へもたらした。

将軍職を秀忠にゆずり、大御所《おおごしょ》となってからの家康は、老いの焦りか、露骨に秀頼を圧迫していた。やがて庶民すらが、東西の手切れを噂するようになった。時勢は故昌幸が予言した通り、風雲を孕《はら》みつつ、慶長十九年を迎えた。三月末、大坂より秀頼の特使として、大野治長が九度山村へ微行して来た。幸村を召抱えたいということであった。秀頼が天下を収めた時は、恩賞として五十万石を与えるという条件まで用意していた。幸村は故昌幸の言葉を思いだした。豊家のためにではなく、真田の家名再興のために働け！　幸村は亡父の遺志を嗣ごうと思った。家康ならば敵に廻して不足はないという抱負もあった。必ず大坂へ参向するが、時期は任せてほしい。幸村はそう密約して、大野治長を帰した。入城するからには、それなりの準備をしなければならないからである。たまたま大坂へ行商に出ていた望月六郎が立ち戻って告げた。豊臣家は関ケ原牢人をしきりに募集しているが、幸村の大坂入城は評判になっているとのことだ。幸村は治長が密約を漏らしたことに、危惧《きぐ》と迷惑を感じた。

大和五条の領主松倉重政が、侘び住居の門に馬を乗り着けたのは、それから半月後のことである。重政は、家康が幸村の器量を惜しみ、蟄居を解いて、家臣に取りたてたい意向である旨を述べ、家康の親書に伊豆守信之の書状を添えてさしだした。信之の書状は、近頃、幸村の身辺に種々の噂があるようだが、大御所さまの思召しを謹んで受け、ぜひ駿府へ伺候せよと伝えていた。幸村は兄の手書だけ読んで、徳川の使者に姿勢を正した。かたじけないお沙汰であるが、亡父安房守の遺言があって、大御所さまのご書面を拝見するまでもなく、東国へ参向は致しかねる。そう答えて、家康の親書を開かずに重政へ返した。

四、五日後、庄屋の九右衛門があたふたとやって来た。これはお達しであると前置して、幸村に外出を控えることを通告し、もし一歩でも村を出る際は、許可が必要だから、きっと知らせてほしいと念を押した。

幸村はしまったと思った。大坂方が軽卒にも幸村の入城を派手に宣伝したので、徳川方が妨害を策したのだ。そして幸村が徳川へなびかずと判ると、九度山村に封じ込めておくことにしたのだろう。鎌之助が行商から戻って怒った。高野口に、和歌山の城主浅野長晟《ながあきら》の侍が番所を構えていて、鎌之助の身分を調べ、村にはいるのは許すが、再度、出てはならぬと警告したということだ。橋本口から戻った清海は、松倉重政の侍にとがめられたので、蹴散らして紀ノ川を渡って来た。佐助は忍びの術で高野口の警戒線を越えて戻った。その際、一緒だった三好為三は浅野の侍に阻止されて乱闘となり、大坂方面へ遁走したそうである。これでは商売になりませぬと、小助が口惜しがったが、村の女たちも真田家にかかわることを恐れてか、打紐作りの内職を断って来た。

　久しぶりに亜矢が姿を現わした。伊賀の里で霧隠才蔵に会ったが、その話しによると、徳川方は、幸村が九度山から脱出すれば、たちどころに討取る手配がしてあると言う。

「ねえ、どうなるの？」

　この気紛れな女忍者は、何か面白い出来事でも期待するかのように、キラキラする眸で幸村とその一党を見渡した。

　夏になった。高野口の番所から侍がやって来た。ちとお尋ねしたい儀があるから、紀ノ川の河原までお越し願いたい。手間はとらせぬ。そういう口上である。幸村は望月六郎を供に家を出た。河原に四個の死体を並べて、筵を掛けてあった。番所の長らしい浅野の武士が、幸村をいんぎんに迎えて質問した。

「この牢人どもは、いずれへ行くつもりか、禁を犯して川を押し渡ろうとしたので切り捨てたが、お見知りの者でござろうか」

兵が筵をのけた。幸村は屍を覗いて、危うく声をあげそうになった。激痛に似た衝撃を自制し、次々に屍を改めると無表情に答えた。

「全く存じよりのなき者ばかり」

くすっと微かに笑う声がした。幸村は眼を向けて、霧隠才蔵！　また素速く平静を装った。番士姿の才蔵がちらと眼配せした。番士たちの後ろに平服の武士がたたずんでいた。服部半蔵であった。幸村は半蔵の針のような視線を黙殺して、その場を離れた。河原から村道へ引き返すと、路傍の草むらや木蔭から大助をはじめ佐助、鎌之助、清海が飛びだして来た。大助が父のことを案じ、皆をつれて河原を窺っていたらしい。その時になって、望月六郎が、唸るように言った。

「殿！　あの牢人たちは、いずれも――」

悲憤に語尾がかすれた。

「何も、申すな」

幸村は戒めて、黙々と歩を運んだ。屍は上田城に仕えた安房守昌幸の旧臣たちだった。幸村が大坂へ入城するという噂に、馳せ参じて来たのだろう。それを斬殺して、わざわざ幸村に見せたのは、服部半蔵のワナだ。幸村が旧臣と認め、或いは怒れば、蟄居中にもかかわらず謀叛を企てる者として、処分するつもりに違いない。

服部半蔵は執拗《しつよう》だった。幸村は三日置き、五日置きに紀ノ川や丹生川の岸へよびだされ、その都度、無惨に斬殺された上田の旧臣と、非情の対面をしなければならなかった。

夏の終り頃、海野屋が佗び住居を訪れて、皆を驚かした。

「昔程ではありませんが、徳川さまに何かと兵具類を納めており、ご用達のお墨付を頂戴しています。これさえあれば、どんな番所も通れますので、家人の病気平癒を祈願の高野詣りと称して、こちらにお伺いしました」

それから、

「豊臣家にも、それ相応のご用を承っておりますので、ご城内へ出入りしています」

「商売繁昌の様子ではないか」

幸村が皮肉でなく言うと、

「大坂には長曽我部盛親、毛利勝永、明石全登《たけのり》、後藤基次など高名の方々が相次いで入城されました。上田のご牢人も多数集って、真田さまの入城を待っておいでだが、近頃、その中に、誰にそそのかされてか、真田さまが大坂参向をためらっているとかの声があり、憂慮の余り、お迎えにでかけた者もあるとか聞いています。お心当りございませんか」

「ふーむ」

幸村は、服部半蔵配下のスパイが攪乱工作をしていると直解した。旧主旧臣の仲に分裂を策し、あたら勇士を九度山村へおびき寄せては殺し、幸村が堪りかねて大坂へ脱出するように仕向けている。幸村が蟄居の地を離れたら討取るために！　幸村は佐助を大坂へ潜入させて、旧臣たちの不安を鎮めさせた。

数日後、海野屋は堺の自宅で護摩法を願うと称し、真言《しんごん》の修験者十数人を案内して高野を下山した。一行が高野口を通る際、番士姿の霧隠才蔵が、修験者に変装した幸村を見て、眼だけが笑ったことは、誰も気付かなかった。

幸村は山伏姿で大坂へ急行した。大野治長に会い、十月に参向する旨を約し、それまでは幸村に関して一切を極秘にすることを強く要求した。治長は軍資金として黄金二百枚、銀三十貫目を幸村に渡した。幸村はそれを海野屋に預けると、帰りは佐助の案内で、大和路より山を越えて九度山村にはいった。

二十四　大坂陣

幸村は九月末日まで、険悪な時勢をよそに、ひどく静かな明け暮れをすごした。もはや紀ノ川の磧で斬殺される牢人もなく、周辺の番所に詰める浅野や松倉の士卒は、退屈そうだった。十月初旬の一日、幸村は、平生、世話になっている礼がしたいと触れ廻って、庄屋九右衛門や村の長百姓三十余人を家に招き、酒肴をふる舞った。宴たけなわになった夕暮に、幸村は立って、おもむろに宣告した。

「わしは今宵、村を引き払って大坂へ伺候する。その方どもが邪魔をし、または徳川方へ訴えてはならぬので、この場で、ことごとく成敗してから去る」

冗談のように聞いていた百姓たちは、幸村の厳しい語気に、酔いも醒めて震えあがった。

「しかしながら、罪なき者どもを切るのは不憫とも考える。そこで一計を案じたが、その方どもは何も知らぬことにして、ここにある酒をたらふく喰《くら》い、酔い潰れてしまってはどうか。その隙にわしは村を立退く。その方どもは後日、役人に咎《とが》められた時は、騙されて酩酊している間に、わしが大坂へ旅立ったと申し開けばよい」

幸村はおだやかに述べて、

「成敗と酒と、どちらを択ぶか⁉」

ふたたび厳しく決め付けた。

「酒にお願いしまする」

小心者の九右衛門はひれ伏してから、

「皆の衆もっと酒を頂戴せぬか。さっさと飲んで、いそいで酔うてくれや。早く！」

自分も真っ先に、酒をガブ飲みにした。いのちがけの酒じゃのう。とか、酔うてしまえば恐ろしいことも夢よ。とか百姓たちがやたらと酒を呷《あお》るのを見届けて、幸村は別室にはいった。皆が支度をするうちに、百姓たちは泥酔し、呻いたり、わめいたり、苦しそうに吐いたりしながら、やがて昏睡してしまった。

幸村は十四年に及ぶ蟄居《ちっきょ》生活に終止符を打って古屋敷をでた。村の辻で足を停め、くみに向き直った。くみは幸村を見あげ、それから大助をひしと見詰めた。大助の眉宇を掠《かす》めるものがあった。十四歳とは思われぬ雄々しいつら魂の若武者は、生母と同様に慕って来た女性との訣別に、やはり少年らしい感傷を嚙みしめているようであった。幸村がくみを眼でうながした。くみは幸村と大助に深く頭をさげ、他の面々に会釈《えしやく》すると、背を向けてあるきだした。

「くみ様——」

大助が、幼少からよび馴れているその名を口にした。くみはふり返らなかったが、しかし、大助を励ますかのように、うな垂れていた後ろ姿の顔を屹とあげると、歩を速めて遠ざかった。彼女は徳川方に人質として捕われぬため、高野山の霊域内にある蓮花定院に籠《こも》ることになっていた。

真田父子の一行は、佐助の先導で嶮阻な山路を辿り、大和を抜け、河内の道明寺に到着した。そこには海野屋が小太郎を伴い、鉄砲三百挺の他、兵器武具類、乗馬十五頭まで準備して待機していた。大坂から、かつて上田で上士の身分だった者三十余名も、海野屋の連絡で出迎えに来ていた。幸村は久々に甲を着た。大助には初陣にふさわしく美々しい甲冑、武具がそろっていた。

小太郎が、幸村に従軍を志願した。

「愚か者め。その方は海野屋について何を習ったのか。天下を動かす者は武士のみではない。商人は商人らしく致せ」

幸村に強く諭《さと》されて、小太郎は海野屋と共に、道明寺で真田勢を見送った。大坂には、さらに二百余の旧臣が集っていた。その中に行方をくらましていた三好為三がまじっていた。

「高野口を通れず、こちらでご来着を待ってござりました」

為三はそんなことを、ぬけしゃあしゃあと言った。幸村が彼らを武装させ、六文銭の旗を揚げ、堂々と入城したのは、十月六日のことであった。

豊臣家は幸村を歓迎し、騎馬武者百と兵五千の部隊を任せた。事態は切迫していた。城内では軍議がつづいた。豊臣家には全軍の統卒者がいなかった。秀頼は名目だけの総師にすぎなかった。秀頼の重臣も実戦の経験がなく、その上、派閥が対立している。彼らと新規召抱えの諸将の仲も、しっくりいかなかった。加えて、淀君を中心にする奥向きの意見が、しばしば軍議を攪乱した。これではいかんと幸村は思った。故安房守昌幸が臨終の床で教えた作戦を、熱心に提唱した。後藤基次ら戦歴のある新参武将や、木村重成ら豊家重臣の主戦派は賛成したが、軍議の大勢は消極的な籠城作戦に傾いた。

――そちがこの案を計っても無駄と申したであろうが！

幸村は亡父の声が聞こえるような気持だった。この日、城内に与えられた居館に戻ると、望月六郎が珍らしい者の訪れを取次いだ。根津甚八であった。甚八は母みのと、西国筋の小さな宿駅で、貧しくはあったが平穏に暮らしていたという。みのは三年前、不具の身ながら天寿を全うして、高齢で他界したそうである。そして甚八は、最近、母子ともに恩義のある幸村の大坂入城を知り、止むに止まれず駈けつけたことを訴えて、陣中に加わりたいと切望した。

「そう思うなら、そう致せ」

幸村は言ってから、その言い方が亡父昌幸に似ていることに気付き、ホロ苦いものを感じた。

籠城が決定すると、幸村は自分なりに防備強化の策を練った。秀吉が豊家万代に伝えようと築いた要害堅固な巨城にも、南側の構えに弱点が認められた。幸村はここに外郭陣地を築造して、真田勢の防戦部署にしたいと提案した。この計画も豊家首脳部によって却下されそうになったが、後藤基次らの支持で、ようやく採用された。玉造門の南より東八町門の東へかけて、台地状の畑に空壕を巡らし、塀を廻し、三重柵を建て、各所に櫓《やぐら》を組立てる工事が、昼夜の別なく急行された。他部隊からも、応援の人数が動員された。

その昼下り、小助は他部隊の作業場を通りかかって、ふと足を停めた。櫓の蔭で数人の侍が、一人の雑兵を囲み、いきり立っていた。

「こやつ、昨日も朝から怠けていた」

「皆が精だしておる時、なぜ坐っている」

「人夫仕事は嫌いだ」

雑兵は腰もあげずに低く答えた。

すると、

「新規徴募の足軽分際が口はばたいぞ」

「立て！　立って働け！」

そして肩を小突こうとした侍が、何か叫んで転倒し、雑兵が鉄砲を小脇に立ちあがった。

「働けというなら働いてもいいが、おれは鉄砲を使って働くことしか知らねえんだ。一体、どいつを狙おうか」

雑兵は恐れ気もなく侍たちを見廻した。その暗く激しい顔を見て、小助は声をあげながら駈け寄った。

「十蔵さん！　筧十蔵さんじゃないか！」


幸村が築造した外郭陣地は真田丸とよばれた。十一月、徳川軍は大坂城を包囲したが、戦闘らしい戦闘がないままに日がすぎた。真田丸に対峙《たいじ》した敵は加賀の前田勢であった。彼我の間に低い笹山があった。他部隊から幸村に引き抜かれて真田丸に所属した筧十蔵は、隙を窺《うかが》っては笹山に分け入って、前田の陣地を狙撃した。家康への復讐を人生のすべてとしている名射手の一弾は、必ず一敵を倒した。この月廿六日に鴫野《しぎの》、今福で初めて本格的な戦闘があってから、十蔵は日に何べんとなく笹山へ登って五人、七人と前田の士卒を殺傷した。敵は幸村が常時、狙撃手を潜伏させているものと判断したらしい。十二月一日になると、前田の将奥村摂津が一部隊を指揮して掃討に進出して来た。奥村の一隊は気負い立って笹山を登り、鬨《とき》をあげたが、予想していた真田の銃兵が見当らず、戸惑ったようだ。十蔵はその時、郭《くるわ》内で、幸村や他の面々とこれを眺めていた。

「十蔵さん一人を討つのに大仰なこった」

小助が笑った。

「一発お見舞いしたいところだが少し遠いな」

十蔵が呟いた。幸村は三好為三に命じた。

「せっかく十蔵がおびきだした敵勢だ。その方の口車で、もそっと誘い寄せろ」

為三は塀によじ登って、声を張りあげた。

「そこな前田の衆！　先刻より拝見するに、笹山で狩倉《かりくら》の催《もよお》しか。いや、この笹山に鳥獣が棲むとは、まさか考えてござるまい。すると狩りの稽古でござろうかな。それ程にお退屈なら、いっそ真田丸に寄せてはいかがか。われらも陣内にて、いささか退屈にござれば、よろこんでお相手仕るぞ。それとも前田の衆には、六文銭の旗じるしが眩しすぎてござろうか⁉」

愚弄されて、敵勢は憤激し、一団となって突撃して来た。笹山を駈け降り、空壕に飛び込み、土塁にとりかかった時、幸村が鞭をあげた。郭内から矢弾丸が降りそそぎ、石が投下された。敵勢は伏兵狩りに進出して来たので、攻城戦闘の準備がないから、頭上を防ぐことが出来ず、多くの死傷者を残して後退した。奥村摂津は、軍律に違反し、命令にない戦闘をして、前田の武名を恥ずかしめた咎《とが》により、処罰されたという。

城内に和議の噂が伝わりだしたのは、その頃からであった。家康が本多正信をして、豊臣方の織田有楽と大野治長に、和平交渉を申し入れているということであった。幸村は反対だった。徳川方が一度も総攻撃を挑まずして、家康が熱心に講和を希望するのに疑問と不信感を抱いた。しかし政治工作は、幸村の預り知らぬところで進められ、十二月廿日に東西の講和が成立した。そして講和条件の中に、大坂城の外郭を壊し外壕を埋めるという項目があるのを知って、幸村は啞然とした。それらの工事は廿四日から開始された。

家康と秀忠は、徳川方の諸将とあっさり大坂を引きあげたが、本多正信が京都に留まり、その嫡男正純、成瀬正成《まさなり》、安藤直次らが全軍から動員したおびただしい人数を監督して、昼夜兼行で工事をいそいだ。

年改まって慶長二十年正月になると、徳川方は外郭と外壕ばかりか、三の郭を破壊して、その壕も埋めにかかった。それについて豊家首脳部は会議を持った。この場合もまた派閥対立し、淀君を中心とする奥の意向が決議を遅らせた。そして、ようやく豊家側は、徳川方の工事監督者に抗議を申し入れた。成瀬正成は安藤直次に抗議を取次ぐと言った。安藤直次は本多正純の責任であると言った。正純は京都の父正信の指示通りにしていると言った。そして本多正信は、正純への連絡に手落ちはないはずだが調べてみると答えた。こうして豊家首脳部が、とりとめない会議と抗議をくり返す間に、大坂城は三の郭ばかりか、二の郭も跡形もなくなってしまった。豊家首脳部は押し付けられた既成事実を認める以外になく、この責任についてまた内輪揉めした。さらに豊家の戦力の大部分を占める新規召抱えの牢人たちは、講和後、身分に応じて賞与を得ると、浪々中の渇《かわ》きと飢えを一時に満たすごとく、酒色に溺れ、逸楽気分に支配されていた。

二月下旬のある午前、会議を中座して居館に戻った幸村は、望月六郎に馬の支度を命じた。

「九度山へまいる。留守は大助とそちに任せる。供はいらぬ」

「しかし、せめて──」

郎党だけはおつれくださいそう言おうとして、六郎は困惑した。鎌之助は馬上一騎の身分になったんだからと、十蔵を引っぱって馬を買いにでかけた。三好兄弟も佐助も外出していた。残っているのは小助と甚八だが、小助は乗馬が駄目である。すると、六郎の顔色を読んで、わたしがお供しましょうか？　と言うふうに甚八が眼で訊いた。遊芸が身についた華奢《きゃしゃ》な体軀は、なんとなく護衛を任せるのに頼りない感じだが、頼む！　と六郎は眼でうなずいた。

いっとき後、二人は騎馬で城門を走り出た。共に平服で風除け頭巾をかぶっている二騎を、幸村の主従と気付いた者はいなかった。町中を駈け抜けてしばらくしてから、幸村が急に馬を停めて、後ろをふり返った。

「ご用でございますか」

甚八もいそいで馬を停めた。

「いや──」

幸村はすぐ馬を走らせながら、みにくい城になった！　と思った。秀吉が難攻不落を誇った大坂城は、今や完全に武装解除されて、丸腰同然のみすぼらしい姿になってしまった。家康の老獪《ろうかい》な私謀詐術《さじゅつ》が憎かった。秀頼の無能と淀君を取り巻く奥向きの頽廃、豊家首脳部の不甲斐なさが腹立たしかった。この講和を家康の計略と察しながら、それを阻止し得なかった自分に怒りを覚えた。そして、この期《ご》に及び、上層は周章しながら、なお対策の論議に明け暮れ、諸士はいたずらに安逸に耽《ふけ》っている大坂城の雰囲気が、幸村には耐え難かった。

幸村は高野口から九度山村にはいった。そして紀ノ川沿いの道を上流へ向かおうとしたが、ふと馬首を返して、乗馬を里の小径へ進めた。路傍ですれ違う里の男女が、馬上を見あげて、おやっ？　と言う顔をした。いそいでおじぎをして、おびえたように逃げ去る者もいた。剣呑《けんのん》な人物には近寄らぬ方が無難とでもいう態度だった。侘び住居の古屋敷は、朽ちかけた門が開いたままになっていたが、ここにも里人は寄り付かないらしかった。庭には昨冬来の落葉枯葉が散り積り、古家の軒下で大きな蜘蛛の巣が、西日に鈍く光ってゆれていた。甚八が二頭の乗馬を納屋の柱につないでいる間に、幸村は勝手知った土間の戸口を明けた。住む者の絶えた家内には、独特の暗く湿った冷やりとする空気が詰まっていた。幸村は土間に踏み込んで、急に屹《きつ》と刀の柄へ手をかけた。土間つづきの板敷の部屋に僧形の人影が端座していた。

「樋口四角兵衛！」

幸村は咄嗟《とっさ》の驚きと共にその名をよんだ。

「大坂和睦のことを、亡き安房守さまへご報告に、必ずや一度はお戻りなるものと、正月末よりお待ちしておりました」

　四角兵衛の影から、しわがれた呟きが、ゆっくりと雰れた。幸村は土足のまま部屋にあがって、四角兵衛に対坐した。

「わしに、用か？」

「すぐる十七年の昔、東福寺の僧房で、お尋ねになった真実を申しあげたく――」

　四角兵衛の呟くような言葉が、ふと跡切《とぎ》れた。甚八が土間に来て、不審の眼を向けていた。幸村はかまわずに言った。

「血筋のことは、もはやこだわっておらぬ。わしも子を持った。幸村の血筋を伝えるために、一人の女を死なせた。その子はな、祖父真田安房守と、外祖父大谷刑部の武名を無二の誇りにしている。しかし、いずれは大坂で幸村もろ共、その子も若い生命を花と散らすことになろう。幸村が若い日に疑い悩んだ自分の血筋は、絶えてなくなる」

　そして、

「わしは今日、故安房守さまの御霊《みたま》にご挨拶して、すぐ大坂へ引き返すつもりだったが、一夜の潔斎をと思い直してここに来た。そちに会わせようという、御霊《みたま》のお引き廻しだったかもしれぬ。明日は参詣に供致せ」

　すると、

「懺悔《ざんげ》を申しあげます」

　四角兵衛は微動だにせず、しわがれた声で語りだした。

「とわには、亡き大殿のお目に止まる以前から、やがてつれ添うことを固く約束していた若侍がおりました。大殿の信頼厚い近習《きんじゅう》の士でした。若侍と里辺に育った娘は、互に清らかな心を寄せ合っていた。しかしながら若侍は、大殿がとわを召された際、それを忠義と心得て何も訴えなかった。大殿は何もご存知ないまま、とわをご寵愛なされたが、とわは一途の想いを若侍に残していたのかもしれぬ。やがてお子を宿し、里で出産したが、とわの未熟な心は、大殿への恩義と若侍への慕情に裂かれ、傷つき、悶《もだ》え苦しんだ。加えて再度、お城にあがることを拒むとなれば、お子を手放さねばならぬ。稚《おさ》ない母親は煩悩《ぼんのう》にも責めさいなまれ、ついに発狂し、お子を抱いて山へ潜む有様となった。大殿はとわに不憫《ふびん》をかけられたが、お子だけは引き取るように、若侍へ仰せ付けになった。若侍は里へ足を運び、その旨を伝えた。とわの父は、娘がこうなったのも大殿のせいよと恨んで諾《き》かず、若侍が狂うたとわから、お子を抱き取ろうとすると、逆上して鎌をふりあげ、兄弟たちも襲いかかって来た。若侍が止むなく父と兄弟を切った時、とわとその母は失神していた。若侍はお子を胸に、とわを背にして里を離れた。お子を城中へお届けした後、とわと家郷を出奔した。とわの母はその後、若侍が置いて去った金子を持って他国へ去ったようだが、老いさらばえて、里へ死にに戻ったとか」

「四角兵衛――」

幸村は言葉を失なった。四角兵衛がしわぶきをしてから、微かに語気を改めた。

「おとわ様は正気に返らぬまま、東福寺裏のお住居で、世に匿れ、それから四十八年余をおすごしでございました。いつまでも汚れを知らぬ童女のように、古い人形を源二郎幸村さまと信じ、あやしたり、子守唄をお聞かせになったりしておいでだったが、この正月十日、安らかにご逝去なされました。お位牌は今もその家にございます。おとわ様に十五年程も仕えて、お世話を心から勤めてくれたりんと申す女が、しかとお預りしています」

それから、

「聞けば、りんは、かつて堺の海野屋とか申す商家に金で縛られていた身を、源二郎さまにお救い頂いたようでございまするな」

四角兵衛の呟きに、土間の片隅に控えていた甚八が、顔色を変え、腰を浮かしたことを、幸村は気付かなかった。

「人の世の縁《えにし》はさまざまなれど、過ぎたるをかえりみれば、ただ残夢のごときもの」

四角兵衛は立ちあがった。枯木のように痩せた僧衣の後ろ姿が、ゆっくり土間へ降りて、外へ消えた。幸村はよび止めなかった。長い時間、その場に坐りつづけていた。四角兵衛の告白を反芻《はんすう》していると、深く静かなものを感じた。

足音がした。誰かが庭に駈け込んで来た。

「真田さまはおいでになりますか?! さっき村の者が、お姿を見たそうだが、左衛門佐さまはいらっしゃいますか?!」

庄屋九右衛門の声である。

「おいでなら、ちと物をお尋ねしまする。先月頃より、この家に泊っていた坊さまが、ご先代さまご遺体の鎮まる紀ノ川の淵で、切腹しているのを、村の者が見付け、騒いでおります。お見知りの坊さまでしょうか?!」

小心者の庄屋は土間にはいらず、戸口の外にたって注進した。

幸村は一人で鍬《くわ》をとり、四角兵衛を、故昌幸が沈む川の岸に埋葬した。故昌幸に廟墓がないように、四角兵衛にも墓標をたてなかった。主君は甲冑を着て水中に坐し、家臣は僧形でその岸に控える。この因縁ある主従にふさわしい永劫《えいごう》の形だと思う。幸村は鍬を投げだして、どっかと腰をおろした。紀ノ川の河原は春の宵闇の底にあった。黒い川面に靄《もや》が淡く流れていた。幸村は水音に語りかけた。

「父上、わたくしと大助は、近く魂魄となって、お側へ参ることと存じます。ご生前から、わたくしは一度も、父上に頭があがりませんでした。いかなることも、常にお指図を守り、ご意向にそってまいりました。合戦もそうでございます。多少ハミだしても、全く父上のご武威を離れて働いたことはありません。しかし、このたびは最後の合戦でございます。わたくしは父上のおん名にとらわれることなく戦場に臨みとうございます。へたないくさを致したと、泉下でまたお叱りを受けるやもしれませぬが、自分なりに力を尽くし、存分に働いてみとうございます」

幸村の澄んだ気持を、突然、違和感《いわかん》が掠《かす》めた。くせ者！　と後ろで甚八が叫んだ。反射的に身構えた幸村へ、黒い影が跳躍した。

「忍者だ。ゆだん致すな」

幸村は身を躱《かわ》して抜刀しながら、甚八へ教えた。影は闇の宙に跳ね、暗い地に飛んで、襲い迫った。切っても手ごたえがないから、影としか形容できない敵であった。徳川方が刺客として、伊賀者をさし向けたに違いなかった。張本人は本多正信あたりであろうか。

「服部半蔵！　武士らしく勝負致せ！」

幸村は白刃を防ぎながらよばわった。それを嘲るように、手裏剣が飛来した。

「おのれ、ひ、卑怯――」

甚八が呻いて、よろめいた。幸村が駈け寄ろうとするのを、影が遮《さえぎ》った。そして甚八が悲痛な声をあげて倒れた。幸村は歯ぎしりした。その時、周囲にひしめく影が、短く言い交して飛散した。

「お殿さま、あたしよ」

断《ことわ》ってから、亜矢が暗がりに姿を現わした。

「才蔵がお殿さまを殺しに行くと言ったんで、佐助さんと一緒にいそいで来たの」

河原で無気味な闘いが始まっていた。影がつむじ風のように渦巻いて遠ざかり、近づき、白刃がぶつかり、絶叫や苦悶の声が聞こえた。その隙に幸村は、甚八の傍へ走った。

「しっかりせい！　傷は？　傷は？」

低く強く励ますと、甚八は倒れたまま幸村の手をまさぐった。その手を握ると、血のりがねばった。

「殿――りん」

甚八は力なく言って、幸村の手を放した。

「死んじゃったよ。顔に手裏剣が刺さってる。肩を切られ、胸も突かれてる。ひどい血！」

亜矢が言った。女忍者は暗闇の中でも、そんなことが見えるらしい。許せぬ！　幸村が刀を持ち直して血闘に加わろうとした。その鼻先を疾風の如く影が走りすぎ、同時に亜矢が、危い！　と幸村をがむしゃらに抱き止めた。幸村の耳元を手裏剣がかすって飛んだ。

「逃げるな服部半蔵」

佐助の声だ。すると意外に近くで、

「あとを任せる」

そんな声がした。急に闇が静止した。

「霧隠！　手を引け」

「引かぬ。おぬしとは、どうせ一度は対決しなければならぬ仲だ」

「どうしてもか？」

佐助が唸るように念を押した。

「どうしてもだ！」

才蔵の答えには殺気がみなぎっていた。ふたたび河原の闇が激しくゆれ動いた。二つの影が風を巻いて縦横に飛び交し、幾度かすれ違い、そして、すべては濃い夜の時間に溶解したかの如く、しんと鳴りをひそめた。幸村に寄り添って、川瀬の音に耳を澄ましていた亜矢

が、来たわ！　と囁いて全身を緊張させた。しばらく闇を透してから、

「佐助さんだ」

言って燧《ひうち》を打つと、掌に小さな灯をともした。黒装束の猿飛佐助が、もつれるような足どりで姿を現わした。黙って幸村の前へ来た。

「やっぱり勝った。あんたの方が強かった。とうとう、あいつを殺《や》っちゃったんだね。おお、うれしい！」

亜矢がよろこんだ。とたんに佐助が殴りつけた。亜矢が虚を突かれて転ろぶと、掌の小さな灯が消えた。

「おれは霧隠が——才蔵が、好きだった」

忍者佐助が暗闇で独白した。語気は悲しみに震えていた。


合戦は四月末、大坂方が大和路へ先制攻撃をかけたことによって再開した。そして五月六日、幸村は後藤基次、薄田兼相《かねすけ》、毛利勝永らと河内道明寺において、大和方面より進出して来た徳川軍を迎撃した。

真田勢は伊達政宗の部隊と対戦した。伊達勢の先陣は政宗自慢の鉄砲騎馬隊であった。八百の騎兵が馬上で銃を乱射しながら寄せて来た。幸村の指揮で、真田の槍隊は穂先を上向きにそろえ、折敷の身構で銃火に耐えた。敵の銃騎兵は一団となって迫り、速駈けのまま味方の隊列を蹴散らそうとした。幸村の号令で兵はいっせいに槍をあげた。馬は槍ぶすまに驚い

て後脚立ちになった。すかさず真田の兵は馬上の敵を槍で突き落とした。伊達勢は、勇猛をもって聞こえた鉄砲騎馬隊の潰走に動揺し、後退。そして真田勢は反撃に移り、急追して、伊達の本隊へ突入した。幸村は絶えず味方の先頭に馬を進めた。幸村の馬側には、小助が六文銭の旗をたてて従っていた。幸村に近付く敵は、鎌之助が馬上から切りさげ、三好為三が樫《かし》の六角棒で薙ぎ倒した。それでも隙を窺って忍び寄る敵は、筧十蔵が何処からか狙撃する必殺の銃弾に貫ぬかれた。

　幸村の位置から一定の距離をとって、六文銭の旗がもう一と筋、乱戦場に翻っていた。大助の馬側で、猿飛佐助が掲《かか》げている旗である。その左右で望月六郎が太刀をきらめかし、三好清海が鉄杖を振り廻しているはずだった。

　真田勢の善戦にもかかわらず、後藤基次と薄田兼相が討死し、戦況は大坂方にとって不利になった。幸村は味方が圧倒的多数の徳川軍に各所で分断、包囲されているのを知ると、退却を決意し、部下を諸部隊へ連絡に走らせた。真田勢は殿軍となり、戦場にうろつく敗兵を救助し、追い迫る敵勢を途中で幾度か阻止、撃退しながら、茶臼山へ引きしりぞいた。そして幸村は大坂方が八尾、若江戦線でも敗北し、木村重成、増田長盛、山口左馬之助らを失なったことを知った。

　その夜、茶臼山の陣地に小雨がぱらついた。大助が望月以下の郎党を伴って、明日の指示を乞いに来た。父子は朝から初めて対面した。大助は太腿に負傷していたが、昼の激戦の昂奮まだ醒めやらぬ表情で、闘志をむきだしにしていた。

幸村は望月六郎の口から、大助が伊達《だて》の武者の兜首をあげたことを聞いて、微笑の眼を向けた。大助はちょっとはにかんだような顔をした。幸村は明早朝もう一ぺん来るように命じて、大助をさがらせた。

夜半に城中から大野治長が、作戦を討議に来た。幸村は全軍を天王寺周辺に布陣し、秀頼の出馬を願い、徳川方に最後の決戦を挑む以外にないと教えた。真田勢は七日早朝から戦闘準備にかかったが、城中の部隊は出動が遅れた。昼になった。徳川軍が予想より早く進出して来た。大坂方はまだ布陣を完了していなかった。幸村は大助を城中へ急派して、秀頼の出馬をいそぐように要請した。秀頼は本丸大手の楼門まで馬標を進めたが、野戦場へは一歩も乗りだして来なかった。天王寺口の最前線では、毛利勝永の部隊が、すでに敵と戦闘を開始していた。幸村はまた大助をよんだ。

「そちは城内へはいり、上様のご先途《せんど》を見届けるように致せ」

「父上の仰せでございますが――」

大助が不満と驚きの顔で抗議しかけるのを、

「寄れ！」

幸村は厳しい眼で命じた。大助が甲を鳴してにじり寄ると、その肩をつかみ、殆んど耳に口を接するようにして囁いた。

「上様は合戦の作法をご存知がない。落城の際、見苦しいことがあってはならぬから、そちにお側へ控えているよう申すのだ」

大助が父の憂慮を理解してうなずいた。幸村はそんなわが子の横顔を、深い眼差《まなざし》で短く見詰めると、肩を手放した。大助は単騎、城中へ駈け去った。

その午後、天王寺周辺の野戦場において、幸村の指揮する真田勢は、全く阿修羅《あしゅら》の如き奮闘を示した。六文銭の旗は、右を襲い、左を攻め、そして再三、敵陣の奥深くへなだれ込んだ。幸村の眼中には、敵陣の後方に見える家康の馬標しかなかった。二度ばかり、徳川の本営近くまで突入した。その都度、家康が馬標を伏せて所在をくらますため、目的を達成することが出来なかった。

いかなる激戦場にも、計らずして彼我共に行動を休止するという、戦闘の間隙があるものである。幸村は空白の時間に気付いて馬を降りた。小助が肩で息をしながら、旗の竿を地面に突き立てた。佐助が水を詰めた水筒を幸村へ捧げた。三好兄弟と筧十蔵が旗の周囲に集って来た。幸村は皆に竹筒を廻した。誰もがどこかに負傷していた。鎌之助が遅れて、誰かを肩にやって来た。幸村の前へ担いで来た者を仰向けにした。望月六郎だった。甲の脇を銃弾が貫通し、下半身を血に染めていた。

「みごとに！」

鎌之助は一と言に報告して、自分の顔の刀疵《きず》から流れる血を手で拭いた。幸村は小助が両手で地面に突き立てている旗竿から、旗を引き降ろした。その六文銭の旗で、勇士望月六郎の屍を覆《おお》った。それから幸村は、小助を前へよんだ。

「もはや旗持ちの役目は無用となった。その方は百姓に還り、高野の蓮花定院へ行き、くみへ、幸村と大助の討死を伝えて貰いたい」

　小助が、意外なことを承わる！　と言う顔で眼をつりあげた。

「戦場を脱けだすことは容易ではあるまいが、大事な役目だ」

「と、殿っ――」

「これは命令である！」

　小助は頭を垂れて立ちあがった。

「お前の腰兵糧を半分置いて行け。おれも弾丸がなくなったんで鉄砲役は終りだ。刀をふり廻すのに、腹ごしらえだ」

　筧十蔵が言うと、

「その方にも命じることがある。東福寺裏に尋ねて貰いたい者がいる」

「誰です？」

「幸村と血のつながる者の位牌を預けてある、りんと申す女だ」

「りん⁉」

「その方と同じ故里で幼少をすごした女だ」

「りん――りんが、生きているのですか⁉」

「大事な位牌だ。りんと二人で世に匿《かく》れ、末永く守ってくれ」

　幸村は乗馬の鞍から皮袋をとって、

「戦場を離れる際の用心に、二十発の弾丸と煙硝を与える。途中までは小助と共に行け」

いつも無表情な十蔵が、瞬時、複雑な顔色で幸村を直視した。幸村の厳しい眼に、低頭して皮袋を受け取った。

「すぐ行け！　走れ！」

幸村が叱った。十蔵と小助はうなずきあって駈け去った。さて、と幸村は残った者を見渡した。

「それがしは、どんなご用命もごめんです」

鎌之助が言った時、銃声が響き、遠近で鬨があがった。短い空白の時間は終った。幸村が馬に飛び乗ると、周囲で僅かな休息を貪《むさぼ》っていた士卒が立ちあがった。

真田勢は三分の一になっていた。

「今一とたび大御所の本陣を襲おうぞ！」

幸村が馬をくりだした。三好清海は両掌にツバをつけて鉄杖を持ち直した。

「兄者、おれは厭だ」

唐突に為三が口走った。清海は弟をふり返って眼をむいた。

「おれは死ぬのが恐ろしくなった。死にたくない。十蔵も小助も落ち延びたんだ。おれたちは、もう真田のために尽すだけ尽し、働くだけ働いた。兄者《あにじゃ》、一緒に逃げよう」

「弟！」

「丹波の山里に馴染みの後家がいる。逃げてそこに潜《ひそ》もう。生きていれば、また良いことがある。酒も飲めるし、女もたのしめる」

「兄者が逃げぬなら、おれは一人で行く」

為三が踵を返したとたん、清海は右手で大刀を抜き討ちざまに、背後から弟の首を刎ねた。首が先に地面へ転ろがり、それから為三の胴体は一、二歩前へ踏みだして崩折《くずお》れた。

「これ為三！」

「お前は生き延びても、ためになるやつではない。どうせ世を欺き人を困らせ、脅し、ゆすり、金銭をくすね、女を泣かせることしかすまい。殿が死に花を咲かせてやろうとなさるお心さえ判らぬ馬鹿者よ！　後刻、冥土で叱ってやるわい！」

清海は髭づらの涙も拭かず、右手に血刀、左手に鉄杖をふりかざし、幸村を追って走りだした。

真田勢が突撃した敵陣のあたりに、いっせい射撃の銃声が何回か轟き、おびただしい徳川軍の人馬が、たちまち両翼から迫り、背後を遮って喚声をあげた。

徳川の諸部隊が、四分五裂して退却する大坂方の残兵を追い立てながら、騎虎の勢で三郭の木柵を突破し、二郭へ侵入したのは、夕刻のことであった。

城内は全く統制を失なって、ごった返していた。飽くまで防戦に努める集団もあれば、自殺をいそぐ者も続出した。秀頼の親衛隊である七手組の将、野々村伊予守は南口の戦場から引き返すと、二の丸橋で切腹した。堀田図書は二郭内の屋敷にはいり、妻子を刺殺してから、表へ迫った敵と闘って切り死にした。或いは伊東丹後守のように、同じ二郭の屋敷に立籠り、味方を銃射しだす変心者もいた。

大助は本丸の内苑に筵《むしろ》を敷いて坐っていた。この辺に秀頼と淀君がいると聞いたので、午後からそうしていた。本丸郭もひどい混乱状態に陥っていた。裏切者の放火によって、建物の各所から、すでに幾条かの噴煙が立ち昇っていた。七手組の将、郡主馬《こおりしゅめ》と兵蔵父子、真野豊後守、中島式部が千枚敷の大広間で切腹したことが伝わると、内苑に収容されて、女たちに介抱されていた負傷者が、次々に割腹した。右腕を失なった武士が、重傷者に頼まれ、その首に刀を当て膝で押し切ろうとした。それを見た初老の侍女房が、気丈にも武士をのけ、自分の懐剣で重傷者に止《とど》めを刺した。附近に寝かされている身動きの出来ない者を、ことごとくそうした。それから泣き悲しんだり、その場で刺し違えようとする女たちを厳しく叱り、彼女らをつれて、建物の奥へ消えた。腕のない武士は刀のきっ先をくわえて地に伏した。建物の軒に濃い煙が這いだした頃、茶坊主が一人、丸裸になって、何かわめきながら飛びだして来た。恐怖に発狂したらしかった。血刀を片手に通りかかった武士が、足を停めて、茶坊主の裸の肩を無雑作に切りさげた。

大助はそれらの光景を無視した態度で、凛《りん》と眉をあげていた。城にはいってから一と言も口をきかなかった。野戦から敗走して来た武士が、大助の存在に気付き、真田勢の全滅を教えたり、反対に父幸村の安否を問うたりしたが、大助は僅かに眼で応じたのみであった。七手組の将、速水甲斐守が、貴殿は豊家のご譜代ではなし、まだお若いのだから、落ち延びてはどうかと勧めた時も、ただ黙って首をふった。親切に水や兵糧を分けようとした者もいたが、それも断った。

大助の念頭には、秀頼の最後を確認することだけがあった。尊敬する父幸村が自分に与えた最後の命令であるから、きちんと任務を果たさなければならぬと考えていた。

夜になって、建物を包んでいた濃い煙が、一度に炎と化した。熱気は大助の眉を焼かんばかりであった。その頃になって、内苑を右往左往する将士の間に、秀頼と淀君が本丸の蘆田《あしだ》郭にある糒倉《ほしいぐら》に移ったという噂が流れた。大助は火の粉を浴びながら内苑を出た。

蘆田郭にも人がやたらと騒々しく、右往左往していた。大助は郭門の櫓の下に腰を降ろした。そこからは幾棟か並んだ土蔵が見渡せた。どの倉に秀頼がいるか判らないが、とにかく、自分の任務には、この場所が最も適当のように思われた。本丸攻防の激戦は深夜に及んで、休止し、楼閣が燃える凄まじい物音が、急に大きく聞こえだした。大助の近くで誰かが低く言葉を交していた。年若い男女らしかった。

「大野治長さまが、上様ご助命を敵に交渉なさっているそうです」

「今さらなんということを！」

「そのため千姫さまが、ひそかに徳川の本陣へおいでになったとか――」

「そのようなこと、姉上は本当と思いますか」

「本当にしませぬ。でも、本当であってほしい気もします」

大助はそんな会話を耳にしながら、知らぬ間に眠り込んでいた。銃撃と鬨《とき》に眼覚めると朝であった。大助は雪の中で寝ていたような錯覚に囚われた。あたり一面、真白な灰である。

そして大助の傍に、十二、三の侍童と十五、六の奥女中が折り重なって伏せていた。昨夜の姉弟らしかった。姉は胸に懐剣を突き立て、弟は腹を血で染め咽喉を貫ぬいて息絶えていた。附近には同じように、自刃した者の屍が幾十も灰に覆われていた。

灰燼《かいじん》に帰した本丸の攻防戦は、それから何時間か続いた。蘆田郭はいつか将士で充満していた。ここで一戦と息まく者、秀頼の助命を信じる者、血路を切り開いて脱出を叫ぶ者とさまざまであった。昼頃、敵は蘆田郭に寄せて、いっせい射撃を加えた。銃射は一回だけであったが、その直後、せわしく将士が出入りしていた倉の高い小窓から、うす煙が立ち昇った。上様ご生害《しょうがい》！　そんな声が伝わった。淀君さまを荻野道喜がご介錯《かいしゃく》！　そんな言葉も急速に広まった。しばらくすると、秀頼母子の自刃を証明するかのように、どの倉の小窓からも炎が噴きだした。郭門の櫓も火の手をあげた。

大助は初めて甲を脱いだ。父上！　上様はいさぎようなされました！　心の中で報告して、短刀を前に置いた。すると突然、激しいものが肚の底からこみあげた。自分は父と共に、真田勢の先頭に立って、華々しく討死したかった。闘わずして敗北を思い知らされ、落城を迎えるとは不本意である。そう思うと、やる方ない怒りに泪がこぼれた。

「真田大助どのではござらぬか」

声をかけられて眼をあげると、老年の武士がたたずんでいた。大助は咄嗟に、不覚の泪を誤解されたくないと考えた。

「死ぬのを恐れて泣くのではござらぬ。おれが、この大助が、まだ敵に負けず、いのちのあるうちに、味方の敗《やぶ》れたことが無念でならぬ」

思わず口走ると、

「左様、そこもとは勝ったのでござる。武士は名こそ惜しめと申す。豊家が滅び大坂城が焼け落ちても、そこもとの名は世に長く残ることでござろうよ」

見知らぬ武士は静かに言って、死場所を探しに去った。大助の昂《たか》ぶりは落着いた。自分が父幸村や祖父昌幸、外祖父大谷吉継の誉《ほまれ》を疵付けなかったことに、よろこびに似た安堵感を覚えた。今の気持を誰かに告げたく思った。

「おくみ様――」

母を知らぬ若武者は、その名を低くよびながら、短刀の鞘を払った。

――完――

（単行本）『戦国太平記　真田幸村』（一九八四年一〇月、光風社出版）

本書には、今日では差別的表現とされる用語が使用されていますが、作品が描かれた時代背景や、作者に差別助長の意図が無いことから、表記は原文どおりといたしました。

（編集部）

人物文庫

戦国太平記《せんごくたいへいき》　真田幸村《さなだゆきむら》

二〇一五年四月八日［初版発行］

著者――井口朝生《いぐちあさお》

発行者――佐久間重嘉

発行所――株式会社学陽書房

東京都千代田区飯田橋一－九－三　〒一〇二－〇〇七二

〈営業部〉電話＝〇三－三二六一－一一一一

FAX＝〇三－五二一一－三三〇〇

〈編集部〉電話＝〇三－三二六一－一一一二

振替＝〇〇一七〇－四－八四二四〇

フォーマットデザイン――川畑博昭

印刷所――東光整版印刷株式会社

製本所――錦明印刷株式会社

ISBN978-4-313-75295-5 C0193